AF185374

JENNIFER HILLIER hat Angst im Dunkeln – bevor sie schlafen geht, überprüft sie mehrmals, ob alle Türen gut verschlossen sind. Trotzdem ist ihr Lieblingsautor Stephen King. Mit ihrem Mann und dem gemeinsamen kleinen Sohn lebt sie in Toronto, Kanada. *Liebe mich, töte mich* ist ihr erstes Buch auf Deutsch.

Jennifer Hillier

Liebe mich, töte mich

Thriller

Aus dem Englischen von
Charlotte Breuer und Norbert Möllemann

 **PENGUIN** VERLAG

Die amerikanische Originalausgabe erschien 2018 unter dem Titel
Jar of Hearts bei Minotaur Books, New York.

Sollte diese Publikation Links auf Webseiten Dritter enthalten,
so übernehmen wir für deren Inhalte keine Haftung,
da wir uns diese nicht zu eigen machen, sondern lediglich auf
deren Stand zum Zeitpunkt der Erstveröffentlichung verweisen.

Penguin Random House Verlagsgruppe FSC® N001967

3. Auflage
Copyright © 2018 by Jennifer Hillier
Dieses Werk wurde im Auftrag von St. Martin's Press
durch die Literarische Agentur Thomas Schlück GmbH,
30161 Hannover, vermittelt.
Copyright © der deutschsprachigen Ausgabe 2020
by Penguin Verlag
in der Penguin Random House Verlagsgruppe GmbH,
Neumarkter Straße 28, 81673 München
Das Zitat auf S. 33 stammt aus dem Lied *Wonderwall* von Oasis.
Urheber von Text und Musik ist Noel Gallagher.
Das Zitat auf S. 278 f. stammt aus dem Lied *Closer* von Nine Inch Nails.
Urheber ist Trent Reznor.
Umschlag: Hafen Werbeagentur, Hamburg
Umschlagmotiv: © nienora / shutterstock; © Textures.com;
© Injenerker – iStock
Satz: Uhl + Massopust, Aalen
Druck und Bindung: GGP Media GmbH, Pößneck
Printed in Germany
ISBN 978-3-328-10389-9

www.penguin-verlag.de

Teil eins
Verleugnung

1

Der Prozess wurde von der Presse nur am Rande erwähnt. Das ist gut, denn es bedeutet weniger öffentliche Aufmerksamkeit und weniger Journalisten. Gleichzeitig ist es auch schlecht, denn man fragt sich doch, wie scheußlich ein Verbrechen heutzutage sein muss, um es in die Schlagzeilen zu schaffen.

Verdammt scheußlich, wie's aussieht.

In der *New York Times* und auf *CNN* wird Calvin James – auch bekannt als der Sweetbay-Würger – nur kurz erwähnt, und für die Zeitschrift *People* oder die Sendung *The View* sind seine Verbrechen nicht sensationell genug. Aber für die Menschen oben im Nordwesten, in Washington, Idaho und Oregon, ist der Prozess gegen den Sweetbay-Würger eine Riesensache. Das Verschwinden von Angela Wong vor vierzehn Jahren hatte in der Gegend um Seattle ziemlich viel Aufsehen erregt, denn Angelas Vater ist ein hohes Tier bei Microsoft und ein Freund von Bill Gates. Suchtrupps wurden zusammengestellt und alle möglichen Leute befragt, die ausgesetzte Belohnung stieg mit jedem Tag an, den Angela verschwunden blieb. Als die Leiche der Sechzehnjährigen so viele Jahre später entdeckt wurde – nur einen knappen Kilometer von ihrem Elternhaus entfernt –, löste das Schockwellen in der Gemeinde aus. Daran erinnern sich die Leute. Der #*GerechtigkeitfürAngela* machte heute Morgen auf Twitter die Runde. Er stand zwar nur ungefähr drei Stunden lang an neunter oder zehnter Stelle der beliebtesten Hashtags, aber immerhin.

Angelas Eltern sind im Gerichtssaal anwesend. Sie haben sich ein Jahr nach dem Verschwinden ihrer Tochter scheiden lassen. Ihre Ehe, die schon zuvor jahrelang nur noch an einem seidenen Faden hing, hat den Schicksalsschlag nicht überstanden. Jetzt sitzen sie wenige Reihen hinter dem Staatsanwalt nebeneinander, mit ihren jeweiligen neuen Ehepartnern, vereint in der Trauer und dem Wunsch nach Gerechtigkeit.

Georgina Shaw kann sich nicht dazu überwinden, Blickkontakt mit ihnen aufzunehmen. Ihre Gesichter zu sehen, die Trauer und die Wut darin, ist das Schlimmste an der ganzen Sache. Sie hätte ihnen vierzehn Jahre schlaflose Nächte ersparen können. Sie hätte ihnen an dem Abend, an dem es passiert ist, alles erzählen können.

Geo hätte alles Mögliche tun können.

Vor vierzehn Jahren war Angelas Mutter eine oberflächliche, materialistisch eingestellte Frau, der ihr Status im Country Club mehr am Herzen lag als ihre heranwachsende Tochter. Ihr Vater war auch nicht viel besser, ein Workaholic, der am Wochenende lieber Golf und Poker spielte, als Zeit mit seiner Familie zu verbringen. Bis Angela verschwand. Da taten sie sich zusammen, nur um sich dann zu trennen. Sie reagierten auf Angelas Verschwinden, wie es alle normalen Eltern getan hätten, die ihr Kind liebten. Sie wurden verletzlich. Sie wurden emotional. Geo erkennt Candace Wong, heute Candace Platten, kaum noch wieder. Diese Frau, die einmal extrem dünn war, hat fast zehn Kilo zugenommen, wodurch sie jedoch gesünder wirkt. Victor Wong sieht, bis auf einen leichten Bauchansatz und eine Halbglatze, genauso aus wie früher.

Geo hat einen großen Teil ihrer Kindheit bei Angela zu Hause verbracht, hat mit Angela in der Küche Pizza gegessen und bei ihr übernachtet, wenn ihr Vater mal wieder Nachtschicht in der Notaufnahme hatte. Sie hat die Wongs getröstet, als ihr einziges Kind nicht nach Hause kam, ihnen versichert, ihre Tochter würde bestimmt gefunden, sie hat ihnen Antworten gegeben, die sie beruhigten, die jedoch nichts mit der Wahrheit zu tun hatten. Die Wongs wurden zur Abschlussfeier an der Highschool eingeladen, man überreichte ihnen eine Ehrung für Angela, die Captain bei den Cheerleadern, der Star des Volleyballteams und eine hervorragende Schülerin gewesen war. Und seitdem hat Candace Wong Platten Geo jedes Jahr eine Weihnachtskarte geschickt, egal, wo auf der Welt sie sich gerade aufhielt. Ein Dutzend Karten sind es, alle mit denselben Worten unterschrieben: *Alles Liebe, Angies Mom.*

Jetzt hassen sie Geo. Seit sie den Gerichtssaal betreten hat, starren Angelas Eltern Geo an. Und seit sie im Zeugenstand Platz genommen hat, sind auch die Blicke der Geschworenen auf sie gerichtet.

Geo ist auf die Fragen vorbereitet, und sie beantwortet sie genauso, wie sie es geübt hat, den Blick auf eine Stelle an der hinteren Wand des Gerichtssaals geheftet,

Der stellvertretende Bezirksstaatsanwalt hat sie gut instruiert, fast könnte man meinen, sie wäre nur hier, um Aufschluss zu geben über die Ereignisse jener Nacht, um ein bisschen Leben und Farbe in den Prozess zu bringen. Abgesehen davon ist der Fall eine todsichere Sache. Die Staatsanwaltschaft hat mehr als genug Beweise, um Calvin James für drei Morde zu verurteilen, die er lange nach dem Mord an Angela begangen hat. Doch Geo ist nur hier, um darüber zu sprechen, was in der Nacht passiert ist, als ihre beste Freundin starb. Es ist der einzige der Morde, in den sie verwickelt ist, und nachdem sie ihre Aussage gemacht hat, wird man sie ins Hazelwood Correctional Institute bringen, wo sie ihre fünfjährige Haftstrafe antreten wird.

Fünf Jahre. Es ist ein Albtraum und zugleich ein Geschenk, das Ergebnis einer raffinierten, von ihrem eleganten, teuren Anwalt eingefädelten gerichtlichen Einigung und der Not des Staatsanwalts, der unter enormem Druck stand, den Sweetbay-Würger hinter Schloss und Riegel zu bringen. Die Öffentlichkeit fordert die Todesstrafe für den Serienmörder, aber die wird es nicht geben. Nicht in einer so liberalen Stadt wie Seattle. Die Staatsanwaltschaft hat jedoch gute Chancen, lebenslänglich für Calvin James durchzubekommen. Im Vergleich dazu sind laut einigen Kommentaren in den sozialen Medien zu *#JusticeForAngela* Geos fünf Jahre ein Witz. Geo wird immer noch jung sein, wenn sie freikommt, jung genug, um ein neues Leben zu beginnen. Sie kann immer noch heiraten und Kinder bekommen. Sie wird immer noch eine Zukunft haben.

Theoretisch zumindest.

Sie riskiert einen Blick auf Andrew, der stoisch neben ihrem Vater in der drittletzten Reihe sitzt. Seinetwegen sieht sie heute so gut aus; er hat ihr am Vormittag ihr Lieblingskleid von Dior und ihre Louboutin-Pumps bringen lassen. Ihre Blicke begegnen sich. Andrew deutet ein aufmunterndes Lächeln an, das sie ein bisschen tröstet, auch wenn sie weiß, dass es nicht lange halten wird.

Ihr Verlobter weiß nicht, was sie getan hat. Aber er wird es bald erfahren. Geo betrachtet ihre Hände, die sie auf ihrem Schoß gefaltet hat. Ihren Verlobungsring mit dem dreikarätigen, ovalen Diamanten, eingefasst von winzigen Brillanten, trägt sie noch am Finger. Vorerst. Andrew Shipp hat Geschmack. Das gehört eben dazu, wenn man eine gute Erziehung genossen hat, einen wichtigen Familiennamen trägt und ein dickes Bankkonto besitzt. Wenn er die Verlobung löst – was er natürlich tun wird, denn das Einzige, was ihm noch wichtiger ist als Geo, ist die Firma seiner Eltern –, wird sie ihm den Ring zurückgeben.

Natürlich wird sie das tun. Weil es das einzig Richtige ist.

Eine Staffelei mit einem Foto von Angela in der Größe eines Posters ist zu den Geschworenen hin ausgerichtet. Geo erinnert sich an den Tag, an dem das Foto aufgenommen wurde, wenige Wochen, nachdem sie an der St. Martin's Highschool in die elfte Klasse gekommen waren. Es ist ein vergrößerter Ausschnitt aus einem Foto, von dem auch Geo einen Abzug besitzt. Darauf sieht man die beiden besten Freundinnen nebeneinander auf der Puyallup Fair (die inzwischen in Washington State Fair umbenannt wurde), Geo mit einem blauen Bausch

Zuckerwatte, Angela mit einem Eis in der Hand, das in der Sommerwärme schmilzt. Auf dem Ausschnitt lacht Angela in die Kamera, ihre Haare glänzen im Sonnenlicht, ihre braunen Augen leuchten. Ein hübsches Mädchen an einem schönen Tag, ein Mädchen, dem die Welt zu Füßen liegt.

Gleich daneben, auf einer zweiten Staffelei, befindet sich ein Foto von Angelas sterblichen Überresten, die im Wald hinter Geos Elternhaus gefunden wurden. Nur ein Haufen Knochen in einem Erdloch, man hat schon wesentlich Schlimmeres im Fernsehen gesehen. Der einzige Unterschied ist, dass diese Knochen echt sind und einem Mädchen gehören, das viel zu jung gestorben ist und auf eine unvorstellbar brutale Weise.

Der Staatsanwalt stellt weiter seine Fragen und entwirft ein Bild von Angela Wong für die Geschworenen, quasi durch Geos Augen. Sie beantwortet die Fragen, ohne unnötige Einzelheiten hinzuzufügen. Ihre Stimme ertönt aus den Lautsprecherboxen, und sie klingt ruhiger, als Geo sich fühlt. Ihre tiefe Trauer, die sie seit dem Mord an Angela Tag für Tag begleitet, scheint zu verblassen, hinter dem Bemühen, klar und deutlich zu sprechen.

Calvin beobachtet sie vom Tisch der Verteidigung aus, sein Blick durchdringt sie regelrecht. Es ist, als würde er sie noch einmal vergewaltigen. Geo erzählt dem Gericht von ihrer Beziehung, sie waren einmal ein Paar, damals, als er noch Calvin war und nicht der Sweetbay-Würger, als sie sechzehn war und glaubte, sie würden sich lieben. Sie berichtet davon, wie er sie misshandelt hat, sowohl verbal als auch körperlich, beschreibt den faszinierten

Zuhörern im Gerichtssaal Calvins Besessenheit, seinen Kontrollzwang. Sie schildert ihre Angst und ihre Verwirrung, erzählt Dinge, über die sie noch nie vorher gesprochen hat, nicht mal mit Angela und erst recht nicht mit ihrem Vater. Dinge, die sie jahrelang verdrängt hat, tief vergraben in einer Ecke ihrer Erinnerung, an die sie sich nie herangetraut hat.

Geo ist eine Meisterin darin, ihr Leben in verschiedene Bereiche zu gliedern.

»Als Sie Jahre später die Berichte in den Nachrichten gesehen haben, haben Sie da schon geahnt, dass Calvin James der Sweetbay-Würger war?«, fragt der Staatsanwalt.

Geo schüttelt den Kopf. »Ich hab mir die Nachrichten nie angesehen. Mein Vater hatte mir zwar davon erzählt, er wohnt ja immer noch in Sweetbay, aber den Zusammenhang hab ich nicht hergestellt. Ich hab das irgendwie gar nicht mitgekriegt.«

Das stimmt tatsächlich, und als sie zu Calvin hinüberschaut, zeigen seine Mundwinkel fast unmerklich nach oben. Ein winziges Lächeln. Ihr Ex-Freund sah mit einundzwanzig gut aus, das konnte niemand bestreiten. Aber jetzt, mit fünfunddreißig, sieht er aus wie ein Filmstar. Sein Gesicht ist kantiger, von verführerisch zerzausten Locken umrahmt wie das von McDreamy aus *Grey's Anatomy*; die leicht angegrauten Schläfen und die Fältchen um seine Augen tragen nur zu seiner Attraktivität bei. Er sitzt entspannt da, bekleidet mit einem schlichten Anzug und einer dezenten Krawatte, und macht sich Notizen auf einem gelben Block. Das winzige Lächeln umspielt seine Lippen schon seit sie den Gerichtssaal betreten hat. Vermutlich ist sie jedoch die Einzige, die es sieht. Vermutlich gilt es ihr.

Als ihre Blicke sich begegnen, geht ein Kribbeln durch Geos Körper. Dieses verdammte Kribbeln, selbst jetzt noch, nach allem, was passiert ist. Vom ersten Tag an, von ihrer ersten Begegnung an, bis zu dem Tag, an dem sie ihn zum letzten Mal gesehen hat, war dieses Kribbeln immer da. So etwas hat sie weder vorher noch nachher jemals empfunden. Nicht mal bei Andrew. Am wenigsten bei Andrew. Ihr Verlobter – wenn sie ihn denn immer noch so bezeichnen will, denn die für den nächsten Sommer geplante Hochzeit wird sicherlich nicht stattfinden – hat dieses Gefühl nie in ihr ausgelöst.

Ihre Hände liegen immer noch in ihrem Schoß, sie dreht den Ring hin und her, fühlt sein Gewicht, die Sicherheit, die er ihr gibt. Als Andrew ihn ihr überreicht hat, war er nicht nur ein Symbol für das Eheversprechen, sondern auch für das Leben, das sie sich aufgebaut hatte. Ein BA von der Puget Sound State University, ein MBA von der University of Washington, mit dreißig die jüngste stellvertretende Vorsitzende von Shipp Pharmaceuticals. Was spielte es schon für eine Rolle, dass sie ihre Karriere zum Teil der Tatsache zu verdanken hat, dass sie die Verlobte von Andrew Shipp ist, dem CEO und Thronerben? Den Rest hat sie sich verdammt hart erarbeitet.

Egal. Dieses Leben gibt es jetzt nicht mehr.

Einerseits weiß sie, dass sie noch einmal glimpflich davongekommen ist. Ihr gewiefter Anwalt war jeden Cent wert, den Andrew ihm gezahlt hat. Andererseits: *fünf verdammte Jahre*. Im Gefängnis wird es niemanden interessieren, dass sie draußen studiert hat und erfolgreich war, dass sie bis zu ihrer Verhaftung ein sechsstelliges Jahresgehalt bezogen hat (plus Boni) und dass sie kurz davorstand, Mitglied einer der ältesten und bedeutendsten Familien Seattles zu werden. Wenn sie rauskommt – gesetzt den Fall, dass sie das Gefängnis überlebt und nicht in der Dusche erstochen wird –, wird sie vorbestraft sein. Wegen eines Kapitalverbrechens. Sie wird nie wieder einen normalen Job bekommen. Jedes Mal, wenn irgendjemand ihren Namen googelt, wird der Fall des Sweetbay-Würgers auftauchen, denn das Internet vergisst nie. Sie wird noch einmal ganz unten anfangen müssen. Nein, nicht ganz unten, noch tiefer. Sie wird sich aus der Grube befreien müssen, die sie sich selbst gegraben hat.

Sie berichtet weiter von den Ereignissen jener grauenhaften Nacht, bemüht sich, klar und deutlich zu sprechen. Die Geschworenen und die Zuschauer hängen ihr an den Lippen. Den Blick fest auf diese eine Stelle an der hinteren Wand des Saals geheftet, beschreibt sie alles, wie es gewesen ist. Die Football-Party bei Chad Fenton zu Hause. Das Fass Bowle, die fast zur Hälfte aus Wodka bestand. Sie erzählt, wie sie und Angela die Party früh verlassen, wie sie kichernd in ihren dünnen Kleidchen zu Calvin torkeln, sturzbetrunken. Sie beschreibt die pulsierende Musik, die aus Calvins Anlage dröhnt. Wie Angela getanzt hat. Wie Angela mit Calvin geflirtet hat. Wie sie alle noch mehr getrunken haben und die Welt angefangen hat, sich zu drehen und sich in ein Kaleidoskop aus Formen und Farben zu verwandeln, bis Geo schließlich das Bewusstsein verloren hat.

Dann, etwas später, die Fahrt im Auto zu Geo nach Hause, Calvin am Steuer, Angela zusammengefaltet im Kofferraum. Den langen, mühsamen Weg in den Wald, nur beleuchtet durch eine kleine Taschenlampe an Calvins Schlüsselbund. Die kühle Nachtluft. Der Geruch der Bäume. Der harte Boden. Wie ihr Weinen im Wald widerhallte, wie ihr Kleid mit Erde, Gras und Blut besudelt war.

»Sie haben also nicht direkt gesehen, wie Calvin die Leiche zerstückelt hat?«, fragt der Staatsanwalt. Geo windet sich. Er will Angelas Zerstückelung ins Rampenlicht zerren, will alles so grauenhaft wie möglich schildern, dabei war ihre beste Freundin da schon längst tot, was grauenhaft genug war.

»Nein, ich habe nicht gesehen, wie er es getan hat«, antwortet sie. Dabei schaut sie Calvin nicht an. Es geht nicht.

»Was hat er benutzt?«

»Eine Säge. Aus dem Schuppen im Garten.«

»Eine Säge Ihres Vaters?«

»Ja.« Sie schließt die Augen. Sie sieht immer noch den glänzenden Stahl im Mondlicht aufblitzen. Den hölzernen Griff, das gezackte Sägeblatt. Später war alles voller Blut, Haut und Haaren. »Der Boden war zu… steinig. Wir konnten kein Loch graben, das groß genug war für… für ihren… ganzen Körper.«

Eine Bewegung geht durch den Saal. Ein Rascheln, dann leises Murmeln. Andrew Shipp ist aufgestanden. Er schaut Geo an; ihre Blicke begegnen sich. Er nickt ihr zu, deutet mit einer Kopfbewegung eine Entschuldigung an, dann verlässt ihr Verlobter den Gerichtssaal durch die schwere Doppeltür am hinteren Ende.

Möglicherweise wird sie ihn nie wiedersehen. Es schmerzt mehr, als sie erwartet hat. Wütend dreht sie ihren Verlobungsring an ihrem Finger, dann schiebt sie den Schmerz vorerst beiseite.

Walter Shaw, der jetzt neben einem leeren Platz sitzt, rührt sich nicht. Geos Vater ist nicht gerade für seine Emotionalität bekannt, und der einzig sichtbare Ausdruck seiner Gefühle ist die Träne, die ihm über die Wange läuft. Er hat diese Geschichte auch noch nie gehört, und sie wird es ihm nicht übel nehmen, falls er Andrew durch die schwere Tür folgt. Aber ihr Vater geht nicht. Gott sei Dank.

»Wie lange hat es gedauert? Sie zu zerstückeln?«, fragt der Staatsanwalt.

»Ziemlich lange«, sagt Geo leise. Ein Schluchzen ertönt in der Mitte des Saals. Candace Wong Plattens Schultern beben, ihr Ex-Mann legt einen Arm um sie, obwohl er sich selbst kaum noch beherrschen kann. Die jetzigen Ehepartner der beiden sitzen stumm vor Entsetzen neben ihnen und wissen nicht, wie sie reagieren, was sie tun sollen. Es geht nicht um ihre Tochter, aber auch sie empfinden den Schmerz. »Es kam mir vor, als hätte es sehr lange gedauert.«

Alle Blicke sind auf sie gerichtet. Auch Calvins. Ganz langsam hebt Geo den Kopf, und endlich begegnen sich ihre Blicke. Zum ersten Mal, seit sie den Gerichtssaal betreten hat, hat sie Blickkontakt mit ihm. Kaum merklich, sodass nur sie es wahrnehmen kann, weil sie es erwartet, nickt er. Sie wendet sich ab und konzentriert sich wieder auf den Staatsanwalt, der gerade einen Schluck Wasser trinkt.

»Sie haben sie also dort zurückgelassen«, sagt der Staatsanwalt, stellt das Glas ab und tritt wieder an den Zeugenstand. »Und dann haben Sie einfach weitergelebt, als wäre nichts geschehen. Sie haben die Polizei belogen. Sie haben Angelas Eltern belogen. Sie haben diese Eltern vierzehn Jahre lang leiden lassen, vierzehn lange Jahre, in denen sie nicht wussten, was mit ihrem einzigen Kind passiert ist.«

Er hält inne. Schaut demonstrativ erst Geo, dann Calvin, dann die Geschworenen an. Als er weiterspricht, flüstert er fast, sodass alle im Saal sich anstrengen müssen, um ihn zu verstehen. »Sie haben Ihre beste Freundin im Wald vergraben, keine hundert Meter von Ihrem Elternhaus entfernt, nachdem Ihr Freund sie zerstückelt hatte.«

»Ja«, sagt sie und schließt wieder die Augen. Sie weiß, wie grässlich das klingt, weil sie weiß, wie grässlich es war. Aber die Tränen wollen nicht kommen. Sie hat keine mehr übrig.

Jemand im Saal weint leise. Eigentlich ist es eher ein Wimmern. Die Brust von Angelas Mutter hebt und senkt sich, sie hat das Gesicht in den Händen verborgen, ihr knallroter Nagellack ist abgesplittert, das kann Geo selbst von ihrem Platz aus sehen. Victor Wong neben ihr weint nicht, aber seine Hand, mit der er ein Taschentuch aus der Brusttasche zieht, um es seiner Ex-Frau zu reichen, zittert stark.

Der Staatsanwalt hat keine weiteren Fragen. Der Richter ordnet eine Mittagspause an. Die Geschworenen verlassen den Saal, die Zuschauer stehen auf und strecken sich. Es wird telefoniert. Journalisten hacken auf die Tastaturen ihrer Laptops ein. Der Gerichtsdiener führt Geo aus dem Zeugenstand, und sie geht langsam am Tisch der Verteidigung, an dem Calvin sitzt, vorbei. Er steht auf, packt sie an der Hand und hält sie fest.

»Schön, dich zu sehen«, sagt er. »Selbst unter diesen Umständen.«

Ihre Gesichter sind nur Zentimeter voneinander entfernt. Seine Augen sind noch genauso, wie sie sie in Erinnerung hat, leuchtend grün mit einem goldenen Rand um die Pupillen. Manchmal sieht sie diese Augen im Traum, hört seine Stimme, spürt seine Hände an ihrem Körper, dann ist sie schon häufig schweißgebadet aus dem Schlaf gefahren. Doch jetzt steht er vor ihr, so real wie eh und je.

Sie sagt nichts, denn es gibt nichts zu sagen, erst recht nicht vor all den Leuten, die sie beobachten und mithören. Sie schüttelt seine Hand ab. Der Gerichtsdiener schiebt sie vorwärts.

Sie spürt den Zettel, den Calvin ihr in die Hand gedrückt hat und steckt ihn unauffällig in die Tasche ihres Kleids. Sie bleibt stehen, um sich von ihrem Vater zu verabschieden und ihm den Verlobungsring zu geben, den einzigen Schmuck, den sie trägt. Walter Shaw umarmt sie unbeholfen. Dann lässt er sie los und wendet sich ab, damit sie nicht sieht, wie sich sein Gesicht vor Kummer verzerrt.

Die Verhandlung ist noch nicht zu Ende, Geos Rolle dabei schon. Sie wird ihren Vater erst wiedersehen, wenn er sie im Gefängnis besucht. Der Gerichtsdiener führt sie zurück in die Zelle. Sie setzt sich auf die Bank hinten in der Ecke, und während die Schritte des Gerichtsdieners langsam verklingen, nimmt sie Calvins Zettel aus der Tasche.

Es ist ein Stück von einer Seite seines gelben Notizblocks. Darauf hat er in seiner kleinen, sauberen Handschrift geschrieben:

Gern geschehen.

Neben die zwei Worte hat er ein kleines Herz gezeichnet.

Sie knüllt den Zettel zu einer winzigen Kugel zusammen und verschluckt ihn. Weil das die einzige Möglichkeit ist, ihn loszuwerden.

Geo hockt allein in ihrer Zelle, tief in Gedanken versunken. Die Vergangenheit, die Gegenwart und die Zukunft fließen ineinander, die inneren Stimmen plappern zeitgleich mit den Stimmen der Polizisten im Flur, die sich über die letzte Folge von *Grey's Anatomy* unterhalten. Geo fragt sich kurz, ob man im Gefängnis *Grey's Anatomy* sehen kann. Sie hat keine Ahnung, wie viel Zeit vergangen ist, als ein Schatten vor den Gitterstäben auftaucht.

Als sie aufblickt, steht Detective Kaiser Brody da. Er hält eine Papiertüte von einem Hamburger-Imbiss und einen Milchshake in den Händen. Einen Erdbeer-Milchshake. Die Papiertüte strotzt vor Fettflecken, und Geo läuft das Wasser im Mund zusammen. Sie hat seit dem Frühstück, einer kleinen Schale Haferflocken mit kalter Milch, die ihr auf einem schmuddeligen Blechtablett hier in der Zelle vorgesetzt wurde, nichts mehr gegessen.

»Wenn das nicht für mich ist, bist du echt grausam«, sagt sie.

Kaiser hält die Tüte hoch. »Das ist für dich. Und du

bekommst es auch… wenn du mir sagst, was Calvin James dir im Gerichtssaal zugesteckt hat.«

Geo betrachtet die Tüte. »Ich weiß nicht, wovon du redest.«

»Er hat deine Hand gepackt, und er hat dir was zugesteckt.«

Sie schüttelt den Kopf. Sie riecht gebratenes Hackfleisch. Röstzwiebeln. Fritten. Ihr Magen knurrt laut. »Er hat mir nichts gegeben, Kai, ich schwör's. Er hat mich an der Hand gepackt, gesagt, schön, dich zu sehen, und ich hab mich losgerissen, ohne ihm was zu antworten. Mehr war da nicht.«

Der Detective glaubt ihr nicht. Er gibt dem Wachmann ein Zeichen, und der schließt die Tür auf. Kaiser überprüft ihre Hände, dann überprüft er den Fußboden. Er bedeutet ihr, sie soll aufstehen, und sie gehorcht. Er tastet sie ab, überprüft ihre Taschen. Resigniert gibt er ihr die Tüte. Sie reißt sie auf.

»Langsam.« Er setzt sich neben sie auf die kalte Metallbank. »Da sind zwei Burger drin. Einer ist für mich.«

Geo hat ihren schon ausgewickelt. Sie beißt kräftig zu, Fett tropft auf ihr Designerkleid. Es ist ihr egal. »Ist das erlaubt?«

»Was? Der Burger?« Kaiser hebt den Deckel seines Burgers an, legt ein paar Fritten auf das Fleisch, klappt den Burger wieder zu und beißt ebenfalls kräftig hinein. »Du hast die gerichtliche Einigung unterschrieben, es interessiert niemanden, ob ich mit dir rede.«

»Ich fass es nicht, dass du das immer noch machst.« Sie betrachtet gespielt angewidert seinen Burger. »Fritten in den Burger. Das ist dermaßen Highschool.«

21

»In manchen Dingen hab ich mich geändert«, sagt er, »in anderen nicht. Ich wette, das ist bei dir auch nicht anders.«

»Also, was machst du hier?«, fragt sie ein paar Minuten später, nachdem sie ihren Burger halb aufgegessen hat und ihr Magen nicht mehr schmerzt.

»Weiß nicht. Ich wollte dir eigentlich nur sagen, dass ich dich nicht hasse.«

»Du hättest allen Grund dazu.«

»Jetzt nicht mehr«, sagt Kaiser, dann seufzt er. »Ich hab den Fall endlich abgeschlossen. Jetzt kann ich loslassen. Ich kann dir nur raten, dasselbe zu tun. Du hast dieses Geheimnis lange genug mit dir rumgeschleppt. Vierzehn Jahre … Ich wage kaum, mir vorzustellen, was das mit dir gemacht hat. Das allein ist ja schon eine furchtbare Strafe.«

»Ich glaub nicht, dass Angelas Eltern das genauso sehen.« Trotzdem freut sie sich, dass er das gesagt hat. Dadurch fühlt sie sich weniger wie ein Monstrum. Aber nur ein bisschen.

»Dafür kommst du ja ins Gefängnis. Um deine Strafe abzusitzen. Und wenn du rauskommst, kannst du noch mal von vorne anfangen. Du wirst es überleben. Du bist schon immer stark gewesen.« Kaiser legt seinen Burger ab. »Weißt du, es ist schon komisch. Als ich rausgefunden hatte, was du getan hast, hätte ich dich am liebsten umgebracht. Für das, was du Angela angetan hast. Für das, was du allen zugemutet hast. Was du *mir* zugemutet hast. Aber als ich dich wiedergesehen hab …«

»Da?«

»Da ist mir wieder eingefallen, wie es früher war. Wir

waren doch alle dicke Freunde, verdammt noch mal. So was geht nicht weg.«

»Ich weiß.« Geo schaut ihn an. Unter seiner harten Polizistenschale sieht sie sein gutes Herz. Kaiser hatte schon immer ein gutes Herz. »Ich hätte dir damals gern erzählt, was passiert war, du glaubst gar nicht, wie oft ich das wollte. Du hättest gewusst, was zu tun war. Du warst immer mein …«

»Dein was?«

»Mein moralischer Kompass«, sagt sie. »Ich hab viel Scheiße gebaut, Kai. Zum Beispiel, dass ich dich von mir weggestoßen hab.«

»Du warst sechzehn.« Kaiser stößt noch einen tiefen Seufzer aus. »Du warst noch ein Kind. Genau wie ich. Und wie Angela.«

»Aber alt genug, um es besser wissen zu müssen.«

»Im Nachhinein ergibt vieles einen Sinn. Wie du drauf warst, nach der Nacht. Wie du dich von mir zurückgezogen hast. Dass du den Rest des Jahres nicht mehr zur Schule gegangen bist. Calvin hat dich echt fertiggemacht. Ich hab damals bloß nicht geblickt, wie schlimm.« Kaiser berührt ihr Gesicht. »Aber heute hast du die Wahrheit gesagt. Es ist vorbei. Endlich.«

»Endlich«, wiederholt sie und beißt noch einmal kräftig von ihrem Burger ab, obwohl sie gar keinen Hunger mehr hat.

Mit vollem Mund lügt es sich leichter.

2

Im Gefängnis gibt es drei verschiedene Währungen: Drogen, Sex und Informationen. Letztere sind am wertvollsten, aber Crystal Meth und Blowjobs sind zuverlässiger. Und da Geo nicht mit Drogen dealt, muss es Bargeld tun. Es gibt Dinge, die sie braucht, um das Gefängnis zu überleben, und die will sie sich möglichst schnell besorgen, sobald sie eine Zelle und einen Job hat.

Alle neuen (oder zurückgekehrten) Insassinnen des Hazelwood Correctional Institute, das von manchen auch Hellwood genannt wird, durchlaufen die ersten zwei Wochen ein Aufnahme- und Einweisungsverfahren, bei dem sie einer eingehenden Beurteilung unterzogen werden. Reihenweise psychologische Tests und Hintergrundprüfungen werden durchgeführt, bevor festgelegt wird, wo die Gefangene wohnen und arbeiten wird. Geo hofft auf die Unterbringung in einer Abteilung der mittleren Sicherheitsstufe und einen Job im Friseursalon. Nach ihrem ersten Gespräch mit der Sozialarbeiterin weiß sie allerdings, dass sie realistischerweise auf nichts Besseres hoffen kann als drei Jahre lang Unterbringung bei höchster Sicherheitsstufe und einen Job in der Putzkolonne.

»Das ist gar nicht so schlecht«, sagt die Sozialarbeiterin, um sie zu beruhigen. Auf dem Namensschild auf ihrem Schreibtisch steht P. MARTIN. »In der Abteilung für Hochsicherheit gibt es mehr Personal. Wenige Vergünstigungen, aber dafür viel Schutz.«

Das klingt in Geos Ohren nach ziemlichem Blödsinn, aber da sie noch nie im Gefängnis war, kann sie nichts dazu sagen. Sie ist vor drei Stunden in Hazelwood angekommen, und die Sozialarbeiterin ist die erste Person ohne Uniform, mit der sie gesprochen hat. P. Martin – Pamela? Patricia? Es gibt im Zimmer keinen Hinweis auf den Vornamen der Frau – scheint ehrlich um das Wohlergehen der Insassinnen besorgt zu sein. Geo fragt sich, was die Frau hierhergeführt hat. Geld kann es nicht sein. Sie trägt einen billigen Hosenanzug, das Jackett spannt unter den Achseln, und an den Nähten hängen lose Fäden.

»Wie sieht Ihre Unterstützung aus?«, fragt die Beraterin. Als Geo nicht antwortet, formuliert sie ihre Frage anders. »Wer wird Sie hier besuchen? Auf wen freuen Sie sich, wenn Sie rauskommen? Denn der Tag wird kommen, und an die Leute, auf die Sie sich freuen, sollten Sie jeden Tag denken, den Sie hier verbringen. Sie brauchen ein Ziel vor Augen.«

»Mein Vater«, sagt Geo. Sie hatte nie viele Freunde, und seit dem Prozess geht sie davon aus, dass sie gar keine mehr hat. »Ich war verlobt... aber das mit der Hochzeit hat sich ja jetzt erledigt.«

»Was ist mit Ihrer Mutter?«

»Die ist gestorben, als ich fünf war.«

»Eine letzte Frage«, sagt Martin. »Welcher Ethnie

fühlen Sie sich zugehörig? Sie sehen aus wie eine Weiße, aber in Ihrem Aufnahmeformular haben Sie ›andere‹ angekreuzt.«

»Andere ist korrekt«, antwortet Geo. »Meine Mutter war halb Philippina, und mein Vater ist zu einem Viertel Jamaikaner. Ich bin ein Mischling.«

Die Sozialarbeiterin lässt ihren Kuli klicken, nickt und notiert etwas in ihrer Akte. »Die Insassinnen hier sind zu fünfundsechzig Prozent Weiße, und da Sie weiß aussehen, werden Sie da gut reinpassen. Aber wenn Sie auch schwarze Anteile haben, können Sie sich mit Schwarzen anfreunden, das ist gut.«

»Ich bin ja auch zu einem Viertel asiatisch.«

»Wir haben hier weniger als ein Prozent Häftlinge aus Asien. Das wird Ihnen nicht helfen.« Die Sozialarbeiterin sieht sie durchdringend an. »So, und wie fühlen Sie sich? Deprimiert? Aufgeregt? Haben Sie Selbstmordgedanken?«

»Wenn ich Ja sage, kann ich dann nach Hause?«

Die Sozialarbeiterin lacht. »Gut. Sie haben Humor. Bewahren Sie sich den.« Sie klappt ihren Ordner zu. »Also gut, meine Liebe. Wir sind hier erst mal fertig. In einer Woche sehen wir uns wieder. Falls Sie mich vorher brauchen, sagen Sie jemandem vom Wachpersonal Bescheid.«

Die ersten zwei Wochen vergehen ohne besondere Ereignisse. Allerdings werden alle Neuzugänge streng auf Selbstmordabsichten hin beobachtet, denn das Gefängnis ist ein verdammt deprimierender Ort. Geo hält sich bedeckt, redet nur, wenn sie angesprochen wird, und verbringt die meiste Zeit allein. An dem Morgen, an dem sie mit den anderen Gefangenen zusammengebracht werden soll, ist sie schon lange vor dem Schrillen der Glocke wach.

Es ist schwer zu glauben, dass sie vor nur etwas mehr als sechs Monaten von der Zeitschrift *Pacific Northwest* interviewt wurde, die für ihr jährliches Feature »Die 100 Top-Arbeitgeber« Shipp Pharmaceuticals vorstellte. Mit ihren dreißig Jahren war Geo die bei Weitem jüngste weibliche Führungskraft bei Shipp, und die Überschrift des Artikels lautete: »Das Schiff steuert in eine neue Richtung: Das junge Gesicht eines der ältesten Unternehmen Amerikas«. Das Begleitfoto zeigte Geo im verglasten Konferenzraum im 34. Stock am Kopfende des langen Konferenztischs sitzend, kurzer Rock, die Beine übereinandergeschlagen, die roten Sohlen ihrer High Heels gut sichtbar, ein strahlendes Lächeln auf dem Gesicht. Thema des Artikels war Diversität am Arbeitsplatz, wobei ihr ethnisches Erbe ironischerweise mit keinem Wort erwähnt wurde. Es ging einzig und allein um ihre Jugend und ihr Geschlecht – das allein machte sie schon zu einem bunten Vogel in einem von alten weißen Männern beherrschten Pharmakonzern – sowie um ihre Pläne, die Abteilung für Lifestyle & Beauty zu erweitern.

Sie vermutete, dass die meisten Vorstandsmitglieder von Shipp sich über das Foto ärgerten und vor allem darüber, dass man ausgerechnet sie als Repräsentantin des Unternehmens ausgewählt hatte, doch das sprach niemand ihr gegenüber offen aus.

Am Tag der Verhaftung redete Geo gerade in diesem Konferenzsaal. Die Tür schwang auf, und ein großer Mann in schwarzen Jeans und einer abgenutzten Lederjacke marschierte herein, begleitet von zwei uniformierten Polizisten und gefolgt von einer aufgeregten Verwaltungsassistentin, die händeringend versuchte, mit ihnen Schritt zu halten. Die zwölf Köpfe der am Tisch Sitzenden wandten sich um.

»Tut mir leid, die haben mich nicht anklopfen lassen«, sagte die junge Frau namens Penny, die erst seit einem Monat bei der Firma war, völlig außer Atem.

Der Mann in der Lederjacke schaute Geo an. Er kam ihr unglaublich vertraut vor, und sie überlegte krampfhaft, woher sie ihn kannte. Das Abzeichen an seiner Brusttasche wies ihn als Detective aus, und an der leichten Wölbung unter seiner Jacke erkannte sie, dass er eine Waffe trug. Er war groß und muskulös, ganz anders als damals in der Highschool, als er noch fünfzehn Kilo leichter und einen halben Kopf kleiner gewesen war...

Kaiser Brody. Ach du Scheiße.

Da begriff Geo, und ihr blieb das Herz stehen. Ihre Knie wurden weich, und der Raum begann sich zu drehen, sodass sie sich am Tisch festhalten musste. Plötzlich herrschte in dem Konferenzsaal, in dem es eben noch angenehm kühl gewesen war, eine erdrückende Hitze. Der Detective bemerkte ihre Reaktion und grinste.

»Georgina Shaw?«, fragte er, dabei wusste er ganz genau, dass sie es war. Unter den schockierten Blicken der Anwesenden kam er, gefolgt von den uniformierten Polizisten, auf sie zu. »Sie sind verhaftet.«

Geo protestierte nicht, sie sagte kein Wort, gab kein Geräusch von sich. Sie klappte einfach ihren Laptop zu, und ihre Präsentation verschwand von der Leinwand hinter ihr. Der Detective zog Handschellen aus der Tasche. Bei dem Anblick zuckte Geo zusammen.

»Ist Vorschrift«, sagte er. »Ich würde um Verzeihung bitten, aber du weißt, dass es mir nicht leidtut.«

Die Vorstandsmitglieder wussten nicht, wie sie reagieren sollten, und sahen stumm zu, wie der Detective Geo die Hände auf den Rücken bog, die Handschellen einschnappen ließ und sich anschickte, sie aus dem Konferenzsaal zu führen. Die Verwirrung der Männer war verständlich. Die Georgina Shaw, die sie kannten, war keine Frau, die einfach mal so verhaftet wurde. Sie war eine leitende Führungskraft des Unternehmens. Sie war verdammt noch mal Andrew Shipps Verlobte, und alles, was da passierte, wirkte vollkommen daneben.

Die Stimme des Vorstandschefs ertönte, und alle drehten sich um. Andrew Shipp hatte nicht an der Sitzung teilgenommen, aber sein Büro lag am Ende des Korridors, und offenbar hatte jemand ihn informiert. Er stand in der Tür des Konferenzsaals.

»Was zum Teufel machen Sie hier?« Andrew streckte eine Hand nach Geos Arm aus, doch ein junger Polizist stellte sich ihm in den Weg. Andrews Gesicht lief hochrot an, denn noch nie hatte es irgendjemand gewagt, sich ihm auf diese Weise zu widersetzen. »Das ist absolut lächerlich. Was wird ihr denn vorgeworfen? Nehmen Sie ihr sofort die Handschellen ab!«

Geo wollte ihm mit einem Lächeln zu verstehen geben, dass mit ihr alles in Ordnung war, doch er beachtete sie überhaupt nicht. Er durchbohrte die Polizisten mit seinem Blick, in dem diese spezielle Mischung aus Entrüstung und Selbstgerechtigkeit lag, die nur jemand haben kann, der aus einer reichen Familie stammt.

Aber die Polizisten ließen sich nicht beeindrucken.

Es interessierte sie nicht, dass die Frau, der sie gerade Handschellen angelegt hatten, zwei Stockwerke tiefer ein Eckbüro hatte, oder dass ihre Hochzeitsfeier in dem vornehmen Golfclub stattfinden würde, dem die Familie ihres Verlobten angehörte, oder dass ein Abendessen dort vierhundert Dollar kostete, obwohl es eigentlich nur aus einem Steak mit Fritten bestand. Es interessierte sie nicht, dass sie rosa Pfingstrosen für ihren Brautstrauß ausgewählt hatte und dass ihr Hochzeitskleid aus New York eingeflogen werden würde. Das alles interessierte die Polizisten nicht die Bohne. Und das zu Recht. Denn all das spielte jetzt keine Rolle mehr. Und das würde es wohl auch nie wieder tun.

Der Detective führte sie aus dem Konferenzsaal hinaus. Er hatte eine Hand fest an ihren unteren Rücken gelegt. Kaiser Brody roch überhaupt nicht so, wie sie es in Erinnerung hatte. Der junge Kerl, den sie damals gekannt hatte, hatte kein Parfum benutzt. Was sie jetzt wahrnahm, war der angenehme Duft von Yves Saint Laurent, den sie sofort erkannt hatte. Sie hatte schon immer eine gute Nase gehabt. Einmal hatte sie diesen Duft für Andrew gekauft, doch er hatte ihn nie aufgelegt, angeblich, weil er davon Kopfschmerzen bekam. Es gab vieles, wovon Andrew Kopfschmerzen bekam.

Die Handschellen klapperten an ihren Handgelenken. Sie saßen so locker, dass sie es mit etwas Geduld vermutlich geschafft hätte, sich davon zu befreien. Kaiser hatte sie ihr nur angelegt, um ein Zeichen zu setzen. Er wollte eine Szene. Er wollte sie demütigen.

Andrew ging rückwärts vor ihnen her, dabei hielt Kaiser ihm den Haftbefehl vor die Nase.

»Detective Kaiser Brody, Police Department Seattle«, sagte er. »Die Anklage lautet Mord, Sir.«

Andrew riss Kaiser den Wisch aus der Hand und las ihn mit geweiteten Augen. Selbst in seinem zweitausend Dollar teuren Anzug war er mit seinen weichen Formen, dem runden Gesicht und dem schütteren Haar kein gut aussehender Mann. Andrews Stärken lagen auf einem anderen Gebiet. Aber auch wenn man mit Geld und Einfluss vieles erreichen konnte, in diesem Fall war er machtlos.

»Du sagst nichts«, wies er sie an. »Kein Wort. Ich rufe Fred an. Wir regeln das.«

Fred Argent war der Hausjurist bei Shipp. Er war zuständig für die Firmenstrategie, Verträge, Rechtsstreitigkeiten des Unternehmens. Aber Geo brauchte jetzt einen Strafverteidiger, und das war er nicht. Leider hatte sie keine Zeit für Diskussionen. Detective Kaiser schob sie unerbittlich weiter, während alle Anwesenden die Szene mit offenem Mund verfolgten.

Andrew lief die ganze Zeit neben ihnen her, bis zum Aufzug, der am Ende des Korridors hinter einer Ecke lag. Die Nachricht von Geos Verhaftung verbreitete sich schneller, als sie gehen konnten. Als sie am Schreibtisch ihrer Assistentin Carrie Ann vorbeikamen, sagte Geo: »Rufen Sie meinen Vater an. Ich will nicht, dass er es aus den Nachrichten erfährt.« Die junge Frau nickte stumm. An ihrem Rock war immer noch der Kaffeefleck vom Vormittag zu sehen, obwohl sie sich alle Mühe gegeben hatte, ihn auszuwaschen. Noch vor weniger als einer Stunde hatten sie sich darüber ausgetauscht, wie man Kaffeeflecken rausbekam und im ganzen Büro nach einem Fleckenentferner gesucht, während Geo von dem neuen Restaurant erzählt hatte, in dem sie am Abend zuvor mit Andrew gewesen war.

Dieses Leben war jetzt vorbei. Alles, wofür sie gearbeitet hatte, alles, was sie sich aufgebaut hatte, das ganze Leben, das sie über dem schrecklichen Geheimnis errichtet hatte ... all das löste sich gerade in Luft auf.

»Es wird alles gut«, sagte Andrew zu ihr, als sie vor dem Aufzug standen. »Du sagst nichts, verstanden? *Nichts*. Fred wird dich auf dem Polizeirevier erwarten. Wir besorgen dir den besten Anwalt. Mach dir keine Sorgen.« Er funkelte Kaiser wütend an, der ihm einen sanften Blick schenkte. »Diese Beschuldigung ist kompletter Blödsinn, Detective. Sie machen einen Riesenfehler. Chief Heron, Ihr Vorgesetzter, ist Mitglied in meinem Golfclub, und ich werde ihn persönlich anrufen. Machen Sie sich darauf gefasst, dass ich Sie verklagen werde.«

Der Detective erwiderte nichts, nur seine Mundwinkel hoben sich auch diesmal kaum merklich. Noch ein Grinsen. Hatte er auf der Highschool auch schon so gegrinst? Geo konnte sich nicht erinnern.

Die Aufzugtüren schlossen sich, während Andrew seinem Assistenten zubrüllte, er solle ihm sein Handy bringen. Eine Minute lang standen Geo und der Detective reglos vor den verspiegelten Türen. Aus versteckten Lautsprechern rieselte sanfte Musik. Hinter sich hörte Geo einen der Polizisten atmen. Ein leichtes Pfeifen, begleitet von einem leisen Rasseln. Wahrscheinlich Polypen, dachte sie. Kaisers Hand lag immer noch an ihrem Rücken. Es störte sie nicht. Der Druck hatte etwas Beruhigendes.

Bei Shipp lief keine billige Hintergrundmusik in den

Aufzügen, nein, hier wurde eine Auswahl zeitloser und aktueller Easy-Listening-Stücke über Spotify eingespielt. Zu den weichen Klängen von Oasis, einer Gruppe, die Geo gern gehört hatte, als sie noch auf der Highschool war, leuchteten die Nummern der Stockwerke auf dem Display auf. Einer der Polizisten, ein junger Mann, der keine Polypen zu haben schien, sang das Stück leise mit. Obwohl Geo den kompletten Text von »Wonderwall« kannte, sang sie nicht.

Today is gonna be the day

That they're gonna throw it back to you

An den immer kleiner werdenden Zahlen konnte sie sehen, wie schnell sie sich dem Erdgeschoss näherten. Vielleicht hatte sie ja Glück. Vielleicht würde der Aufzug abstürzen und explodieren. Sechzehn, fünfzehn, vierzehn ...

»Du scheinst dich gar nicht darüber zu wundern, dass ich hier bin«, bemerkte Kaiser, der sie im Spiegel beobachtete.

Geo sagte nichts, weil es nichts zu sagen gab. Sie hatte dieses Szenario tausendmal im Kopf durchgespielt, nur hatte sie sich nie ihren alten Kumpel aus der Schulzeit in der Rolle des Polizisten vorgestellt, der sie verhaftete. Sie hatte nicht mal gewusst, dass Kaiser zur Polizei gegangen war, aber er füllte die Rolle gut aus, das musste sie ihm lassen. Es war kaum noch etwas übrig von dem Jungen, den sie einmal gekannt hatte. Ein Dreitagebart hatte die Akne an seinem Kinn ersetzt. Sein Gesicht war kantiger geworden, aber sein Blick war geblieben. Gequält. Enttäuscht.

Er hatte recht. Sie wunderte sich nicht. Sie hatte lange

auf diesen Tag gewartet, war überzeugt gewesen, dass er irgendwann kommen würde. Und jetzt, wo er gekommen war, konnte sie sich nicht mehr verstecken. Jetzt musste sie dieses Geheimnis, das sich mit der Zeit zu einem tonnenschweren Betonblock ausgewachsen hatte, nicht länger mit sich herumschleppen. Langsam atmete sie tief aus, nachdem sie vierzehn Jahre lang den Atem angehalten hatte. Ihre Nacken- und Schultermuskulatur konnte sich entspannen. Sie schenkte ihrem alten Freund ein zaghaftes Lächeln, und er hob eine Braue. Nein, sie wunderte sich kein bisschen.

Sie war *erleichtert.*

»Shaw«, sagt eine schneidende Stimme und reißt Geo aus ihren Gedanken. Zählappell. Geo blickt auf und sieht eine Wärterin in der Zellentür stehen, dunkelblaue Uniform, das Haar zu einem strengen Knoten zusammengesteckt. Die Frau ist klein, aber kräftig gebaut, und Geo zweifelt nicht daran, dass sie in der Lage wäre, jemanden, der doppelt so groß ist wie sie, zu Boden zu ringen. »Ihre Beurteilung ist abgeschlossen. Sie werden verlegt. Gehen wir.«

»Wo komm ich denn hin?«

»Abteilung für Hochsicherheit«, sagt die Frau, und Geo verlässt der Mut. »Aber Sie kommen in eine große Gemeinschaftszelle, weil an dem Flügel gebaut wird.«

»Große Gemeinschaftszelle« bedeutet vorübergehende Unterbringung. Geo hat neulich gehört, wie sich eine Mitgefangene bei einer Wärterin darüber beklagt hat, wie voll es dort ist, und sie sträubt sich. »In den großen Saal? Kann ich nicht einfach hier in der Aufnahme bleiben, bis ...«

Die Frau lacht laut auf. »Glauben Sie etwa, Sie sind hier in einem Hotel? Dass Sie, wenn Ihnen Ihr Zimmer nicht passt, ein besseres bekommen? Setzen Sie Ihren Arsch in Bewegung, Shaw, bevor ich es tue.«

Geo schnappt sich ihre wenigen Habseligkeiten: eine Plastiktüte mit billigen Toilettenartikeln und ein Sweatshirt mit dem Aufdruck DOC auf dem Rücken.

»Sie bekommen einen Job im Friseursalon«, sagt die Frau. »Darüber sollten Sie froh sein. Die meisten Neuzugänge fangen in der Küche an, aber im Friseursalon brauchen sie gerade eine, die Haare schneiden und färben kann. Haben Sie draußen in der Kosmetikbranche gearbeitet?«

»In gewisser Weise«, erwidert Geo.

»Hey.« Die Frau mustert sie mit schmalen Augen, während sie den Korridor hinuntergehen. »Ich kenn Sie doch. Sind Sie nicht die, die ihre beste Freundin zerstückelt hat? Vor langer Zeit?«

Geo antwortet nicht.

»Das ist echt krank«, sagt die Frau, und es ist schwer zu sagen, ob sie angewidert oder beeindruckt ist. »Wundert mich, dass die Sie mit Scheren hantieren lassen.«

Mich auch, denkt Geo. *Mich auch*.

3

Anfangs hatte Geo nicht damit gerechnet, dass sie davonkommen würde. Angela Wong war zu beliebt gewesen, zu lebenslustig, als dass irgendjemand geglaubt hätte, sie wäre abgehauen. Aber als die ersten Tage vergingen, ohne dass es an ihrer Tür klopfte, keimte in ihr die Hoffnung auf, dass vielleicht doch niemand erfahren würde, was sie getan hatte. Aus den Tagen wurden Wochen. Aus den Wochen wurden Monate. Und ehe sie es sich versah, war ein Jahr vergangen, dann mehrere Jahre, und es sah ganz so aus, als könnte die Vergangenheit ein für alle Mal begraben bleiben. Ein Wortspiel, geschmacklos, aber passend.

Als die Vergangenheit sie schließlich doch einholte, war Geo vielleicht nicht überrascht, aber gänzlich unvorbereitet. Was könnte einen auch auf das Gefängnis vorbereiten? Jedenfalls nicht die Filme, die im Fernsehen laufen, bei denen es nur um Unterhaltung und Nervenkitzel geht. Die Realität des Gefängnisses – die Trostlosigkeit, die Eintönigkeit, die unablässige Angst vor Gewalttaten – ist grauenhaft. Ihre ersten beiden Wochen in der Aufnahme, in einer Einzelzelle mit Klo und Waschbecken, kommen ihr im Vergleich zu dem Albtraum, den sie jetzt durchlebt – auch »normaler Vollzug« genannt –, wie das reinste Zuckerschlecken vor.

Willkommen in Hellwood.

Ihre Sozialarbeiterin P. Martin hatte recht, dass die Abteilung für Hochsicherheit über mehr Wachpersonal verfügt. Aber mehr Personal bedeutet nicht mehr Sicherheit, erst recht nicht, wenn man in einem überfüllten riesigen Schlafsaal nächtigt, wo alle übel gelaunt sind, *vor allem* die Wachleute. Zwar ist Hazelwood nicht überfüllt, aber da zur Zeit in zwei Flügeln gebaut wird, sind die anderen drei voll ausgelastet, man war gezwungen, einen großen Aufenthaltsraum in eine Gemeinschaftszelle umzuwandeln. Schlimmer kann das Gefängnisleben nicht sein.

Jede Art von Privatsphäre kann man sich abschminken. Täglich gibt es Schlägereien. Persönliche Gegenstände werden gestohlen. Gewalt liegt in der Luft wie Gewitterwolken. Dass fünfzig erwachsene Frauen auf so engem Raum schlafen, ist nicht normal. In dem Saal stehen fünfundzwanzig Stockbetten in fünf Reihen, also jeweils fünf Betten hintereinander. Der Geräuschpegel lässt den Raum kleiner wirken, als er ist, und der permanente Gestank nach Schweiß und Fürzen raubt einem die Luft zum Atmen.

Die Wärterin führt Geo quer durch den Saal zu einem Stockbett in der hinteren Ecke. Die Frauen beäugen sie unverhohlen, und sie bemüht sich um einen neutralen Gesichtsausdruck, damit niemand denkt, sie sei schwach oder aggressiv – hier drinnen ist beides gleich gefährlich. Geo ist sich bewusst, dass sie sich äußerlich von den anderen Frauen unterscheidet. Ihr dunkles Haar ist von teuren Strähnchen durchzogen, sie hat perfekte weiße Zähne. Sie hat keine Tattoos im Gesicht – und auch sonst nirgendwo. Sie gehört draußen keiner Gang an, sie hat nichts mit Drogen zu tun. Und im Gegensatz zu den meisten anderen Frauen hier hat sie bisher noch nie im Gefängnis gesessen. Sie trägt zwar die gleiche graue Gefängniskleidung, aber sie ist ganz anders als alle anderen hier, und das ist nicht zu übersehen.

Sie ist zum ersten Mal im Gefängnis. Das riechen die anderen.

»Da wären wir«, sagt die Frau und bleibt vor einem Stockbett stehen.

Auf dem oberen Bett liegt ein Sweatshirt und auf dem unteren ein paar zerfledderte Zeitschriften. Geo ist sich nicht sicher, welches Bett frei ist. »Schlafe ich oben oder unten?«, fragt sie.

Die Frau zuckt die Achseln. »Keine Ahnung. Fragen Sie nach.«

Eine dicke Weiße undefinierbaren Alters – Geo schätzt sie auf irgendwas zwischen dreißig und fünfzig – kommt angewatschelt. Sie wiegt bestimmt an die hundertfünfzig Kilo, und Geo steigt ihr saurer Körpergeruch in die Nase, als die Frau sich nähert. Das spröde wasserstoffblonde Haar hat sie sich zu einem unordentlichen Knoten hochgesteckt, der eingerahmt wird von einem mehrere Zentimeter breiten dunkelbraunen Ansatz. Wo einmal ihr Hals gewesen ist, schwabbelt ein Doppelkinn. Ihre schwarz aufgemalten Augenbrauen ziehen sich zusammen, als sie Geo erblickt. Auf jeden ihrer Wurstfinger ist ein Buchstabe tätowiert. Auf ihrer rechten Hand steht FUNS, auf der linken OVER.

Fun's over. Der Spaß ist vorbei. Kann man wohl sagen.

Die Frau setzt sich auf das untere Bett. Neben dem Stockbett steht ein kleiner Spind, an dessen Tür fünf oder sechs Fotos kleben. Darauf ist die Frau ein kleines bisschen jünger und ein kleines bisschen schlanker. Auf einem Foto stehen ein hagerer Schwarzer und ein kleiner Junge neben ihr. Der Junge ist genauso dünn wie sein Vater, aber sein rundes Gesicht ist eine gute Mischung der beiden, er hat große Augen und kaffeebraune Haut, sein Lächeln entblößt riesige Zähne. Alle drei wirken auf dem Foto glücklich.

Die Frau, so einschüchternd sie auch sein mag, ist also Mutter. Gut. So schlimm kann es ja dann nicht werden.

»Ich bin Bernadette«, sagt die Dicke. Sie hat eine tiefe Stimme und einen leichten Akzent. Irgendwas Osteuropäisches. Vielleicht Polin. Oder Tschechin. Sie zieht eine Tüte Lakritzschnecken unter ihrer Matratze hervor. Sie bietet Geo keine Lakritzschnecke an, deutet jedoch ein Lächeln an. »Alle nennen mich Bernie.«

»Georgina«, sagt Geo und erwidert das Lächeln. »Alle nennen mich Geo.«

»Willkommen.« Bernie schaut zu ihr hoch, und Geo sieht Schmutzstreifen an ihrem Hals, die vorher unter dem Doppelkinn verborgen waren. »Da wir uns ein Bett teilen, sag ich dir am besten gleich, dass ich drei Regeln hab.«

»Okay.« Geo steht immer noch, ihre Sachen an die Brust gedrückt, weil sie nicht weiß, wohin damit. Da Bernie auf dem unteren Bett sitzt, vermutet sie, dass das obere ihr zugedacht ist, andererseits liegt da immer noch Bernies Sweatshirt. Geo wagt nicht, es wegzunehmen.

»Regel Nummer eins: Rühr mein Essen nicht an. Niemals.« Die Dicke beißt ein Stück von ihrer Lakritzschnecke ab und kaut mit halb offenem Mund darauf herum. »Falls du irgendwas Essbares auf meinem Bett siehst, ist das keine Einladung, dir was davon zu nehmen. Frag mich nicht mal, ob ich dir was abgebe.«

»Kapiert.«

»Regel Nummer zwei: Ich schnarche. Laut. Falls du dich deswegen beschwerst, so wie meine letzte Bettnachbarin, schlag ich dich zusammen, genauso, wie ich's mit ihr gemacht hab. Falls mein Schnarchen dich stört, besorg dir Ohrstöpsel.«

»Kein Problem.« Vermutlich wird Bernies Geruch sie mehr stören als ihr Schnarchen, denkt Geo.

»Nummer drei: Ich schlaf oben, du schläfst unten.«

»Wirklich?« Sie dachte, die unteren Betten seien begehrt. Außerdem kann sie sich nicht vorstellen, wie diese dicke Frau aufs obere Bett klettert.

»Ja, da oben ist die Luft besser. Hier wird die ganze Zeit gefurzt und gerülpst, und bis Mitternacht stinkt's wie auf dem Klo. Ich hab 'ne empfindliche Nase«, sagt Bernie und sieht Geo mit ihren kleinen Augen herausfordernd an. »Hast du 'n Problem mit dem unteren Bett?«

»Nein, überhaupt nicht«, antwortet Geo und fragt sich unwillkürlich, ob schon mal jemand zu Tode gekommen ist, weil eines der oberen Betten heruntergekracht ist. Im Schlaf unter einem Bett begraben zu werden, wäre ein scheußlicher Tod.

Als könnte sie Gedanken lesen, sagt Bernie: »Keine Sorge. Das Bett kracht nicht zusammen. Falls du das grade gedacht hast.«

Geo schüttelt hastig den Kopf. »Nein, nein, überhaupt nicht.«

»Zum ersten Mal in Hellwood?« Ihre Bettnachbarin zieht noch eine Lakritzschnecke aus der Tüte und steckt sie sich halb in den Mund. Ihre Zähne sind schon ganz rot von der Lebensmittelfarbe. Sieht fast aus wie Blut.

»Ja«, sagt Geo in der Annahme, dass es besser ist, ehrlich zu sein. »Irgendwelche guten Ratschläge für mich?«

Bernie zuckt die Achseln. »Hazelwood ist nicht so schlimm wie sein Ruf. Man gewöhnt sich dran. Das hier ist natürlich scheiße.« Sie macht eine Bewegung mit dem Arm, die den ganzen Saal einschließt. »Aber irgendwann kommen wir ja wieder in unsere Zellen, dann wird's besser. Ich war schon überall. Dieser Knast hier ist nicht der beste, aber auch nicht der schlimmste.«

Geo nickt. Sie fragt nicht, warum Bernie hier einsitzt. Sie hat gehört, dass das nicht höflich ist. Sie bittet Bernie auch nicht, ein Stück zu rücken, damit sie sich auf ihr Bett setzen kann, auch das wäre unhöflich. Stattdessen zeigt sie auf die Fotos an der Spindtür. »Deine Familie?«

»Jep«, sagt Bernie und grinst. »Die hängen da, um mich daran zu erinnern, was mich erwartet, wenn ich hier rauskomm.« Endlich steht sie auf. Auf der Matratze bleibt ein Abdruck ihres Hinterns und ihrer Oberschenkel zurück.

Die Laken haben Bernies Geruch bereits angenommen, doch Geo zwingt sich, das Lächeln zu erwidern, während sie ihre Sachen auf dem Bett ablegt. Der Metallrahmen ächzt, als Bernie die Leiter zum oberen Bett hochklettert und sich langsam hinlegt. »Hast du einen Mann, der draußen auf dich wartet?«

»Ich bin mir nicht sicher.« Es ist die ehrlichste Antwort, die sie geben kann. »Dürfen wir hier drinnen telefonieren?«

»Ja, aber 'ne halbe Stunde bevor das Licht ausgeht, ist Schluss«, sagt Bernie. »Die Telefone hängen im Flur bei den Klos. Du musst 'nem Wachmann Bescheid sagen, wenn du rauswillst, die müssen die Tür für dich aufmachen.«

Auf dem Weg zur Kabine des Wachpersonals hört Geo die Frauen flüstern, aber niemand spricht sie an. Sie fragt sich, ob sie neugierig sind, weil sie sie im Fernsehen gesehen haben, oder einfach, weil sie neu ist. Wahrscheinlich beides.

Vor den Telefonen hat sich eine lange Schlange gebildet, und die Wachfrau klärt Geo darüber auf, dass sie nur jeweils fünfzehn Minuten sprechen darf und sich für ein weiteres Gespräch wieder hinten anstellen muss. Geo wartet eine gefühlte Stunde, bis endlich ein Telefon frei ist. Sie holt tief Luft und wählt Andrews Nummer. Es klingelt fünfmal, dann ist sie bei der Mailbox.

Sie überlegt, ob er vielleicht nicht rangegangen ist, weil er die Nummer nicht kennt, und ruft ihn im Büro an. Seine Assistentin nimmt den Anruf entgegen, das heißt, sie muss die 1 gedrückt und damit die Kosten übernommen haben.

»Hallo, Bonnie«, sagt Geo. »Ist Andrew da?«

»Miss Shaw«, raunt die Assistentin. Sie klingt nervös. Geo weiß sofort, dass sich alles geändert hat. Sie hatte immer einen guten Draht zu Bonnie, und die hat sie, seit Geo mit Andrew zusammen ist, auch noch nie anders als mit dem Vornamen angesprochen. »Tut mir leid, aber Mr. Shipp möchte nicht mit Ihnen sprechen.«

Geo schließt die Augen. *Miss Shaw. Mr. Shipp.* Sie macht die Augen wieder auf. »Hat er das so gesagt?«

»Ja, Ma'am, das hat er so gesagt. Ich darf nur dieses eine Mal mit Ihnen sprechen.«

Geo atmet langsam aus, während sie versucht, ihre Gedanken zu ordnen. Schließlich sagt sie mit gepresster Stimme: »Was soll ich mit dem Ring machen?« Ihr Verlobungsring liegt in einer Kiste mit ihren übrigen Habseligkeiten, und die steht im Haus ihres Vaters, da ihr eigenes Haus zum Verkauf steht. »Soll ich ihm den zuschicken, oder möchte er ihn lieber abholen?«

»Er hat gesagt, Sie sollen ihn hierher ins Büro schicken.« Der Assistentin versagt kurz die Stimme. Offenbar ist ihr das Gespräch genauso peinlich wie Geo.

»Bonnie...«

»Geo, ich darf nicht mit dir sprechen«, flüstert Bonnie jetzt. »Es tut mir wirklich furchtbar leid. Die ganze Firma steht kopf. Hier klingeln ständig die Telefone. Alle wollen mit Andrew über seine ehemalige Verlobte reden, eine verurteilte Mörderin und Ex-Freundin eines Serienmörders.«

»Ich wurde nicht wegen Mordes verur...«

»Aber das *denken* die Leute«, sagt Bonnie so leise, dass Geo sie kaum verstehen kann. »Und du weißt doch, wie es hier zugeht, Geo. Alle kümmern sich nur um den Ruf der Firma. Wir mussten sogar eine Presseerklärung rausgeben.«

»Und was stand darin?« Als die Assistentin nicht gleich antwortet, sagt Geo: »Bitte, sag's mir, Bonnie.«

»Dass wir dein Verhalten nicht billigen und dich in keiner Weise unterstützen, dass wir tiefes Mitgefühl für die Familie des Opfers empfinden. Andrew...« Bonnie schluckt. »Andrew hat sie selbst geschrieben. Tut mir leid.«

»Er hat meinen Anwalt bezahlt.« Selbst in Geos eigenen Ohren klingt ihre Stimme hohl.

»Ich weiß. Darüber hat sein Vater sich ziemlich aufgeregt, aber da warst du schließlich noch seine Verlobte. Geo, es tut mir leid, aber ich muss jetzt auflegen.« Bonnie klingt ehrlich bedrückt. »Bitte... bitte, ruf nicht mehr hier an.«

Dann ist die Leitung tot.

Das war's also. Kein Abschied, keine Chance, sich zu erklären oder um Verzeihung zu bitten. Andrew hat die Beziehung beendet und überlässt es auf die feige Tour seiner Sekretärin, ihr den Todesstoß zu versetzen. Zwei Jahre Beziehung zu Ende, einfach so. Sie legt den Hörer auf die Gabel und tritt zur Seite, um die nächste Gefangene ans Telefon zu lassen. Doch nicht schnell genug. Ihre Schultern streifen sich.

Die Augen der Frau werden schmal. Sie ist kleiner als Geo, aber in ihrem Gesichtsausdruck liegt keine Angst. »Sieh dich vor, du Schlampe.«

»Sorry«, sagt Geo, um einen aufrichtigen Ton bemüht, obwohl die andere sie angerempelt hat. Eine Schlägerei ist das Letzte, was sie gebrauchen kann, aber falls die Frau auf sie losgeht, wird ihr nichts übrig bleiben, als sich zur Wehr zu setzen, wenn sie nicht als Schwächling dastehen will. Sie hat genug Filme im Fernsehen gesehen und weiß, dass sie, falls sie sich ein blaues Auge holt und ein Wachmann hinterher fragt, wer es gewesen ist, nichts sagen darf. Irgendjemanden bei den Wachleuten anzuschwärzen, geht gar nicht. Die Einzigen, die im Gefängnis auf der Rangliste noch unter Pädophilen stehen – und die sind eigentlich schon das Allerletzte –, sind Zinker. Und einmal Zinker, immer Zinker. Die anderen Gefangenen werden so einem nicht mehr trauen und ihm das Leben zur Hölle machen.

Bernie ist guter Dinge, als Geo zurückkommt. Sie liegt immer noch auf dem oberen Bett, ein Berg von Frau. Die Lakritztüte, mittlerweile leer, baumelt am Bettrand. Die Dicke rollt sich auf die Seite, sodass sie, da Geo steht, beinahe auf Augenhöhe sind.

»Wie war das Gespräch?«, erkundigt sich Bernie.

»Du hast mich eben gefragt, ob ich einen Mann hab, der draußen auf mich wartet. Ich kann dir jetzt offiziell erklären, dass ich keinen habe.«

Bernie streckt die Hand aus und schiebt Geo eine Haarsträhne aus dem Gesicht. »Macht nichts. Hier drinnen brauchen wir keine Kerle. Wir können uns auch gut ohne sie amüsieren.«

Geo weicht zurück. Es gelingt ihr, sich nicht so zu schütteln, dass man es sehen kann. Aber innerlich dreht es ihr den Magen um. Die Gefangene im Nachbarbett linst herüber, etwas wie Mitleid liegt in ihrem Blick, bevor sie sich wieder abwendet. Oder vielleicht hat Geo sich das auch nur eingebildet. Vielleicht ist sie einfach paranoid.

In dieser Nacht passiert nichts, und auch nicht in der nächsten, trotzdem liegt Geo stundenlang mit geballten Fäusten und zusammengebissenen Zähnen wach, auf das Schlimmste gefasst. Jeden Abend vor dem Einschlafen denkt sie, das kann nicht ihr Leben sein. Jeden Morgen, wenn sie wach wird, denkt sie, das kann nicht ihr Leben sein. Dann wird ihr klar, dass das die Depressionen sind, von denen P. Martin gesprochen hat. Sie kann nichts anderes denken, als dass sie nicht hierhergehört – dass es sich um einen Riesenirrtum handelt. Aber die Verleugnung der Realität hilft ihr kein bisschen. Im Gegenteil, sie wirkt eher erstickend. Sie macht sie verletzlich. Es fühlt sich an, als hätte jemand ihr Leben in winzige Teile zerschlagen und dann ganz schief wieder zusammengesetzt. Die Teile sind wiedererkennbar, aber sie sitzen alle an den falschen Stellen.

Am dritten Tag im großen Schlafsaal ist Geos Bettnachbarin besonders gut gelaunt. Sie gehen gemeinsam zum Abendessen, setzen sich einander gegenüber an einen Sechsertisch. Bernie ist ausgesprochen redselig und erzählt allen am Tisch begeistert, dass sie am Morgen Besuch von ihrem Sohn hatte, und wie schön das war. Jedes Mal, wenn sie lacht, legt sie eine Hand auf Geos. Die Geste wirkt ziemlich harmlos.

Eine sehr dunkelhäutige Frau mit extrem kurzem Haar starrt Geo von einem der Nebentische aus an. In ihrem Blick liegt nichts Feindseliges, nur Neugier. Die anderen an ihrem Tisch scheinen ihr eine gewisse Ehrfurcht entgegenzubringen, auch sie schauen ab und zu herüber und tuscheln miteinander. Geo fragt sich, was diese Frauen sehen, wenn sie sie anschauen. Auf den ersten Blick wirkt sie wie eine Weiße, aber auf den zweiten fallen der karamellfarbene Grundton ihrer Haut und ihre mandelförmigen Augen auf. Ihre Haare allerdings sind glatt. Es sind die Haare ihrer Mutter.

Nach dem Essen fängt die Schwarze Geo an der Geschirrrückgabe ab. Die anderen Frauen von ihrem Tisch stehen hinter ihr, so weit entfernt, dass sie nicht hören können, was gesprochen wird, aber nah genug, um schnell reagieren zu können, falls etwas passiert. Das sind offensichtlich die Bodyguards.

»Bist du schwarz?«, fragt die Frau. Die Art, wie sie spricht, hat fast etwas Aristokratisches. Ihre Stimme ist wohlklingend, ihre Aussprache korrekt. Aus der Nähe betrachtet ist ihr Gesicht schön, glatt und faltenlos, mit hohen Wangenknochen. Ihre Augen sind beinahe schwarz.

»Zu einem Achtel«, antwortet Geo aus einem Bedürfnis heraus, präzise zu sein, spart sich jedoch nähere Erläuterungen.

»Wie ich sehe, hast du dich mit Bernadette angefreundet.« Die Frau linst zu Bernie hinüber, die noch am Tisch sitzt und isst. Dann schaut sie Geo wieder an, lässt den Blick über ihre Haut, ihre Augen, ihr Haar wandern. »Sie wird das Mammut genannt.« Das bedarf keiner weiteren Erklärung.

»Wir sind nicht befreundet. Wir teilen uns nur ein Stockbett.«

Die Frau nickt. »Sag mir Bescheid, wie du mit dieser Regelung zurechtkommst. Falls du dich nicht wohlfühlst, können wir dich vielleicht woanders unterbringen.«

Nach dem Essen ist Bernie unverändert guter Dinge, und Geo beginnt zu begreifen, dass Bernies Laune unmittelbar davon abhängt, wann sie zuletzt etwas gegessen hat. Sie ist redselig, bis das Licht ausgeht, und erzählt Geo, in welchen Staaten sie bereits im Gefängnis gesessen hat, einschließlich Oregon und Kalifornien. Hauptsächlich wegen Drogenbesitzes und Diebstahl – wie die meisten Frauen hier. Eine Berufskriminelle. Man sollte meinen, dass so eine sich nach der dritten Verurteilung einen anderen Beruf sucht, aber so tickt ein Verbrechergehirn nicht.

Tagsüber bleiben die Türen des Saals offen, außer es wird Einschluss angeordnet, aber sobald das Licht ausgeht, werden sie geschlossen. Wenn man pinkeln muss, muss man sich an die Wachen in der Kabine wenden, die meistens entweder schlafen oder sich einen Film ansehen. Als Geo sich hinlegt, macht sich sofort die Erschöpfung bemerkbar. Seit sie hier ist, hat sie nicht gut geschlafen, und das hat allmählich Auswirkungen. Glücklicherweise schläft sie jetzt ein.

Erst als die Wurstfinger ihrer Bettnachbarin schon tief in ihrer Vagina stecken, wacht sie auf. Bernie liegt auf ihr, Fleischmassen breiten sich auf Geo aus wie ein riesiger, mit Wasser gefüllter Luftballon. Bernies Haut ist weich und feucht und salzig, ihr Atem stinkt nach saurer Milch. Ihre kleinen Augen sehen aus wie Rosinen in einem Brötchen, und sie scheinen Geo zu durchbohren. Grinsend leckt Bernie Geos Gesicht ab, vom Kinn bis zu den Wangenknochen. In der Dunkelheit des großen Saals glänzt Bernies Zunge lila.

Das untere Bett. Das ist der Grund. Da kann man jemanden leichter vergewaltigen. Die Kabine des Wachpersonals befindet sich am anderen Ende des Saals, von dort ist Geos Stockbett kaum zu sehen. Schlimmer noch, Bernie hat ihr Laken so unter ihre Matratze gestopft, dass es vor Geos Bett hängt wie ein Vorhang. Falls eine der Wachen herüberschaut, sieht sie nichts als ein herunterhängendes Laken. Und für den Fall, dass jemand vom Personal rüberkommt und das Laken herunterreißt, bleibt Bernie genug Zeit, von Geo runterzusteigen und es so darzustellen, als handelte es sich um einvernehmlichen Sex. Darauf steht die Unterbringung in der Abteilung für Hochsicherheit.

Und da befinden sie sich bereits.

Geo macht den Mund auf, um zu schreien. Doch darauf hat Bernie nur gewartet und stopft ihr blitzschnell eine Socke in den Mund, was jedoch gar nicht nötig ist, denn Geo bekommt unter Bernies Gewicht sowieso keine Luft. Das Mammut, doppelt so schwer und dreimal so breit wie sie, ist dabei, sie zu erdrücken. In Panik strampelt Geo mit den Beinen und windet sich so gut sie kann, doch das führt nur dazu, dass Bernie sich noch schwerer macht. Sie stöhnt in Geos Ohren, während sie sich selbst befriedigt. »Na, gefällt dir das? Ist das geil? Werd' schön feucht für mich, Baby.«

Verzweifelt versucht Geo, das Laken herunterzureißen, doch sie bekommt es nicht richtig zu fassen. Sie kann es nur so weit zur Seite schieben, dass sie die Frau im nächsten Stockbett sieht, die herüberglotzt. Einen Augenblick später dreht die Frau sich weg.

In einem Saal voller Frauen ist Geo allein mit ihrer Angreiferin.

Unfähig sich zu rühren, bleibt ihr nichts anderes übrig, als stillzuhalten. Tränen laufen ihr übers Gesicht. Dann grunzt Bernie und rollt sich von ihr herunter. Geo schnappt nach Luft.

»Hier in der Ecke kann uns keiner sehen, du Miststück«, flüstert Bernie, während sie sich die Klamotten zurechtrückt. »Unser Bett wird von keiner Kamera erfasst. Du brauchst also nur die Klappe zu halten, dann muss ich dich nicht töten. Aber es hat dir gefallen, stimmt's? Mir kannst du nichts vormachen.«

Geo schluchzt auf, doch im nächsten Augenblick bleibt ihr die Luft weg, als das Mammut ihr mit der Faust ins Gesicht schlägt. Dann entfernt Bernie das Laken und klettert ins obere Bett. Geo drückt sich ihr Kopfkissen aufs Gesicht und weint hinein, ohne dass jemand sie hören kann.

Sie kapiert überhaupt nichts mehr. Bernie ist doch *Mutter*. Ein Foto ihres Sohnes klebt an dem verdammten Spind neben dem Bett. Geo liegt in ihrem Bett und stinkt nach dem sauren Schweiß der Dicken. Die ganze Nacht lang kneift sie die Beine zusammen vor Angst, das Mammut könnte noch einmal zurückkommen. Das laute Schnarchen, das von oben kommt, ist ihr ein Trost, denn es bedeutet, dass ihre Bettnachbarin tief und fest schläft.

Aber Geo schläft nicht. Ebenso wie sie auch das letzte Mal, als sie vergewaltigt wurde, nicht geschlafen hat, vor all den Jahren. Sie weiß aus Erfahrung, dass es ziemlich lange dauert, bis die Seele wieder zu einem zurückkehrt.

Und dass es noch länger dauert, bis die Seele aufhört zu bluten.

4

Am nächsten Morgen stochert Geo apathisch in den matschigen Haferflocken herum und knabbert an dem verbrannten Toast. Ihr gegenüber sitzt ihre Bettnachbarin an ihrem Stammplatz. Heute ist Geos erster Tag im Friseursalon, im Prinzip etwas, worauf sie sich freuen müsste, aber sie wünscht sich nichts sehnlicher als einen stillen Ort, an dem sie sich verstecken kann. Bernies Laune ist noch besser als gestern. Bis jetzt ist es Geo gelungen, jeden Blickkontakt zu vermeiden, aber als sich ihre Blicke dennoch begegnen, lächelt das Mammut.

Ohne Geo aus den Augen zu lassen, wedelt Bernie mit den Fingern, hält sie sich theatralisch unter die Nase und atmet tief ein. Dann steckt sie sich Zeige- und Mittelfinger in den Mund und nuckelt daran. Die anderen Frauen am Tisch lachen über die obszöne Geste, wenn auch nervös. Geo dreht es den Magen um. Ehe sie sich versieht, übergibt sie sich auf ihr Tablett und ihr Hemd und stellt fest, dass Haferflocken, die schon einmal gegessen sind, genauso aussehen wie vorher.

»Scheiße!« Die Frau neben ihr springt auf. »Du widerliche Schlampe!«

Zwei Sekunden später steht ein Wachmann da.

»Aufstehen, Shaw«, sagt er, während er angewidert den erbrochenen Haferbrei auf Geos Hemd betrachtet. »Müssen Sie zur Krankenstation? Was ist mit Ihrem Gesicht passiert?«

Geo hat einen dunklen Bluterguss, wo Bernies Faust sie vor wenigen Stunden getroffen hat, aber der macht nur einen Bruchteil der Schmerzen aus, die sie empfindet. Immer noch benommen schüttelt sie den Kopf. Von einer Krankenschwester untersucht zu werden ist das Letzte, was sie jetzt gebrauchen kann. Sie will von niemandem angerührt werden. Alle starren sie an, auch das Mammut. »Es geht schon. Ich glaub, ... eine Dusche reicht.«

»Los, gehen Sie sich sauber machen.« Dann spricht er in das Funkgerät, das an seiner Schulter befestigt ist. »Putzdienst in die Kantine, sofort.«

Unter den schadenfrohen Blicken der anderen Gefangenen verlässt Geo gedemütigt die Kantine. Sie braucht sich nicht nach Bernie umzudrehen, um zu wissen, dass die zusammen mit den anderen über sie lacht.

Mit ihren Flipflops an den Füßen duscht sie allein in einer winzigen Duschkabine mit einem zerrissenen Vorhang. Sie hat die Temperatur auf die höchste Stufe gestellt, aber das Wasser kommt immer nur lauwarm aus der Brause und schaltet sich nach acht Minuten ab, ob sie fertig ist oder nicht. In aller Eile seift sie sich ein, sie benutzt ihre Seife für Körper und Haare, denn ihr Shampoo hat schon irgendjemand gestohlen. Mit ihren Fingernägeln schrubbt sie sich die Haut fast blutig.

Als das Wasser sich abschaltet, öffnet sie den Vorhang einen Spaltbreit und tastet nach ihrem Handtuch.

Es hängt nicht da, wo sie es hingehängt hat. Sie zieht den Vorhang weiter auf und zuckt zusammen, als sie eine Frau sieht, die gegenüber der Dusche an die Wand gelehnt steht, das Handtuch über dem Arm.

Es ist die schöne Schwarze vom Vortag. Diesmal ohne Entourage. Die beiden Frauen sind allein im Duschraum.

»Ich bin Ella Frank«, sagt die Frau. Als Geo sich nicht rührt, hält sie ihr das Handtuch hin. »Dir ist bestimmt kalt.«

Geo friert, aber wenn sie das Handtuch haben will, muss sie die Duschkabine verlassen. Schließlich tritt sie triefnass heraus, und die Frau gibt ihr das Handtuch. Zitternd wickelt Geo sich darin ein. Doch sie zittert nicht nur vor Kälte. Sie weiß, in welchem Ruf Ella Frank steht. Das wissen alle hier, allerdings wusste Geo bisher nicht, wer genau Ella Frank war. Jetzt stehen sie einander gegenüber, und Geo ist praktisch nackt. Sie hat keine Waffe, mit der sie zustechen kann, keine Stiefel, mit denen sie zutreten kann. Sie weiß nicht, was diese Frau von ihr will, aber sie weiß, dass sie es nicht ertragen kann, noch einmal vergewaltigt zu werden. Eher will sie sterben.

»Ich tu dir nichts«, sagt Ella Frank. »Ich bin nicht das Mammut.«

Geos Kehle schnürt sich zusammen. »Du weißt es?«, krächzt sie.

»Ich hab überall Augen und Ohren.«

»Warum hast du mich gestern nicht gewarnt?« Die Worte sind Geo einfach herausgerutscht, und sie zuckt innerlich zusammen.

»Es ist nicht meine Aufgabe, dich zu beschützen. Es

sei denn, du willst es.« Die Frau durchbohrt Geo mit ihrem Blick. Sie blinzelt nicht. Ella Frank und Geo sind etwa gleich groß. Die Schwarze ist vielleicht ein bisschen dünner, aber Geo zweifelt nicht daran, dass die andere sie töten könnte, ohne ins Schwitzen zu geraten. »Du weißt, wer ich bin?«

Geo nickt, denn in dem Moment fällt ihr die ganze Geschichte wieder ein. Auf den Fotos, die in den Medien gezeigt wurden, war Ella Frank, die Ehefrau des Drogenbarons James Frank, immer makellos gekleidet, hatte langes schwarzes Haar und trug pinkfarbenen Lippenstift. Die Gefangene Ella Frank ist weniger extravagant – kurzes Haar, keine Verlängerungen, ungeschminkte Lippen, die gleiche Gefängniskleidung, die alle tragen –, doch sie wirkt nicht weniger gefährlich. Es ist ihre Körperhaltung, ihre Sprechweise, der Blick, mit dem sie Geo jetzt mustert. Ella hat die Bodyguards ihres Mannes befehligt, hat seine vermeintlichen Feinde mit einem Kopfschuss aus einer kleinkalibrigen Pistole getötet, die sie an ihrem Oberschenkel befestigt hatte. Sie wurde wegen der Ermordung von zwei Rivalen ihres Mannes verurteilt, aber es heißt, dass sie mindestens ein Dutzend auf dem Gewissen hat.

Und sie hat hier drinnen nicht weniger Macht, als sie draußen hatte. Ella Frank ist für fast alle Drogen verantwortlich, die regelmäßig nach Hazelwood hereingeschmuggelt werden. Derzeit liefert sie sich einen Revierkampf mit einer anderen Drogendealerin, der allmählich hässliche Formen annimmt. Aber im Gegensatz zu den meisten Frauen, die in Hazelwood einsitzen, hat Ella Frank lebenslänglich bekommen. Sie kommt hier nie wieder raus. Sie wird im Gefängnis sterben. Was bedeutet, dass sie nichts zu verlieren hat. Und das macht sie umso gefährlicher.

»Du bist Georgina Shaw«, sagt Ella. »Ich hab über dich gelesen. Du warst draußen ein richtig hohes Tier. Ich wette, du hast 'ne Menge Kohle verdient.«

»Und viel ausgegeben.«

Ella lacht leise. »Verstehe. Das Leben ist kurz. Man muss es genießen, solange man es hat, richtig?« Sie fixiert Geo mit ihrem Blick. Ihre Augen sind so dunkel, dass Geo die Pupillen nicht ausmachen kann. »Deine Bettnachbarin hat dich also ins Herz geschlossen. Wie geht's dir damit?«

»Es ist furchtbar«, flüstert Geo.

Ella nickt. »Ich kenne Bernadette aus einem anderen Gefängnis. Ihre XXL-Höschen müssen klatschnass gewesen sein, als dir das Bett unter ihr zugewiesen wurde. Du bist genau ihr Typ. Weiß. Hübsch. Elegant. Dir ist klar, dass das jetzt so weitergeht?«

»Ja.« Es klingt fast wie ein Wimmern.

»Ich kann dafür sorgen, dass es aufhört«, sagt Ella, ohne den Blick von Geos Gesicht abzuwenden. »Ich kann dafür sorgen, dass dich hier niemand mehr anrührt. Möchtest du meine Hilfe?«

Geo schließt die Augen in dem Wissen, dass alles von dem Wort abhängt, das sie als Nächstes aussprechen wird. »Ja.«

»Meine Hilfe ist aber nicht gratis.«

Geo öffnet die Augen wieder. »Das weiß ich.«

»Okay«, sagt Ella und lächelt. »Ich kümmere mich darum. Jetzt zieh dich an. Gestattest du, dass ich dir einen guten Rat gebe, bevor du gehst? Von Frau zu Frau.«

Geo betrachtet die frischen Sachen, die neben Ella auf der Bank liegen. Sie traut sich nicht, sie zu nehmen, denn dazu müsste sie näher an Ella herangehen. »Natürlich.«

»Halt den Kopf hoch«, sagt Ella. »Beweg dich, als wärst du hier die Chefin. Weiche vor niemandem zurück. So wie du aussiehst, mit deinem glatten Haar und deinem hübschen weißen Gesicht, wirst du hier nie unsichtbar sein. Nicht nach dem, was du draußen getan hast. Also steh dazu. Wenn dir eine blöd kommt, mach sie fertig. Kapiert? Ich kann und werde dich beschützen, aber ich könnte schon morgen abgestochen werden. Und was dann?«

Geo nickt. »Kapiert. Danke.«

Ella reicht Geo ihre Sachen. Als Geo danach greift, rutscht ihr das Handtuch herunter, und plötzlich ist sie wieder nackt. Ella mustert sie von oben bis unten. Dann lacht sie. »Ja, du bist schön. Aber du bist nicht mein Typ. Ich steh auf Schwänze.«

Geo zieht sich hastig an.

»Eine meiner Frauen wird dich nachher im Friseursalon ansprechen«, sagt Ella. »Dann gibst du ihr, was sie von dir verlangt.«

Zwei Stunden vergehen, bis Geo im Friseursalon angesprochen wird. Geo erkennt die Frau, es ist eine von Ellas Bodyguards. Während sie der Frau gibt, was diese von ihr verlangt, behält sie die Überwachungskamera im Auge, die an der Decke hängt.

»Mach dir deswegen keine Gedanken«, beruhigt die

Frau sie. »Der Wachmann, der für die Kamera zuständig ist, ist gerade ... abgelenkt.«

Weniger als eine halbe Stunde später ist die Frau wieder da. »Ich hab sie abgewaschen, aber tauch sie noch in Bleichmittel«, sagt sie. »Und du hast sie die ganze Zeit hier gehabt, kapiert?«

Geo nickt. Eine Stunde später, als alle in der Kantine beim Essen sitzen, wird Einschluss angeordnet.

Bernadette Novotny, auch das Mammut genannt, ist tot.

Die Neuigkeit verbreitet sich im Gefängnis wie ein Lauffeuer. Bernie wurde in der Wäscherei hinter der Dampfmangel gefunden. Es besteht kein Zweifel daran, wie es passiert ist. Mehrere Stichwunden in die Halsschlagader. Sie muss innerhalb von Sekunden verblutet sein.

Geo legt sich wie alle anderen in der Kantine auf den Boden, die Hände neben dem Kopf. Die Wachleute suchen nach der Mordwaffe und führen Bernies Feindinnen – und das sind nicht wenige – zum Verhör ab. Aber sie werden diesen Fall nicht aufklären. Die Schere, die Geo Ellas Bodyguard gegeben hat, wurde mit Bleichmittel gereinigt und vor dem Mittagessen vom selben Wachmann in der Schublade eingeschlossen, der Geo am Morgen die Schere ausgehändigt hat.

Da die Wachleute keine anderen Anhaltspunkte haben, befragen sie im Verlauf des Tages die Frauen einzeln. Als Erste nehmen sie sich Geo vor, weil sie Bernies Bettnachbarin war. Sie sagt dasselbe, was alle anderen sagen werden – dass sie nichts gesehen und nichts gehört hat und dass sie keine Ahnung hat, wer es getan haben könnte. Sie ignoriert die Blicke und das Flüstern der anderen Gefangenen. Einen Moment lang ist sie in Versuchung, mit dem Finger auf die Frau zu zeigen, die in dem Stockbett neben ihr schläft, die zugesehen hat, wie sie vergewaltigt wurde, und nichts unternommen hat, lässt es jedoch bleiben. Wäre sie an der Stelle der Frau gewesen, hätte sie sich vermutlich genauso verhalten.

Am späten Nachmittag wird die Leiche weggeschafft. Der Einschluss wird aufgehoben, und das Leben im Gefängnis kehrt zur Normalität zurück. Allerdings ist es eine neue Normalität. Jetzt, da das Bett über ihr leer ist, schläft Geo. Zum ersten Mal, seit sie in Hellwood ist, schläft sie acht Stunden durch.

Am nächsten Morgen beim Frühstück setzt Ella sich zu Geo an den Tisch. Sie lächelt sie an. Geo erwidert das Lächeln. Sie sitzen einander gegenüber wie zwei alte Freundinnen und essen zu lange gebratene Wurst und gummiartiges Rührei.

»Wie läuft's denn so, Georgina?«, fragt Ella liebenswürdig. »Du siehst erholt aus.«

»Ich hab gut geschlafen«, antwortet Geo. »Und meine Freunde nennen mich Geo.«

Ella lacht in sich hinein. »Heißt das, wir sind jetzt Freundinnen? Und ich dachte, wir wären bloß Geschäftspartnerinnen. Ich biete dir einen Dienst an, du bietest mir einen Dienst an. Leistung und Gegenleistung. So funktioniert das hier.«

»Und wenn das mehr war als eine einmalige geschäftliche Transaktion?«, fragt Geo. Sie hat nicht die Absicht, sich Drogen in den Arsch zu schieben oder eine von Ellas Bodyguards zu werden. »Wenn wir ... Geschäftspartnerinnen würden? Du führst ein Geschäft, und ich bin Geschäftsfrau. Ich war verdammt gut in meinem letzten Job, falls du dich erinnerst. Ich war in erster Linie dafür zuständig, den Profit zu maximieren. Ich denke, wir beide könnten gut zusammenarbeiten. Und ich glaub, das weißt du bereits. Sonst hättest du mir deine Hilfe gar nicht erst angeboten.«

Ella lächelt, und das lässt sie jünger wirken, weicher. Aber ihre Stimme, so honigsüß sie klingt, hat immer noch einen stahlharten Unterton. »Du lernst schnell, G. Und das Angebot ist durchaus attraktiv. Aber du vergisst eins – ich brauche dich nicht.«

Diesmal lächelt Geo. »Du hast Kinder, oder?«

»Wie bitte?« Ellas Gesichtsausdruck verhärtet sich.

»Hast du schon mal in Erwägung gezogen, für sie einen Ausbildungsfonds einzurichten?« Geo spricht schnell, sie will loswerden, was sie zu sagen hat, bevor Ella einen Wutanfall bekommt. Sie bewegt sich auf gefährlichem Terrain; allein die Erwähnung der Kinder einer Mitgefangenen kann einen hier drin das Leben kosten. »Ich weiß, dass sie noch klein sind, aber sie sind bestimmt intelligent. Was ist, wenn sie eines Tages studieren wollen? Studienkredite können einen ruinieren. Da könnte ich dir helfen.« Sie wartet kurz ab, um ihre Worte wirken zu lassen. »Es gibt keinen Grund, warum deine Familie nicht auf legalem Weg zu Geld kommen sollte. Ich kann dir helfen, für deine Kinder ein finanzielles Polster zu schaffen. Etwas, worauf sie aufbauen können, wenn sie erwachsen werden.«

Ellas dunkle Augen mustern sie, suchen nach irgendeinem Anzeichen dafür, dass Geo versucht, sie reinzulegen. Als sie keines findet, sagt sie schließlich: »Okay, ich höre.«

Sie führen ein intensives Gespräch, das bis zum Ende des Frühstücks dauert.

Als Geo nach der Arbeit zu ihrem Bett kommt, liegt ihre Kulturtasche, die sie am Morgen nach dem Duschen wegzuräumen vergessen hat, immer noch da. Niemand hat sie angerührt. Shampoo, Zahnpasta, sogar die neue Seife, alles noch da. Ein paar Minuten später kommt eine Wachfrau zu ihr.

»Shaw, Sie werden verlegt«, bellt sie.

Geo runzelt die Stirn. »Wohin?«

»Einzelzelle. Ist grade eine frei geworden.«

»Wie kann das sein? Ich dachte, alle Zellen wären belegt, wegen der Bauarbeiten.«

Die Wachfrau hebt eine Braue. »Wollen Sie die Zelle oder nicht? Packen Sie Ihren Kram, und kommen Sie auf den Gang raus.«

Wieder packt Geo ihre Sachen. Als sie zum letzten Mal den großen Saal durchquert, machen die anderen Gefangenen ihr Platz. Einige senken sogar den Blick, ein Zeichen der Ehrerbietung. Ein Zeichen des Respekts.

In der wirklichen Welt verdient man sich Respekt durch harte Arbeit, Bewunderung, Loyalität, manchmal auch durch Liebe. Im Gefängnis erwirbt man sich Respekt nur durch Einschüchterung.

In ihrer Einzelzelle findet Geo ein Handy unter der Matratze, genau da, wo Ella Frank es deponiert hat.

5

Von außen sieht der Brief harmlos aus.

Ein schlichter blauer Umschlag mit ihrem Namen darauf, ihrer sechsstelligen Gefangenennummer und der Adresse des Gefängnisses, alles in sauberer Handschrift. Der Absender ist Gco unbekannt. Sie öffnet den Umschlag und entnimmt ihm ein einzelnes Blatt in demselben Blau, das sorgfältig gefaltet und in derselben Handschrift beschrieben ist. Sie beginnt zu lesen.

Dreißig Sekunden später steckt das Blatt wieder in dem Umschlag und der Umschlag in einem Buch, das sie bereits zweimal gelesen hat. Das Buch stellt sie dann in das Regal über ihrem Schreibtisch und nimmt sich vor, es nie wieder anzufassen.

Sie betrachtet ihre Hände. Sie zittern. *Er hat ihr geschrieben.* Verdammte Scheiße. Die Erinnerungen drohen auf sie einzustürmen, die Barriere zu durchbrechen, die sie im Lauf der Jahre mühsam um ihren Kopf und ihr Herz herum errichtet hat. Sie will nicht an ihn denken; es war immer viel einfacher, so zu tun, als existierte er nicht da draußen irgendwo. Ihre Fähigkeit, die verschiedenen Bereiche ihres Lebens abzuspalten, ist der einzige Grund, warum sie noch zurechnungsfähig ist.

Nein. Nein, nein, nein. Verflucht noch mal.

Sie spürt etwas auf ihrem Gesicht und stellt, als sie es berührt, entsetzt fest, dass es Tränen sind.

Verdammte Scheiße.

»Kummer?« Die Gefangene aus der Nachbarzelle steht in Geos offener Tür und macht ein besorgtes Gesicht. Die Frau ist Ende fünfzig, eine quirlige Person mit roten Locken und einem ausdrucksstarken Mund, der immer lacht, isst oder flucht und manchmal auch all das gleichzeitig tut. Ella Frank ist Geos Geschäftspartnerin, aber Cat Bonaducci ist ihre Freundin. Die erste wirkliche Freundin seit Langem.

Die letzte war Angela.

»Kann man so sagen«, erwidert Geo, winkt Cat aber herein. »Was gibt's?«

»Ich brauch ein neues Foto. Für dieses Programm Briefe-an-Gefangene, von dem ich dir erzählt hab. Kannst du mir die Haare machen?« Sie hält eine Schachtel Haarfarbe von Nice'n Easy hoch, der einzigen Marke, die man hier im Gefängnis bekommt.

»Briefe-an-Gefangene? Bist du sicher, dass es nicht besser heißen müsste Dates-mit-Gefangenen?« Geo wischt sich die Augen. »Klar, mach ich dir die Haare. Ich hab noch ein bisschen Luft bis zu meinem ersten Termin.«

Cat folgt Geo aus der Zelle. Sie betätigen den Türdrücker und begeben sich in den Trakt mit den Werkstätten, wo auch der Friseursalon untergebracht ist. Cat hat ihr Kosmetiktäschchen dabei; wahrscheinlich wird sie Geo bitten, sie auch zu schminken. Eigentlich dürfen die Gefangenen nicht mehr als sechs Kosmetikartikel besitzen, eine bescheuerte Vorschrift, die von der Gefängnisleitung nicht durchgesetzt wird. Je besser Frauen aussehen, desto besser fühlen sie sich. Je besser sie sich fühlen, desto besser ist die allgemeine Stimmung. Und je besser die Stimmung ist, desto seltener kommt es zu Gewalttätigkeiten.

Der Friseursalon ist eigentlich nur ein kleiner Raum mit einem Waschbecken, einem Stuhl, einem kleinen Schreibtisch und einem Spiegel. Die Frauen müssen ihre Haarfarbe im Gefängnisladen selbst kaufen, und wenn Geo eine Schere braucht, muss sie sich vom Gefängnispersonal die Schublade aufschließen lassen und den Erhalt der Schere quittieren. Sie öffnet die Schachtel und mischt die Farbe an.

»Was ist eigentlich los mit dir?«, fragt Cat, als Geo anfängt, die Farbe auf die grauen Ansätze aufzutragen. »Hast du geweint?«

Geo antwortet nicht. Sie will nicht über den Brief reden. Sie will nicht an der Vergangenheit rühren; nur so kann sie nach vorne schauen. »Kann sein. Und jetzt halt die Klappe und lass mich arbeiten.«

»Du hast mir noch nie erzählt, wo du gelernt hast, so gut Haare zu schneiden und zu schminken«, sagt Cat mit geschlossenen Augen. Die Haarfarbe riecht stark. »Ich dachte immer, du hättest draußen 'nen Bürojob gehabt.«

»Ich hab ein Jahr lang Friseurin gelernt. Zwischen dem College und dem Hauptstudium.«

»Verarschen kann ich mich selber.«

Geo grinst. »Genau das hat mein Dad auch gesagt. Als ich ihm nach meinem Collegeabschluss eröffnet hab, dass ich mich in der Emerald Beauty Academy eingeschrieben habe, dachte er, ich wollte ihn auf den Arm nehmen. In seinen Augen war das reine Zeitverschwendung.«

Wörtlich hatte Walter Shaw damals zu ihr gesagt: »So was lernen nur Leute, die es nicht an die Uni schaffen, Georgina. Du hast einen Collegeabschluss, Herrgott noch mal, und jetzt machst du eine Ausbildung für Studienabbrecher?« Aber das möchte sie Cat, von der sie weiß, dass sie die Schule abgebrochen hat, nicht erzählen.

»Hat Spaß gemacht«, sagt sie stattdessen. »Ich hab fünf Tage die Woche Haareschneiden und Schminken gelernt. Danach hab ich ein Praktikum bei Shipp Pharmaceuticals gemacht, und der Rest ist Geschichte, wie es so schön heißt. Die Firma bezahlt einem die Studiengebühren für ein Wirtschaftsstudium, und das hab ich mir nicht zweimal sagen lassen. Später hab ich mich dort nach oben gearbeitet.«

Während sie Cat die Geschichte erzählt, muss sie an Andrew denken. Seit zwei Monaten ist sie jetzt hier, und der Name ihres Ex-Verlobten steht immer noch auf der Liste der zugelassenen Besucher. Sie hat sich nicht die Mühe gemacht, ihn zu streichen. Dazu müsste sie zum Besucherraum runtergehen und darum bitten, dass die seinen Namen von der Liste nehmen, und Andrew Shipp – gesegnet sei sein reicher weißer Arsch – ist ihr die Energie nicht wert, die sie das kosten würde. Ihr Vater hat ihr immer gesagt, dass man im Leben nur eine Chance bekommt, wirklich zu lieben, und wenn das stimmt, hat Geo ihre Chance im Alter von sechzehn an einen Freund vergeudet, der sich als Serienmörder entpuppt hat, auch bekannt als der Sweetbay-Würger.

Sie erinnert sich, dass sie den Namen total albern fand, als Kaiser Brody ihn am Tag ihrer Festnahme aussprach. Sie saßen einander gegenüber im Verhörzimmer auf dem Revier in Seattle. Fred Argent, Chef der Rechtsabteilung bei Shipp, saß neben ihr und war restlos überfordert, als Kaiser berichtete, was ihr ehemaliger Freund Calvin James getan hatte.

Danach kam ihr der Name nicht mehr so albern vor.

»Moment«, sagte Fred, ganz der versierte Firmenanwalt – Ende fünfzig, weiß, total empört darüber, dass eine seiner Schutzbefohlenen behandelt wurde wie eine gemeine Verbrecherin. »Ich dachte, Sie hätten Miss Shaw wegen des Mordes an einer Person namens Angela Wong verhaftet.«

»Das ist richtig, aber das ist nicht das einzige Verbrechen, dessen Calvin James verdächtigt wird«, sagte Kaiser. »Der Mann hat im Lauf der vergangenen zehn Jahre mindestens drei weitere Frauen ermordet.«

Geo sog scharf die Luft ein. Sofort beugte Fred sich zu ihr herüber und flüsterte ihr etwas ins Ohr. Sein Atem stank nach schalem Whiskey; es war kein Geheimnis, dass der Anwalt stets eine Flasche Jack Daniels in seiner Schreibtischschublade hatte. Wahrscheinlich hatte er sich vor diesem Termin noch schnell einen genehmigt. »Ich habe Daniel Attenbaum angerufen, den besten Strafverteidiger von Seattle. Er wird gleich hier sein. Andrew sagt, Sie sollen sich keine Sorgen machen. Er wird alle Anwaltskosten persönlich übernehmen. Und Sie sagen einfach überhaupt nichts, okay?«

Geo nickte. Kaiser beobachtete die beiden mit einem belustigten Grinsen. Dann schlug er den Ordner auf, der vor ihm auf dem Tisch lag, und nahm die Fotos heraus.

Zwei davon, beide 20 x 25 cm groß, waren in Farbe. Er legte sie nebeneinander und schob sie über den Tisch. »Angela Wong«, sagte er.

Fred betrachtete die Fotos und erbleichte, sein Blick schnellte wiederholt zwischen den beiden Aufnahmen hin und her. Geo warf einen Blick auf die Fotos, atmete wieder scharf ein und wandte sich ab. Es war genauso grauenhaft, wie sie es sich vorgestellt hatte.

»Großer Gott.« Der Anwalt schlug sich eine Hand vor den Mund. »Ist das ...?« Er beendete den Satz nicht. Er konnte es nicht. Fred verbrachte seine Tage in einem bequemen Büro damit, Verträge aufzusetzen, Kleingedrucktes zu lesen und über die rechtlichen Aspekte davon zu diskutieren. Er wirkte vollkommen geschockt.

Andererseits konnte ein Foto von einem Haufen menschlicher Knochen und zerfetzter Kleidung jeden schockieren.

»Ihre Handtasche wurde zusammen mit ihr begraben«, sagte Kaiser zu Geo. »Darin befanden sich ihr Führerschein und ihr Schülerausweis. Außerdem ihre Kamera. Es besteht kein Zweifel daran, dass sie es ist.«

Geo sagte nichts.

»Erinnerst du dich an die Kamera?« Kaiser lächelte. »Ein schickes Teil, das ihr Vater bei einem Golfturnier gewonnen hatte. Klein, aber nicht digital. Damals gab es noch keine Digitalkameras. Es war eine Fünfunddreißig-Millimeter-Kamera. Sie hat ihre Filme im 7-Eleven gekauft. Hat das Ding immer bei sich gehabt und alles fotografiert. Erinnerst du dich?«

Geo erinnerte sich.

»Der Film von dem Abend war noch in der Kamera«, fuhr Kaiser fort. »Wir haben die Bilder entwickeln lassen. Willst du sie sehen? Wir beide sind auf vielen drauf. Man fühlt sich direkt in die Vergangenheit zurückversetzt.«

Innerlich schüttelte Geo heftig den Kopf. Äußerlich ließ sie sich nichts anmerken.

»Wie bitte?«, fragte Fred Argent. »Ich fürchte, ich komme nicht ganz mit. Sie reden mit Miss Shaw, als würden Sie sich von früher kennen. Kennen Sie beide sich ... privat?«

»Nur zur Info, Kumpel«, antwortete Kaiser lässig, und Geo hätte beinahe laut gelacht. Das hatte er auf der Highschool auch immer gesagt. »Miss Shaw und ich kennen uns schon ewig. Wir beide und Angela Wong waren beste Freunde. Stimmt's, Geo?«

Wieder sagte Geo nichts.

Kaiser zog einen kleineren, mit Fotos gefüllten Umschlag aus dem Ordner. Er nahm die Fotos heraus und legte den Stapel vor Geo auf den Tisch. »Die sind aus Angelas Kamera. Sieh sie dir an. Sie werden dir gefallen. Wir sehen alle so verdammt jung aus.«

Sie wollte sich die Bilder nicht ansehen, konnte aber nicht widerstehen. Das oberste Foto zeigte sie alle drei, es war wenige Tage vor Angelas Tod aufgenommen. Sie standen bei Angela zu Hause in der Diele, und Kaiser hatte einen Schnappschuss von sich im Garderobenspiegel gemacht. Geo nahm das Foto vom Stapel und betrachtete es genauer. Kaiser hatte recht: Sie sahen sehr jung aus. Er war damals schmaler gewesen und nicht so groß wie jetzt. Geo wirkte schüchtern und verlegen neben ihm. Angela stand auf der anderen Seite. Eine Hand in die Hüfte gestemmt, das Haar nach hinten geworfen, posierte sie für die Kamera. Geo sah hübsch aus. Angela war schön.

Geo ging die restlichen Fotos durch. Angela hatte an den Tagen vor ihrem Tod tatsächlich überall Fotos gemacht: in der Schule, beim Cheerleadertraining, beim Footballspiel, auf Chad Fentons Party ... und sie hatte Calvin fotografiert. Auf dem letzten Foto war er zusammen mit Geo abgebildet. Sie saßen nebeneinander auf seinem Bett, in seiner Wohnung, nach der Party. Geo trug ein blaues Minikleid, das so hochgerutscht war, dass man fast ihre Unterhose sehen konnte. Sie hatte den Kopf an Calvins Schulter gelehnt, seine Hand lag auf ihrem Oberschenkel. Er hatte nie die Finger von ihr lassen können, wenn er in ihrer Nähe war. Ständig hatte er sie gestreichelt, mit ihren Haaren gespielt, ihre Hand gehalten. Sie schüttelte sich. Daran hatte sie schon lange nicht mehr gedacht.

Sie hatte es sich schon lange nicht mehr *gestattet*, daran zu denken.

Sie konnte sich nicht erinnern, dass Angela dieses Foto gemacht hatte. Aber warum sollte sie auch? Auf dem Bild sah man es nicht, aber an dem Abend war sie so betrunken gewesen, dass sie kaum noch stehen konnte.

»Wer ist das?« Fred Argent beugte sich vor und betrachtete stirnrunzelnd das Foto.

»Das, Sir, ist der Sweetbay-Würger«, sagte Kaiser. »Damals, als er noch mit Georgina zusammen war.«

68

Diesmal sog Fred scharf die Luft ein. Geo schaute den Firmenanwalt an und sah, dass sich an seinem Haaransatz Schweißperlen gebildet hatten. Vermutlich war der Blutdruck des Mannes stark nach oben geschnellt, weil ihm dämmerte, dass die Verlobte des Juniorchefs tatsächlich in ernsten Schwierigkeiten steckte. Und an ihm blieb jetzt die Aufgabe hängen, sie zu beschützen, eine Aufgabe, der er nicht gewachsen war.

»Das Verrückte ist, dass wir, nachdem wir Angelas Überreste nach all den Jahren gefunden hatten, gleich drei weitere Morde aufklären konnten, einfach so«, sagte Kaiser und schnippte mit den Fingern, wie um seinen Worten Nachdruck zu verleihen. »Wir hatten die DNA des Täters in der Datenbank, aber wir konnten sie nicht zuordnen. Dann haben wir die Bilder aus Angelas Kamera entwickelt. Stellen Sie sich meinen Schock vor – meinen totalen, verdammten Schock –, als mir klar wurde, dass Calvin James in der Nacht ihres Todes mit Angela zusammen gewesen war. Genau wie du«, sagte er zu Geo.

»Aber das bedeutet doch nicht, dass sie ...«, setzte Fred an, doch Kaiser hob die Hand.

»Jetzt hatten wir die DNA eines Verdächtigen«, fuhr der Detective fort. »Wir haben nach Calvin gefahndet und ihn in einem Diner in Blaine festgenommen. Du weißt doch, wo Blaine liegt, oder? Direkt an der kanadischen Grenze. Das Schwein wollte sich über die Grenze absetzen. Hätte er das geschafft, hätten wir ihn vielleicht nie gekriegt. Rate mal, was er gerade gegessen hat, als wir ihn geschnappt haben. Na los, rate!«

Geo schwieg.

»Einen Salat«, sagte Kaiser. »Ist das nicht lustig? Man denkt nie darüber nach, was Serienmörder so essen, oder? Also, außer bei Jeffrey Dahmer natürlich.«

Fred Argent erbleichte erneut.

»Sorry, schlechter Witz«, sagte Kaiser mit einem Grinsen. »Aber dann stellt man fest, dass Psychopathen in manchen Dingen genauso sind wie du und ich. Sie achten auf ihre Linie, auf ihren Blutdruck. Wusstest du, dass ungefähr fünf Prozent aller Topmanager als Psychopathen einzustufen sind? Hab ich mal irgendwo gelesen.«

Es waren vier Prozent. Geo hatte das Buch auch gelesen.

»Und du hast in deiner Firma 'ne steile Karriere hingelegt, nicht wahr? Über wie viele Leichen bist du gegangen, um an die Spitze zu kommen? Ich beobachte dich schon eine ganze Weile. Kennt dein Thronfolger-Verlobter dein kleines Geheimnis?« Kaisers Stimme klang höflich, aber die unterschwellige Schärfe war nicht zu überhören. »Wenn du in der Nacht, als Angela ermordet wurde, zur Polizei gegangen wärst, hättest du vielleicht drei weitere Morde verhindern können. Damals war Calvin James einundzwanzig, du warst erst sechzehn. Du hättest mit der Staatsanwaltschaft verhandeln können und wärst vielleicht nie in den Knast gewandert. Du hättest Angelas Eltern vierzehn qualvolle Jahre ersparen können, in denen sie nicht wussten, wo ihre Tochter war und was ihr zugestoßen ist. Du hättest ihren Freunden die Qual all der unbeantworteten Fragen ersparen können. Denn du hast es die ganze Zeit gewusst, Georgina. Du hast es *gewusst*.«

Er hatte das letzte Wort nicht geschrien, aber es fühlte sich trotzdem so an. Geo zuckte zusammen, als hätte er sie geohrfeigt.

»Willst du wissen, was er mit den anderen drei Frauen gemacht hat? Mit den Frauen, die er getötet hat, weil du kein Wort gesagt hast?« Kaisers Atem ging jetzt schnell, seine Brust hob und senkte sich. Er zog weitere Fotos aus der Akte und schob sie über den Tisch. Die Bilder sind drastisch, die Leichen darauf bleich und aufgedunsen. Denn der Tod ist hässlich. »Zuerst hat er sie vergewaltigt, dann hat er sie erwürgt, und dann hat er ihre Leichen im Wald vergraben. Wahrscheinlich hat er sich gesagt, dass er schon einmal damit davongekommen war, und es hat ihn angemacht, warum also sollte er es nicht noch mal tun? Und noch mal. Und noch mal. Ihr habt deine beste Freundin ermordet, und dann hast du einfach weitergemacht, *als wäre überhaupt nichts passiert.*«

Die Worte trafen sie hart. Geo spürte, wie sie auf ihrem Stuhl in sich zusammensank. »Ich hatte sie lieb«, flüsterte sie. »Das weißt du.«

»Georgina, sagen Sie nichts«, ermahnte sie Fred. Sein Handy piepte, und er las die eingegangene SMS. »Verdammt. Attenbaum steckt im Stau fest. Er braucht noch mindestens zwanzig Minuten. Sie sagen kein Wort, bis er hier ist, verstanden?«

»Calvin behauptet, du hättest sie insgeheim gehasst«, sagte Kaiser.

Geos Magen zog sich zusammen. »Calvin ist hier?«

»Er war hier, aber er wurde verlegt.« Ihr alter Freund beugte sich vor, den Blick fest auf sie geheftet. »Du würdest ihn nicht wiedererkennen. Er hat jetzt langes Haar und einen Vollbart. Aber er wird sich sicher fein machen für die Gerichtsverhandlung. Er sagt, damals wärt ihr Rivalinnen gewesen, du und Angela. Und das Komische ist, kaum hatte er das ausgesprochen, wurde mir klar, dass es stimmte. Ich musste dauernd den Schlichter für euch spielen, nur dass ich damals dachte, das ganze Gezänk und die Eifersüchteleien wären typisch Mädchen.«

»Ich wollte nie, dass ihr was Schlimmes zustößt«, sagte Geo.

»Herrgott noch mal, Georgina, bitte«, rief Fred Argent mit einem wütenden Blick auf die geschlossene Tür, so als könnte er Daniel Attenbaum durch schiere Willenskraft herbeizaubern.

»Die gute Nachricht ist, dass die Staatsanwältin nicht an dir interessiert ist«, sagte Kaiser, genau wie Polizisten es in Fernsehkrimis taten. »Die will Calvin.«

»Und was erwarten die von mir?«, fragte Geo.

Fred Argent stieß einen tiefen Seufzer aus und legte den Kopf in die Hände.

»Eine Aussage«, sagte Kaiser. »Die Bezirksstaatsanwältin ist bereit, sich auf eine gerichtliche Einigung einzulassen, wenn du aussagst. Aber du musst dich schnell entscheiden, bevor sie es sich anders überlegt.«

»Georgina, Andrew hat gesagt ...«, setzte Fred an, doch sie schüttelte den Kopf.

»Es spielt keine Rolle, was Andrew sagt.« Geo holte tief Luft. »Sie können gehen, Fred. Ich warte auf Attenbaum. Wenn Sie Andrew sehen, sagen Sie ihm, dass ich ihn liebe und dass ich ihm dankbar bin für seine Hilfe und Unterstützung, und dass es mir leidtut, ihn in so eine unangenehme Lage gebracht zu haben. Setzen Sie die Abfindungsvereinbarung auf, ich unterschreibe sie heute Abend.«

»Abfindungsvereinbarung?« Der Anwalt sah sie entgeistert an.

Geo wandte sich ihm zu und brachte ein wehmütiges Lächeln zustande. »Ich muss die Firma natürlich verlassen. All das schadet dem Ruf von Shipp. Aber ich würde es begrüßen, fair behandelt zu werden. Ich habe der Firma wertvolle Dienste geleistet, und ich möchte das, was mir zusteht. Ich denke, ein Jahresgehalt plus der Bonus, den ich bekommen hätte, wäre angemessen.«

»Ich halte das für … voreilig«, sagte Fred. »Andrew wird … «

»Es wird einen öffentlichen Prozess geben. Aber wenn ich eine Vertraulichkeitsvereinbarung unterzeichne – wozu ich gern bereit bin, sofern die Abfindung fair ist –, können wir verhindern, dass das Ansehen von Shipp durch mich Schaden nimmt. Sprechen Sie mit Andrew. Er wird mir sicherlich zustimmen, dass es das Beste für die Firma ist.«

Sie bemerkte Kaisers Blick, wusste, was er dachte. Es war ein denkbar ungünstiger Moment für Geschäftsverhandlungen, aber sie hätte es niemals mit dreißig ins höhere Management eines bedeutenden Unternehmens gebracht, wenn sie nicht in der Lage wäre, unter Druck zu verhandeln.

Zum Glück ist das eine Fähigkeit, die ihr auch jetzt zugutekommt, für das Überleben im Gefängnis. Sie dient der Selbsterhaltung. Ihre Karriere als Geschäftsfrau ist beendet. Das Beste, was sie jetzt tun kann, ist, ihre Abfindung zu investieren und das, was Ella und sie verdienen, noch draufzupacken. Dann hat sie, bis sie entlassen wird, vielleicht genug zusammen, um noch einmal von vorne anzufangen. Sie könnte immer noch auf ihre Friseurausbildung zurückgreifen und einen Friseursalon eröffnen.

Sie trägt noch ein bisschen Rouge auf Cats Wangen auf, dann reicht sie ihr einen kleinen Plastikspiegel. »Fertig. Schau's dir an.«

Cat betrachtet sich im Spiegel und nickt zufrieden. »Wo warst du eben mit den Gedanken? Du warst ja wie auf einem anderen Stern. Hast du in den letzten zehn Minuten irgendwas von dem mitgekriegt, was ich dir erzählt hab?«

»Tut mir leid.« Geo seufzt. »Ist heute so ein Tag.«

»So ist Hellwood. Hier ist jeder Tag so ein Tag.« Cat steht auf. »Ich bin dann mal weg. Wir sehen uns in der Kantine. Bis gleich.«

Cat hüpft regelrecht aus dem Raum, eine kleine Frau mit einem großen Herzen und überbordender Energie. Geo wünscht sich, sie könnten außerhalb der Gefängnismauern Freundinnen sein. Cat hat in ihrem Leben ein paar riesengroße Fehler gemacht, aber sie ist ein guter Mensch.

Geos nächste »Kundin« ist kein guter Mensch. Sie setzt sich auf den Stuhl und reicht Geo ein paar Seiten, die sie aus alten Frauenzeitschriften herausgerissen hat, die im Aufenthaltsraum ausliegen. Geo hört höflich zu und versucht, nicht daran zu denken, dass die Frau zusammen mit ihrem Mann eine Kindertagesstätte betrieben hat, in der sie Kinder nackt fotografiert und die Bilder anschließend auf einer Kinderpornografie-Seite ins

Netz gestellt haben. Die Frau verbüßt ihre Gefängnisstrafe zu ihrer eigenen Sicherheit auf einer Schutzstation und hat zweimal jährlich ein Anrecht auf einen Haarschnitt. Ihr Mann wurde vor zwei Jahren im Gefängnis tot geprügelt.

Die Kinderschänderin bittet Geo, ihr einen Pony zu schneiden.

So sieht Geos Leben jetzt aus. Sie ist umgeben von allen möglichen bösen Menschen, die nichts dazu beitragen, dass die Welt ein besserer Ort wird, die nehmen und nehmen und nehmen und überhaupt nichts zurückgeben. Und in vielerlei Hinsicht ist sie keinen Deut besser als diese Frauen. Deswegen hat sie es nicht anders verdient. Sie nimmt ihre Schere und beginnt zu schneiden.

Siehst du, Dad? Ich hab dir ja gesagt, dass die Friseurausbildung sich eines Tages bezahlt machen wird.

Erst kurz vor dem Mittagessen macht sie Pause. Auf dem Weg zur Kantine wird sie jedoch von einer Wärterin aufgehalten. Shawna Lyle.

»Shaw«, bellt die Frau. Sie ist nur knapp einssechzig groß, und die eng sitzende Uniform betont die Rettungsringe um ihren Bauch und ihre dicken Oberschenkel. Aber ihr weicher Körper täuscht: Sie ist keine, mit der man sich anlegen sollte. »Besuch für Sie.«

»Wer?« Geo knurrt der Magen. Heute soll es Chili geben, hat sie gehört, eins der wenigen Gerichte aus der Gefängnisküche, das tatsächlich so schmeckt, wie man es erwartet.

»Ich bin doch nicht Ihre verdammte Privatsekretärin.« Wenn Blicke töten könnten, wäre das Geos Ende gewesen. »Wollen Sie ihn sehen oder nicht?«

Es ist wahrscheinlich ihr Vater, allerdings kommt der normalerweise sonntags. Geo hat keine Lust auf Besuch, doch sie folgt der Frau den Gang hinunter zum Besucherraum, in dem ein Dutzend Tische mit jeweils zwei Stühlen und an einer Wand mehrere Getränkeautomaten stehen. Es gibt sogar eine Spielecke für Kinder, und durch die Fenster hat man einen schönen Blick auf den Park hinter dem Gefängnis.

»Nicht hier«, sagt die Wachfrau. »Da drin.« Sie zeigt auf einen der abgetrennten Besucherräume. Die sind nicht so komfortabel eingerichtet, aber dort ist man vollkommen ungestört. Keine Wachmänner, die einen beobachten, keine Kameras, nur ein kleiner Tisch mit vier Stühlen und eine Tür, die man schließen kann. Normalerweise sind diese Räume für Anwaltsgespräche reserviert, doch jetzt, da Calvin verurteilt ist, wird der elegante Daniel Attenbaum nicht mehr gebraucht.

Irritiert drückt sie die Tür auf. Kaiser Brody steht an die Tischkante gelehnt, auf sein Handy konzentriert.

»Was machst du denn hier?«, fragt sie und überlegt im Stillen, ob sie ihn womöglich durch ihre Gedanken an die Vergangenheit herbeschworen hat.

Kaiser mustert sie, betrachtet ihr Haar, ihre Kleidung. Sein prüfender Blick macht sie verlegen. Gefängniskleidung ist alles andere als schmeichelhaft, und sie ist ungeschminkt. Bei ihrer letzten Begegnung sah sie wesentlich besser aus. Er allerdings auch. Kaisers Augen sind blutunterlaufen und von dunklen Rändern eingerahmt. Ein ungleichmäßiger Dreitagebart bedeckt sein Kinn.

»Geht's dir gut?«, fragt Kaiser.

»Ja«, sagt Geo. »Und *dir*?«

»Mach die Tür zu.« Sie tut, wie ihr geheißen. Er legt das Handy weg und richtet sich auf. »Ich frage dich ganz direkt: Stehst du mit Calvin James in Kontakt, seit du hier drin bist?«

»Natürlich nicht«, antwortet sie und spürt, wie ihr Puls sich beschleunigt. »Der ist doch auch im Knast. Gefangenen ist es nicht erlaubt, Kontakt zu anderen Gefangenen aufzunehmen. Außerdem hätte er keinen Grund, sich bei mir zu melden. Uns verbindet nichts mehr.«

»Bist du dir da sicher?«

Sie denkt an den Brief, den sie am Vormittag bekommen hat, an das blaue Briefpapier in dem blauen Umschlag mit dem ihr unbekannten Absender. Dann schiebt sie den Gedanken fort. »Ja, da bin ich mir sicher.«

Kaiser sieht sie durchdringend an. »Was hat er dir an dem Tag damals im Gericht gegeben? Und sag jetzt nicht ›nichts‹, denn ich weiß, dass er dir was gegeben hat. Es war ein Zettel, klein, gelb, von seinem Block abgerissen. Was stand da drauf?«

»Nichts …«

»Stopp«, sagt er. »Lüg mich nicht an, verdammt. Ich weiß, dass er dir was gegeben hat. Ich hab's gesehen. Und ich muss wissen, was es war, also spiel keine Scheißspielchen mit mir, Georgina. War es eine Telefonnummer? Eine Adresse? *Was hat er dir gegeben?*«

Die letzten fünf Wörter schreit er. Speicheltröpfchen landen auf Geos Nase und Wangen. Schockiert von seiner Wut wischt sie sich den Speichel ab und weicht bis zur geschlossenen Tür zurück.

»Ich weiß nicht mehr, was draufstand. Nur noch, dass er ein Herzchen darunter gemalt hat.« Das ist nur halb gelogen. Sie erinnert sich genau daran, was auf dem Zettel stand. *Gern geschehen.* Aber das kann sie Kaiser nicht sagen, denn dann wird sie ihm erklären müssen, was es bedeutet, und das kann sie nicht. Das wird sie niemals tun.

»Es war nicht etwa irgendeine Adresse? Oder eine Telefonnummer?« Kaisers Kiefer mahlen. Seine Hände sind zu Fäusten geballt, so fest, dass die Knöchel sich weiß abzeichnen. Er steht kurz davor zu explodieren, und plötzlich hat sie Angst, er könnte sie schlagen. Sie schaut zur Decke hoch. Keine Kameras.

»Nein, nichts dergleichen«, sagt sie in der Hoffnung, dass es überzeugend klingt. »Irgendein blöder Spruch. Und ein Herzchen. Aber keinerlei Kontaktinformationen, ich schwör's dir. Warum ist das so wichtig?«

»Weil er ausgebrochen ist«, erklärt Kaiser einfach so, und Geo bleibt das Herz stehen. »Vor drei Tagen. Zwei Leute aus dem Gefängnis haben ihm geholfen, eine Wachfrau und seine Sozialarbeiterin. Sie sind jetzt beide tot.«

Sie öffnet den Mund, doch es kommt nichts heraus. Sie macht den Mund zu und wieder auf, und immer noch weiß sie nicht, was sie sagen soll. Also macht sie ihn wieder zu.

»Okay, du weißt also nichts davon«, schließt Kaiser aus ihrer Reaktion. Er atmet tief aus und lehnt sich wieder an den Tisch. »Ich glaube dir.«

»Natürlich hab ich nichts davon gewusst«, sagt Geo, als sie schließlich ihre Sprache wiederfindet. »Aber warum erzählst du es mir? Sieh dir doch mal an, wo ich bin. Ich kann dir ja wohl kaum helfen, ihn zu finden.«

»Ich dachte einfach, du würdest es wissen wollen«, sagt Kaiser. »Denn irgendwann kommst du schließlich hier raus. Und du sollst nicht glauben, ich hätte dich nicht gewarnt.«

»Wovor gewarnt?«

Kaiser zieht einen mehrmals gefalteten gelben Zettel aus der Tasche. Es ist das Blatt von dem Block, auf dem Calvin während der Gerichtsverhandlung herumgekritzelt hat. Am unteren Ende wurde ein Stück abgerissen.

Das Stück, das er ihr zugesteckt hat. Das sie verschluckt hat.

Sie nimmt Kaiser das Blatt ab und faltet es auseinander. Die Ränder sind bedeckt mit Strichmännchen und allem möglichen Gekritzel, aber in die Mitte hat Calvin ein großes Herz gezeichnet. Und in das Herz hat er zwei ineinander verschlungene Buchstaben geschrieben.

GS.

Ihr Herz setzt eine volle Sekunde lang aus, dann beginnt es wieder zu schlagen, in dreifachem Tempo. Sie gibt sich alle Mühe, sich ihre Reaktion nicht anmerken zu lassen.

»Ich bin davon überzeugt, dass er versuchen wird, Kontakt zu dir aufzunehmen«, sagt Kaiser und reibt sich übers Gesicht. Er wirkt erschöpft. »Ich weiß nicht, wie er es tun wird, aber wenn er es tut, musst du mir unbedingt Bescheid geben.«

Der blaue Brief flattert vor ihrem geistigen Auge vorbei.

Geo gibt Kaiser das Blatt zurück. »Das macht er nicht«, entgegnet sie so bestimmt und nachdrücklich, dass sie es beinahe selber glaubt. »Er hat keinen Grund dazu. Und jetzt muss ich los.« Wenn sie jetzt nicht geht, wird er sie durchschauen. Sie dreht sich um und öffnet die Tür.

»Georgina«, sagt Kaiser. »Pass auf dich auf hier.«

Sie hält inne, dann dreht sie sich ein letztes Mal zu ihrem alten Freund um. Mit seiner Dienstmarke am Gürtel, der abgenutzten Lederjacke, dem müden Gesicht… sieht er aus wie ein Fremder. Vielleicht hat er sie mal geliebt, damals, als sie Jugendliche waren, aber das war vor langer Zeit, als sie es noch wert war, geliebt zu werden. Jetzt ist alles anders. Es tut weh, ihn anzusehen.

Er erinnert sie an den Menschen, der sie einmal war.

»Ich möchte dich nicht mehr sehen, Kai«, sagt sie leise. »Bitte, komm nicht wieder her.«

Teil zwei
Wut

6

Das leise Ping seiner E-Mail-App weckt Kaiser Brody, er nimmt sein iPhone vom Nachttisch, um nachzusehen. Es ist erst halb sechs und noch nicht hell draußen. Neben ihm murmelt Kim leise im Schlaf. Sie rührt sich nicht. Ihr blondes Haar ist in zerzausten Strähnen über ihr Kissen ausgebreitet, und einen Moment lang schaut er ihr mit derselben seltsamen Gefühlsmischung beim Schlafen zu, die ihn jedes Mal überkommt, wenn sie das machen. Um sechs muss er sie wecken, damit sie rechtzeitig zu Hause ist, bevor ihr Mann, der diese Woche Nachtschicht schiebt, merkt, dass sie die ganze Nacht weg war.

Doch vielleicht weckt er sie auch nicht. Mal sehen, was passiert, wie sie ihrem Mann erklärt, warum sie die ganze Nacht nicht zu Hause war, und welche Ausflüchte sie ihm gegenüber vorbringt, wenn sie ihm später sagt, dass sie sich ein paar Tage nicht sehen können, bis sich zu Hause »die Wogen geglättet haben«.

Mit einem Seufzer ruft er seine E-Mail auf.

Sie kommt von dem Wachmann in Hazelwood, den er dafür bezahlt, dass er ihm jeden Monat einen Bericht über Häftling Nr. 110214, auch bekannt unter dem Namen Georgina Maria Shaw, zukommen lasst. Der Spaß kostet ihn hundert Dollar, die er anonym per Paypal überweist. Das ist nicht viel, aber fünf Jahre lang, jeden Monat, das läppert sich. Dies ist jetzt allerdings der letzte Bericht, denn Georgina wird in der kommenden Woche entlassen.

Fünf verdammte Jahre. Einerseits fühlt es sich an, als wäre die Zeit schnell vergangen, andererseits ist es, als hätte sich nichts geändert.

Der Bericht im PDF-Format ist gefüllt mit einer Menge nichtssagender Informationen. Er enthält detaillierte Listen ihrer Telefongespräche, der Briefe, die sie bekommen und geschrieben hat, sowie der Leute, die sie im vergangenen Monat besucht haben. Außer ihrem Anwalt und Kaiser selbst ist Georginas Vater der Einzige, der sie überhaupt jemals im Gefängnis besucht hat. Ihr Ex-Verlobter, dieser großkotzige Firmenboss mit dem Schmerbauch und dem schütteren Haar, hat sich nicht ein einziges Mal blicken lassen.

Ihre Telefonate sind schon interessanter. Wie jeden Monat hat sie mit einem Mann namens Raymond Yoo telefoniert, laut seiner Website »unabhängiger Finanzberater, spezialisiert auf einzigartige und unkonventionelle Anlagemöglichkeiten«, also vermutlich ein Experte für Geldwäsche. Und einmal im Jahr, immer am gleichen Tag, führt Georgina ein Ferngespräch mit einer neunzigjährigen Frau namens Lucilla Gallardo in Toronto, ihrer Großmutter mütterlicherseits.

Kaiser ist auch über ihre Arztbesuche informiert (es gab nur einen im letzten halben Jahr, wegen eines Hautausschlags an der Schulter), außerdem über ihren Gefängnisjob (im Friseursalon), ihr ehrenamtliches Engagement (sie unterrichtet Gefangene, die ihren Schulabschluss nachholen wollen) und darüber, was sie im Gefängnisladen kauft (Tampons, Feuchtigkeitscreme, Schokolade). Falls sie irgendwelche Beschwerden eingereicht oder Disziplinarstrafen erhalten hätte, wären die auch in den Berichten erwähnt worden, aber in fünf Jahren ist da nichts gewesen.

Was nicht bedeuten muss, dass es nichts gegeben hätte.

Kaiser liest diese Berichte Monat für Monat und redet sich ein, dass er das tut, um sofort mitzubekommen, falls Geos Ex-Freund Calvin James Kontakt zu ihr aufnimmt. Aber wenn er sich selbst gegenüber ehrlich ist (und warum, zum Teufel, sollte er das sein?), weiß er, dass er es eigentlich nur tut, um zu wissen, wie es ihr geht. Als er sie das letzte Mal gesehen hat, hat sie ihn ausdrücklich gebeten, sie nicht wieder zu besuchen. Also hat er es gelassen. Aber das bedeutet nicht, dass sie ihm gleichgültig ist.

Nicht dass er ein schlechtes Gewissen hätte, weil er sie verhaftet hat. Das hat er nicht. Nicht wirklich. Aber er kann auch nicht behaupten, dass er sich damit je wohlgefühlt hätte.

Jeder Bericht enthält auch eine von dem Wachmann persönlich verfasste Einschätzung von Georginas Leben im vergangenen Monat. Und eigentlich ist es das, wofür Kaiser bezahlt – für alles, was *nicht* im Bericht steht. Mit wem sie befreundet ist, mit wem sie sich streitet, mit wem sie vögelt, was sie vermutlich rein- oder rausschmuggelt, wie ihre allgemeine Verfassung ist.

Georgina hat sich gut geschlagen. Ihre engsten Freundinnen sind Cat Bonaducci (eine Frau, die mit Alkohol im Blut jemanden totgefahren und dafür zwölf Jahre bekommen hat) und Ella Frank.

Und zwar *die* Ella Frank. Ehefrau von James Frank, dem Drogenkönig, der eine lebenslange Haftstrafe in Washington absitzt. Georgina hat sich gleich zu Beginn mit Ella angefreundet, und der Wachmann hat mehrmals Andeutungen gemacht, dass sie in Ellas Drogengeschäfte verwickelt sein könnte. Das interessiert Kaiser nicht die Bohne. Soweit er weiß, hat das Ehepaar Frank nie etwas mit Calvin James, dem Sweetbay-Würger, zu tun gehabt, und das ist das Einzige, was Kaiser interessiert.

Was Georgina tut, um im Gefängnis zu überleben, ist ihre Sache.

»Alles okay?«, murmelt Kim ins Kopfkissen. Es ist dunkel im Zimmer, die einzige Lichtquelle ist Kaisers Handy.

»Schlaf weiter«, sagt er, und das tut sie.

Einerseits gefällt es ihm, dass Kim hier ist, denn es ist schön, neben jemandem zu liegen, der einen versteht, dem er seinen Job nicht erklären muss, der nicht mehr von ihm erwartet oder verlangt, als er geben kann. Andererseits ärgert es ihn, dass sie hier ist, denn sie ist verheiratet, und er weiß, dass es falsch ist, was sie tun.

Sie haben nie darüber gesprochen, wo das alles hinführen soll. Ihre Affäre – ein hässliches Wort, aber er ist schon immer einer gewesen, der die Dinge beim Namen nennt – hat vor etwas über einem Jahr angefangen. Kims Mann Dave ist auch Polizist, allerdings in einem anderen Revier, und er arbeitet wie ein Wahnsinniger. Er hat so oft Nachtschicht, dass er und Kim sich kaum sehen. Eigentlich hatten sie sich Kinder gewünscht, aber zuerst hat Kim es vor sich hergeschoben, und jetzt ist Dave derjenige, der es immer wieder aufschiebt. Kim ist einsam, sie sehnt sich nach Aufmerksamkeit und Wertschätzung, und genau wie Kaiser braucht sie ab und zu einen warmen Körper neben sich im Bett.

Doch so kann es nicht ewig weitergehen. Sie machen das schon viel zu lange, und er ist die ganze Heimlichtuerei auf dem Revier leid. Das ist die Sache nicht wert, vor allem, da er Kim nicht liebt und sie auch nie lieben wird. Kaiser ist sich nicht mal sicher, ob er überhaupt noch in der Lage ist, jemanden zu lieben.

Das macht ihn natürlich zum idealen Polizisten. Es gibt niemanden, bei dem er sich für seine langen Arbeitstage entschuldigen muss, keine Kinder, um die er sich sorgen muss, keine Familienplanung, die er vermasseln könnte. Er hat niemanden, um den er sich kümmern muss, nicht mal eine Topfpflanze oder einen Goldfisch. Er kann so lange arbeiten, wie er will, schlafen, wann er will, essen, wann er will. Wirklich als »Single« – was für ein bescheuertes Wort, es führt nur dazu, dass die Leute sich vorkommen wie Versager – fühlt er sich nur an Thanksgiving und Weihnachten und manchmal nicht mal dann.

Er war mal verheiratet, mit einer Krankenschwester, die er kurz nach seinem Abschluss an der Polizeiakademie kennengelernt hatte. Das war in der Notaufnahme gewesen, wo er nach einer Schlägerei, die er in einer Kneipe vom Zaun gebrochen hatte, zusammengeflickt wurde. Die Ehe hat turbulente achtzehn Monate gehalten und ist genauso abrupt geendet, wie sie begonnen hatte. Er hat seiner Frau nie Vorwürfe gemacht, er wusste, dass er unerträglich geworden war, ein Workaholic, dem seine Arbeit immer wichtiger war als seine Frau. Sie hat ihn wegen eines Typen verlassen, den sie im Internet kennengelernt hatte. Kaum war die Tinte auf der Scheidungsurkunde getrocknet, hat er sich geschworen, nie wieder zu heiraten.

Er legt sich wieder aufs Kopfkissen und schiebt eine Haarsträhne von Kims Wange. Man sollte meinen, dass ihr Mann nach einem Jahr mitkriegt, dass seine Frau nicht zu Hause schläft, wenn er Nachtschicht schiebt. Aber bisher hat er keine Ahnung von ihrer Affäre. Was natürlich auch daran liegen kann, dass er nichts davon wissen will. Vor ein paar Monaten ist Kaiser Dave mal auf dem alljährlichen Grillfest der Polizei begegnet. Hat dem Mann die Hand geschüttelt. Falls der Kollege einen Verdacht hatte, hat er es sich jedenfalls nicht anmerken lassen. Das Lächeln war offen, der Handschlag freundlich, und sie haben sich ein paar Minuten lang über Sport unterhalten, wie Männer das halt so machen, wenn sie sich gerade kennengelernt haben und sonst nicht wissen, worüber sie reden sollen.

Kim regt sich wieder und öffnet ein Auge. »Wie spät ist es?«

»Mach dir keine Sorgen«, sagt er. »Ich weck dich um sechs.«

Sie lächelt ihn an, zieht sich die Decke bis zum Kinn und schläft weiter.

Er geht den Bericht noch mal durch, auf der Suche nach Einzelheiten, die jedoch nicht darin stehen. Geht es Georgina gut? Ist sie einsam? Freut sie sich rauszukommen, oder fürchtet sie sich, nach allem, was sie getan hat, wieder in die Gesellschaft zurückzukehren? Die Entdeckung von Angela Wongs sterblichen Überresten vierzehn lange Jahre nach ihrem Verschwinden hat Seattle damals erschüttert, denn jeder erinnerte sich an den Fall. Alle hatten sich gefragt, was mit ihr passiert sein konnte. Mike Bennett, der Quarterback des Highschool-Football-Teams, mit dem Angela immer mal wieder zusammen gewesen war, wurde nach ihrem Verschwinden so intensiv vernommen, dass schon gemunkelt wurde, er hätte sie umgebracht. Das hätte sein Leben ruinieren können, und doch hat Georgina nichts gesagt.

Die einzige Frage, die er ihr an dem Tag, als er sie verhaftet hat, nicht gestellt hat, ist: Warum? Warum hat sie das getan? Und warum hat sie die ganzen Jahre nie ein Wort gesagt? Aber tief in seinem Innern kennt Kaiser die Antwort. Er hat sie nicht gefragt, weil er nicht wollte, dass sie ihn wieder anlog. Er erinnert sich noch gut an die Zeit, als sie Calvins Freundin war. An den starken Einfluss, den er auf sie ausübte. In seiner Gegenwart benahm sie sich ganz anders. Sie sprach anders. Bewegte sich anders. Es war, als könnte Calvin sich in ihre Systemsteuerung einloggen, zu der niemand anders Zugang hatte, und als würde er einen Schalter umlegen, von dessen Existenz niemand sonst etwas ahnte, nicht einmal Georgina selbst.

Calvin James hat ihr Leben verändert. Er hat das Leben von ihnen allen verändert – zum Schlechteren. Er hat den spektakulärsten Gefängnisausbruch des Jahrzehnts hingelegt und dabei eine Wachfrau und eine Sozialarbeiterin ermordet. Die drei Männer, die mit ihm ausgebrochen sind, wurden alle in den darauffolgenden Monaten tot aufgefunden. Aber nicht Calvin James. Er ist immer noch auf freiem Fuß.

Kaiser muss an das Gespräch denken, das er kurz nach seiner Verhaftung mit Calvin James auf dem Revier geführt hat. Der Sweetbay-Würger saß lässig im Verhörzimmer, die mit Handschellen gefesselten Hände entspannt auf dem Tisch vor sich. Jeans, T-Shirt, kein Schmuck bis auf die Uhr mit dem Lederarmband am rechten Handgelenk, was Kaiser schon immer merkwürdig gefunden hatte, da Calvin Rechtshänder ist. Der Mann wirkte total unbekümmert, so als ginge er davon aus, dass die Welt sich schon nach seinen Wünschen richten würde.

Was am Ende auch wirklich jedes Mal passierte, oder? Dieses arrogante Arschloch.

»Du weißt, warum du hier bist, oder?«, fragte Kaiser.

Calvin nickte. »Ihr glaubt, ich habe jemanden umgebracht.«

Sein Anwalt beugte sich zu ihm hinüber. »Ich rate Ihnen dringend, nichts zu sagen, Mr. James. Lassen Sie mich für Sie sprechen.«

Calvin zuckte die Achseln. Wieder völlig unbekümmert.

Man hatte ihm einen Pflichtverteidiger zugewiesen, einen dünnen, zerzausten Mann namens Aaron Rooney, dem Kaiser bis dahin erst einmal begegnet war. Rooney hatte erst acht Monate zuvor sein Studium beendet und hielt sich als Pflichtverteidiger über Wasser, der schlimmste Job, den ein Anwalt als Berufsanfänger haben konnte, mit den schlimmsten Mandanten. Als

Pflichtverteidiger konnte man sich keine Lorbeeren verdienen. Okay, man gewann Erfahrung im Gerichtssaal, aber die meisten Fälle wurden sowieso hinter verschlossenen Türen ausgehandelt und landeten nie vor Gericht. Rooney trug einen ausgeleierten braunen Anzug, hatte einen Fünftagebart und mit zu viel Gel an den Kopf geklatschtes Haar.

»Wir suchen dich schon lange«, sagte Kaiser zu Calvin. »Drei Opfer innerhalb von neun Jahren, im Wald verbuddelt. Ich bin mir sicher, dass es noch mehr gibt, die wir noch nicht gefunden haben. Es hat 'ne Weile gedauert, bis wir dich identifizieren konnten. Und da wir deinen Namen nicht kannten, haben wir dich Sweetbay-Würger genannt.«

»Gefällt mir«, sagte Calvin.

»Willst du wissen, wie wir dir schließlich auf die Schliche gekommen sind?«

»Sagen Sie es uns doch einfach«, meldete sich der Anwalt zu Wort.

»Wir haben dein erstes Opfer gefunden. Das wäre damit Opfer Nummer vier.« Kaiser beobachtete Calvins Gesicht. Der Gesichtsausdruck war neutral, vielleicht vage interessiert. Leuchtende Augen. Sah auch noch gut aus, das Arschloch. Hätte ein Filmstar werden können, wenn er einen anderen Weg eingeschlagen hätte, aber Männer wie Calvin James – Männer, die Frauen vergewaltigten und ermordeten – schlugen keinen anderen Weg ein. Die waren triebgesteuert. »Du erinnerst dich doch an deine Erste, oder? Du hast ihre Leiche im Wald vergraben, nachdem du sie zerstückelt hattest. Sie war noch auf der Highschool, sie war bei den Cheerleadern.«

Calvin sagte nichts, er hörte höflich zu.

»Falls du es vergessen haben solltest, sie hieß Angela Wong. Sechzehn Jahre alt, vor vierzehn Jahren als vermisst gemeldet.« Kaiser schob einen Ordner über den Tisch und schlug ihn auf. Zum Vorschein kam ein farbiges Schulporträt von Angela. »Sie wäre jetzt dreißig, genauso alt wie ich. Und sie war eine gute Freundin von mir, weswegen es mich noch mehr ankotzt, jetzt ihrem Mörder gegenüberzusitzen.«

»Falls Sie einen persönlichen Groll gegen meinen Mandanten hegen, Detective…«, setzte Rooney an.

»Schnauze«, fuhr Kaiser ihn an, ohne Calvin aus den Augen zu lassen. »Angela war ein schönes Mädchen, oder? Jetzt sind nur noch ein Haufen Knochen und ihre Handtasche von ihr übrig. Ach ja, und ihre Kamera. Und da waren Fotos von dir drauf.« Er beugte sich vor. »Sag mir eins: Wusstest du von dem Tag an, als du sie kennengelernt hast, dass du sie töten würdest? Hattest du es von Anfang an auf Angela abgesehen? Ich weiß nicht, ob es geplant war oder nicht, und ich scheiß drauf. Aber der Mord an ihr hat dich auf den Geschmack gebracht, stimmt's? Nur dass du die anderen nicht zerstückelt hast. Nur Angela. Nur die Erste.«

Calvin James' Mundwinkel zuckten, doch er schwieg.

»Du krankes Dreckschwein«, sagte Kaiser. »Hast du dich deswegen damals an Georgina rangemacht? Um an ihre beste Freundin ranzukommen?«

Als der Name Georgina fiel, öffnete sich Calvins Mund kaum merklich. Dann lächelte er, endlich begriff er.

»Ich kenne dich«, sagte er leise. »Ich fress 'nen Besen. Du warst mit den beiden befreundet, du warst das magere Kerlchen, das ihnen dauernd hinterhergedackelt ist, dankbar für jedes Lächeln, das sie dir geschenkt haben. Du warst ziemlich ausdauernd, das muss man dir lassen.« Sein Grinsen wurde breiter, sodass seine ebenmäßigen weißen Zähne zu sehen waren. »Wie ich sehe, bist du erwachsen geworden, ein richtiger Macho. Jetzt bist du ein Typ mit Schießeisen und Dienstmarke. Alle Achtung.«

Kaiser erwiderte das Grinsen.

»Wie geht's denn unserer lieben Georgina so?«, fragte Calvin. »Wie lange hat sie dich in ihrer Nähe geduldet? Habt ihr zwei euch irgendwann mal volllaufen lassen und euch in irgend 'ner Ecke befummelt? Hast du es geschafft, ihr unter den Rock zu langen, oder hat sie dir vorher die Hand weggeschlagen? Mich hat sie immer rangelassen.«

»Das ist ja alles sehr faszinierend, aber wer ist Georgina?«, fragte Calvins Anwalt mit gequälter Miene.

Weder der Mörder noch der Polizist beachteten ihn.

»Wie viel hatte sie damit zu tun?«, fragte Kaiser Calvin ganz direkt. »Hat sie dir geholfen?«

»Ach, du hast noch gar nicht mit ihr gesprochen.« Calvin lehnte sich zurück und rieb sich übers Kinn. Die Handschellen klapperten. Er wirkte nach wie vor vollkommen entspannt. »Rede mit ihr. Ich kann nicht für sie sprechen. Das würde ihr nicht gefallen.«

»Sie war im schlimmsten Fall deine Komplizin.« Kaiser warf einen Blick in Aaron Rooneys Richtung. Der Pflichtverteidiger war restlos überfordert. »Im besten Fall wird sie als Kronzeugin gegen dich aussagen. Wir holen sie heute Nachmittag rein.«

Calvin schnaubte. »Das heißt also, ihr beide seid keine Freunde mehr.«

»Wir haben dich, Calvin«, sagte Kaiser mit einem eisigen Lächeln. »Du brauchst nicht mit mir zu reden. Das wird Georgina tun, da bin ich mir ganz sicher. Und selbst wenn nicht, finde ich raus, was damals in der Nacht passiert ist. Du hast eben richtig bemerkt, dass ich schon immer sehr ausdauernd war. In solchen Fällen bin ich wie ein Terrier, der einen Knochen sucht. Ich grabe und grabe, bis ich ihn finde. Wir sehen uns vor Gericht.« Er stand auf und schob seinen Stuhl nach hinten.

»Ist sie immer noch schön?«, fragte Calvin. »Nicht dass sie so schön gewesen wäre wie Angela, aber damals hatte Georgina was, stimmt's? Was … ganz Spezielles. Ich glaube, du und ich waren die Einzigen, denen das aufgefallen ist. Das haben wir immerhin gemeinsam.«

»Fick dich«, sagte Kaiser, der den Gedanken nicht ertragen konnte, dass er und dieser Mörder irgendetwas gemeinsam hatten.

Calvin James lachte.

Kaisers Handy vibriert auf dem Nachttisch neben ihm und holt ihn in die Gegenwart zurück. Es ist fünf vor sechs, um diese Uhrzeit ruft ihn niemand an, außer es ist jemand gestorben. Er nimmt den Anruf entgegen, weil er Polizist ist und das sein verdammter Job ist.

»Morgen, Lieutenant«, sagt er leise, um Kim nicht zu wecken.

»Guten Morgen.« Die Stimme am anderen Ende der Leitung ist tief und rau, die Stimme einer Kettenraucherin, die ihr Laster erst kürzlich aufgegeben hat. Es ist seine Chefin Luca Miller. »Sie klingen, als wären Sie schon wach.«

»Bin schon 'ne Weile auf. Haben Sie was für mich?«

»Zwei Leichen in der Nähe von Green Lake.« Sie hustet in sein Ohr. »Eigentlich Cannings Fall, aber ich dachte mir, dass Sie ihn gern übernehmen würden.«

»Wieso?«

»Bei der einen Leiche handelt es sich um eine zerstückelte Frau. In mehreren flachen Gräbern verbuddelt.«

Kaiser richtet sich auf. »Wie war noch die Adresse?«

»Ich habe Sie Ihnen noch gar nicht genannt«, sagt sie und gibt sie ihm.

»Sie wollen mich verarschen«, erwidert er verblüfft, als das GPS in seinem Kopf die Stelle markiert. »Ich dusche kurz. In 'ner halben Stunde bin ich da.«

»Hetzen Sie sich nicht, die sind schon tot«, sagt Luca Miller ohne jede Spur von Sarkasmus. Sie macht den Job schon verdammt lange und nennt einfach nur die Fakten. »Die Spurensicherung ist gerade erst eingetroffen. In einer Stunde reicht völlig. Wenn Sie da sind, nehmen Sie sich den Tatort sehr gründlich vor. Ich sorge dafür, dass Peebles Sie erwartet.«

Greg Peebles ist der Chefpathologe in King County. Er ist der Beste der Besten, und er ist so gefragt, dass er normalerweise kurzfristig nicht zu bekommen ist.

»Peebles? Echt?«, fragt Kaiser. »Wie wollen Sie das denn machen? Können Sie neuerdings hexen?«

»Ich hab gesagt, es sind zwei Leichen«, erwidert Luca. »Die zweite ist ein Kind.«

Alles klar. Kinder haben immer Vorrang. Und wenn das Kind bei einer zerstückelten Frau gefunden wurde, ist anzunehmen, dass es nicht durch einen Unfall ums Leben gekommen ist.

Kaiser beendet das Gespräch. Kim setzt sich auf und reibt sich die Augen, ihr Haar fällt ihr über die nackten Schultern. Sie ist keine klassische Schönheit, aber sie ist unbestreitbar attraktiv, und in ihrem Lächeln liegt eine Wärme, die die Menschen für sie einnimmt. Sie wird oft mit Jennifer Aniston verglichen. »Was ist los?«, fragt sie.

Nachdem er ihr berichtet hat, was er gerade erfahren hat, ist sie hellwach.

»Du glaubst, das war Calvin James?«, fragt sie.

»Es könnte Zufall sein, aber du weißt ja, was ich von Zufällen halte. Jedenfalls ist es kurz nach sechs. Du solltest dich auf die Socken machen.« Kaiser steht auf und geht ins Bad. Er braucht nicht weit zu gehen. Sein Apartment ist klein. So gefällt es ihm – weniger zu putzen. Außerdem ist er sowieso nie lange zu Hause. »Ich muss duschen.«

»Lust auf Gesellschaft?«

Er überlegt kurz, dann seufzt er. Das muss wirklich aufhören. Das kann nicht so weitergehen. Es ist unrecht und es ist chaotisch, und je länger das so geht, desto komplizierter wird es. Sie arbeiten zusammen, verflucht noch mal. Sie ist seine Partnerin, verdammt.

Er beantwortet ihre Frage nicht, tut so, als hätte er sie nicht gehört und geht wortlos ins Bad.

Aber er lässt die Tür offen.

7

Ein Wassertropfen fällt von einem Blatt oder einem Ast und landet auf Kaisers Stirn. Es hat leicht geregnet, und unter anderen Umständen wäre der Geruch nach Erde und Laub erfrischend. Kaiser war seit über fünf Jahren nicht mehr hier in diesem Wald. Doch der Tatort erinnert ihn auf unheimliche Weise an den von damals. Nur dass es diesmal zwei Opfer gibt: eine Frau und ein Kind.

Die Frau wurde zuerst gefunden. Genauer gesagt, die *Körperteile* der Frau wurden zuerst gefunden. Ihr Torso lag etwa siebzig Zentimeter tief zwischen zwei Bäumen begraben. Darum herum, in mehreren Minigräbern, liegen ihre Füße, Unterschenkel, Oberschenkel, Hände, Unterarme, Oberarme und der Kopf. Die Augen fehlen. An ihrer Stelle befinden sich jetzt zwei klaffende Löcher. Die Tatortspezialisten suchen immer noch nach den Augen. Aber sie werden sie nicht finden. Wer auch immer sie entfernt hat, hat das aus einem ganz bestimmten Grund getan.

Wie die Frau zu Lebzeiten ausgesehen hat, lässt sich nur vermuten. Das Gesicht ist kalt und grau, die Haut wächsern, die Lippen sind zu dem klassischen, zähnefletschenden Todesgrinsen verzogen. Die Haare sind zu sehr mit Erde verklebt, als dass man hätte sagen können, ob sie blond oder braun sind. Der ausgefransten Haut nach zu urteilen, wurde die Leiche mit einem gezahnten Werkzeug zerteilt. Vielleicht mit einer Säge. Eine zerstückelte Leiche ist immer ein entsetzlicher Anblick, aber dieses Bild des Grauens scheint alles zu übertreffen.

Die Tote wurde fast an derselben Stelle vergraben wie Angela Wong damals.

Kaiser wendet sich der Kinderleiche zu, die zum Glück nicht zerstückelt wurde. Das Grab, knapp anderthalb Meter von dem der Frau entfernt, ist etwa einen halben Meter tief, knapp einen Meter lang und dreißig Zentimeter breit. Ein winziges Grab für eine winzige Leiche.

Nach seiner Größe zu urteilen, und der Anzahl der Zähne, die er hat, war der Junge ungefähr zwei Jahre alt. Er trägt eine Spiderman-Schlafanzughose, eine blaue Kapuzenjacke, kein T-Shirt; die dünnen Beine stecken in leuchtend roten Gummistiefeln. Offiziell wird die Todesursache durch den Gerichtsmediziner festgestellt, aber es besteht kein Zweifel daran, dass der Junge erdrosselt wurde. Die dunkelroten Würgemale am Hals und die Bisswunden in der Zunge sind ebenso deutliche Anzeichen für einen Tod durch Ersticken wie die roten Pünktchen in der weißen Augenhaut, im Fachjargon petechiale Blutung genannt. Bis auf ein paar verblasste Blutergüsse an den Schienbeinen, wie man sie bei einem aktiven Zweijährigen auch erwarten würde, sind keine weiteren Anzeichen für Verletzungen zu finden. Der Junge hat Pausbacken und einen runden Bauch. Aus seiner Schlafanzughose ragt eine Windel heraus.

Im Grunde war er noch ein Baby.

Die Kapuzenjacke ist offen, und auf dem blassen Brustkorb ist etwas Rotes zu sehen. Zuerst dachte Kaiser, es handelte sich um Blut, aber Blut verläuft im Regen, und das ist nicht passiert. Es stellt sich heraus, dass der Mörder mit dunkelrotem Lippenstift ein Herz auf die Brust des Jungen gemalt hat. In die Mitte hat er geschrieben: Schau.

SCHAU.

»Ich schaue dich an«, sagt Kaiser leise zu dem toten Jungen. »Ich sehe dich.«

Die Tatortfotografin beugt sich vor und macht noch mehrere Aufnahmen von dem Jungen, das Blitzlicht lässt alles um sie herum kurz aufleuchten. »Schrecklich, oder?«, sagt sie leise. »Hast du so was schon mal gesehen, Kai?«

Er widersteht dem Impuls, die Jacke des Jungen zu schließen. »Nein«, antwortet er knapp.

Sie wartet darauf, dass er noch mehr sagt, doch er schweigt. Da sie spürt, dass ihm nicht nach Reden zumute ist, überlässt sie ihn seinen Gedanken. Er nickt den Sanitätern zu, die geduldig mit einer Bahre warten, und bedeutet ihnen, dass sie die Leiche jetzt abtransportieren können. Die Tatortspezialisten sind dabei, die Körperteile der Frau zu fotografieren und zu kennzeichnen.

Handelt es sich bei den Toten um Mutter und Sohn? Ist das das Werk von Calvin James? Das Herz auf der Brust des Jungen erinnert Kaiser an das Herz, das Calvin während der Gerichtsverhandlung auf seinen Notizblock gezeichnet hat. Alles an diesem Tatort riecht nach dem Sweetbay-Würger.

Bis auf die herausgerissenen Augen. Das ist neu. Und

das tote Kind. Aber Ungeheuer können sich weiterentwickeln, wie jeder andere auch.

Der Tatort wird mit gelbem Flatterband abgesperrt. In diesem Teil des Waldes gelangt man durch eine Sackgasse, die zwischen zwei Häusern auf dem Briar Crescent endet. Kaiser geht zurück zur Straße. Es wundert ihn nicht, dass sich eine beachtliche Menschenmenge hinter der Straßensperre angesammelt hat. Neugierige Nachbarn, natürlich, daneben zwei Übertragungswagen und einige Journalisten.

Weniger als zweihundert Meter entfernt steht das Haus mit der blauen Tür. Das Haus, in dem Georgina gewohnt hat. Er hat das Haus nicht mehr betreten, seit er sechzehn war, aber er erinnert sich an den Geruch des Schongarers, in dem immer irgendetwas vor sich hin köchelte. Weder Georgina noch ihr Vater, ein viel beschäftigter Arzt, konnten besonders gut kochen, aber in diesem Schongarer haben sie immer ein erstklassiges Gulasch zubereitet.

Wie oft hat Kaiser an dieser Tür geklingelt, um sie zum Kino oder zu einem Ausflug in die Mall abzuholen? Wie oft hat er mit ihr im Wohnzimmer gesessen und *Melrose Place* angeschaut, eine Serie, die er angeblich bescheuert fand, die er aber insgeheim mochte, weil sie es ihm ermöglichte, Zeit mit Georgina zu verbringen? Wie oft haben sie, wenn Geos Vater Spätschicht hatte, in ihrem Zimmer auf dem Boden gesessen, Limo aus dem 7-Eleven getrunken und Soundgarden oder Pearl Jam gehört? Hier in dieser Straße, vor neunzehn Jahren, als sie in die elfte Klasse der St. Martin's Highschool gingen … und außerdem beste Freunde waren.

Damals, als Angela noch lebte. Damals, als Angela noch nicht als vermisst gemeldet war, als ihr Gesicht noch nicht auf Plakaten in der ganzen Stadt zu sehen war, als ihre Knochen noch nicht in dem Wald hinter ihm gefunden worden waren. Damals, als Calvin James noch nicht verhaftet worden war und Georgina noch nicht im Gefängnis saß.

Damals.

Damals.

Damals.

Kaiser fragt sich, wer wohl jetzt in dem Haus wohnt, und ob die Leute wissen, welche Last auf dem Haus liegt, welche Geheimnisse es birgt. Nachdem Angelas Überreste gefunden wurden, ist es ständig fotografiert worden. Die Journalisten waren fasziniert gewesen von der Tatsache, dass die Leiche keine hundert Meter von Geos Haus entfernt vergraben worden war. Davon, dass die Frau, die in den Mord verwickelt war, jede Nacht in unmittelbarer Nähe geschlafen hatte.

Kim Kellogg tritt auf ihn zu, sie trägt eine enge Jeans, einen taillierten Blazer und hat das blonde Haar zu einem Pferdeschwanz zusammengebunden. Das einzige Detail, an dem man erkennt, dass seine Partnerin Polizistin und keine Studentin ist, ist die Dienstmarke an ihrem Jackett. Kim ist methodisch, wo er emotional ist, sie ergänzen sich perfekt im Job. Und auch im Bett, wenn er sich's recht überlegt.

Jeder hat eine Schwäche für irgendetwas. Bei Kaiser waren es schon immer Frauen, die er nicht haben konnte.

»Wie sieht's aus?«, fragt er professionell knapp. Es

sind zu viele Kollegen in der Nähe, als dass er einen vertraulichen Ton anschlagen könnte.

»Ich hab die Liste vermisster Personen aus Seattle überprüft«, sagt sie. Der Wind weht ihr eine blonde Strähne ins Gesicht, und Kaiser gelingt es im letzten Moment, dem Impuls zu widerstehen, sie ihr aus der Stirn zu schieben. »Keine Beschreibung passt auf den Jungen. Ich hab mich an die Städte in der Umgebung gewandt, ich gehe also davon aus, dass wir bald …«

»Er war gesund, und seine Kleidung war neu«, sagt Kaiser. »Jemand hat den Kleinen geliebt. Was ist mit der Frau?«

»Bisher nichts. Ich habe zwei Kollegen darauf angesetzt, aber es gibt einfach zu viele als vermisst gemeldete Frauen dieser Altersgruppe.«

»Wo ist der Mann, der die Leichen gefunden hat?«

Kim zeigt auf ein älteres Paar auf dem Gehweg, das sich mit den Nachbarn unterhält. »Mr. und Mrs. Heller. Er hat sie gefunden, sie hat die Polizei benachrichtigt. Ich hole sie her.«

Cliff Heller ist ein Rentner, etwa Mitte sechzig, mit schlohweißem Haar und Bart, die Entdeckung der Toten scheint ihn total traumatisiert zu haben. Roberta Heller ist einen Kopf kleiner als ihr Mann; sie trägt einen flauschigen weißen Bademantel und einen einzelnen pinkfarbenen Lockenwickler über der Stirn. Im Gegensatz zu ihrem Mann wirkt sie freudig erregt darüber, dass sie mit der aufregendsten Sache zu tun hat, die seit Langem hier in diesem Viertel passiert ist. Ihre Begeisterung würde sich vermutlich in Grenzen halten, wenn sie die beiden Leichen gesehen hätte.

»Ich habe eine 69er Corvette, an der ich seit ein paar Jahren rumschraube«, sagt Cliff Heller zu Kaiser. »Die Karosserie ist noch in Ordnung, und ich versuche, sie wieder flottzukriegen. Ich bin nach dem Frühstück in die Garage gegangen, weil ich dachte, ich bekomme ein bisschen was getan, bevor wir zur Kirche...«

»Die blöde Corvette interessiert ihn nicht«, fällt seine Frau ihm ins Wort.

»Klar. Also, Maggie hat gekläfft, und ich dachte, ich geh kurz mit ihr in den Wald.« Heller seufzt. »Eigentlich führe ich sie jeden Morgen Gassi, aber es hat geregnet...«

»Es interessiert ihn nicht, ob es geregnet hat«, faucht seine Frau.

»Und da haben Sie die Leichen entdeckt«, sagt Kaiser.

»Maggie hat sie gefunden«, entgegnet Heller und lässt die Schultern hängen. Er zeigt auf das Haus, wo ein Golden Retriever aus dem Fenster schaut und das Geschehen auf der Straße beobachtet. »Sie hat gebellt, und dann hat sie angefangen zu graben, und auf einmal hat ein Arm aus dem Boden geragt. Zuerst dachte ich, es wäre eine Puppe, aber als ich näher herangegangen bin, hab ich gesehen, dass der Arm abgetrennt war. Es war... es war ein ziemlicher Schock. Ich bin vor Schreck ein paar Schritte zurückgewichen, und da hab ich den Jungen gefunden.«

Hellers Kinn beginnt zu zittern, seine Stimme bricht. »Ich weiß, ich hätte ihn nicht anfassen dürfen, aber als ich sein Gesicht gesehen habe und den Arm, der aus dem Loch ragte, da hab ich nicht nachgedacht, da hab ich einfach... Ich... ich hab ihn aus der Erde gezogen. Er ist noch so klein. Wir haben Enkelkinder in dem Alter.« Er atmet tief ein und schließt die Augen. Als er sie wieder öffnet, ist er etwas gefasster. »Ich hab doch nicht den Tatort ruiniert, oder?«

»Sie haben reagiert, wie jeder normale Mensch es tun würde.«

»Gott sei Dank.« Die Bestätigung, dass er nichts Schlimmes angerichtet hat, scheint ihn zu beruhigen. Seine Frau streicht ihm mit einer Hand über den Rücken. Mit der anderen Hand hebt sie ihren Kaffeebecher. Während sie trinkt, huscht ihr Blick zwischen den Tatortspezialisten hin und her, die ihre Arbeit tun.

Kaiser stellt den Hellers noch ein paar weitere Fragen. Keiner der beiden erinnert sich daran, am Abend zuvor irgendetwas Ungewöhnliches beobachtet oder gehört zu haben, weder ein unbekanntes Auto, das in der Sackgasse geparkt hätte, noch Lichtkegel von Taschenlampen, noch irgendwelche Stimmen oder Geräusche.

»Wir gehen allerdings ziemlich früh zu Bett«, sagt Cliff Heller. »Um halb neun, spätestens um neun. Danach hätten wir sowieso nichts mehr bemerkt.«

»Sagen Sie mal, hat das alles vielleicht irgendwas mit Angela Wong zu tun?«, fragt Roberta Heller aufgekratzt und sieht Kaiser erwartungsvoll an. Der pinkfarbene Lockenwickler an ihrer Stirn wippt. »Sie wissen schon, das junge Mädchen, das vor all den Jahren als vermisst gemeldet wurde? Ihre Überreste sind hier im Wald gefunden worden, ich weiß nicht, ob Sie darüber informiert sind. Da könnte ja ein Zusammenhang bestehen. Der arme Walter geht bestimmt die Wände hoch und fragt sich, was hier los ist.«

Kaiser wird hellhörig. »Walter?«

»Walter Shaw«, sagt Mrs. Heller. Sie zeigt auf das Haus mit der blauen Tür. »Seine Tochter ist damals...«

»Ich weiß, wer sie ist.« Kaiser schaut zu der blauen Tür hinüber. »Er wohnt immer noch da?« Er hätte schwören können, dass Walter das Haus vor einigen Jahren verkauft hat.

»Ja, und seine Tochter zieht in ein paar Tagen auch wieder da ein.« Roberta Heller schnieft. »Sie kommt tatsächlich zurück hierher ins Viertel! Sie hat im Gefängnis gesessen, wissen Sie. Ich mag Walter, aber seine Tochter kommt nicht nach ihm, das kann ich Ihnen flüstern. Hat sich sonst was eingebildet auf ihren tollen Job und ist immer hier rumgestockelt, wenn sie zu Besuch war, als wäre sie was ganz Besonderes. Und dabei hat ihre Freundin die ganze Zeit gleich hier im Wald begraben gelegen. Ich hab schon immer gewusst, dass mit der was nicht stimmte...«

»Es reicht, Roberta«, sagt ihr Mann und legt ihr eine Hand auf den Arm. »Lass gut sein.«

Kaiser muss sich zusammennehmen, um der Frau nicht den lächerlichen Lockenwickler aus den Haaren zu reißen. Er reicht Cliff Heller seine Karte. »Falls Ihnen noch irgendwas einfällt, rufen Sie mich an. Zu jeder Tages- oder Nachtzeit.«

Die Leichen werden abtransportiert. Kim hat die Gaffer zurückgedrängt, und nur wenige Anwohner stehen noch so nahe, dass sie sehen können, wie ein großer und ein kleiner Sarg in die Krankenwagen geladen werden. Cliff Heller sieht aus, als würde er gleich wieder in Tränen ausbrechen, und selbst Roberta Heller scheint es beim Anblick des winzigen Sargs ein bisschen mulmig zu werden.

Kaiser betrachtet die paar Leute, die immer noch in der Nähe herumstehen, Kaffeetassen und Hundeleinen in der Hand. Es scheint sich durchweg um Anwohner zu handeln, einige sind im Schlafanzug. Zivilisten fühlen sich von einem Tatort immer wie magisch angezogen.

Eine Sekunde später bleibt sein Blick an einem Gesicht hängen. Nicht an einem Gesicht in der Menge. An einem Gesicht hinter Glas. Jemand ist in dem Haus mit der blauen Tür. Kaiser geht hinüber. Er hebt die Hand, um zu klingeln, doch noch bevor er den Schalter drücken kann, geht die Tür auf.

Walter Shaw steht vor ihm, drei Zentimeter kleiner als Kaiser, mit seinen eins fünfundachtzig. Sein kurzes Haar ist grauer geworden, und um seine Augen und die Mundwinkel sind mehr Falten als vor fünf Jahren, als sie sich das letzte Mal gesehen haben. Abgesehen davon sieht Georginas Vater fast so aus wie früher.

»Sie wohnen tatsächlich noch hier?«, entfährt es Kaiser. Es ist eher eine Feststellung als eine Frage. »Ich dachte, Sie hätten das Haus verkauft. Nach dem … dem Prozess.«

»Ihnen auch einen guten Tag.« Walter scheint sich überhaupt nicht über das Wiedersehen zu freuen. »Die Immobilienpreise waren im Keller, und ich hatte keine Lust, es für einen Appel und ein Ei zu verkaufen. Außerdem wollte es niemand haben. Zu viel schlechte Presse, was ich Ihnen zu verdanken habe.«

»Zieht Georgina wieder hier ein, wenn sie rauskommt?«

»Das ist mein Zuhause und damit auch ihres.« Walter Shaw verschränkt die Arme vor der Brust. »Wo zum Teufel sollte sie auch sonst hin?«

Kaiser schaut Walter Shaw an, den Vater seiner besten Freundin aus Highschoolzeiten, den Vater der Frau, die er verhaftet hat. Er hat an Walts Tisch gesessen, Walts Gulasch gegessen, Walts Bier getrunken, wenn der Alte nicht zu Hause war, er war in Walts Tochter verliebt.

Georginas Vater hält seinem Blick stand. Es fühlt sich beinahe an wie ein Duell, keiner der beiden Männer will zurückweichen, aber es weiß auch keiner, was er sagen soll.

Kaiser findet seine Sprache zuerst wieder. »Walt, ich habe Ihre Tochter gern. Ich habe sie immer gerngehabt. Ich hoffe, Sie wissen, dass ich nur meine Pflicht getan habe.« Es ist nicht unbedingt eine Entschuldigung, aber es ist alles, was er dem Mann anbieten kann.

Nach einer Weile nickt Walter. Es ist nicht unbedingt ein Akzeptieren, aber es ist alles, was *er* Kaiser anbieten kann. Mit einer Kinnbewegung deutet er auf die Straße. »Was zum Teufel geht da eigentlich vor sich?«

»Das versuchen wir noch zu klären«, sagt Kaiser. »Übrigens, hat Georgina mal was darüber verlauten lassen, wo Calvin James sich aufhalten könnte?«

Walter runzelt die Stirn. Die Frage gefällt ihm nicht. Ehe Kaiser eine andere Formulierung finden kann, wird ihm die Tür vor der Nase zugeschlagen.

8

Der tote Junge wurde als Henry Bowen identifiziert, zweiundzwanzig Monate alt. Seine Eltern, Amelia und Tyson Bowen aus Redmond, haben ihn am Morgen als vermisst gemeldet, und soweit sie wissen, ist ihr kleiner Sohn noch nicht gefunden worden. Kaiser wird die offizielle Todesnachricht überbringen, sobald die Eltern eintreffen.

Auf alle Fälle haben sie jetzt gleich zwei Rätsel gelöst. Sie kennen den Namen des Jungen, und sie wissen, dass die Tote nicht seine Mutter ist. Allerdings wäre es für die Ermittlungen einfacher, wenn sie die Mutter wäre.

Die moderne Technik – sprich, das Smartphone – machte es möglich, dass Amelia Bowen der Polizei für die Vermisstenanzeige ein Foto von ihrem Sohn zur Verfügung stellte, das sie erst am Abend zuvor aufgenommen hatte. Kaiser zweifelt nicht daran, dass es sich bei der Leiche um den Jungen handelt. Er hat das gleiche Haar, die gleichen Schneidezähne, er trägt den Spiderman-Schlafanzug. Was auch immer Henry zugestoßen ist, muss zwischen 23:30 Uhr, als seine Mutter vor dem Schlafengehen die Überwachungskamera überprüft hat, und 8:30 Uhr passiert sein, als sie erneut nachgesehen hat.

»Was wissen wir über die Eltern?«, will Kaiser von Kim erfahren. Sie befinden sich im kleinen Pausenraum der Pathologie, wo Kim ihn nach einigem Suchen gefunden hat.

Sie zieht ihr kleines Notizheft aus der Tasche. Kaisers Partnerin mag zwar ein Technikfreak sein, aber wenn es ums Notizenmachen geht, hält sie sich ganz an die alte Schule und schreibt sich lieber alles per Hand auf, anstatt es in ihr Smartphone einzutippen, wie die meisten Polizisten es heutzutage machen. Sie benutzt sogar einen Bleistift, damit sie notfalls etwas ausradieren kann. Sie sagt, das Schreiben mit der Hand hilft ihr, sich zu konzentrieren.

»Sie arbeiten beide bei Microsoft; er als Softwareentwickler, sie im Marketing. Sie haben ein schickes Haus, Zillow schätzt den Wert auf knapp eine Million. Sie fährt einen Lexus, er einen BMW. Henry ging in eine Kindertagesstätte namens Rainbow Jungle in der Nähe des Microsoft-Geländes.«

»Reiche Leute«, sagt Kaiser.

Kim verzieht das Gesicht. »Das ist nicht reich. Das ist gehobene Mittelklasse – zumindest für Redmond.«

Er widerspricht ihr nicht. Er hat mit seiner alleinerziehenden Mutter in Seattle in einer kleinen Wohnung gelebt und an drei Abenden die Woche Ravioli aus der Dose gegessen. Seine Großeltern haben sich das Geld für seine katholische Highschool vom Mund abgespart. Kim ist auf der Eastside aufgewachsen, in der Nähe des Viertels, in dem auch Bill Gates wohnt, und hat eine Privatschule besucht. Sie haben, gelinde gesagt, unterschiedliche Vorstellungen von »reich«.

»Was noch? Wie haben sie am Telefon geklungen?«

»Ich hab nicht mit ihnen gesprochen, sondern mit dem Kollegen, der sie herbringt.« Kim macht sich einen Kaffee. Alle Polizisten in Seattle wissen, dass es im Pausenraum der Pathologie aus unerfindlichen Gründen den besten Kaffee gibt. »Die Mutter hat gesagt, er wacht normalerweise gegen sieben auf und ruft nach ihr, und da sie und ihr Mann heute Morgen nichts gehört haben, sind sie im Bett geblieben. Gegen halb neun ist sie in sein Zimmer gegangen, um nach ihm zu sehen. Da stand das Fenster weit offen, und der Junge war weg. Sie hat ihren Mann geweckt und sofort die Polizei angerufen, weil der Junge noch zu klein ist, um allein aus seinem Gitterbettchen zu klettern.«

»Haben sie ein Kindermädchen oder einen Babysitter?«, fragt Kaiser und denkt an die zerstückelte Frau.

»Die Einzigen, die auf den Kleinen aufgepasst haben, waren die Erzieherinnen in der Tagesstätte und ein junges Mädchen von nebenan, das sie ab und zu als Babysitter angeheuert haben. Dem Mädchen geht es gut, ich hab ihren Instagram-Account überprüft, sie hat heute schon drei Selfies gepostet.« Kim zupft an ihrem Pferdeschwanz. »Keine der vier Erzieherinnen aus der Kindertagesstätte kann die Tote sein – zwei sind zu alt, und zwei sind Jamaikanerinnen. Am besten, wir fragen die Bowens, ob sie sie erkennen.«

Kaiser schaut Kim an. »Und wie stellst du dir das vor? Sollen wir ein Foto von Nase und Mund machen?«

»Scheiße, verdammt. Ich hatte ganz vergessen, dass die Augen fehlen.«

Kaiser unterdrückt einen Seufzer. Kim ist nicht dumm.

Sie ist organisiert, gründlich, gewissenhaft mit ihren Notizen. Aber hin und wieder entgeht ihr unerklärlicherweise ein entscheidendes Detail. Das treibt Kaiser in den Wahnsinn, doch er verkneift sich eine Bemerkung.

»Wie lange dauert es denn noch, bis die Eltern hier sind?«, fragt er.

»Die Straßen sind total verstopft. Heute spielen die Seahawks. Die brauchen bestimmt noch 'ne Stunde.«

»Ich rede schon mal mit Peebles.« Kaiser steht auf und reckt sich. Seine Wirbel knacken dankbar. »Ruf mich an, wenn sie da sind.«

Er klopft an, bevor er eintritt, auch wenn er bezweifelt, dass Greg Peebles irgendwas hört, wenn er sich auf die Arbeit konzentriert. Die beiden Leichen liegen auf Autopsietischen, der Gerichtsmediziner beugt sich gerade über den Jungen. Ein Tuch bedeckt die Leiche von der Taille abwärts, das Herz auf seiner Brust hebt sich deutlich ab.

SCHAU.

Was zum Teufel hat das zu bedeuten? Kaiser zieht sich ein paar Latexhandschuhe an und berührt das Herz vorsichtig mit dem Zeigefinger. Es verschmiert nicht.

Die Leiche der Frau wurde zusammengesetzt, und aus der Entfernung sieht sie beinahe intakt aus. Aber das ist sie nicht. Im grellen Licht des Sektionssaals sind die Lücken zwischen den Gliedmaßen nicht zu übersehen.

»Musstet ihr mir unbedingt ein Kind bringen?«, fragt Peebles gedehnt. Egal, was passiert, der Gerichtsmediziner macht nie den Eindruck, als wäre er in Eile oder gestresst. Sich nicht aus der Ruhe bringen zu lassen, ist eine beneidenswerte Fähigkeit, aber Kaiser kann es auch auf die Palme bringen, wenn er dringend Ergebnisse braucht. Wie jetzt zum Beispiel. »Das ist ein Teil von meinem Job, den ich echt nicht ausstehen kann.«

»Aber eine zerstückelte Frau ist in Ordnung?«

Peebles zuckt die Achseln. »Ich wollte keine moralische Unterscheidung treffen, Kai. Aber wenn die Leiche eines Erwachsenen auftaucht, fragt man sich unwillkürlich: ›Womit könnte der oder die das verdient haben? Wo ist der oder die da reingeraten?‹ Aber bei einem toten Kind kommt *keiner* auf die Idee, sich so was zu fragen. Kinder sind unschuldig. Sie sind klein. Sie können sich nicht gegen Übergriffe wehren. Nichts, was sie getan haben, kann die Gewalt rechtfertigen, die ihnen angetan wurde. Kindern sollte nichts Böses widerfahren. Das verstößt gegen alles, was wir als zivilisierte Gesellschaft akzeptabel finden. Das weckt den Beschützerinstinkt.« Er hält inne, dann blickt er auf, und das Licht seiner Kopfleuchte scheint Kaiser direkt in die Augen. »Okay, jetzt bin ich doch ein bisschen moralisch geworden.«

»Kannst du das ausschalten?«, fragt Kaiser und hält sich eine Hand schützend vor die Augen.

»Sorry.« Peebles schaltet die Lampe aus. »So. Die Leichen sind sauber.«

»Komm schon, Greg.« Kaiser betrachtet das tote Kind. Er ist derselben Meinung wie Peebles. Beim Anblick eines so kleinen Menschen auf einem Autopsietisch sträubt sich einfach alles in einem. Er ist bei der Mordkommission und darauf gedrillt, objektiv zu sein, aber ein totes Kind berührt alles in ihm, was ihn zum Menschen macht. Dasselbe gilt allerdings auch für eine zerstückelte Frau. Kaiser hofft, dass er diese Empathie nie verliert. »Erzähl mir keinen Scheiß, Greg. Gib mir was an die Hand. Fang bei dem Jungen an.«

»Er ist fast zwei Jahre alt, den Zähnen nach zu urteilen. Aber das weißt du ja schon.« Peebles schaltet seine Kopfleuchte wieder ein und kehrt zurück zu dem professionellen und zugleich sanften Tonfall, den er immer anschlägt, wenn er seine Ergebnisse beschreibt. »Gut ernährt, keine Anzeichen für sexuelle oder physische Misshandlungen. Keine Spuren von Körperflüssigkeiten an seiner Kleidung, bis auf eine große Menge Speichel an seiner Jacke. Könnte sein eigener sein. Er bekam Backenzähne.«

»Nichts unter den Fingernägeln?«

»Spuren von Erde und Sand, aber das ist bei Kindern normal. Er wurde kürzlich gebadet. Man riecht noch das Shampoo, wenn man näher rangeht.« Peebles beugt sich über die Leiche und atmet ein. Wenn irgendein anderer das täte, wäre es unheimlich. »Das gleiche Kindershampoo, das wir bei unseren benutzt haben, als sie noch klein waren. Angeblich ohne Chemie. Er wurde nicht vernachlässigt. Seine Eltern haben ihn geliebt.« Er richtet sich auf und blendet Kaiser erneut mit seiner Kopfleuchte. »Moment. Die Eltern sind doch nicht die Täter, oder?«

»Sieht nicht danach aus«, sagt Kaiser mit zusammengekniffenen Augen. »Todesursache?«

»Alles deutet auf Ersticken hin. Würgemale am Hals. Ich tippe auf einen Mann, denn die Würgemale lassen auf große Hände schließen, aber da lege ich mich nicht fest. Nach meiner Scheidung war ich mal eine Zeit lang mit einer Frau zusammen, die Riesenhände hatte. War ziemlich irritierend. Alles, was sie anfasste, wirkte plötzlich ganz klein.«

Trotz der ernsten Situation kann Kaiser sich ein Kichern nicht verkneifen. Peebles blinzelt, er versteht nicht, was so lustig ist. Sie gehen zum anderen Tisch.

»Die Frau hatte Alkohol und Rohypnol im Blut, außerdem Spuren von THC. Sie muss irgendwann in den vergangenen zwei Tagen Marihuana geraucht haben«, sagt Peebles. »Außerdem hatte sie Sex – ich hab Spuren von Gleitmittel und Spermizide gefunden –, doch obwohl es so aussieht, als wäre es dabei ziemlich ruppig zugegangen, kann ich nicht sagen, ob sie vergewaltigt wurde. Hautpartikel unter den Fingernägeln. Die stammen zumindest teilweise von ihr selbst, aber das teste ich noch. Zerstückelt wurde sie mit einer Säge, und zwar post mortem.«

»Wie lange post mortem?«

»Sofort. Muss eine Riesensauerei gewesen sein. Die ungleichmäßigen Sägeschnitte lassen darauf schließen, dass der Täter es per Hand gemacht hat. Also keine Kettensäge. Keine Tattoos, ein kleiner Leberfleck am rechten Oberschenkel. Braune Haare, in einem noch dunkleren Braun gefärbt. Teure Maniküre. Ich schätze mal, sie war so etwa einsfünfundsechzig groß und circa fünfundfünfzig Kilo schwer. Alter schätzungsweise einundzwanzig, zweiundzwanzig. Aber da leg ich mich nicht fest.«

»Und die Augen?«, fragt Kaiser.

»Mit einem stumpfen Werkzeug entfernt. Zuerst hab ich an einen Löffel gedacht, aber inzwischen tendiere ich eher zu einem Buttermesser, denn es gibt winzige Risse, die dazu passen würden.« Peebles richtet sich auf und nimmt die Kopfleuchte ab. Sie hinterlässt einen Abdruck in seinem ergrauenden Haar. »Ich bin mir ziemlich sicher, dass sie mit irgendwas erwürgt wurde.«

»Mit einem Gummiseil?«

»Ich würde eher auf einen Gürtel tippen. Unter ihrem Kiefer sind Kratzspuren zu sehen, wahrscheinlich hat sie versucht, sich zu befreien. Am Rücken hat sie Blutergüsse, so als hätte jemand sie mit einem Knie auf den Boden gedrückt und von hinten erwürgt. Soll ich's dir demonstrieren?«

»Nicht nötig«, sagt Kaiser. Er kann es sich auch so vorstellen.

»Erinnert dich das an irgendwas?«, fragt Peebles. Seine hochgezogenen Brauen deuten an, dass er dasselbe denkt wie Kaiser. »Oder an irgendjemand?«

»Calvin James.« Kaiser atmet tief aus und denkt an die drei Frauen, die der Sweetbay-Würger nach Angela Wong ermordet hat. Alle drei wurden auf ähnliche Weise getötet, Knie im Rücken und von hinten erwürgt, aber er sagt nichts, und Peebles drängt ihn nicht. Greg ist der Gerichtsmediziner, und Kaiser ist der Detective. Sie mischen sich nicht in die Arbeit des anderen ein.

»Ich hab irgendwo gelesen, er wäre in Brasilien gesehen worden«, bemerkt Peebles. »Sah aus wie ein Einheimischer, sonnengebräunt und durchtrainiert. Oder war's Argentinien? Aber das kann auch schon ein paar Jahre her sein.«

Kaiser erwidert nichts darauf. Er hat dasselbe gelesen, aber in keinem Land hat die Polizei bisher eine Spur von Calvin James gefunden, die zu seiner Verhaftung geführt hätte. Die USA eingeschlossen.

»Ich lass dich dann mal mit den beiden allein.« Der Gerichtsmediziner zieht sich die Gummihandschuhe aus. Die beiden Männer arbeiten schon lange zusammen, und wenn es jemanden gibt, der weiß, wie Kaiser in dieser Phase einer Mordermittlung vorgeht, dann ist es Greg Peebles.

Die Tür fällt zu, und Kaiser setzt sich auf einen Hocker zwischen den beiden Tischen. Er konzentriert sich auf den Jungen. Gestern Abend war der Kleine noch am Leben. Er hat gelacht, in der Badewanne geplanscht, mit seinen Spielsachen gespielt. Seine Mutter oder sein Vater hat ihm liebevoll die Haare gewaschen, in der – berechtigten – Annahme, dass es noch zehntausend solcher Abende geben würde.

Gleich werden die Eltern die schlimmste Nachricht ihres Lebens erhalten. Sie werden weinen, schreien, vielleicht toben, sie werden es nicht glauben wollen. Sie werden um ihr Kind weinen, dann werden sie aufeinander losgehen, sich gegenseitig vorwerfen, das Fenster offen gelassen zu haben, nicht am frühen Morgen nach dem Kleinen gesehen zu haben. Ob sie die Krise überstehen werden, wird die Zeit zeigen, aber die Scheidungsrate von Eltern, die ein Kind durch ein Verbrechen verloren haben, ist exorbitant hoch. Sie erinnern einander viel zu sehr an das Schlimmste, was ihnen je widerfahren ist.

Und dann die Frau. Sie war die Tochter von irgendjemandem, die Enkelin, die Freundin. Auch sie wird vermisst. Sie hat nicht auf der Straße gelebt. Ihre Zähne sind weiß. Sie hat sich die Haare gefärbt. Ihre Fingernägel sind professionell manikürt. Obdachlose Frauen haben kein Geld für so etwas. Jemand hat sie entweiht, hat sie in Stücke geschnitten wie einen Karton, der entsorgt werden muss.

So etwas kann nur ein Ungeheuer getan haben. Kaiser ist einmal einem solchen Ungeheuer begegnet. Es ist ihm vorgestellt worden von seiner alten Freundin Georgina.

Was weiß sie hiervon? Sie sitzt zwar im Gefängnis, aber steht sie mit Calvin James auf eine Weise in Kontakt, die aus den Berichten nicht ersichtlich ist? Weiß sie, dass im Wald hinter ihrem Haus zwei Leichen gefunden wurden, wenige Tage bevor sie entlassen wird? Zwei Menschen, die auf eine Weise ermordet wurden, die an die Handschrift ihres Ex-Freunds erinnert?

Kaiser ruft sich selbst zur Ordnung. Es ist extrem gefährlich, diese Taten dem Sweetbay-Würger zuzuschreiben. Er muss objektiv bleiben, wenn er nichts übersehen will. Außerdem wäre es verdammt dumm und leichtsinnig von Calvin James, hierher zurückzukommen. Auch wenn Psychopathen nicht nach derselben Logik verfahren wie normale Menschen.

Noch einmal berührt Kaiser das Herz auf dem Körper des Jungen. Der dunkelrote Lippenstift sieht wirklich aus wie Blut. Mit ein bisschen Glück finden sie vielleicht die Marke heraus, und falls es etwas Exotisches ist oder etwas, das schwer zu beschaffen ist, könnte das eine Spur sein. Reine Spekulation, aber bisher haben sie nichts anderes.

»Ich kapier nicht, wie du es aushältst, allein hier zu sitzen.« Kims Stimme reißt ihn aus seinen Gedanken, er fährt erschrocken herum. Sie steht hinter ihm, ein Blatt Papier in der Hand. »Ich weiß, dass du so arbeitest, aber es ist trotzdem seltsam.«

Kaiser unterdrückt seinen Unmut über ihre Bemerkung und über die Störung. »Was gibt's?«

»Die Eltern sind da.«

»Das ging ja schnell.« Kaiser steht nervös auf. »Die Leiche ist noch nicht vorbereitet. Der Junge muss erst gewaschen werden, bevor sie ihn sehen können.«

»Ich dachte, sie würden länger brauchen, aber die Verkehrslage hat sich entspannt. Du musst wenigstens mit ihnen reden. Sie sind ganz krank vor Sorge.«

»Scheiße.« Kaisers Gedanken rasen. »Okay. Ruf die Beratungsstelle für Trauernde an. Die sollen jemand herschicken, stante pede. Und besorg mir eine Maske.«

Sie schaut ihn verwirrt an. »Was für eine Maske?«

»Irgendeine«, sagt Kaiser ungehalten. Es nervt ihn, Dinge erklären zu müssen. Sosehr er Kim mag, es ärgert ihn, dass sie, obwohl sie seit einem Jahr zusammen arbeiten und miteinander schlafen, seine Gedanken immer noch nicht lesen kann. »Keine Karnevalsmaske. Irgendwas Einfaches, eine Augenbinde, irgendwas, womit ich die Augenhöhlen der Frau abdecken und so ihr Gesicht fotografieren kann. Vielleicht haben wir Glück und sie kennen sie.«

»Dafür brauchst du keine Maske. Dafür gibt's eine App.«

»Hä?«

Kim streckt die Hand aus und klaubt sein iPhone aus seiner Tasche. Sie tippt eine Weile auf dem Display herum, dann gibt sie ihm das Telefon zurück.

»Sie nennt sich Pornobalken-App«, sagt sie. »Du machst ein Foto, und anschließend kannst du überall, wo du willst, einen schwarzen Balken einfügen.« Als sie sein Gesicht sieht – Kaiser weiß selbst, dass er mit der neuen Technik auf Kriegsfuß steht –, nimmt sie ihm das Handy wieder ab. »Darf ich?«

Sie geht zu dem Tisch, auf dem die Frau liegt, und macht ein Foto. Dann tippt sie wieder auf dem Display herum und gibt Kaiser das Handy zurück. Das Ganze hat weniger als eine Minute gedauert. »Fertig. Das Foto ist bei deinen Bildern abgespeichert. Ich hab einen Filter benutzt, damit ihr Gesicht noch ein bisschen Farbe bekommt. Aber pass auf, dass du ihnen nicht aus Versehen das Original zeigst.«

Er sieht sich das Foto an und ist beeindruckt. Mit dem schwarzen Balken über den Augen sieht die Frau immer noch tot aus, aber nicht mehr ganz so tot. Und die Haut wirkt tatsächlich nicht grau, sondern ganz leicht rosa. »Das funktioniert tatsächlich. Danke.«

Kim legt ihm eine Hand auf den Arm. »Es nimmt dich mehr mit als sonst, stimmt's, Kai? Glaubst du, es war Calvin James?«

Offenbar glauben alle anderen, dass er es war, sonst würden sie ihn nicht alle fragen. Kim war noch nicht seine Partnerin, als Angelas Überreste gefunden wurden, und die ersten beiden Morde des Sweetbay-Würgers waren noch nicht einmal Kaisers Fälle. Das hat ein anderer Ermittler gemacht. Aber es stimmt, der Fall nimmt ihn fürchterlich mit. Es fühlt sich alles allzu vertraut an, allzu persönlich, so als würde das alles nur passieren, um ihn an die Vergangenheit zu erinnern.

Trotzdem ist das eine zu eingeschränkte Herangehensweise, und eine sehr gefährliche. Seine Aufgabe besteht nicht darin, Beweise zu finden, die eine Theorie untermauern, sondern eine Theorie zu entwickeln, die auf Beweisen basiert. Er muss objektiv bleiben, aber es fällt ihm zunehmend schwerer.

Im Aufzug berührt Kim seine Hand und sagt ganz leise: »Dave hat heute Nachtschicht. Ich kann nach halb elf rüberkommen und die ganze Nacht bleiben, wenn du willst.«

»Vielleicht«, sagt Kaiser.

Allerdings weiß er jetzt schon, dass er das will, auch wenn er sich deshalb selbst verabscheut.

9

Henry Bowens Eltern reagieren genauso, wie Kaiser es vorausgesehen hat. Sie schreien, sie weinen, sie beschuldigen die Polizei, sie beschuldigen sich gegenseitig und sie versuchen schließlich schweigend, die Situation zu begreifen, mit der sie konfrontiert sind.

Amelia Bowens Augen sind glasig. Sie sitzt auf einem kleinen blauen Sofa im Konferenzraum der Polizeistation, äußerlich still, aber innerlich rasend vor Wut. Tyson Bowen geht im Raum auf und ab wie ein Löwe im Käfig, mit starrem Blick, die Hände zu Fäusten geballt, bereit, sich auf irgendjemanden zu stürzen. Wegen Henrys Alter hat Kaiser mit jüngeren Eltern gerechnet, aber die Bowens sind Mitte vierzig.

»Wir haben ihn adoptiert.« Amelia Bowens Stimme klingt leise und abwesend. »Tyson und ich haben uns am College kennengelernt, aber wir waren so beschäftigt, wir wollten mit dem Kinderkriegen warten, bis wir über dreißig waren, und bis dahin das Leben genießen.«

Tyson Bowen bleibt stehen. »Amelia, fang nicht...«

Kaiser hebt eine Hand. Es ist besser, sie reden zu lassen; sie wird zugänglicher sein und sich besser erinnern, wenn man sie ihre eigenen Gedanken entwickeln lässt.

121

Als Erstes wird er sie nach Henrys leiblicher Mutter fragen, jetzt, wo er weiß, dass der Junge adoptiert ist. Er hat sein Smartphone in der Hand, das Foto von der Toten mit dem schwarzen Balken ist nur einen Wisch entfernt.

Doch jetzt noch nicht.

»Auch unsere Freunde ließen sich Zeit mit dem Kinderkriegen«, fährt Amelia fort, »und es war ein schönes Leben, wir sind viel ausgegangen und haben gefeiert, wir waren sechsundzwanzig, dann achtundzwanzig, neunundzwanzig, es gab keine schlaflosen Nächte, keinen Stress wegen Babysittern, keine Sorgen wegen der Kosten, die ein Kind verursacht. Dann wurden wir dreißig, und es war immer noch nicht der richtige Moment, wir wollten uns lieber noch eine Weile um unsere Karriere kümmern, bevor wir Eltern wurden. Wir haben viel gearbeitet, wurden beide befördert, und dann wurde uns klar, dass wir das richtige Haus brauchten, wenn wir Kinder wollten, dass wir im richtigen Viertel wohnen wollten, mit einer guten Schule in der Nähe. Und dann waren wir plötzlich fünfunddreißig, und als wir versucht haben, ein Kind zu bekommen, mussten wir feststellen, dass wir zu lange gewartet hatten. Es klappte einfach nicht. Vier In-vitro-Fertilisationen, zwei Fehlgeburten. Schließlich haben wir uns für eine Adoption beworben und zwei Jahre lang gewartet. Als wir dann erfahren haben, dass Henrys leibliche Mutter sich für uns entschieden hatte, war das der schönste Tag unseres Lebens.«

Ihre Stimme klingt jetzt nicht mehr so abwesend. Sie spielt mit einer Strähne, die aus ihrem lockeren Haarknoten gerutscht ist.

»Wir waren im Kreißsaal dabei. Als ich ihn zum ersten Mal in den Armen gehalten habe, eine Minute nach der Geburt, war er mein Sohn. Es spielte keine Rolle, dass eine andere Frau ihn gerade geboren hatte. Er war mein Sohn, ich habe es ganz deutlich gespürt, und ich weiß, dass Henry es auch gespürt hat, denn er hat die Augen aufgemacht und mich angeschaut, und wir wussten es beide. Und ich habe gedacht, warum in aller Welt haben wir so lange gewartet? Warum dachten wir, dass zuerst alles perfekt sein muss? Kinder sind doch sowieso perfekt, und wenn man sein Kind in den Armen hält, ist alles gut. Dann spielen all die Dinge, über die man sich vorher Sorgen gemacht hat, keine Rolle mehr.« Sie schaut ihren Mann an. Tyson Bowen steht in einer Ecke und beobachtet seine Frau mit Tränen in den Augen. »Und jetzt ist er fort. Ich versteh das nicht. Ich versteh das nicht. Ich versteh das nicht.«

Sie beugt sich vor, ihr Brustkorb wird von Schluchzern geschüttelt. Ihr Mann setzt sich neben sie und drückt sie fest an sich.

»Ich lasse Sie ein paar Minuten allein«, sagt Kaiser, doch sie nehmen ihn gar nicht wahr. In diesem Augenblick gibt es für sie nur sie beide und ihre Trauer.

Kaiser verlässt den Raum und bedeutet der Trauerbegleiterin, dass sie hineingehen kann. Das Kind der Bowens ist tot, und sosehr die Zeit auch drängt, er lässt ihnen zehn Minuten, um sich ihrer Trauer hinzugeben. Er geht zu seinem Schreibtisch und schaltet seinen Computer ein.

»Die Ergebnisse zu dem Lippenstift auf dem Torso des Jungen sind gekommen«, sagt Kim. Sie sitzt an ihrem

Schreibtisch, ihm direkt gegenüber. »Ich hab gesehen, dass du mit den Eltern des Kleinen beschäftigt warst, und wollte nicht stören.«

»Ja, ich sehe es gerade«, sagt er und klickt den Bericht an. »Das ging ja schnell.«

»Das liegt daran, dass ich das Labor gebeten hab, mal zu überprüfen, ob es sich um eine Marke handelt, die von Shipp Pharmaceuticals hergestellt wird«, sagt Kim.

»Aber warum…«, setzt er an und bricht ab. »Klar. Jetzt kapier ich's.«

Shipp Pharmaceuticals ist die Firma, bei der Georgina gearbeitet hat. Und dafür bewundert er Kim. Für jedes Detail, das ihr durch die Lappen geht, fällt ihr eines auf, das jeder andere übersehen hätte.

»Und ich hab richtiggelegen. Es handelt sich tatsächlich um ein Produkt von Shipp«, verkündet sie triumphierend. »Die sind dabei, eine neue Kosmetiklinie auf den Markt zu bringen, und diesen Lippenstift gibt es nur in zehn Farben. Das Herz auf dem Torso des Jungen wurde mit so einem Lippenstift gemalt.«

»Was meinst du mit auf den Markt bringen?«

»Bisher sind die Produkte noch nicht einfach zu bekommen. Den Lippenstift gibt's nur bei Nordstrom, und auch nur in ihrem Hauptgeschäft hier in Seattle. Und zwar erst seit einer Woche.«

»Eine Woche? Länger nicht?«

Sie lächelt, erfreut darüber, dass diese Nachricht seine Miene aufhellt. »Länger nicht.«

»Ruf in dem Laden an und…«

»Schon passiert. Die schicken uns gleich das Video aus der Überwachungskamera.«

Er lehnt sich in seinem Sessel zurück. »Gute Arbeit.«

»Es führt alles zu Georgina Shaw, Kai.« Kim ist so aufgeregt, dass ihr Pferdeschwanz wippt. »Da versucht jemand, ihre Aufmerksamkeit zu erregen. Ich hab in Hazelwood angerufen und Kopien von ihrer Besucherliste, ihren Anrufen und ihren Briefen angefordert. Vielleicht hatte sie ja Kontakt zu Calvin James.«

Selbst wenn, wird es aus den Kopien nicht hervorgehen, wie Kaiser weiß. Aber da er Kim nicht sagen kann, dass er einen Wachmann für Informationen über Georgina bezahlt, sagt er nur: »Guter Gedanke.«

»Du könntest auch mal mit ihr reden. Sie kommt in ein paar Tagen raus.«

Kaiser wendet sich ab. Er will nicht, dass seine Partnerin sein Gesicht sieht. Seine Gefühle für Georgina sind kompliziert, das sind sie schon immer gewesen.

»Ich weiß, dass ihr beide mal Freunde wart, aber das ist doch wirklich lange her«, sagt Kim. »Lass dich von deinen Gefühlen nicht daran hindern, alles daranzusetzen, diese beiden Morde aufzuklären. Die Frau wurde auf die genau gleiche Weise ermordet wie Angela Wong. Sie wurde in demselben Wald begraben, in der Nähe von Georginas Haus. Der Lippenstift stammt von der Firma, für die Georgina gearbeitet hat. Weißt du, wie viele Lippenstiftmarken es in den USA gibt, Kai? Ich hab's nachgesehen. Tausende. Große Namen, kleine Namen, Marken, die nicht mehr hergestellt werden, die man aber noch bei eBay kriegt. Das war kein alter Lippenstift, den der Mörder zufällig noch irgendwo rumliegen hatte. Der wurde ganz gezielt ausgesucht.«

Kim ist im Analysemodus. Das merkt er daran, wie

sie redet, ohne ihn anzusehen, schnell und präzise. »Es muss Calvin James sein. Er ist immer noch auf freiem Fuß. Vielleicht ist er ja zurückgekommen. Und vielleicht weiß deine alte Freundin Georgina Bescheid.«

»Du hast sie bei dem Prozess vor fünf Jahren nicht erlebt, Kim«, sagt er. »Sie hat ihn nicht mal angesehen. Sie hat kein einziges Mal Blickkontakt mit ihm aufgenommen, als sie gegen ihn ausgesagt hat, erst ganz am Ende hat sie zu ihm geschaut, und das auch nur, weil er etwas zu ihr gesagt hat.«

»Hatte sie Angst vor ihm?«

»Nein, Angst war es nicht. Es war was anderes. Abscheu vielleicht. Als würde er sie daran erinnern, wie sie früher mal gewesen ist, und als würde sie ihn dafür hassen.«

Calvin James stand wegen vierfachen Mordes vor Gericht, aber erst die Verhaftung von Georgina Shaw erweckte das Interesse der Medien wirklich. Eine leitende Angestellte eines großen Pharmaunternehmens, die am Mord an ihrer Schulfreundin beteiligt war? Das war spannender als eine Folge Lifetime-Movies, aufregender als eine Episode 20/20.

Nichts ist befriedigender für einen Menschen, als zu sehen, wie ein anderer zu Fall kommt. Vor allem, wenn der andere alles hat, was man selbst nicht hat: Schönheit, Intelligenz, Bildung, einen sehr gut bezahlten Job, einen reichen Verlobten.

Kaiser kennt drei Georgina Shaws. Die erste ist das junge Mädchen, mit dem er in der Highschool befreundet war – die hübsche Cheerleaderin, die bei allen beliebt war, die immer Bestnoten bekam. Die zweite ist das

126

junge Mädchen, zu dem Georgina geworden ist, nachdem sie Calvin kennengelernt hatte: abwesend, leer, unzugänglich, egoistisch. Die dritte ist die Frau, die er vierzehn Jahre später im Konferenzsaal der Firma Shipp verhaftet hat: erfolgreich, erwachsen, erschöpft... und voll Reue.

Welcher Georgina Shaw wird er als Nächstes begegnen?

Kim telefoniert gerade, ihrem sanften Ton nach zu urteilen spricht sie wahrscheinlich mit ihrem Mann. Kaiser muss zurück zu den Bowens. Auf dem Weg zu ihnen geht er noch einmal alle Fragen durch, auf die er Antworten braucht.

Kann es sein, dass Georgina Calvin immer noch liebt, und dass ihr Verhalten während der Gerichtsverhandlung nur Show war? Calvin hat ihr damals etwas zugesteckt, das beschäftigt ihn immer wieder. Sie hat behauptet, es war nichts Wichtiges, aber das kauft er ihr nicht ab. Natürlich nicht. Reuevoll oder nicht, es gibt keine bessere Lügnerin als Georgina Shaw.

Er öffnet die Tür zum Konferenzraum. Die Bowens sitzen auf dem Sofa und halten einander in den Armen. Die Trauerbegleiterin spricht leise mit ihnen. Drei Köpfe heben sich, als Kaiser den Raum betritt.

»Es tut mir unendlich leid«, sagt er noch einmal. Zwecklos, diese Leute zu fragen, wie es ihnen geht.

»Wir wollen wissen, wer das getan hat«, sagt Tyson Bowen. Er ist ein bisschen gefasster als zuvor, aber nicht viel. Seine Stimme zittert. Seine Frau nickt.

»Wir auch.« Kaiser nimmt sein Smartphone heraus und öffnet das Foto der Toten. »Ich möchte, dass Sie sich das Foto gründlich ansehen und mir sagen, ob Sie diese Frau kennen.«

Amelia Bowen beugt sich vor, betrachtet das Foto und schnappt nach Luft. »Das ist Claire Toliver«, sagt sie. »Großer Gott.« Sie schaut ihren Mann fragend an. Er braucht ein paar Sekunden länger, doch dann bestätigt er ihre Aussage mit einem knappen Nicken.

»Wer ist Claire Toliver?«, fragt Kaiser.

»Henrys leibliche Mutter«, antwortet Amelia Bowen. »Ist sie tot? Was ist mit ihren Augen?«

Kaiser beantwortet die erste Frage, die zweite jedoch nicht. Das müssen sie nicht wissen.

10

Der Bericht, den Kim aus Hazelwood angefordert hat, findet sich am nächsten Morgen in Kaisers E-Mail-Posteingang. Da die Datei, die alle fünf Jahre von Georginas Gefängnisaufenthalt umfasst, zu groß ist, um sie auf sein Smartphone herunterzuladen, setzt er sich mit seinem Kaffee an Kims Schreibtisch und fährt ihren Computer hoch. Seine Partnerin kommt erst in einer Stunde – sie ist am frühen Morgen nach Hause gefahren, um zu duschen und sich etwas anderes anzuziehen –, und wenn sie nicht da ist, sitzt er lieber an ihrem Arbeitsplatz. Sie ist ordentlicher, ihr Schreibtisch immer aufgeräumt, die Stifte stehen darauf wie ein Blumenstrauß in mehreren Keramikbechern. Dagegen sieht sein Schreibtisch immer aus, als hätte ein Junkie dort nach Drogen gesucht.

Schnell scrollt er durch den Bericht. Er ist weniger detailliert als der, den er monatlich gegen Bezahlung von dem Wachmann bekommt, und natürlich enthält er keine persönlichen Kommentare. Aber es ist interessant, die letzten fünf Jahre von Georgina Shaws Leben in einem langen Bericht zusammengefasst zu sehen. Es bietet Kaiser eine andere Perspektive auf die Informationen, die er über die Jahre bekommen hat.

Ihre Post, zum Beispiel. Wie jeder bekannte Gefängnisinsasse bekommt Georgina Fanpost, im Lauf der fünf Jahre über tausend Briefe. Zehn davon wurden von derselben Adresse verschickt. Irgendwie ist das Kaiser entgangen, als er die monatlichen Berichte von seinem Informanten gelesen hat, und das liegt wahrscheinlich daran, dass in diesen Berichten lediglich die *Namen* der Briefschreiber erwähnt wurden, und die waren immer anders.

Wer auch immer Georgina von einer Adresse in Spokane aus geschrieben hat, hat jedes Mal ein anderes Pseudonym benutzt: Tony Stark, Clark Kent, Bruce Banner, Charles Xavier, und so weiter. Die »Echtnamen« von fiktiven Superhelden.

»Scheiße«, murmelt Kaiser. Nicht zu fassen, dass ihm das durch die Lappen gegangen ist.

Er gibt die Adresse in Spokane in die Datenbank der Polizei ein. Das System spuckt den Namen Ursula Archer aus. Die Frau ist Mitte sechzig, ehemalige Bibliothekarin, jetzt Rentnerin, seit einem Jahr verwitwet. Kaiser nimmt den Telefonhörer ab und wählt ihre Nummer.

Dreißig Sekunden später spricht er mit der Frau. Er braucht weitere fünfzehn Sekunden, um ihr zu erklären, wer er ist und warum er anruft. Sie wirkt nicht misstrauisch, sondern eher froh, dass sie mal jemanden hat, mit dem sie reden kann.

»Sie rufen bestimmt wegen Dominic an«, sagt Ursula Archer. Ihre Stimme ist weich und zugleich präzise, sie spricht jede Silbe pointiert aus, ohne barsch zu sein. Sie erinnert Kaiser an eine Lehrerin an der Highschool. »Er hat vor ein paar Jahren bei uns gewohnt, wir waren

130

seine Pflegeeltern. Er hat einer Frau Briefe geschrieben, sagten Sie?«

Kaiser lässt sich seine Enttäuschung nicht anmerken. Die Briefe stammen offenbar nicht von Calvin James. »Ja, einer Gefangenen, die in Hazelwood einsitzt, einer Georgina Shaw.«

Die Frau seufzt, und er kann sich direkt vorstellen, wie sie am anderen Ende der Leitung den Kopf schüttelt. Auf dem Foto in ihrem Führerschein, das er sich auf dem Bildschirm aufgerufen hat, sieht man eine Frau mit leicht ergrautem Haar und einer Pagenfrisur, die nach vorne hin etwas länger geschnitten ist.

»Der Name sagt mir nichts«, antwortet sie. »Aber Dominic hat schon so vielen Gefangenen geschrieben. Angefangen hat es als Schulprojekt. Er hat einen Aufsatz über das Leben im Gefängnis geschrieben, nachdem jemand von Scared Straight bei ihm in der Schule einen Vortrag gehalten hat. Sie kennen das Projekt?«

Kaiser hat davon gehört, dabei gehen ehemalige Gefangene an die Schulen und reden mit den Jugendlichen, um sie davon zu überzeugen, dass es besser ist, die Schule abzuschließen, als sich auf Drogen und Gangs einzulassen. Er wirft einen Blick auf die Wanduhr und überlegt, wie er die Frau am schnellsten los wird. »Ja, Ma'am. Tut mir leid, dass ich Sie belästigt habe...«

»Dann hat Dominic das Leben hinter Gittern als Thema für sein Sozialkundeprojekt gewählt, und so ist er auf diese Website gestoßen, die Brieffreundschaften mit Gefangenen vermittelt. Kurz darauf kam Post aus Gefängnissen im ganzen Land. Graham, mein kürzlich verstorbener Mann, hat sich furchtbar aufgeregt. Schließlich waren das alles verurteilte Kriminelle, die da an unsere private Adresse schrieben. Er wollte nicht, dass Dominic diesen Leuten weiter schrieb, aber ich habe ihn überredet, es dem Jungen durchgehen zu lassen, denn es schien ja niemandem zu schaden. Schließlich haben wir Dominic ein Postfach eingerichtet, an das die Leute ihre Briefe schicken konnten. Wir haben ihm eingeschärft, niemals persönliche Informationen herauszugeben oder irgendjemandem Geld zu schicken.«

Obwohl das alles für seine Ermittlungen irrelevant ist, macht es Kaiser neugierig. »Worüber hat er sich denn mit diesen Leuten ausgetauscht?«

»Anfangs hat es ihn fasziniert zu erfahren, wie sie ins Gefängnis gekommen waren, aber nach einer Weile hat er nur noch mit weiblichen Gefangenen Kontakt gehalten. Manche von ihnen haben ihm Liebesbriefe geschrieben. Ich glaube, er hat einfach die Zuwendung genossen.«

Kaiser unterdrückt ein Lachen. »Mrs. Archer, ich danke Ihnen, dass Sie mir Ihre Zeit...«

»Ich denke oft an ihn, wissen Sie. Er hat es von Anfang an nicht leicht gehabt im Leben, war schon als kleiner Junge bei Pflegeeltern.« Ursula seufzt vernehmlich. »Aber er hat einen ausgeprägten Überlebensinstinkt, da bin ich mir ganz sicher.«

»Er hat als Absender die Namen von Superhelden verwendet«, bemerkt Kaiser.

»Ach, das ist typisch Dominic«, sagt Ursula Archer lachend. »Er wollte schon immer jemand anders sein.«

Kaiser braucht noch eine Weile, bis es ihm gelingt, die Frau auf höfliche Weise abzuwimmeln, aber er ist nicht genervt. Ursula Archer wirkt irgendwie einsam.

»Ich glaub, ich spinne«, sagt eine Stimme hinter Kaiser, und als er sich umdreht, steht Kim da, mit einer Tasse Kaffee in der Hand. »Dein Schreibtisch steht gerade mal einen Meter entfernt. Ich kann es nicht ausstehen, wenn du an meinem Platz sitzt. Du richtest doch immer... ein einziges Chaos an.« Mit ihrer freien Hand macht sie eine frustrierte Geste.

»Ich sitz einfach gern hier«, entgegnet er, steht jedoch sofort auf und macht ihr Platz. »Alles ist so sauber und ordentlich. Sogar die Luft ist hier erheblich frischer. Ich hatte dich erst in einer halben Stunde erwartet.«

»Bin halt ein bisschen früher gekommen«, sagt sie, und gleichzeitig ändert sich ihre Körpersprache auf so subtile Weise, dass es nur jemand mitbekommt, der sie sehr gut kennt. Und Kaiser kennt sie sehr gut. Ihre Stimme nimmt einen leiseren Ton an. »Dave hat mich erwartet, als ich nach Hause gekommen bin. Er hat keine Fragen gestellt«, fügt sie hinzu, als sie Kaisers Blick wahrnimmt, »aber er meinte, wir sollten mal übers Wochenende wegfahren und uns ein bisschen Zeit füreinander nehmen. Wir fahren also am Freitag nach Scotsdale, in dieses Hotel, in dem wir unsere Flitterwochen verbracht haben. Er hat schon gebucht.« Sie hält Kaisers Blick ganze zehn Sekunden lang stand.

»Aha«, sagt er leichthin. »Klingt schön. Wird euch bestimmt guttun.«

Das ist alles, was er dazu sagen kann. Ihm wird ganz schwer ums Herz, was ihn überrascht, wo er doch weiß, dass sie die Affäre längst hätten beenden sollen.

Ach, verdammt. Sie hätten nie eine Affäre anfangen sollen.

Um nicht mit ihr reden zu müssen, macht er sich daran, seinen Schreibtisch aufzuräumen. Die Beziehung mit ihr läuft vor seinem inneren Auge als Abfolge von Schnappschüssen ab: Kim neben ihm im Bett, während er noch ein paar Sachen auf dem Laptop erledigt, ihre nackten Brüste im Licht des Bildschirms. Kims Hand in seinen Boxershorts, während sie ihren Mann anruft, um ihm Bescheid zu sagen, dass sie Nachtschicht schieben muss. Kim heute Morgen unter der Dusche, das Wasser prasselt auf ihren Rücken, als sie sich vorbeugt, damit er sie von hinten nehmen kann. Als er die Erinnerungen mit einem großen Schluck Kaffee hinunterspült, verbrennt er sich dabei die Zunge.

Das Telefon auf seinem Schreibtisch klingelt, und er ist dankbar für die Ablenkung. Es ist Julia Chan, die sich auf seinen Anruf hin meldet. Sie ist die Mitbewohnerin von Henry Bowens leiblicher Mutter; er hat gestern Abend versucht, sie zu erreichen, nachdem Claires Eltern ihre Tochter in der Pathologie identifiziert hatten. Er hat eine lange Nacht hinter sich, vor allem, da Kim hinterher noch bei ihm gewesen ist.

»Ich hab grade Ihre Nachricht abgehört, Detective. Ich muss aber gleich los zur Arbeit«, sagt die junge Frau etwas fahrig. »Ich hab eine wichtige Besprechung und bin sowieso schon spät dran.«

»Ich würde Ihnen gern ein paar Fragen zu Claire Toliver stellen«, sagt er. »Kann ich heute bei Ihnen im Büro vorbeikommen?«

»Sicher. Tun Sie mir einen Gefallen und zeigen Sie Ihre Dienstmarke vor. Sonst lassen die mich nicht aus der Besprechung gehen.«

Er macht sich auf den Weg, ohne sich von Kim zu verabschieden. Während er auf den Aufzug wartet, wirft er einen letzten Blick zu seiner Partnerin hinüber. Wie immer hat sie ihr blondes Haar zu einem Pferdeschwanz zusammengebunden. Sie scheint seinen Blick zu spüren und sieht auf. Er wendet sich ab und steigt in den Aufzug.

Es ist vorbei.

Verfluchte Scheiße, was für ein Glück.

11

Bei Strathroy, Oakwood & Strauss sieht es aus wie in jeder großen Kanzlei, die Kaiser je betreten hat, und um acht Uhr herrscht bereits Hochbetrieb. Ein riesiges Logo hängt über dem Empfangstresen, wo zwei junge Frauen mit Headsets, vermutlich frisch vom College, gerade mit gelangweilten Stimmen Anrufe entgegennehmen. Mithilfe seiner Dienstmarke erlangt er ihre Aufmerksamkeit und die Versicherung, dass sie die Person, die er zu sprechen wünscht, umgehend verständigen werden. Ob er eine Tasse Kaffee möchte, während er wartet?

Ja. Ja, sehr gern.

Der Kaffee ist heiß, schaumig, mit Zimt besprenkelt und verdammt gut. Kaiser nippt genüsslich daran. Claire Tolivers Eltern waren am Abend zuvor am Boden zerstört über die Nachricht vom Tod ihrer Tochter, aber das war nicht anders zu erwarten gewesen. Ihr Vater stellte Fragen, auf die Kaiser keine Antworten hatte. Das Schluchzen ihrer Mutter war vom Ende des langen Flurs vor dem Sektionssaal bis zur Tür zu hören. Und jetzt ist er hier in der Kanzlei und wartet darauf, mit Claires Mitbewohnerin sprechen zu können, um mehr über das Leben der jungen Frau zu erfahren.

Er nutzt die Wartezeit, um sich ein Bild von Claires Social-Media-Accounts zu machen. Er kann nur einen finden, ein LinkedIn-Profil. Und das erstaunt ihn, weil Claire mit sozialen Medien aufgewachsen ist. Sie nutzt weder Facebook noch Instagram noch Twitter. Ihrem LinkedIn-Profil entnimmt er, dass sie ihr Studium an der Puget Sound State University mit einem Bachelor in Politologie und Französisch abgeschlossen hat. An derselben Uni studierte sie im vierten Semester Jura und machte gerade ein Praktikum bei Strathroy, Oakwood & Strauss, »weil einer der Schwerpunkte der Kanzlei Frauenrechte sind, und Frauenrechte sind Menschenrechte«. Sie war offenbar ein Fan von Hillary Clinton gewesen.

Das professionelle Foto von Claire auf ihrer Linked-In-Seite hat keine Ähnlichkeit mit der Leiche auf dem Autopsietisch in der Gerichtsmedizin. Und doch besteht kein Zweifel daran, dass sie es ist. Das gleiche lange, dunkle Haar, die gleiche Gesichtsform. Allerdings sind auf dem Foto ihre Augen zu sehen. Blau. Eine schöne junge Frau, die eine großartige Zukunft vor sich hatte.

»Detective?« Kaiser blickt auf. Vor ihm steht eine attraktive junge Frau von Anfang zwanzig. »Ich bin Julia Chan. Tut mir leid, dass Sie warten mussten. Ich war in einer Besprechung. Jemand musste mich holen kommen.«

»Kein Problem«, sagt Kaiser und schüttelt die ihm entgegengestreckte Hand. Eine kleine Hand, aber ein kräftiger Händedruck.

»Wir können uns in einem der Konferenzräume unterhalten«, sagt sie. »Praktikanten haben kein eigenes Büro, nur eine Arbeitsnische, und da wären wir nicht ungestört.«

Er folgt ihr einen Flur hinunter und um eine Ecke. Alle tragen Businesskleidung und scheinen es sehr eilig zu haben. Kaiser erntet neugierige Blicke, aber Julia geht unbeirrt vor ihm her, in ihren graubraunen Pumps bewegt sie sich mit maschinenartiger Präzision über den Teppichboden, der die Schritte dämpft. Sie trägt einen schwarzen, knielangen Faltenrock und eine gestärkte weiße Bluse, das Haar hat sie im Nacken zu einem Knoten zusammengesteckt. Sie betreten einen Konferenzraum, und Julia schließt die Tür.

Erst als sie allein sind, merkt er ihr an, wie gestresst sie ist.

»Ich vertrete sie seit letzten Donnerstag«, sagt Julia, setzt sich an den Tisch und bedeutet ihm, ebenfalls Platz zu nehmen. »Das macht sie nicht zum ersten Mal. Ich schwöre Ihnen, wenn sie nicht tot ist, dreh *ich* ihr den Hals um. Ich wusste, dass es eine schlechte Idee war, ein Praktikum in derselben Kanzlei zu machen.«

»Was macht sie nicht zum ersten Mal?«

»Verschwinden. Das ist schon mal passiert. Sie hatte einen Typen kennengelernt, das ganze Wochenende bei ihm verbracht und die Welt um sich herum einfach vergessen. Die intelligenteste und unzuverlässigste Frau, die Sie sich vorstellen können. Drei Tage später war sie wieder da, aber ich war stinkwütend. Jetzt geht sie wieder nicht ans Telefon, ich lande immer nur bei ihrer Mailbox. Was bedeutet, entweder ist ihr Akku alle, oder sie hat es abgeschaltet.«

Offenbar hat Julia noch nicht mit Claires Eltern gesprochen. Sie beginnt, an ihren Nägeln zu kauen. Kaiser betrachtet ihre andere Hand, die auf dem Tisch liegt. Die

Nägel sind fast bis aufs Nagelbett abgekaut. Sie bemerkt seinen Blick und legt die Hände in den Schoß.

»Bei Strathroy, Oakwood & Strauss gilt für Praktikanten hundertprozentige Anwesenheitspflicht«, sagt Julia. »Man muss schon was ganz Schlimmes haben, um sich krankzumelden. Als sie letzten Donnerstag nicht zur Arbeit erschienen ist, hab ich unserem Chef gesagt, es gäbe einen Trauerfall in ihrer Familie, und sie hätte mich gebeten, Bescheid zu sagen. Die waren hier nicht begeistert, aber ich konnte nicht zulassen, dass sie gefeuert wird. Ich hoffe bloß, dass sie keine Sterbeurkunde von ihr verlangen, wenn sie wiederkommt. Und? Ist sie tot?«

Seine Antwort wird das Leben der jungen Frau für immer verändern, also sagt er so sanft wie möglich: »Ja.«

Julia blinzelt. Sie sieht Kaiser forschend an, sucht nach Anzeichen dafür, dass er scherzt, dann erstarrt sie. Ganze dreißig Sekunden vergehen, bis sie in sich zusammensackt. »Scheiße.« Ihre Augen füllen sich mit Tränen, doch sie blinzelt sie fort. Sie beginnt wieder, an ihren Nägeln zu kauen. »Scheiße«, sagt sie noch einmal. »Was ist passiert?«

»Sie wurde getötet. Mehr wissen wir noch nicht.«

»Sie wurde ermordet?« Ihr Blick schnellt zu seinem Abzeichen. »Sind Sie von der *Mordkommission*?«

»Ja.«

»Was ist passiert?«, fragt Julia noch einmal, diesmal nachdrücklicher, und eine Träne läuft ihr über die Wange. Sie wischt sie weg, beinahe wütend, als wäre sie ein Ärgernis und als wäre in diesem Gespräch kein Platz für Tränen.

»Sie brauchen nicht zu wissen, was genau…«

»Entweder, Sie sagen es mir, oder ich google, bis ich's raushab.« Julias dunkle Augen sind voller Trauer. Darin liegt Entschlossenheit. Sie ist eine starke junge Frau, und sie will Antworten. »Und ich bin mir sicher, dass es weniger traumatisch für mich ist, es von Ihnen zu erfahren. Bitte, sagen Sie es mir. Sie war meine Freundin. Ich muss es wissen.«

Also sagt Kaiser ihr, was er weiß. So rücksichtsvoll wie möglich erklärt er ihr, dass ihre Freundin erwürgt, zerstückelt und dann im Wald vergraben wurde.

Henry erwähnt er nicht. Er weiß nicht, ob sie darüber im Bilde ist, dass Claire ein Kind bekommen und zur Adoption freigegeben hat, und es steht ihm nicht zu, sie darüber aufzuklären.

Julia Chan hört ihm zu, ohne ihn zu unterbrechen. Als er geendet hat, steht sie auf, streicht ihren Rock glatt und sagt: »Bitte entschuldigen Sie mich für einen Moment.« Dann lässt sie ihn in dem Konferenzraum allein.

Er hat es kommen sehen. Todesnachrichten sind immer erschütternd. Eigentlich wollte er an diesem Vormittag nicht an Kim denken, aber jetzt wünscht er, sie wäre hier. Sie kann das besser als er. Er nutzt die Zeit, um seine Nachrichten abzurufen, und gerade, als er sein Handy wieder in die Tasche gleiten lässt, kommt Julia zurück in den Konferenzraum. Sie war geschlagene zehn Minuten fort.

Sie setzt sich zu ihm an den Tisch. Sie rollt etwas weiter weg mit ihrem Stuhl, aber sie ist gefasst und bereit, mit ihm zu reden. Nur an ihren etwas verquollenen Augen sieht man, dass sie geweint hat. Als sie zu sprechen beginnt, klingt ihre Stimme rau und ein bisschen unbeteiligt. Kaiser kapiert sofort, was sie macht, denn er macht es genauso, jeden Tag. Julia Chan spaltet ihre Gefühle ab. Sie wird mal eine großartige Anwältin werden.

»Ich hoffe, dass Sie mir als Nächstes sagen, dass Sie dieses Schwein schnappen«, sagt sie. »Ich hoffe, dass Sie ihn in Stücke reißen, genauso, wie er es mit ihr gemacht hat.«

»Ich werde das Schwein schnappen«, antwortet Kaiser, und er meint es ernst. So viel glaubt er ihr versprechen zu können. »Claires Eltern sagen, Sie waren ihre Zimmergenossin.«

»Seit dem ersten Semester. Wir waren mehr als Zimmergenossinnen, wir waren richtig gute Freundinnen. Wir sind beide Einzelkinder, und wir waren beinahe so etwas wie Schwestern …« Es fällt ihr schwer, Haltung zu wahren.

»Ich versuche zu rekonstruieren, wo sie sich in den Tagen vor ihrem Tod aufgehalten hat«, erklärt Kaiser. »Ihre Eltern haben sie seit mehreren Wochen nicht gesehen.«

»Na ja, sie hat halt viel zu tun. *Hatte* viel zu tun«, sagt Julia. »Sie arbeitet Teilzeit – *hat* gearbeitet, *Shit* – in einem Café im U-District, ›The Grean Bean‹. Da war sie auch, als ich sie das letzte Mal gesehen habe, das war, glaub ich, letzten Mittwoch. Ich besuche neben dem Praktikum einen Abendkurs und gehe hinterher in das Café zum Lernen, wenn sie arbeitet, weil sie mir immer ein paar Lattes spendiert. Aber an dem Abend ist sie nicht nach Hause gekommen.«

»Und das ist typisch für sie?«

»Ja. *Ja.* Aber normalerweise schickt sie mir dann 'ne SMS, und diesmal hat sie das nicht getan. Deswegen dachte ich, sie wär bei dem Typen gelandet, mit dem ich sie im Café hatte reden sehen.«

Kaiser wird hellhörig. »Welcher Typ?«

»Irgendein Typ halt. Ich hab nicht richtig hingesehen. Er saß in der Ecke.«

»Alter? Größe? Haarfarbe?«

»Auf jeden Fall weiß. Er hatte 'ne Basecap tief ins Gesicht gezogen. Jeans und T-Shirt. Nicht extrem muskulös, nicht dünn. Glatt rasiert, glaub ich. Lange Beine, oder zumindest kam es mir so vor.« Sie blickt auf. »Ach du Scheiße. Ist das... Glauben Sie, dass er sie umgebracht hat?«

»Das weiß ich nicht«, sagt Kaiser, und es ist die ehrlichste Antwort, die er ihr geben kann. »Ich gehe jedem Hinweis nach. Was können Sie mir sonst noch sagen?«

»Das ist alles«, entgegnet Julia, und diesmal läuft ihr eine Träne über die Wange. »Ich kann nicht beschwören, dass sie mit dem Typen mitgegangen ist. Aber es wäre nicht das erste Mal, dass sie so was macht. Sie ist eine schöne Frau, sie wird dauernd angebaggert. Sie ist nicht an einer Beziehung interessiert, und sie lässt sich nicht groß auf etwas ein, verstehen Sie?« Julia schließt die Augen und holt tief Luft. »War«, sagt sie, als sie die Augen wieder öffnet. »Sie *war* eine schöne Frau.«

»Ich habe das Foto von ihr auf LinkedIn gesehen.«

Julia schnaubt. »Das ist ihr offizielles Foto. So zugeknöpft ist sie nicht, außerhalb der Kanzlei.« Sie zieht ihr Handy aus der Rocktasche, scrollt einen Moment, reicht es ihm.

Auf dem Foto sind die beiden zusammen zu sehen, zurechtgemacht für einen Abend in einem Nachtclub. Julia Chan ist eine hübsche junge Frau, aber Claire Toliver war, gelinde ausgedrückt, umwerfend. In ihrem tief ausgeschnittenen, eng anliegenden Minikleid und den High Heels könnte man sie leicht für ein Model oder eine Schauspielerin halten. Langes, fast schwarzes Haar, schlanke Taille, füllige Brüste und Hüften, endlos lange Beine. *Prachtweib*, denkt Kaiser, während er das Foto betrachtet.

»Das war letztes Jahr in Las Vegas.« Ein Lächeln huscht über Julias Gesicht. »Das war ein tolles Wochenende. Dieses Jahr im Mai wollen wir nach Miami, sobald wir – *Shit*...«

Sie bricht in Tränen aus, und Kaiser wartet geduldig, bis sie sich wieder gefasst hat. Die Tür geht auf, und eine Frau mittleren Alters steckt den Kopf herein. Sie macht ein bestürztes Gesicht, als sie die junge Frau weinen sieht. »Alles in Ordnung, Julia?«

»Alles okay, Heather, danke.« Hastig wischt Julia sich die Tränen fort. »Wir sind fast fertig. Ich komme gleich.«

Die Frau schließt die Tür, aber erst, nachdem sie Kaiser einen bösen Blick zugeworfen hat, als wollte sie sagen: *Du Mistkerl, du hast sie zum Weinen gebracht.*

»Haben Sie es ihren Eltern schon gesagt?«, fragt Julia.

»Gestern Abend habe ich mit ihnen gesprochen«, sagt Kaiser, während er in seiner Tasche nach einem Papiertaschentuch sucht. Er findet eins, das zwar zerknüllt, aber sauber ist, und gibt es Julia. »Sie haben mir Ihren Namen genannt.«

»Ich muss sie anrufen.« Sie schnäuzt sich. »Und die Bowens auch. Mein Gott. Wie soll ich denen das bloß ...« Sie spricht den Satz nicht zu Ende.

Kaiser wundert sich. »Die Bowens? Sie wissen also von Henry?«

Sie schaut ihn an, als hätte er die dümmste Frage aller Zeiten gestellt. »Dass sie einen Sohn bekommen und ihn zur Adoption freigegeben hat? Natürlich weiß ich das. Wir haben zusammengewohnt, Detective. Ich hab mir mit ihr zusammen die ganzen Adoptionsvideos angesehen, als sie eine Familie für ihr Kind gesucht hat. Nicht so einfach, unter Freundinnen eine Schwangerschaft geheim zu halten.«

»Ich konnte nicht davon ausgehen, dass es allgemein bekannt war ...«

»Na ja, allgemein bekannt war es nicht, aber es war auch nicht direkt ein Geheimnis.« Julia reibt sich die Augen. »Sie wurde schwanger, kurz bevor sie ihren Bachelor gemacht hat. Aber sie hat das nicht auf Facebook verkündet oder so. Sie hatte keinen sehr dicken Bauch, hat weite Sachen getragen und ist über den Sommer weggefahren, sodass es kaum jemand mitbekommen hat. Nicht dass sie es geleugnet hätte, wenn irgendwer sie gefragt hätte. Aber viele Leute machen so einen Zirkus um schwangere Frauen, und außerdem wollte sie nicht jedem auf die Nase binden, dass sie vorhatte, das Kind zur Adoption freizugeben.«

»Verständlich.«

»Woher wissen *Sie* denn eigentlich von den Bowens?« Julia schaut ihn an. »Ihre Eltern haben *nie* über Henry gesprochen – die sind da irgendwie nicht drüber weggekommen –, ich kann mir also kaum vorstellen, dass Sie es von denen haben.«

Kaiser schweigt einen Moment. Wenn Claire und Julia sich so nahgestanden haben, dann konnte Julia ihm vielleicht noch mehr hilfreiche Informationen liefern. Es ist wichtig, dass sie bei der Sache bleibt und weiter mit ihm redet. Aber sie ist so aufgewühlt, dass sie die Nachricht von Henrys Tod womöglich nicht verkraftet. Er ist sich nicht sicher, ob er ihr reinen Wein einschenken soll.

»Von Claires Eltern haben wir es nicht«, sagt er schließlich doch. »Wir wissen von den Bowens, weil wir Henry zusammen mit Claire gefunden haben.«

»Ich verstehe nicht«, sagt sie, und es ist offensichtlich, dass sie es tatsächlich nicht versteht. »Sie hat Henry nie gesehen. Es war eine offene Adoption, aber sie stand nur per E-Mail mit den Bowens in Kontakt. Sie hatten keine Beziehung. Sie hatten sich darauf geeinigt, das Henry entscheiden zu lassen, wenn er alt genug sein würde. Geht es ihm gut?«

»Leider nicht.«

Er lässt die Information sacken. Julia sieht ihn an, als wartete sie auf eine Pointe. Als nichts passiert, lehnt sie sich auf ihrem Stuhl zurück und beginnt erneut, an ihren Nägeln zu knabbern.

»Darf ich Ihnen ein Foto zeigen?«, fragt Kaiser und nimmt sein Handy heraus.

»Von *Claire*?«, fragt Julia entgeistert.

»Nein, von dem Mann, bei dem es sich womöglich um denjenigen handelt, mit dem sie sich unterhalten hat, als Sie sie zuletzt gesehen haben.«

Sie entspannt sich ein bisschen, und er ruft das Foto

145

von Calvin James auf. Es ist das neueste, das er hat, es ist fünf Jahre alt und wurde nach seiner Verhaftung auf dem Revier aufgenommen. Das Namensschild ist abgeschnitten. Er reicht Julia das Handy, fragt sich, ob sie die Nachrichten verfolgt, ob sie ihn als den Sweetbay-Würger erkennt.

Mit zusammengezogenen Brauen betrachtet Julia das Foto. Vergrößert es. Dann schaut sie Kaiser verwirrt an. »Ich verstehe nicht.«

»Das ist nicht der Mann aus dem Café?«

»Natürlich nicht«, antwortet Julia. Sie sieht ihn immer noch verständnislos an. »Das ist Calvin.«

Sie erkennt ihn also tatsächlich. Aber dass sie nur seinen Vornamen benutzt, ist seltsam. »Sie wissen also, wer das ist?«, fragt Kaiser.

»Na klar«, antwortet die junge Frau und zieht die Brauen noch fester zusammen. »Aber das ist nicht der, mit dem Claire neulich gesprochen hat. Da hätte ich reagiert, ich hätte nicht zugelassen, dass sie sich wieder auf den einlässt.«

»Wieder?«

»Ich hab Ihnen doch eben gesagt, dass sie schon mal tagelang verschwunden war. Da war sie mit Calvin zusammen. Sie hatten ein heißes Wochenende, nur Sex, haben kaum geredet, sie hat nicht mal seinen Nachnamen erfahren. Aber irgendwie muss er ihre Welt ganz schön auf den Kopf gestellt haben, denn als sie nach Hause kam, war sie wie dieses Emoji mit den zwei Herzchen als Augen.« Julia schüttelt den Kopf. »Der Typ hatte es ihr richtig angetan. Er war älter, keiner von den jungen Schnöseln, die sie sonst hatte, und sie dachte, es könnte vielleicht tatsächlich was Ernstes daraus werden. Aber als sie ihm am nächsten Tag eine SMS geschickt hat, hat er überhaupt nicht reagiert. Arschloch. Und als sie sechs Wochen später gemerkt hat, dass sie schwanger war, hat sie noch mal versucht, ihn anzurufen, weil sie fand, er hätte ein Recht, es zu wissen. Aber da existierte die Nummer schon nicht mehr.«

»Moment mal«, sagt Kaiser und hebt eine Hand. Er traut seinen Ohren nicht. »Sagen Sie das noch mal.«

»Haben Sie's nicht kapiert?« Sie sieht ihn an, als wäre er begriffsstutzig. »Der Mann auf dem Foto hier ist Henrys leiblicher Vater.«

Kaiser öffnet den Mund, aber er ist so verblüfft, dass er kein Wort herausbringt.

»Aber das Arschloch ist längst über alle Berge«, sagt Julia und verzieht das Gesicht. »Und der kann von mir aus bleiben, wo der Pfeffer wächst. Moment mal. Ist er verhaftet worden? Ist das ein Polizeifoto?«

Kaiser, immer noch fassungslos, antwortet abwesend: »Ja. Sie sehen wohl keine Nachrichten. Das macht nichts, tue ich auch nicht. Man hält es ja kaum aus.«

»Und weswegen wurde er verhaftet?«

Er sieht sie an. Sie will es wissen. Er kann es ihr genauso gut sagen. Denn wenn nicht, wird sie so lange googeln, bis sie es raushat.

»Wegen Mordes. Calvin James ist der Sweetbay-Würger.«

»Was ... *Wie bitte?*«

»Genau«, sagt Kaiser, während er zusieht, wie Julias Finger wieder in ihren Mund wandern. »Ganz genau.«

Teil drei
Verhandlung

12

Fünf Jahre können verdammt lang sein, wenn man unbequeme Unterhosen tragen muss.

Gefängnisunterwäsche kratzt. Dasselbe gilt für die Bettlaken. Und die Klamotten. Das Gefängnis dient nicht dem Komfort. Es dient dazu, Kriminelle von der Welt draußen fernzuhalten. Oder die Welt von den Kriminellen. Was nicht dasselbe ist, und diese Unterscheidung ist wichtig.

Geo liegt in der Gefängnisbibliothek auf dem Rücken und spreizt die Beine noch ein bisschen weiter. Ihre Unterhose liegt neben ihrem Kopf, der billige Teppichboden an ihrem nackten Hintern fühlt sich an wie Schmirgelpapier. Sie kann sich nicht erinnern, wann sie das letzte Mal in einem richtigen Bett Sex hatte. Der Teppichboden riecht leicht verschimmelt. Vielleicht ist es das Material, vielleicht ist es der Schimmel, jedenfalls hat sie, seit sie hier Sex hat, einen chronischen Ausschlag an der Schulter, der einfach nicht weggeht.

Während sie abwesend den dunklen Haarschopf betrachtet, der sich zwischen ihren Beinen auf und ab bewegt, denkt sie an diesen Ausschlag. Ihre Schulter juckt wie verrückt, doch die Tube Cortisonsalbe befindet sich in ihrer Hosentasche. Und ihre Hose liegt irgendwo hinter ihrem Kopf. Ob sie wohl drankommt?

Wachmann Chris Bukowski hebt den Kopf und leckt sich die Lippen. »Was ist? Nicht in Stimmung?«

»Mach weiter, ich bin fast so weit.«

Bukowskis Kopf senkt sich wieder, und Geo versucht, ihre Hose zu erwischen, doch es gelingt ihr nicht. Sie stöhnt und bewegt ihre Hüften ein bisschen in seinem Rhythmus. Sie haben immer nur Oralsex, weil Bukowski, erst fünfundzwanzig Jahre alt und noch ziemlich neu in Hazelwood, eine panische Angst davor hat, sie zu schwängern. Im Knast gibt es keine Verhütungsmittel, warum auch, wo Sex hier sowieso verboten ist, vor allem mit den Bediensteten. Bukowski riskiert nicht nur seinen Job, sondern auch eine Gefängnisstrafe, falls sie je erwischt werden, aber das ist nicht Geos Problem. Einen Wachmann als Freund zu haben, macht ihr das Leben hier drin wesentlich angenehmer.

Sie und Bukowski sind jetzt schon seit einem halben Jahr »Freunde«, und seitdem genießt sie kleine Vorteile: Sie bekommt jetzt frisches Obst zum Nachtisch und hat einen kleinen Fernseher in der Zelle. Außerdem beschafft Bukowski ihr alles Mögliche, was es nicht im Gefängnisladen gibt, wie zum Beispiel Bücher, Kosmetika und ihre Zahnpasta. Schon merkwürdig, dass so etwas wie die Lieblingszahnpasta plötzlich von derartiger Bedeutung sein kann. Im Gefängnis erscheint alles wie durch ein Vergrößerungsglas. Wenn man in der Welt draußen mit jemandem zusammenstößt, entschuldigt man sich und geht weiter. Schlimmstenfalls erntet man einen bösen Blick oder die Ermahnung aufzupassen, wo man hingeht. Wenn man aber hier drinnen mit der Falschen zusammenstößt, kann das einen mehrtägigen Krankenhausaufenthalt zur Folge haben.

Bukowski ist nicht verheiratet, aber er hat seit der Highschool dieselbe Freundin, und die Beziehung ist schal geworden. Lori – oder Traci? – wäre nicht erfreut, wenn sie wüsste, was ihr Freund so während der Arbeit treibt. Er ist nicht der erste Wachmann, mit dem Geo Sex hat, aber er wird, Gott sei Dank, der letzte sein. Bukowski hat sich in sie verliebt – auch das ist sein Problem, aber es fängt an, ihr auf die Nerven zu gehen. Zumindest ist er netter als die anderen. Hilfsbereit. Beflissen. Beinahe liebenswert. Im Moment benimmt er sich wie ein Welpe, der Geo die Hand leckt. Nur dass er nicht ihre Hand leckt.

Dreißig Sekunden später täuscht sie einen Orgasmus vor, dann ist er an der Reihe. Geo ist es egal, ob sie leckt oder geleckt wird. Sie ist sowieso mit den Gedanken woanders, während ihre Zunge und ihre Lippen effizient ihre Arbeit tun. Zum Glück hat Bukowski schon die ganze Zeit an sich selbst herumgespielt, er ist also schon fast so weit. Sie sind am selben Ort wie immer, in einer wenig frequentierten Ecke in der Sachbuchabteilung, irgendwo zwischen Autoreparatur und Heimwerken. Die Bibliothek ist noch geschlossen, bis sein Kollege aus der Mittagspause kommt. Das ist das Gute daran, wenn man sich im Gefängnis mit einem zusammentut, auf den man eigentlich nicht scharf ist: Es muss immer schnell gehen.

Drei Minuten später knöpft Bukowski sich grinsend die Hose zu. Seit zwei Monaten trägt das Personal in

Hazelwood anstatt grauer, dunkelblaue Uniformen, und die dunkle Farbe steht ihm gut. Eigentlich sieht er ziemlich gut aus, auch wenn das keine Rolle spielt. Er gibt ihr eine Flasche Wasser, und sie trinkt einen großen Schluck. Bukowski schaut ihr zu, wie sie ihr Haar glättet und ihre Kleidung in Ordnung bringt, damit es nicht so aussieht, als hätte sie gerade Sex gehabt.

»Morgen kommst du raus«, sagt er. »Was hast du als Allererstes vor?«

Das fragen sie neuerdings alle. Bescheuerte Frage. Bisher hat sie alle möglichen Antworten darauf gegeben, je nachdem, was sie glaubt, dass der Fragende von ihr erwartet. »Als Erstes nehme ich ein Bad«, sagt sie, »ein ausgiebiges, heißes Schaumbad. Und dazu gönne ich mir ein Glas Rotwein.«

»Ich kann es gar nicht erwarten, mich dazuzulegen.«

Nur ein liebeskranker Wachmann kann so etwas zu einer Gefangenen sagen und glauben, dass es irgendwie romantisch klingt. Geo ist jetzt seit fünf verfickten Jahren in Hazelwood. Sich mit einem Wachmann zusammenzutun ist das Allerletzte, was sie will, wenn sie draußen ist. Sie ringt sich ein Lächeln ab, nimmt noch einen Schluck Wasser, bewegt es ein bisschen im Mund hin und her und schluckt es dann herunter. Sie hat immer noch Bukowskis Geschmack im Mund. »Ich glaube nicht, dass das deiner Freundin gefallen würde, Chris.«

»Ich überlege mir, mit ihr Schluss zu machen.«

Geo schaut ihn an. »Wieso?«

»Du weißt genau, warum.« Er zupft sein Hemd zurecht und schließt seinen Gürtel. »Ab morgen bist du frei. Wir können uns ganz offen treffen. Wir können richtigen Sex haben. Hast du schon mal überlegt, die Pille zu nehmen? Wir…«

»Du bist zehn Jahre jünger als ich«, sagt Geo. »Und ich werde ein Ex-Sträfling sein. Keine vielversprechende Kombination.«

»Na und? Dafür ist das, was wir haben, was ganz Besonderes.«

Was wir haben, sind sexuelle Übergriffe, denkt Geo, spricht es jedoch nicht aus. Laut Gesetz können Gefangene nicht einwilligen, Sex mit jemandem vom Personal zu haben. Juristisch gesehen ist es dasselbe wie Vergewaltigung. Er wirkt so erwartungsvoll, und sie lächelt ihn an. »Wir finden eine Lösung. Lass mir ein paar Tage Zeit, mich einzugewöhnen. Du weißt ja, dass ich bei meinem Vater wohne, bis ich eine eigene Wohnung finde.«

Er entspannt sich, offenbar hat sie das Richtige gesagt. Die nächsten vierundzwanzig Stunden muss sie Bukowski unbedingt bei Laune halten. Es war nie vorgesehen, dass die Sache so ernst werden würde (also, für ihn), und jetzt muss sie höllisch aufpassen, dass sie ihn nicht verletzt. Sie hat nur allzu gut in Erinnerung, was passiert, wenn eine Gefangene einen Wachmann gegen sich aufbringt. Vor zwei Jahren hat eine junge Frau fünf Tage vor ihrer Entlassung versucht, ihre Beziehung zu einem zu beenden. Der Typ, verheiratet, fünf Kinder, war total sauer. Am nächsten Tag wurden in der Zelle der Frau ein Tütchen Heroin und eine Spritze gefunden. Sie wurde zu zusätzlichen fünf Jahren verknackt. So einfach ist das.

Bevor sie die Bibliothek verlassen, küsst Bukowski sie auf den Mund. Geo muss sich zusammenreißen, um

155

nicht zurückzuzucken. Sex ist eine Sache, aber Küssen geht gar nicht. Dann verabschieden sie sich, und mit ein bisschen Glück war es das letzte Mal, dass Geo Sex im Gefängnis hatte.

Als sie den Gang hinuntergeht, kommt eine große, extrem dünne Frau namens Yolanda Carter auf sie zu. Zunächst geht Geo weiter, aber schließlich muss sie stehen bleiben, weil die Frau sich ihr in den Weg stellt. Geo ahnt bereits, dass das ein unangenehmes Gespräch wird. Es wäre nicht das erste.

»Was willst du, Boney?«, fragt sie.

Der kurze Afro der Frau ist an den Schläfen rasiert, und ihre langen, knochigen Unterarme sind mit Tattoos bedeckt. Die Schlüsselbeine zeichnen sich ebenso kantig ab wie die Ellbogen, die aus ihrem Gefängnishemd herausragen. Dass die Frau so dünn ist, hat nichts mit einer Diät zu tun; Geo hat sie in der Kantine gesehen, sie isst für drei. Und sie spricht beinahe so schnell, wie sie ihr Essen verdaut. Sie greift Geo sofort an.

»Wo ist dein schwarzes Miststück?«, fragt Boney mit einem kaum merklichen Akzent. Ihre Stimme ist fast so tief wie die eines Mannes. Es heißt, sie sei in Nigeria eine Prinzessin gewesen, aber das Gerücht hat sie wahrscheinlich selbst in die Welt gesetzt.

»Sie ist nicht mein Miststück, und ich bin nicht ihre Aufpasserin.«

Boney legt Geo eine Hand auf den Arm. »Sag ihr…«

»Fass mich nicht an«, sagt Geo leise und sieht der Frau direkt in die Augen.

Die nimmt ihre Hand weg und weicht einen Schritt zurück. »Sag deiner Freundin, wenn sie noch mal was an eine meiner Kundinnen verkauft, kriegt sie's mit mir zu tun. Und zwar nicht nur hier. Ich hab Freunde draußen. Die werden sich ihre Kinder vornehmen.«

»Das sind ihre Kundinnen, und ich sag ihr überhaupt nichts.« Geo wendet sich ab und geht.

»Du bist also nur ihre Bankerin, wie?«, ruft Boney in ihrem Bariton hinter ihr her. »Du glaubst, du hängst da nicht mit drin? Da bist du aber schiefgewickelt, du Schlampe. Du hängst da mit drin, seit du ihr zum ersten Mal begegnet bist!«

Geo geht weiter, ohne sich umzudrehen. Als sie um die Ecke herumgegangen ist, bleibt sie einen Augenblick lang stehen und wartet, bis ihr Puls sich beruhigt hat. Hier drinnen darf man keine Schwäche zeigen. Es ist gut und schön, ein netter Mensch zu sein, zu kooperieren und zu tun, was einem gesagt wird, ohne sich etwas anmerken zu lassen, aber wenn jemand einem blöd kommt, wenn jemand einem zu dicht auf die Pelle rückt, darf man nicht zurückweichen oder Angst zeigen. Niemals. Sonst hat man verloren.

Und wenn jemand einen verletzt, muss man zurückschlagen. Jedes Mal. Denn wenn man das nicht tut, hört es nie mehr auf.

Stimmt's, Bernie?

Als sie die Abteilung für mittlere Sicherheit betritt, sieht sie, wie Cat gerade den Gang hinunter zu ihrer Zelle geführt wird, die direkt neben Geos liegt. Sie wurden beide vor drei Jahren aus der Abteilung für Hochsicherheit hierherverlegt – Geo wegen guter Führung und Cat, weil sie krank geworden war. Bestürzt bemerkt Geo, dass Cats Gefängniskleidung ihr noch mehr um den immer dünner werdenden Körper schlackert als noch vor einer Woche. Sie kann ihre Freundin kaum noch zum Essen überreden, und wenn, behält sie das Essen meistens nicht bei sich.

Kellerman, der Wachmann, der Cat zum Krankenhaus und zurück fahren muss, wirkt entnervt. Cat braucht Hilfe beim Gehen, aber er hilft ihr nicht wirklich. Seine Hand berührt kaum ihren Ellbogen, so als würde es ihn anwidern, in ihrer Nähe zu sein.

So als wäre Krebs in diesem späten Stadium ansteckend.

»Wie ist es gelaufen?«, fragt Geo, als sie die beiden einholt.

»Gut«, antwortet Cat freundlich, aber sie lächelt nicht. Ihr Gesicht ist noch blasser als sonst, die Ringe unter ihren Augen sind so dunkel wie Auberginen. Ihr rotes Haar, normalerweise perfekt frisiert, ist strähnig, und es hat breite graue Ansätze. »Derselbe Scheiß wie das letzte Mal.«

»Wieso sind Sie nicht bei der Arbeit, Shaw?« Kellerman, gebaut wie ein Gewichtheber, ist netter als er aussieht, aber er ist extrem streng und versteht keinerlei Humor. »Sie haben doch erst um halb vier Feierabend.«

Geo ist auf die Frage vorbereitet. »Bukowski hat mir erlaubt, den Salon ein bisschen früher zu schließen, um Ihnen mit Cat zu helfen. Sie wird sich in ein paar Minuten übergeben.«

Kellerman zögert. Er hat den Auftrag, Cat zurück in ihre Zelle zu bringen, aber eine kranke Gefangene, die sich übergeben muss, ist nicht besonders attraktiv.

»In Ordnung«, sagt er in einem Ton, als täte er den

beiden Frauen einen Gefallen. Er lässt Cats Arm los, der schlaff herunterfällt. »Aber Sie bringen Bonaducci auf direktem Weg in ihre Zelle, kapiert? Keine Umwege, außer zum Klo.«

»Ach, schade, ich dachte, wir könnten einen Spaziergang machen«, sagt Cat.

Der Mann wirft ihr einen wütenden Blick zu, doch trotz ihrer sarkastischen Bemerkung geht es der Frau offensichtlich sehr schlecht. Der dünne Schweißfilm auf ihrer Stirn unterstreicht ihre Blässe, und ihre Augen sind glasig.

»Gehen Sie in Ihre Zellen«, sagt er, dann wendet er sich zum Gehen.

Geo legt ihrer Freundin stützend einen Arm um die Taille, und zusammen gehen sie den Flur hinunter. Cat ist so mager geworden, sie fühlt sich an wie ein Vogel, dessen hohle Knochen jederzeit brechen können. Kaum noch etwas an ihr erinnert an die robuste, lebenslustige Frau, die Geo vor fünf Jahren kennengelernt hat. In Cats Zelle hilft Geo ihrer Freundin, sich aufs Bett zu setzen, dann nimmt sie die für Cats Rückkehr aus dem Krankenhaus bereitgestellte Wasserflasche vom Tisch. Da sie schon zwei dieser Runden hinter sich haben, sind sie vorbereitet.

»Langsam«, sagt Geo, als Cat das Wasser übers Kinn läuft. »Lass dir Zeit.«

Cat trinkt die Flasche aus und legt sich hin. In ihrem Gesichtsausdruck liegen Erschöpfung und Schmerz. »Verdammt, ich hasse das.«

»Ich weiß.« Geo streichelt Cat über den Kopf. Sie hat zum Glück immer noch Haare, aber die sind dünn und haben ihren Glanz verloren. Nach der Chemo ist sie immer blass, doch heute ist es besonders schlimm. »Halt durch. Es war die letzte Sitzung.«

»Ja, für diesmal«, sagt Cat. »Aber wie oft muss ich das noch durchmachen? Die Scheißchemo ist schlimmer als der Krebs. Wenn der Krebs mich nicht umbringt, macht es die verfluchte Chemo.«

Geo rückt Cat die Kissen zurecht und zieht ihr die Laufschuhe aus. Dann deckt sie sie zu und stellt den Eimer in Reichweite neben das Bett. Irgendwann wird Cat sich übergeben müssen, und da es in der Zelle keine Toilette gibt, muss der Eimer herhalten. Nasszellen – also mit Klo und Waschbecken – gibt es nur in der Abteilung für Hochsicherheit, und Cat weigert sich, dorthin zurückzugehen. Dort herrscht ein raueres Klima unter den Gefangenen, und außerdem hat sie dort keine Freundinnen.

Jede Woche nach der Chemotherapie bringt Geo den Eimer mit Cats Erbrochenem ins Bad und säubert ihn. Sie hilft Cat beim Gang aufs Klo, beim Duschen, beim Zähneputzen. Es macht ihr nichts aus. Sich um Cat zu kümmern erinnert sie daran, dass sie immer noch ein guter Mensch ist, dass sie immer noch Gutes tun kann. Das vergisst man hier drin leicht.

»Konzentrier dich auf das Positive«, sagt Geo lächelnd. »Mit der Chemo bist du jetzt fertig. Morgen wird es dir besser gehen. Lenny kommt am Samstag und dann...«

»Er kommt nicht«, entgegnet Cat.

»Was soll das heißen?«

»Er will sich scheiden lassen.« Cat versagt die Stimme,

und ihre Augen füllen sich mit Tränen. »Er verlässt mich. Er hat in einem von den Kasinos eine Frau kennengelernt und sich verliebt. Sie hat ein Nagelstudio. Wahrscheinlich hat sie tolle Fingernägel.« Cat hält ihre knochige Hand hoch. Ihre Fingernägel sind extrem kurz und von den krebszerstörenden Toxinen, die ihr jede Woche in den Körper gepumpt werden, ganz vergilbt. »Nicht so hässliche wie ich.«

»Warum hast du mir nichts gesagt?«, fragt Geo schockiert. »Wann hast du es erfahren?«

»Er hat's mir letzte Woche gesagt.«

»Und du hast es die ganze Zeit für dich behalten?« Es fällt Geo schwer, sich ihre Wut nicht anmerken zu lassen. Mit Wut hilft sie Cat nicht. Aber sie findet das Ganze total unfair. »Dieser Dreckskerl.«

Cat und Lenny haben sich über das Programm Briefe-an-Gefangene kennengelernt. Sie haben sich ein halbes Jahr lang geschrieben, dann hat er sie zum ersten Mal im Gefängnis besucht. Ein Lastwagenfahrer, der drei Wochen im Monat auf der Straße ist. Ihre Beziehung lief gut; Lenny hatte endlich eine Frau, die nicht gemeckert hat, weil er dauernd unterwegs ist. Sie haben viel telefoniert, und wenn er am Wochenende zu Hause war, hat er sie besucht. Und alle paar Monate durfte er vierundzwanzig Stunden mit ihr zusammen sein. Hinter dem Gefängnis stehen sechs komplett mit Küche, Doppelbett und Fernseher eingerichtete Wohnwagen für solche Gelegenheiten, dort haben Cat und Lenny ihre gemeinsamen Stunden verbracht. Wenn Cat dann in ihre Zelle zurückkam, war sie jedes Mal total glücklich und hat Geo mit leuchtenden Augen von allen Einzelheiten berichtet.

Als sie vor acht Monaten krank wurde, hat Lenny ihr versprochen, zu ihr zu stehen. Cat ist Anfang sechzig, aber vor dem Krebs wirkte sie fünfzehn Jahre jünger. Den Blick in Lennys Augen, als Cat in der Gefängniskapelle »Ja« gesagt hat, wird Geo nie vergessen. Auch nicht den Blick in Cats Augen. Sie haben gestrahlt wie die verdammte Sonne.

Jetzt sind die braunen Augen ihrer Freundin glasig. Der Krebs hat ihre Haut total ausgetrocknet, ihre Wangen hohl und ihren Hals schlaff werden lassen. Ihr ehemals flammend rotes Haar ist eher rostfarben, trotz aller Mühe, die Geo sich damit gibt. Und sie hat so viel Gewicht verloren, dass die Haut an Armen und Beinen an ihr hängt wie ein zu großes Kleidungsstück.

Cat hat Darmkrebs im fortgeschrittenen Stadium, verflucht noch mal, und ihr Mann kann nicht *warten*? Geo würde Lenny am liebsten den Hals umdrehen. Ohne ihn wird sich Cats Zustand noch schneller verschlechtern.

»Sei ihm nicht böse.« Die Stimme ihrer Freundin reißt sie aus den Gedanken. »Ich weiß, was du denkst. Du kommst morgen raus, und du willst zu ihm fahren und ihn zwingen, mich zu besuchen. Tu's nicht, okay?«

Aber genau das hat Geo vor. »Nenn mir einen guten Grund, warum ich es nicht tun sollte.«

»Weil ich dich darum bitte.« Cat drückt ihr die Hand. »Es ist nicht nur der Krebs, der mich umbringt, Liebes. Es ist nicht nur Lenny. Es ist dieser gottverdammte *Ort* hier. Das Grau, die Monotonie, die Tatsache, dass jeder verfluchte Tag wie der andere ist. Das tägliche Gezeter und Gezänk unter Frauen, die zu alt sind, um in einem Studentenwohnheim für Mädchen zu leben. Denn genauso fühlt es sich hier an, oder? Nur ohne die schicken Klamotten und die Jungs.«

Geo öffnet den Mund, um etwas zu entgegnen, aber Cat ist noch nicht fertig.

»Ich kann verstehen, dass Lenny sich eine andere gesucht hat. Alles, was er an mir geliebt hat, ist verschwunden. Mein gutes Aussehen. Mein Lachen. Meine Lust auf Sex. Als wir das letzte Mal die Nacht zusammen verbracht haben, hab ich die halbe Zeit geschlafen. Ich hatte kaum die Kraft, es ihm mit der Hand zu besorgen.« Cat versucht zu lächeln, doch sie ist zu schwach. »Dafür hat er mich nicht geheiratet. Wir hatten Pläne, haben uns ausgemalt, was wir alles unternehmen wollten, wenn ich hier rauskomme. Mount Rushmore, Mount St. Helens, der Grand Canyon – wir wollten in Motels übernachten, vögeln wie die Karnickel, aus jeder Kneipe ein Schnapsglas als Andenken mitnehmen. Dann bin ich krank geworden, und das hat alles verändert.«

»Er ist ein treuloses Arschloch«, faucht Geo. Sie kann nicht anders. »Es ist gemein. Es ist nicht fair.«

»Du hast ja recht«, sagt Cat geduldig. »Aber wir wissen doch, dass das Leben nicht fair ist. Morgen wirst du eine freie Frau sein, und ich möchte, dass du nach Hause gehst, ohne einen Blick zurückzuwerfen. Fang ein neues Leben an. Such dir einen Mann. Heirate. Krieg ein paar Kinder. Lass diesen Scheißdreck hinter dir. Und komm ja nie wieder hierher zurück. Nicht mal, um mich zu besuchen. Nicht mal, wenn ich im Sterben liege.«

»Hör auf.« Heiße Tränen brennen in Geos Augen, doch sie blinzelt sie fort, ehe sie ihr über die Wangen laufen können. »Du wirst nicht hier drin sterben. Man wird dir wegen deiner Krankheit einen Straferlass zugestehen. Die Genehmigung muss in den nächsten Tagen kommen. Und wenn du draußen bist, fahr ich mit dir überallhin, wo du mit…«

»Ich werde es nicht schaffen«, sagt Cat leise und streichelt Geos Arm. »Akzeptier es einfach.«

»Nein…«

»*Akzeptier es*«, wiederholt Cat mit Nachdruck.

Niemals, denkt Geo, doch sie nickt. Sie will sich nicht mit einer Kranken streiten.

Cats Blick fällt auf den Fernseher auf dem Tisch. »Was ist das?«

»Das ist dein neuer Fernseher«, sagt Geo. »Es ist mein alter Fernseher, den du jetzt haben kannst. Acht Zoll Farbe ohne HD zu deinem persönlichen Vergnügen.«

»Ich wünschte, es wären acht Zoll von was anderem zu meinem persönlichen Vergnügen.«

Geo schnaubt. »Als würdest du damit klarkommen.«

»Du würdest dich wundern. Ich bin klein, aber ich hab's drauf.«

Die beiden Frauen lachen.

»Die Glotze gehört jetzt dir.« Geo schaltet das Gerät ein und sucht einen bestimmten Sender. »Schau mal, *The Young and the Restless* läuft gerade.«

Sie setzt sich auf den Stuhl neben dem Bett. Eigentlich braucht Cat eine Genehmigung, um einen Fernseher in der Zelle zu haben, aber Geo kann sich nicht vorstellen, dass irgendjemand ihrer kranken Freundin etwas verweigern würde, was Geo selbst sowieso nicht mehr braucht. *The Young and the Restless* ist Cats Lieblingsserie. Es tröstet sie, dabei zuzusehen, wie die beiden Hauptfiguren sich schon wieder anschreien.

»Wann kapiert die endlich, dass er ihr nicht guttut?«, fragt Cat mit einem theatralischen Seufzer.

»Das kapiert die nie«, antwortet Geo und legt die Füße auf den Tisch. Sie schiebt sich einen von Cats Keksen in den Mund und beginnt, sich die Nägel zu feilen. »Die beharken sich, bis einer von ihnen stirbt. Das ist schließlich 'ne Seifenoper.«

Es hat eine gewisse Ironie, dass sie sich die Nägel feilt, während sie *The Young and the Restless* schaut. Vor fünf Jahren ist sie regelmäßig zur Maniküre gegangen. Das Nagelstudio in ihrer Straße gehörte einer jungen Vietnamesin namens May, die mithilfe amerikanischer Seifenopern Englisch lernte. Im Studio hing in einer Ecke ein Fernseher, und auf dem lief damals ständig *The Young and the Restless* in voller Lautstärke. Geo saß dabei in einem weichen Kunstledersessel, die Füße in einer Fußbadewanne mit Sprudelmassagefunktion, während May ihre Hände bearbeitete. Hin und wieder blickte May auf und fragte: »Was bedeutet *Skandal*?« oder »Was heißt *Ehebrecher*?« Und Geo erklärte es ihr dann.

Diese Termine im Nagelstudio erscheinen ihr jetzt wie ein absurder Luxus. Ebenso wie ihr Range Rover, ihre Bettlaken aus ägyptischer Baumwolle, Fadendichte 1000, und ihre zahllosen Paar Stuart-Weitzman-High-Heels. Alle ihre Sachen wurden nach dem Verkauf ihres Hauses bei ihrem Vater im Keller gelagert, und sosehr sie sich auf ihre Entlassung freut, so sehr fürchtet sie sich davor, wieder in ihr Elternhaus zu ziehen. Aber im Moment gibt es keine andere Möglichkeit.

The Young and the Restless ist zu Ende, und Cat ist eingeschlafen, sie atmet tief und regelmäßig. Geo schaut ihr eine Weile zu, es bricht ihr fast das Herz. Die papierdünne Haut, die blau geäderten Augenlider, die trockenen, aufgesprungenen Lippen. Wie kann sie gehen und zulassen, dass ihre Freundin hier drin allein stirbt?

Verfluchter Lenny. Es ist so unfair.

»Das ist gruselig.« Cats Augen sind noch geschlossen, aber ein Lächeln umspielt ihre Mundwinkel. »Ich hab dich auch lieb. Aber jetzt hör auf, mich anzustarren, und lass mich schlafen.«

Die Nachrichten beginnen. Eine hübsche Blondine kündigt die wichtigsten Themen des Tages an. Geo schaut abwesend zu. Dann plötzlich ist das Haus ihres Vaters auf dem Bildschirm zu sehen.

Sie setzt sich auf und zieht den Fernseher ein bisschen näher heran. Kein Zweifel, das ist ihr Elternhaus. Der graue Anstrich, die leuchtend blaue Tür, der japanische Ahorn vor der Garage. Geo hört angestrengt zu, sie will die Lautstärke nicht höher stellen, um Cat nicht zu wecken.

»Die Polizei hat die Identität der Opfer noch nicht offiziell bestätigt, aber wir wissen, dass es sich um eine Frau und ein Kind handelt«, sagt die Sprecherin in neutralem Ton. »Beide Leichen wurden im Wald direkt hinter Briar Crescent im Viertel Sweetbay gefunden, was die Anwohner an einen ähnlichen Fund vor über fünf Jahren erinnert. Mehr dazu nach einer kurzen Pause.«

Der Werbeblock beginnt, und Geo lässt sich gegen die Stuhllehne sinken. Die Angst legt ihre eisigen Finger um Geos Herz und drückt fest zu.

Calvin ist zurück.

Genau rechtzeitig, um sie zu begrüßen, wenn sie nach Hause kommt.

13

Als Geo Calvin James zum ersten Mal gesehen hat, war sie sechzehn.

Es war ein ganz normaler Tag. Sie kam gerade mit Angela und Kaiser aus dem 7-Eleven eine Straße von der Highschool entfernt, jeder von ihnen hatte eine Limo in der Hand – Angela Grapefruit, Geo Himbeer und Kai eine große Dose Mountain Dew. Der rote Trans Am stand zwei Parkbuchten von Angelas putzigem, kleinem Dodge Neon entfernt, den ihre Eltern ihr zum sechzehnten Geburtstag geschenkt hatten. Angelas Vater war leitender Manager bei Microsoft, und ihre Mutter stammte aus einer reichen Familie, Angela hatte also Geld. Aber damit gab sie weder an, noch versuchte sie, es zu verbergen, es war einfach, wie es war.

Bei dem Trans Am standen vier Typen, alle ungefähr gleich alt, vielleicht Anfang zwanzig. Sie rauchten und tranken Bier aus Dosen, die sie in braunen Papiertüten verbargen. Es war halb drei an einem Donnerstagnachmittag. Allein das hätte das erste Warnsignal sein müssen.

Die älteren Jungs – Typen? Männer? – beäugten die drei, die da über den Parkplatz kamen, die Mädchen in weißen Blusen, der Junge im weißen Hemd, alle drei mit dem Logo der St. Martin's Highschool auf der Brusttasche. Angela und Geo trugen einen braun-grau-karierten Faltenrock, Kniestrümpfe und schwarze Halbschuhe. Kaiser trug eine graue Hose und eine braune Krawatte. Geo spürte, wie die Körperhaltung ihrer Freunde sich änderte, als sie sich den drei Typen näherten. Kaiser, groß, aber dünn, schien ein bisschen zu schrumpfen, als die älteren Typen ihn mit ihren Blicken fixierten. Angela dagegen blühte regelrecht auf bei all der Aufmerksamkeit und ließ ihre Hüften plötzlich schwingen.

»Highschoolmädels«, sagte einer der drei so laut, dass sie es hören konnten. Seine Freunde lachten. »Eine von den beiden deine Freundin, Bro?«

Kaiser antwortete nicht. Er wartete einfach an der hinteren Tür auf der Fahrerseite des Neon, denn sein Platz war auf der Rückbank, wenn sie zu dritt unterwegs waren. Er machte ein Gesicht, als würde er sich am liebsten in Luft auflösen.

Angela stellte ihren Limobecher auf dem Autodach ab und schloss das Auto auf, bemüht, sich nicht anmerken zu lassen, wie aufregend sie es fand, dass diese älteren Typen sie bemerkt hatten. Sie stiegen ein. Geo verdrehte die Augen und schnallte sich an.

»Die sind zu alt«, sagte sie zu Angela. »Außerdem trinken sie Bier. Mitten am Tag, was bedeutet, dass sie mindestens einundzwanzig sind. Wieso sind die eigentlich nicht bei der Arbeit?«

»Wahrscheinlich haben sie gar keinen Job«, meldete sich Kaiser von der Rückbank. Jetzt, da sie im Auto in Sicherheit waren, hatte er seine Sprache wiedergefunden. »Und wie Studenten sehen die auch nicht aus.«

»Du musst doch nicht immer alle gleich verurteilen, Kai«, fauchte Angela und klappte den Blendschutz herunter, um ihr Gesicht im Spiegel zu überprüfen. Fünf Minuten, bevor sie in den 7-Eleven gegangen waren, hatte sie es auch schon überprüft, und fünf Minuten davor ebenfalls, als sie auf dem Schulparkplatz ins Auto gestiegen waren, um hierherzufahren. Nachdem sie sich überzeugt hatte, dass sie in den vergangenen dreihundert Sekunden keinen Pickel bekommen hatte und dass ihr Gesicht immer noch perfekt aussah, klappte sie den Blendschutz wieder hoch. Sie schaute an Geo vorbei zu den drei Typen hinüber, die sie immer noch beäugten. »Vielleicht arbeiten die ja in Nachtschicht. Weiß man's?« Zu Geo sagte sie: »Sind dir die Jungs in der Schule etwa lieber? Sieh mal, der da, der ist süß.«

»Welcher?«, fragte Geo, während sie ihre Limo trank. Sie wagte nicht hinzusehen.

»Der Große. Oh Mann«, sagte Angela mit stockender Stimme. »Der sieht ja echt saugut aus. Wie 'ne Mischung aus Jared Leto und Kurt Cobain.«

Geo riskierte einen Blick in die Richtung. Der Große sah ziemlich gut aus, wenn man auf Bad Boys stand, was für Angela auf jeden Fall zutraf. Zerrissene Jeans, schwarzes T-Shirt, markantes Gesicht, das halblange Haar nach hinten gegelt. Er bemerkte, dass sie ihn musterte, und sie wandte sich ab. »Komm, Ang, lass uns fahren. Ich muss vor *Melrose Place* meinen Englischaufsatz fertig schreiben.«

»Ja, können wir jetzt mal los«, drängte Kaiser mürrisch.

»Er kommt rüber«, zischte Angela. »Kurbel dein Fenster runter, mal sehen, was er will. Gott, ich hoff, der Trans Am gehört ihm.«

»Ich kurbel das Fenster nicht ...«

Das Klopfen an der Scheibe ließ sie beide zusammenzucken. Geo musste unwillkürlich lachen. So was passierte wirklich überall, wo Angela auftauchte. Geos beste Freundin lernte Typen kennen, indem sie einfach die Straße entlangging; erst am Tag zuvor war es genauso gelaufen. Ein Mann hatte mitten auf dem Parkplatz des Einkaufszentrums gewendet und dabei um ein Haar jemanden umgenietet, nur weil er Angela nach ihrer Telefonnummer fragen wollte. Sie hatte sie ihm nicht gegeben, sein Auto, ein alter, rostiger Jetta, hatte sie nicht beeindruckt.

Geo kurbelte das Fenster herunter. Als Erstes nahm sie seinen Geruch wahr, der mit einem Luftschwall ins Auto drang: eine berauschende Mischung aus Budweiser, Calvin Klein Eternity und Marlboros. Gäbe es ein Rasierwasser mit dem Namen *Deine Eltern werden ihn verabscheuen*, dann würde es genauso riechen.

»Habt ihr ein Problem?«, fragte sie. Es war ihr schroffer rausgerutscht als beabsichtigt, und sie wusste, dass es spießig klang.

Angela verpasste ihr einen Rippenstoß, dann lehnte sie sich über sie hinweg zum Fenster hin, ihre Haare kitzelten Geo an den Beinen. Sie betrieb Schadensbegrenzung. Das fehlte ja noch, dass der scharfe Typ wegen irgendeiner dämlichen Bemerkung von Geo eine schlechte Meinung von ihr hatte. Der Typ lächelte erst Angela, dann Geo an. Einen Moment lang hielt er Geos Blick, und sie spürte ein Flattern im Magen. Angela hatte recht. Er sah verdammt gut aus.

»Bro«, sagte er schließlich mit einem Nicken in Kaisers Richtung, ohne Geo aus den Augen zu lassen.

»Hey«, krächzte Kaiser.

»Du hast deine Limo auf dem Autodach stehen lassen«, sagte er dann zu Angela, wieder ohne Geo aus den Augen zu lassen. »Wollte ich dir nur sagen, damit du nicht losfährst und sie runterfällt.«

»Scheiße. Danke fürs Bescheidsagen.« Angela öffnete die Fahrertür, stieg mit einem Bein aus und nahm den Becher vom Dach.

»Himbeer, oder?«, sagte der Typ zu Geo mit einer Kinnbewegung in Richtung ihres Bechers.

»Woher weißt du das?«

»Deine Zunge ist ganz rosa.«

»Ach so.« Sie errötete. »Verstehe. Aber ich kapier nicht, warum du auf meine Zunge guckst. Das ist doch irgendwie pervers.«

Er lachte, und sie freute sich über ihre Schlagfertigkeit.

»O Gott«, murmelte Kaiser auf dem Rücksitz, doch falls der Typ es gehört hatte, ließ er es sich nicht anmerken.

Sein Blick war irritierend. Und Geo blieb nichts anderes übrig, als ihn zu erwidern. Er hatte grüne Augen mit goldenen Sprenkeln in der Mitte. Katzenaugen. Sie bildeten einen starken Kontrast zu seinem dunklen Haar. Er hatte einen Arm lässig auf den Rahmen des offenen Fensters gelegt. »Hab ich dich nicht schon mal irgendwo gesehen?«

»Gott, wie originell«, bemerkte Angela und schlug die Fahrertür zu. Geo drehte sich um. Ihre Freundin verzog mürrisch das Gesicht und hatte die Lippen zu einer dünnen Linie zusammengepresst. Sie war sauer, weil der scharfe Typ sie nicht beachtete. Er schaute sie nicht mal an. Angela überspielte ihre Enttäuschung, indem sie so tat, als würde sie das Gespräch total langweilen. »Hast du dir den Spruch selbst ausgedacht, oder hast du den von deinem Alten?«

Der Typ grinste, dann zwinkerte er Geo zu, als wollte er sagen: *Ich weiß, warum sie wütend ist, und du weißt es auch. Aber wen interessiert's?*

»Wie heißt du?«, fragte er Geo, ohne Angela zu beachten.

»Sie heißt Minderjährig«, fauchte Angela, ehe Geo antworten konnte. »War nett, dich kennenzulernen, aber wir müssen noch Hausaufgaben machen. Du erinnerst dich doch bestimmt noch daran, was Hausaufgaben sind, oder?«

Auf einmal ist er zu alt?, dachte Geo fassungslos. Zu dem Typen sagte sie: »Ich heiße Georgina. Meine Freunde nennen mich Geo.«

»Dann werde ich dich Georgina nennen«, sagte er. »Denn ich denke, wir beide sollten mehr als Freunde sein.«

Sie lachte. Neben ihr stöhnte Angela ungehalten und ließ den Motor an.

Geo wusste genau, warum ihre Freundin so grob war, nämlich, weil der scharfe Typ mit den coolen Freunden sich nicht für sie interessierte. Tja, da hatte sie einfach Pech gehabt. Wie oft hatte Geo sich schon zurückgehalten und zugesehen, wie die Jungs auf Angela abfuhren? Es gab sogar einen Ausdruck dafür: das hässliche

Entlein. Unter Freundinnen gab es immer eine, auf die alle Jungs flogen, und dann gab es da noch das hässliche Entlein. Angela war immer die Begehrte, die, auf die alle Jungs abfuhren, um die sie sich rissen. Geo war das hässliche Entlein, diejenige, zu der die Jungs nett sein mussten, die sie mit Samthandschuhen anfassen mussten, denn wenn sie die Jungs nicht mochte, wendeten sich alle Mädchen ab, einschließlich der heißen Biene, mit der sie anbändeln wollten.

Aus für Geo unerfindlichen Gründen hatten Angela und sie heute die Rollen getauscht, und sie waren beide mit der Situation überfordert. Nicht dass Geo nicht attraktiv gewesen wäre. Sie war durchaus hübsch, und meistens wusste sie das auch. Aber Angela Wong war schön. Das sagten alle. Hüftlanges schwarzes Haar, dunkle Mandelaugen, Haut wie Porzellan. Außerdem war sie selbstbewusst: Sie war eines der beliebtesten Mädchen in ihrer Jahrgangsstufe. Wenn sie mit einem redete, konnte sie einem das Gefühl geben, man sei die einzige Person im Raum, oder sie konnte einen mit einem einzigen Blick in der Luft zerreißen.

Geo besaß keine dieser Eigenschaften. Aber irgendwie war der scharfe Typ an *ihr* interessiert. Das passte Angela natürlich nicht. Der scharfe Typ verstieß gegen die Spielregeln, indem er sie ignorierte. Die Situation würde gleich brenzlig werden.

Zum Glück kapierte er es im letzten Moment.

»Ich bin übrigens rübergekommen, weil mein Kumpel dich umwerfend findet«, sagte er zu Angela und zeigte zu seinen Freunden hinüber. Einer von ihnen winkte. »Das ist Jonas. Er spielt in einer Band. Die haben morgen Abend einen Gig im G-Spot, und ihr könnt umsonst rein. Der Barmann ist ein Kumpel von mir, das heißt, kostenlose Drinks den ganzen Abend. Ihr habt doch Ausweise, oder?«

Er meinte gefälschte Ausweise, und natürlich hatten sie welche, auch wenn Geo jedes Mal furchtbar nervös war, wenn sie ihren benutzte, was nicht oft vorkam. Immer noch verschnupft reckte Angela den Hals, um einen besseren Blick auf Jonas zu erhaschen, den Geo auf ungefähr fünfundzwanzig schätzte. Aber er sah nicht schlecht aus, und dass er in einer Band spielte, würde Angela gefallen.

»Mal sehen«, sagte Angela schließlich mit einem angedeuteten Lächeln. Geo atmete aus. Die Situation war nicht eskaliert. Vorerst.

»Spielst du auch in der Band?«, fragte Geo.

»Nee, ich doch nicht«, antwortete der Typ mit einem trägen Grinsen. »Ich könnte keinen Ton halten, wenn's um mein Leben ginge. Aber ich unterstütz meine Kumpels. Ich sorg immer dafür, dass sie alles haben, was sie brauchen. Dafür hat man schließlich Freunde, oder?«

Das war ein Seitenhieb in Angelas Richtung, aber die bekam nichts davon mit, weil sie mal wieder mit dem Spiegel beschäftigt war. Der Typ lächelte Geo vielsagend an, Geo erwiderte das Lächeln, und schon fühlte es sich so an, als würden sie ein Geheimnis teilen.

Schon fühlte es sich vertraut an.

»Ich geb dir meine Nummer, dann kannst du mir eine SMS schreiben«, sagte er. »Hast du einen Stift?«

Geo fand einen Kuli in der Armlehne und gab ihn ihm. Der Typ langte durchs Fenster, nahm Geos Hand und schrieb in aller Ruhe seine Nummer auf ihren Handrücken. Es kitzelte, und sie hätte beinahe gelacht, aber irgendwie wurde ihr auch ganz warm und ein bisschen schwindlig. Geo betrachtete die Nummer, die er ihr aufs Handgelenk geschrieben hatte, und den Namen darunter. *Calvin.*

»Dann sehen wir uns hoffentlich.« Er hielt ihre Hand ein bisschen länger als nötig. »Du bist auch eingeladen, Bro«, sagte er zu Kaiser, als wäre ihm das gerade eingefallen.

»Kann nicht. Hab Hausaufgaben«, sagte Kaiser und nippte an seinem Mountain Dew.

»Wir sehen uns, Georgina«, sagte Calvin und drückte ihr einen Kuss auf die Hand, bevor er sie losließ.

Angela ließ den Motor an und fuhr langsam an den drei Typen vorbei, die an den Trans Am gelehnt dastanden.

»Jonas ist süß«, sagte Geo und drehte sich zu Kaiser um. »Findest du nicht auch, Kai?«

»Was ich finde, willst du nicht wirklich wissen«, erwiderte Kai düster.

»Aber er ist echt süß, oder?«, sagte Angela und fuhr vom Parkplatz, doch in ihrer Stimme klang leichter Zweifel mit. Eine Weile sagte keiner etwas. Geo sonnte sich in der Aufmerksamkeit, die Calvin ihr geschenkt hatte, und konnte es kaum erwarten, darüber zu reden, aber wenn sie zu schnell den Mund aufmachte, konnte das den ganzen Nachmittag ruinieren. Sie musste warten, bis Angela das Thema aufbrachte und damit zu erkennen gab, dass sie es in Ordnung fand, wie es abgelaufen war. Also betrachtete sie lächelnd ihre Hände.

Calvins Nummer hatte sie schon auswendig gelernt für den Fall, dass die Farbe verwischte, ehe sie dazu kam, ihn anzurufen.

»Ich fass es nicht, dass du dir die Nummer von dem Typen hast geben lassen«, sagte Kaiser. »Dein Vater bringt dich um. Der Typ ist viel zu alt für dich.«

»Halt die Klappe, Kai«, rief Geo ungehalten. Es war klar, dass er das nicht in Ordnung fand, wenn auch aus anderen Gründen als Angela, aber die beiden konnten wenigstens den Anstand besitzen und ihr nicht die Hölle heiß machen. So was passierte ihr nicht alle Tage, und sie wollte es ein bisschen auskosten. »Ich sag meinem Dad nichts davon.«

Angela seufzte. »Also gut. Der Typ ist echt scharf, du Glückspilz. Wir sollten uns überlegen, was wir morgen Abend anziehen. Du kommst doch mit, Kai, oder?«

»Leck mich«, sagte er.

Am Ende hatten ihre Klamotten keine Rolle gespielt. Geo hatte den ganzen Abend in einem Hinterzimmer des G-Spot mit Calvin auf einem grünen Sofa verbracht, das nach Bier und Pizza roch. Es war das erste Mal, dass sie sich auf Zungenküsse eingelassen hatte. Sie hatten nicht miteinander geschlafen, denn Geo war noch Jungfrau und nicht bereit, so weit zu gehen, aber sie hatte zugelassen, dass seine Hände überallhin wanderten. Unter ihre Bluse und unter ihren BH, unter ihren Rock und in ihren Slip. Es war das erste Mal, dass eine andere Person sie zum Orgasmus brachte, und sie hatte ihm dabei die ganze Zeit in die Augen gesehen. Sie hatte nicht geahnt, dass es sich so anfühlen konnte.

Hinterher hatte er seine Finger mit ihren verschränkt

und geflüstert: »Das ist verrückt. Ich steh dermaßen auf dich, dass es wehtut.«

Diese erste Nacht mit Calvin war das erste und einzige Mal, dass die Beziehung sich gut anfühlte. Das erste und einzige Mal, dass es sich nicht kompliziert anfühlte. Das erste und einzige Mal, dass Geos Gefühle rein waren. Wenn sie diese eine Nacht irgendwie herauslösen und ganz für sich aufbewahren könnte, wäre es vielleicht sogar eine glückliche Erinnerung. Schließlich war Calvin James ihre erste große Liebe gewesen.

Aber so funktioniert das nicht. Die Vergangenheit bleibt immer bei einem, egal, ob man daran denkt, oder nicht, egal, ob man die Verantwortung dafür übernimmt, oder nicht. Man trägt die Vergangenheit in sich, denn sie verändert einen. Man versucht, sie zu begraben, so zu tun, als wäre nichts passiert, aber das funktioniert nicht. Das weiß Geo aus Erfahrung.

Denn alles, was man begräbt, kommt irgendwann wieder zurück.

14

1826 Tage. So lange war Geo in Hazelwood. Und jetzt wäre sie normalerweise schon seit Stunden draußen. Wenn es nicht eine kleine Panne gegeben hätte.

Es wurde Einschluss angeordnet.

Yolanda Carter, die dünne schwarze Gefangene mit dem Spitznamen Boney, wurde am Morgen in der Dusche erstochen. Als sie während des morgendlichen Zählappells von einer Bediensteten gefunden wurde, hatte sie vermutlich schon seit einer Stunde dagelegen, während andere Gefangene im Duschraum ein und aus gegangen waren. Und natürlich hatte niemand etwas gesagt. So läuft das im Gefängnis.

Geo hat nicht gesehen, was passiert ist, aber laut einem Gerücht – und Gerüchte verbreiten sich im Gefängnis in Windeseile – muss Boneys Tod einer Szene aus einem Horrorfilm geglichen haben. Die Dusche, die sich nach acht Minuten automatisch abschaltet, hatte nicht viel weggewaschen, sodass die Drogendealerin zusammengekrümmt auf dem Boden in ihrem Blut gelegen hatte, mit nichts an bis auf ihre Badeschlappen. Als Geo von dem Mord hörte, wunderte sie sich nicht, vor allem nach ihrem Gespräch mit der Frau am Abend zuvor. Boney hatte schon seit einer ganzen Weile versucht, in Ella Franks Territorium einzudringen, und zwar nicht nur hier in Hellwood, sondern auch draußen. Deswegen musste Boney weg. Man bedrohte nicht ungestraft die Familie einer Gefangenen. Und erst recht nicht ihre *Kinder*. Wenn Boney selbst Kinder gehabt hätte, dann hätte sie das vielleicht verstanden. Aber sie hatte keine, und jetzt ist sie tot. Alle wissen, dass das auf Ellas Konto geht, selbst die Wachleute, die sie schon den ganzen Vormittag verhören. Ob sie es beweisen können, steht allerdings auf einem ganz anderen Blatt.

Eine Sirene ertönt und kündigt das Ende des Einschlusses an. Geo schwingt die Beine aus dem Bett, plötzlich hat sie es eilig. Sie braucht nicht lange, um ihre Sachen zusammenzupacken. Sie nimmt nicht viel mit, nur ein kleines Notizheft voller Telefonnummern, einen kleinen Stapel Weihnachts- und Geburtstagskarten und einen kleinen, mit einer Kordel zusammengehaltenen Stapel ungeöffneter Briefe in blauen Umschlägen. Die Karten, alle von ihrem Vater, steckt sie in die billige Reisetasche, die man ihr gegeben hat. Ihr Vater hat's nicht so mit dem Schreiben und hat fast alle Karten nur mit einem simplen *Kopf hoch! Daddy* unterschrieben, aber Geo bringt es nicht übers Herz, sie wegzuwerfen.

Die Briefe machen sie nachdenklich. Sie sind nicht von ihrem Vater, und sie hat überhaupt nur den allerersten gelesen. Zum hundertsten Mal überlegt sie, ob sie sie in den Müll werfen soll, aber auch jetzt bringt sie es nicht fertig. Sie steckt sie zu den Karten und dem Notizheft in die Tasche. Ihr Handy hat sie Ella gegeben, ihr drittes, seit sie hier ist. Ella wird es verkaufen, wahrscheinlich für das Dreifache seines Werts in der Welt draußen. Und sie wird nicht lange nach einer Käuferin suchen müssen.

Alles andere lässt Geo ihrer Freundin Cat da: den Fernseher, ihre Bücher, ihre Kosmetika und zwei Decken. Sie wissen immer noch nicht, ob Cats Antrag auf Straferlass bewilligt wurde. Das ärgert Geo, und sie nimmt sich vor, sich notfalls von draußen darum zu kümmern.

Sie war erst fünf, als ihre Mutter an Krebs gestorben ist, und damals gab es nichts, was sie für ihre Mutter tun konnte. Aber so wird es diesmal nicht sein. Nicht noch einmal.

»Ich hatte eigentlich gedacht, du wärst mit dem ersten Sirenenton hier abgezwitschert«, kommt eine trockene Bemerkung von hinten. Geo fährt herum.

Es ist Cat, die in der Tür steht und sie anlächelt. Geo runzelt die Stirn, obwohl ihre Freundin heute viel besser aussieht. Sie hat wieder ein bisschen Farbe bekommen, und ihre Augen leuchten; nur an der Art, wie sie sich am Türrahmen festhält, erkennt man, wie erschöpft sie ist.

»Was machst du noch hier?«, fragt Geo irritiert. »Du hast doch einen Termin.«

»Du hast wohl geglaubt, ich lass dich ziehen, ohne mich von dir zu verabschieden?«

»Wir haben uns gestern Abend verabschiedet. Dieser Termin ist wichtig, Cat.«

»Vielleicht will ich mich einfach noch mal verabschieden.« Cat geht an Geo vorbei, setzt sich aufs Bett und klopft auf die Stelle neben sich. »Es ist nur eine Kontrolluntersuchung. Das hat Zeit bis morgen.«

Geo unterdrückt einen Seufzer und setzt sich neben

ihre Freundin. Cat nimmt ihre Hand und drückt sie ganz fest.

»Falls mein Antrag abgelehnt wird, sollst du wissen, wie dankbar ich dir für alles bin, was du für mich getan hast«, sagt Cat.

»Der Antrag wird nicht abgelehnt.« Geo weiß genau, worauf dieses Gespräch hinausläuft, und es gefällt ihr nicht. Sie ist noch nicht so weit. Das wird sie nie sein.

Cat seufzt. Im Prinzip muss sie noch drei Jahre absitzen, und Geo weiß, dass Optimismus hier im Gefängnis gefährlich sein kann. Optimismus kann dazu führen, dass Minuten sich anfühlen wie Tage, dass drei Jahre sich anfühlen wie dreißig. Aber ihre Freundin wird in den nächsten Tagen entlassen werden, komme, was wolle. Sie wird dafür sorgen, dass Cat Bonaducci nicht hier in diesem Drecksloch stirbt, und wenn es das Letzte ist, was sie tut.

»Du musst positiv denken, dann ...«, setzt sie an, doch Cat hebt eine Hand.

»Pscht. Unterbrich eine alte Frau nicht. Das ist unhöflich.«

Geo muss lachen. »Also gut. Ich höre.«

»Ich bin jetzt schon ziemlich lange hier. Neun Jahre. Die ersten vier waren grässlich. Es gab Tage, da wusste ich nicht, wie ich es überleben sollte. Und dann bist du gekommen.« Cats Augen werden feucht. »Von da an wurde es besser. Du bist das Beste, was mir in meinem Leben passiert ist.«

Geo beißt sich auf die Lippe. Sie will nicht weinen. Sie starrt auf einen Punkt an der Wand, bis sie sich im Griff hat, dann tätschelt sie Cat den Oberschenkel. »Du weißt, dass es mir genauso geht. Und das ändert sich auch nicht, egal, wo du bist.«

Cat nimmt etwas aus ihrer Tasche. »Gestern hat Lenny mir einen Karton mit Sachen geschickt. Das meiste hat er in einem Lagerraum untergebracht, aber er hat mir ein paar alte Fotos geschickt, weil er dachte, ich wollte sie mir vielleicht noch mal ansehen, bevor ich ...« Sie beendet den Satz nicht. »Jedenfalls dachte ich, das hier könnte dir gefallen.«

Geo betrachtet das Foto, das ihre Freundin ihr hinhält. Es ist ein verblasstes Farbfoto, zehn mal fünfzehn Zentimeter, von einer jungen Frau, die eine enge schwarze Satinkorsage, eine blickdichte schwarze Strumpfhose und Hasenohren trägt. Rote Locken umspielen ihre nackten Schultern, und ihre dunklen Augen sind mit schwarzem Eyeliner umrandet. Mit der Korsage hat sie eine Wespentaille, ihre Brüste dagegen sind weich und voll. An einem Ledergurt um den Hals trägt sie einen mit Zigarren gefüllten Bauchladen.

»Ich war Zigarrengirl im Playboy Club«, sagt Cat lächelnd. »Da war ich neunzehn.«

»Das bist du?« Verblüfft dreht Geo das Foto um. Auf der Rückseite steht in verblasster Tinte *Catherine »Cat« Bonaducci, Chicago 1973*. Sie dreht das Foto wieder andersherum. »Ich werd verrückt«, sagt sie voller Bewunderung. »Du siehst ja rattenscharf aus.«

»Sie haben mich immer Cat genannt, nie Cathy.« Cat tippt mit dem Finger auf das Foto. »Ich schenke es dir. So sollst du mich in Erinnerung behalten.«

Geo hat plötzlich einen solchen Kloß im Hals, dass es wehtut. Cat hat keine Ähnlichkeit mehr mit der jungen Frau auf dem Foto. Ihre Brüste sind schlaff, ihre Haut ist grau, ihre Lippen sind aufgesprungen, ihr Haar ist stumpf. Nur ihre Augen sind unverändert. Sie sind immer noch groß, immer noch warm, immer noch kaffeebraun. Catherine Bonaducci ist immer noch schön, wenn man sich die Zeit nimmt, genau hinzusehen.

»So möchte ich dich aber nicht in Erinnerung behalten«, sagt Geo. »Damals habe ich dich doch gar nicht gekannt. Aber ich hebe das Foto für dich auf. Ich kaufe einen schönen Rahmen dafür und hänge es in meinem Zimmer auf, und wenn du rauskommst, gebe ich es dir zurück.«

»Falls wir uns nicht wiedersehen…«

»Hör auf.«

»…möchte ich dir jetzt sagen, dass du etwas ganz Besonderes bist. Du bekommst vielleicht nie wieder einen Job bei einer großen Firma. Ich weiß, dass das nicht so einfach ist. Aber du bist intelligent, und du hast Geld. Ich bin mir sicher, dass du deinen Weg finden wirst.« Cat küsst sie auf die Wange. »Ich hab dich lieb, Georgina. Als wärst du meine Schwester.«

Geo würde so gern etwas Positives sagen, irgendetwas Aufmunterndes, aber sie kennen einander zu gut. Cat reagiert allergisch auf Schummeleien, und Geo liegt es nicht, jemandem etwas vorzumachen. Cat ist krank. Sie wird sterben, vielleicht nicht morgen, vielleicht nicht in drei Monaten, aber bald. Die Frage ist: Wird sie in Hellwood sterben oder in irgendeinem Krankenhaus, umgeben von Fremden? Oder wird Geo bei ihr sein, wenn sie stirbt, und ihr die Hand halten?

An Krebs zu sterben ist nicht schön. Der Krebs lässt

sich Zeit, er tötet von innen her. Wenn Geo die Wahl hätte, würde sie lieber so sterben wie Boney: schnell und brutal. Ihr Vater hat sie am Schluss von ihrer Mutter ferngehalten, aus Angst, seine kleine Tochter würde einen Schrecken fürs Leben davontragen, wenn sie sehen würde, wie ihre Mutter dahinsiechte.

Stattdessen muss Geo jetzt mit der schrecklichen Erinnerung an den Morgen leben, an dem ihr gesagt wurde, dass ihre Mutter in der Nacht gestorben war. Sie hatte nie die Chance, sich von ihr zu verabschieden, ihr einen letzten Kuss zu geben. Das hat sie ihrem Vater nie verziehen.

Jemand erscheint in der Zellentür, und Cat und Geo blicken auf. Es ist Chris Bukowski. Eigentlich wundert es Geo nicht, dass er heute hier auftaucht, obwohl er in einer anderen Abteilung arbeitet. Sie hätte sich denken können, dass er sich verabschieden und sie zum Ausgang begleiten will; sie kann nur hoffen, dass er nicht auf die Idee kommt, für einen letzten Quickie mit ihr in der Bibliothek zu verschwinden.

»Fertig?«, fragt er.

Geo steht auf und schaut sich ein letztes Mal um. Diese fensterlose Zelle mit den grauen Wänden und dem grauen Fußboden wird sie nicht vermissen. Eigentlich gibt es in diesem ganzen Gefängnis nichts, das sie in Erinnerung behalten möchte, außer der kleinen, mageren Frau, die dort auf dem Bett sitzt. Sie hilft Cat auf die Beine.

»Wir sehen uns bald, okay? Pass auf, dass du keinen Termin versäumst, und versuch, so viel zu essen und zu trinken, wie du kannst. Sieh zu, dass du bei Kräften bleibst, denn es gibt so vieles, was ich mit dir unternehmen möchte, wenn du hier rauskommst.«

»Georgina…«

»Ich warte auf dich.« Sie umarmt ihre Freundin, die sich sehr winzig und zerbrechlich anfühlt, und sie möchte ihr so gern sagen, wie lieb sie sie hat, aber Bukowski sieht zu, und sie bringt die Worte nicht über die Lippen.

Sie nimmt ihre Tasche, verlässt zum letzten Mal ihre Zelle und folgt Bukowski den Flur hinunter. Auf dem Weg Richtung Ausgang zum Entlassungsprozedere wird er von einem Kollegen angesprochen. Die beiden tauschen sich kurz über irgendeinen Vorfall aus, als Geo hört, wie jemand ihren Namen flüstert. Ella Frank steht hinter einer Biegung des Flurs und winkt Geo zu sich.

Nach einem kurzen Blick in Bukowskis Richtung, der immer noch ins Gespräch vertieft ist, geht Geo zu ihr. Es überrascht sie, Ella hier anzutreffen, von der sie dachte, sie würde immer noch verhört wegen der Ermordung von Boney.

»Ich wollte mich verabschieden«, sagt Ella und drückt Geo etwas in die Hand. Es ist ein kleiner Zettel mit einer Adresse. »Ich hab angerufen; er erwartet dich. Geh noch heute hin, okay? Bevor die Kinder aus der Schule kommen.«

»Mach ich. Danke… für alles.«

»Dito«, sagt Ella leise.

Geo dreht sich nach Bukowski um. Die beiden Wachleute haben ihr Gespräch beendet. Als sie sich Ella wieder zuwendet, ist sie fort.

Die Entlassung dauert eine halbe Stunde. Es müssen Papiere unterzeichnet, Habseligkeiten herausgegeben, Informationen ins System eingespeist werden. Bukowski bleibt die ganze Zeit dabei, obwohl es sicherlich wichtigere Dinge gibt, um die er sich kümmern könnte. Schließlich wurde am Vormittag eine Gefangene ermordet.

Für fünf Jahre Arbeit im Friseursalon, wo sie keine vier Dollar pro Tag verdient hat, abzüglich dessen, was sie für »Extras« im Gefängnisladen ausgegeben hat, werden ihr 223,48 Dollar ausgezahlt. Der für die Entlassung Zuständige nennt ihr den Betrag in einem Ton, als könne sie stolz darauf sein.

»Ist das gut?«, fragt sie.

»Die meisten gehen hier nur mit den hundert Dollar raus, die man bei der Entlassung kriegt.« Der glatzköpfige Mann schaut sie durch dicke Brillengläser an. »Dass Sie mehr ausbezahlt bekommen, bedeutet, dass Sie gespart haben.«

Geo hat nie gespart. Das brauchte sie nicht. Ihr Finanzspezialist draußen hatte die Anweisung, monatlich einen bestimmten Betrag auf ihr Gefängniskonto zu überweisen, sie hatte also immer genug Geld für besseres Shampoo und Asia-Nudeln. »Kann ich das Geld auf das Konto einer anderen Gefangenen übertragen lassen?«

»Darum hat mich noch nie jemand gebeten«, sagt der Mann stirnrunzelnd. »Haben Sie ihre Gefangenennummer?« Geo gibt ihm Cats Nummer, und er hackt eine Weile auf seine Tastatur ein. »Erledigt. Brauchen Sie einen Busfahrplan?«

Sie schüttelt den Kopf. »Ich werde abgeholt.«

»Sie sind jetzt offiziell frei.« Der Mann schiebt einen Stapel Unterlagen über den Tresen, außerdem einen Plastikbeutel mit den Sachen, die sie bei ihrem Haftantritt anhatte. »Bitte noch hier und hier unterschreiben, dann können Sie sich in der Toilette dort am Ende des Korridors umziehen. Ihre Gefängniskleidung können Sie in den Mülleimer werfen. Sie können sie aber auch mitnehmen. Als Andenken.« Er lacht über seinen Witz und zeigt seine schiefen, vom Kaffee verfärbten Zähne.

Das hätte ihr noch gefehlt.

Auf der Toilette zieht Geo ihre Gefängniskleidung aus und ihre alten Sachen an. Zu ihrer Bestürzung muss sie feststellen, dass das Dior-Kleid, das sie bei der Gerichtsverhandlung gegen Calvin getragen hat, an Bauch und Hüften spannt, was bedeutet, dass sie von dem wässrigen Fraß, den man ihr fünf Jahre lang vorgesetzt hat, tatsächlich zugenommen hat. Aber als sie in den Spiegel schaut, ist es ein gutes Gefühl, wieder auszusehen wie ein normaler Mensch. Die High Heels sind ungewohnt an den Füßen. Nachdem sie fünf Jahre in Turnschuhen herumgelaufen ist, fühlen sie sich steif und rutschig an. Sie kann sich kaum vorstellen, dass sie diese Dinger mal die ganze Zeit getragen und sich auch noch eingebildet hat, sie wären bequem.

Als sie aus der Toilette kommt, wartet Bukowski auf sie. Ihm fällt regelrecht die Klappe herunter, als er sie sieht. »Wow«, sagt er mit glühenden Wangen. »Das ist ja ... Du siehst ... Wow.«

»Ich betrachte das als Kompliment. Danke.«

Gemeinsam gehen sie auf eine doppelflügelige Tür mit der Aufschrift AUSGANG zu. Bukowski will schon den Türdrücker an der Wand betätigen, hält jedoch im letzten Moment inne. »Du hast doch meine Nummer, oder?«, flüstert er. Er wirft einen Blick zu der Kamera über der Tür. Bisher hat Geo all die Kameras immer verflucht, die überall in Hazelwood hängen, aber nun ist sie dankbar, dass sie da sind. Sie verhindern, dass Bukowski versucht, sie zu küssen oder auch nur anzufassen.

»Klar«, sagt sie. Das ist gelogen. Sie hat die Nummer nicht. Bukowski hat sie neulich auf eine Serviette gekritzelt, die er ihr in die Tasche gesteckt hat. Da ist der Zettel immer noch, in einem Plastikmülleimer auf der Damentoilette. »Ich ruf dich an, sobald ich mich eingelebt hab.«

Hinter der doppelflügeligen Tür wartet ihr Vater ... und ihre Freiheit.

»Du wirst mir fehlen.« Bukowski hat tatsächlich feuchte Augen.

Mach die verdammte Tür auf, du Arschloch. Sie schlingt sich die Reisetasche über die Schulter. »Du mir auch, Chris.«

Er drückt auf den roten Knopf, und die Türflügel schwingen auf. Geo spürt sanfte Regentropfen und frische Morgenluft im Gesicht. Ihr Vater steht neben seinem alten Lexus, den er schon gefahren hat, als Geo vor fünf Jahren verhaftet wurde. Er winkt ihr zu. Sie winkt zurück, und ohne Bukowski noch eines Blickes zu würdigen, zieht sie sich die hohen Schuhe aus und läuft ihrem Vater barfuß entgegen.

»Schön, dich zu sehen, Dad«, krächzt sie, als Walter Shaw sie in die Arme schließt. Sie durften sich im Besucherraum zwar kurz umarmen, aber Geo hat ihrem

Vater nur erlaubt, sie einmal im Monat zu besuchen. Mehr hätte sie nicht verkraftet.

»Ich freu mich auch, dich zu sehen, Liebes. Lass uns die Fliege machen.«

Sie lacht ein bisschen zu laut über den albernen Spruch. Typisch Walter Shaw. Früher hätte sie die Augen verdreht, aber nicht heute. Sie steigt in den Wagen und hält den Atem an, während sie am letzten Wachposten vorbeifahren. Erst dann atmet sie aus.

»Hunger?«, fragt ihr Vater. »Auf dem Weg hierher bin ich an einem Diner vorbeigefahren. Da könnten wir Burger und Fritten essen.«

Geo schüttelt den Kopf. »Was ich am liebsten möchte, ist ein grüner Tee mit Milch von Starbucks. Außerdem muss ich auf dem Heimweg kurz bei jemandem vorbeischauen. Wäre das vielleicht beides machbar?«

»Klar. Wen sollen wir besuchen?«

»Den Bruder einer Frau, mit der ich mich in Hazelwood angefreundet hab«, sagt sie vorsichtig. Sie will ihn nicht anlügen, aber sie kann ihm auch nicht die ganze Wahrheit sagen. »Er erwartet mich. Du brauchst nicht auszusteigen. Es dauert nur ein paar Minuten.« Sie nennt ihm die Adresse in Süd-Seattle.

Walt hebt eine Braue. »Du lässt dich doch nicht auf irgendwas Fragwürdiges ein, oder?«

Sie kurbelt das Fenster ein paar Zentimeter weit herunter. Es ist nicht viel zu sehen außer der endlosen Landstraße, dem grauen Himmel und dem Regen auf der Windschutzscheibe. Aber die Luft riecht nach Freiheit, und Geo atmet tief ein. Sie denkt an das kleine Notizheft in ihrer Reisetasche, das sie immer in der

Hosentasche hatte, wenn es nicht in einem Lüftungs-schacht im Friseursalon verstaut war. Es enthält Konto-nummern, Benutzernamen, Passwörter und den Namen des Finanzspezialisten, der Ella Franks Geld gewaschen hat, während Geo in Hazelwood war. Das Heft wird sie Samuel übergeben, Ellas Bruder und einzigem erwachse-nen Verwandten, der noch am Leben ist und der sich um ihre Kinder kümmert. Samuel wird den Schlüssel zum Königreich erhalten, und als Gegenleistung wird er Geo eine Pistole geben. Damit sie sich und ihren Vater vor dem Ungeheuer beschützen kann, das immer noch auf freiem Fuß ist.

»Nein, Dad«, sagt sie. »Die Zeiten sind vorbei.«

15

Von Weitem sieht es aus wie Blut, aber als sie in die Einfahrt einbiegen, wird deutlich, dass es sich um rote Farbe handelt.

MÖRDERIN steht in wütend aufgesprühten Buchstaben auf dem weißen Garagentor, so groß, dass man es noch aus hundert Metern Entfernung lesen kann. Das ist krass, das knallrote Wort wirkt in dem stillen Viertel wie ein lauter Schrei.

Walt schaltet den Motor aus. Geo starrt auf das Garagentor, dann riskiert sie einen Blick zu ihrem Vater. Seine großen Hände liegen immer noch auf dem Steuerrad, die Fingerknöchel zeichnen sich hell ab, seine Kiefer mahlen. Walter Shaw wohnt hier seit vierzig Jahren. Es ist das einzige Haus, das er je besessen hat, es war lange abbezahlt, bevor Geo ins Gefängnis kam. Walter Shaw ist ein anständiger Mann, ein erfolgreicher Arzt und ein rechtschaffenes Gemeindemitglied. Das hat er nicht verdient. Jemand hat sein Haus entweiht, und zwar ihretwegen. Geo möchte schier vergehen vor Schuldgefühlen.

»Dad…«

»Das war nicht da, als ich losgefahren bin«, sagt er. Wütend zieht er den Zündschlüssel ab und wirft ihn ihr in den Schoß. »Geh schon mal rein. Ich kümmere mich darum. *Sofort*, Georgina.«

Sie tut, wie ihr geheißen, und steigt mit den leeren Starbucksbechern und ihrer Reisetasche, in der sich die Pistole befindet, aus dem Wagen. Die Pistole wird sie sich unters Kopfkissen legen. Im Viertel ist alles still – es ist Montagnachmittag, und die meisten Leute sind noch bei der Arbeit –, und doch fühlt sie sich beobachtet, es ist, als würden die Nachbarn aus ihren Fenstern lugen, um die alles andere als triumphale Rückkehr von Walter Shaws berüchtigter Tochter sehen zu können.

MÖRDERIN. Mit diesem Willkommensgruß hat sie nicht gerechnet, was nicht bedeutet, dass sie ihn nicht verdient.

Das Haus sieht genauso aus, wie sie es in Erinnerung hat. Das ist zugleich tröstlich und surreal. In der Diele bleibt sie kurz stehen und atmet den Geruch ein, der sich nicht geändert hat, seit sie ein Kind war. Walts Gulasch blubbert im Schongarer auf dem Küchenherd vor sich hin. Das Haus ist nicht groß, aber für sie beide hat es immer gereicht.

Das Hochzeitsporträt ihrer Eltern steht nach wie vor auf dem Kaminsims im Wohnzimmer, ein Farbfoto in dem typischen Goldton der Siebzigerjahre. Walter und Grace Gallardo Shaw waren ein schönes Paar. Ihr Vater, zu einem Viertel Jamaikaner, sieht fesch aus mit seinem Smoking, dem Satinstreifen an der Hose und dem übergroßen Revers. Ihre Mutter, zur Hälfte Philippinerin, trägt ein schlichtes weißes Spitzenkleid mit Glockenärmeln, das Haar zu einer Hochfrisur aufgetürmt. Sie waren ein elegantes Paar gemischter Herkunft, in einer

Zeit, als das noch nicht so weit verbreitet war wie heutzutage, und Geo hat die besten Anlagen von beiden geerbt.

Falls ihr Vater es nicht entfernt hat, müsste das Hochzeitskleid ihrer Mutter immer noch oben im Kleiderschrank hängen. Geo hat früher einmal gedacht, sie würde es an ihrem eigenen Hochzeitstag tragen. Aber als sie mit Andrew verlobt war und die Hochzeitsvorbereitungen in Angriff genommen wurden, schien das Kleid plötzlich unpassend: zu schlicht, zu altmodisch. Jetzt schämt sie sich für ihre Gedanken. Manchmal fragt sie sich, ob das der Grund ist, warum sie im Gefängnis gelandet ist – um sie vor sich selbst zu retten.

Sie betrachtet die anderen Fotos auf dem Kaminsims, lauter Fotos, die sie seit fünf Jahren nicht mehr gesehen hat. Auf den meisten ist Grace Shaw zu sehen, aber Geo hat ihre Mutter nur als kranke Frau in Erinnerung. Geo war erst zwei Jahre alt, als der Knoten in ihrer Brust entdeckt wurde, und gerade fünf geworden, als sie starb. Geo nimmt das Foto in die Hand, auf dem sie an ihrem fünften Geburtstag auf dem Schoß ihrer Mutter sitzt, umgeben von bunten Luftballons. Vor ihnen auf dem Tisch steht eine riesige Geburtstagstorte. Ihre Mutter hat sich ein buntes Tuch um den Kopf gebunden, um ihren kahlen Schädel zu verbergen.

Nach dem Tod ihrer Mutter hat ihr Vater zweimal eine Freundin gehabt, einmal, als Geo in der Grundschule war, das andere Mal, als sie auf der Highschool war. Beide Frauen waren sehr nett, aber die Beziehungen hielten nicht lange. Höchstens ein paar Monate.

»Man hat eben nur ein Herz«, hat Walt seiner Tochter

erklärt, nachdem die zweite Beziehung beendet war. Er wirkte traurig, aber nicht reumütig. »Ich habe meins deiner Mutter geschenkt. Und es gehört ihr immer noch.«

Lange hat Geo geglaubt, dass das stimmt. Ein Herz, eine einzige Chance auf Liebe. Als sie Calvin kennenlernte, hat es sich auf jeden Fall so angefühlt. Mit sechzehn konnte sie sich nicht vorstellen, jemand anderen so sehr zu lieben wie Calvin – und das hat sie auch nicht getan. Bei Andrew war es anders. Weniger leidenschaftlich, dafür sicherer. Erwachsener, aber weniger spontan. Es gab weniger Aufregung, dafür aber auch keine Gefahr. Genauso, wie eine gesunde Beziehung sein sollte.

Von ihrem Vater hat sie erfahren, dass Andrew inzwischen verheiratet ist, und zwar mit einer Handelsvertreterin, die früher bei Shipp gearbeitet hat. Vor einem Jahr haben sie Zwillinge bekommen. Geo nimmt es ihm nicht übel, dass er sich ein Leben aufgebaut hat. Sie hätte es genauso gemacht.

Sie hört, wie draußen der Hochdruckreiniger eingeschaltet wird. Das Garagentor zu schrubben ist das Letzte, was ihr Vater heute braucht. Mit einem tiefen Seufzer geht sie nach oben.

Mit achtzehn ist sie ausgezogen. Sie hat ihre Sachen gepackt und ist aufs College gegangen. Zuerst hat sie in einem Studentenwohnheim der Puget Sound State University gewohnt, später hat sie sich zusammen mit vier anderen Studentinnen ein Haus gemietet, wenige Fußminuten vom Campus entfernt. Sie hätte zu Hause wohnen bleiben und hin- und herfahren können, aber sie musste einfach raus. Und sie ist nie wieder nach Hause gezogen. Das hatte nichts damit zu tun, dass das Zusammenleben mit ihrem Vater schwierig gewesen wäre. Im Gegenteil. Als Jugendliche durfte sie abends immer so lange ausbleiben, wie sie wollte. Ihr Vater hat ihr nie Vorschriften gemacht. Es gab nicht einmal eine Liste mit häuslichen Pflichten, und zwar ganz einfach, weil es nicht nötig war. Nach dem Tod ihrer Mutter hatten sie die Hausarbeit selbstverständlich untereinander aufgeteilt. Geo spülte ab, weil ihr Vater kochte. Sie hielt das Haus sauber, weil er sich um den Garten und alle Reparaturen kümmerte. Sie blieb fast nie lange aus, weil Walt nicht schlafen konnte, wenn sie nicht da war, und sie wollte nicht, dass er übermüdet zur Arbeit ging. Weil sie so viele Freiheiten hatte, empfand sie kaum jemals das Bedürfnis, sich Freiheiten zu nehmen. Seltsam, wie das funktioniert hatte.

Sie zögert kurz, ob sie zuerst in ihr altes Zimmer gehen soll, aber die Vorstellung von einem heißen Schaumbad ist zu verführerisch. In ihrem Bad sieht es noch genauso aus wie früher, und ein Lächeln der Vorfreude breitet sich auf Geos Gesicht aus. Sie steckt den Stöpsel in den Abfluss und dreht das Wasser auf. Mit fünfzehn hat sie die Wände hellviolett gestrichen, und nach fünf Jahren gefängnisgrau ist die Farbe ein wohltuender Anblick. Oder war sie sechzehn? Sie überlegt. Es war kurz bevor sie Calvin kennengelernt hat, also war sie gerade sechzehn geworden.

Komisch, dass sie das immer noch macht. Alle ihre Erinnerungen werden säuberlich in zwei Bereiche sortiert. Vor Calvin. Nach Calvin. Vor dem Gefängnis. Und jetzt nach dem Gefängnis.

Während das Wasser einläuft, zieht sie sich aus und

betrachtet sich im Spiegel. Sie ist älter geworden. Es ist ein Schock. Nicht dass sie älter aussieht, als sie ist – fünfunddreißig –, keineswegs. Sie könnte sogar für dreißig durchgehen. Aber sie ist viel älter als zu dem Zeitpunkt, als sie sich zum letzten Mal in diesem Spiegel betrachtet hat, in diesem Badezimmer, in diesem Licht. Um ihre Augen haben sich feine Linien gebildet, die noch nicht da waren, als sie achtzehn war. Zwischen ihren Augenbrauen ist jetzt eine Furche, und ihre Haut, die früher gesund aussah, wirkt nach fünf Jahren Gefängniskost, schlaflosen Nächten und Mangel an frischer Luft stumpf und schlaff.

Aber sie ist zu Hause. Endlich. Sie ist zu Hause.

Sie steigt in die Wanne, lässt sich in das dampfende, schaumige Wasser sinken. Sie stöhnt vor Wonne. Sie schließt die Augen und entspannt sich.

Zwanzig Minuten später steigt sie aus der Wanne, denn ihre Fingerkuppen sind schon ganz schrumpelig, und das Wasser ist abgekühlt. Sie wickelt sich in ein altes Badetuch, so leicht und beschwingt hat sie sich ewig nicht gefühlt. Kaum vorstellbar, dass sie noch heute Morgen im Gefängnis Haferschleim und hart gekochte Eier gegessen hat, eine Gefangene unter Gefangenen.

Aber die gute Laune hält nicht lange. Als sie ihr Zimmer betritt – ihr *Kinderzimmer* –, kommt alles zurück. Ihr Vater hat das Zimmer nicht angerührt, es sieht genauso aus wie an dem Tag, als sie ausgezogen ist. Und das ist neunzehn Jahre her.

Die geblümte Tagesdecke. *Calvin.*

Das Fenster, durch das er nachts eingestiegen ist. *Calvin.*

Das leere Marmeladenglas auf der Kommode, das immer mit Süßigkeiten gefüllt war. *Calvin.*

Die Erinnerungen stürzen auf sie ein, sie erdrücken sie, und ehe sie sich versieht, hat die Panik sie im Griff. Ihr wird schwindlig, sie muss sich an der Wand abstützen und ein paarmal tief Luft holen. Mit geschlossenen Augen zählt sie bis zehn und konzentriert sich darauf, wie ihre Brust sich hebt und senkt, wie ihre Lunge sich ausdehnt und zusammenzieht, wie ihr Atem in ihren Körper hinein- und wieder hinausfließt. Es ist eine simple Entspannungstechnik, die sie vor Jahren beim Yoga gelernt hat. Nach dem fünften Atemzug ist sie außer Gefahr. Nach dem achten ist sie ruhig. Ihr Herz schlägt wieder normal, sie macht die Augen wieder auf. Diesmal ist sie vorbereitet.

Calvin ist nicht verschwunden. Aber er ist nicht hier. Und das genügt fürs Erste.

Ein Streifen Nachmittagssonne fällt durch die rosafarbenen Spitzengardinen, die am Fenster hängen, seit sie ein Baby war, und taucht das ganze Zimmer in rosafarbenes Licht. Neben dem Wandschrank hängt immer noch das Poster von Mariah Carey. Auf dem obersten Brett des Bücherregals stehen auf verschiedene Größen heruntergebrannte Duftkerzen. Das zweite Brett ist vollgestopft mit Taschenbuchausgaben der Romane von Stephen King, Highschooljahrbüchern, Preisen, die sie bei Tanz- und Cheerleaderwettbewerben gewonnen hat, und dem Plüschgorilla, den ihr Vater ihr im Woodland Park Zoo gekauft hat, als sie zwölf war. »Guck mal, Mama, die haben einen Affen gefangen!«, hat ein Kind aufgeregt gerufen, als sie aus dem Laden kamen und Geo den

Gorilla an einem seiner Beine schwang. Die Leute rundherum haben gelacht.

Auf ihrem Nachttisch steht nach all den Jahren immer noch das gerahmte Foto von ihr und Angela. Es wurde einen Monat vor dem Tod ihrer besten Freundin aufgenommen, sie waren beide sechzehn und haben sich gut gelaunt auf dem Jahrmarkt amüsiert. Ein in der Zeit eingefrorener Moment. Es ist das Foto, dessen Anblick Geo später nicht mehr ertragen konnte. Es ist das Foto, von dem sie sich nie trennen konnte.

Ein Ausschnitt aus diesem Foto wurde für das Flugblatt benutzt, mit dem nach Angela gesucht wurde, das Flugblatt, das eine Zeit lang an jedem Laternenmast in ganz Seattle hing, das in allen Zeitungen abgedruckt und im Fernsehen gezeigt wurde. Und Jahre später wurde dasselbe Foto vor Gericht verwendet, was Geo gut verstehen konnte. Niemand hat das Leben mehr geliebt als Angela Wong.

Sie nimmt das leere Marmeladenglas von der Kommode, das Calvin mit Zimtherzen gefüllt und ihr geschenkt hat. Es war sein Friedensangebot, nachdem er sie zum ersten Mal geschlagen hat. Geo mochte diese Zimtherzen nie besonders, sie waren anfangs süß, aber wenn man sie länger im Mund hatte, wurden sie scharf. Er stand auf die Dinger, nicht sie. Aber sie hatte das Geschenk akzeptiert, weil sie die leuchtend roten Herzen hübsch fand. Am Ende hat Calvin sie alle gegessen, und am Schluss war nur noch das leere Glas übrig.

Geo nimmt das Glas in die Hand und holt aus. Das hätte sie längst tun sollen, gleich als er es ihr gegeben hat. Sie schleudert das Glas mit aller Kraft gegen die

Wand, in der Erwartung, dass es in tausend Stücke zerspringt. Es schlägt eine Kerbe in den Putz und hinterlässt einen Kratzer in der Wandfarbe.

Aber es zerbricht nicht.

16

Am Anfang war er Geos Ein und Alles.

Am Anfang war es traumhaft. Es war berauschend, abgefahren oder was auch immer am besten das Gefühl beschreibt, jung und zum ersten Mal unsterblich verliebt zu sein. Sie liebte seinen Geruch und die Art, wie sein Aftershave noch lange, nachdem er gegangen war, in ihren Kleidern hing. Sie kannte genau die Form seiner Hand und wie es sich anfühlte, wenn er ihre Hand hielt, wo genau seine Finger zudrückten. Und es blieb traumhaft, auch dann noch, als es gewalttätig wurde. Das ist es, was einem keiner erklärt.

Das erste Mal, dass Calvin sie schlug, war nach dem Soundgarden-Konzert. Sie hatte sich auf seinen Wunsch hin »einen sexy Fummel« angezogen – ein tief ausgeschnittenes schwarzes T-Shirt und einen kurzen Rock, den sie sich von Angela geliehen hatte. Irgendein Typ hatte sie den ganzen Abend angeglotzt, und weil sie sein Lächeln irgendwann erwidert hatte, war Calvin gezwungen gewesen, dem Kerl eine reinzuhauen. Später in seiner Wohnung hatten sie sich gestritten. Calvin schrie und tobte und warf Dinge durch die Gegend. Sie schrie zuruck, verteidigte sich in der Überzeugung, nichts falsch gemacht zu haben, was ihn nur noch mehr auf die Palme brachte.

Es war verwirrend: Er wollte, dass andere Männer auf sie aufmerksam wurden, aber wehe, sie schauten zu lange hin oder schenkten ihr ein Lächeln oder sprachen sie an. Er wollte, dass sie nuttig aussah, aber wehe, sie benahm sich nuttig. Bei Calvin ging es immer um Grenzen, um sehr feine Grenzen, und sie wusste nie, wo die verliefen, bis er es ihr klarmachte. Und er machte es ihr nicht mit Worten klar. Er schlug sie mit Fäusten, er ohrfeigte sie, er schubste sie herum, er tat alles, damit sie sich klein, unwichtig und gedemütigt fühlte.

In einer gewalttätigen Beziehung zu sein war ganz anders, als Geo es sich vorgestellt hatte. Natürlich wusste sie, dass es nicht in Ordnung war, wenn er sie schlug. Sie war ja nicht blöd. Das Thema häusliche Gewalt hatten sie in der sechsten Klasse im Sexualkundeunterricht durchgenommen. Und in der siebten noch mal in Sozialkunde. Und in ihrem ersten Jahr auf der Highschool war ein Polizist in die Schule gekommen, um mit ihnen darüber zu sprechen, wie man sich aus einer gewalttätigen Beziehung befreite. In den Fluren der Schule hatten Poster gehangen, die junge Mädchen, die sich in gewalttätigen Beziehungen befanden, dazu ermutigten, sich Hilfe zu suchen. *Eure Vertrauenslehrer sind eure Freunde. Sprecht mit uns.* Jeder wusste, dass Gewalt in einer Beziehung nichts zu suchen hatte. Dass Gewalt schlecht war, genau wie Rauchen, Drogen, Alkohol, ungeschützter Sex, nicht einvernehmlicher Sex und so weiter. Alle waren aufgeklärt. Es mangelte nicht an Informationen; Unwissenheit war nicht das Problem.

Das Problem war, dass nichts von dem, was im Schulunterricht erklärt wurde, einen auf das vorbereitete, was wirklich in einer gewalttätigen Beziehung passierte. Eine Beziehung soll einem nicht das Gefühl geben, nichts unter Kontrolle zu haben, sie soll einen nicht zerstören, einen nicht zu einem Menschen machen, der man nicht sein will. Aber wie bringt man das jemandem bei? Wie erklärt man jemandem, der noch nie eine gesunde Beziehung hatte, wie sich so etwas anfühlt?

Wie erklärt man einer Sechzehnjährigen, die noch nie verliebt war, wie sich *Liebe* anfühlt?

Und noch etwas, was im Unterricht nicht angesprochen wurde: wie schnell die Gewalt sich normal anfühlt. Geos Vater hatte sie nie geschlagen, nicht ein einziges Mal. Es war kein Muster aus der Vergangenheit, das sich wiederholte. Sie liebte Calvin so sehr, dass sie die Gewalt akzeptierte, sie schien einfach dazuzugehören, zu dem Preis, den sie bezahlen musste, um mit ihm zusammen zu sein. Denn die Alternative – nicht mit ihm zusammen zu sein – war unvorstellbar. Und natürlich schlug er sie nicht dauernd. Die allermeiste Zeit war er liebevoll, zärtlich, großzügig. Geo war nicht von oben bis unten mit blauen Flecken übersät. Okay, ab und zu rastete er aus. Meistens, weil Geo mal wieder irgendwas Blödes gemacht hatte. Dann stritten sie sich. Wenn sie ihn provozierte – wenn sie eine spitze oder sarkastische Bemerkung machte, wenn sie seine Gefühle verletzte –, schlug er zu. Ende der Debatte. Nichts Besonderes. Alle Paare stritten sich. Meistens tat er ihr nichts. Wenn es gut lief, war es großartig.

Aber wenn es schlecht lief, war es furchtbar.

Insgeheim, tief in ihrem Innern, gefiel Geo das sogar. Es gefiel ihr, wie wütend er werden konnte, wie eifersüchtig er war. Es war so leicht, Kontrolle mit Liebe zu verwechseln, zu glauben, dass er sich aufregte, weil sie ihm etwas bedeutete, dass er sie beschützte, weil er sie so verdammt heiß und innig liebte. Manchmal überschritt sie die Grenzen bewusst, probierte aus, wie weit sie gehen konnte, ehe er austickte, testete, wie sehr sie ihn in den Wahnsinn treiben konnte. Das war ihre Art, *ihn* zu kontrollieren, denn es funktionierte tatsächlich in beide Richtungen.

Und ja, sie machte sich etwas vor. Denn nichts davon war in Ordnung. Aber sie liebte ihn. Sie liebte ihn mit Haut und Haaren.

Fast jeden Tag holte Calvin sie in seinem roten Trans Am von der Schule ab, und jedes Mal erfüllte es Geo mit Stolz, wenn sie die Eingangsstufen hinuntersprang. Meistens stand er an seinen Wagen gelehnt und wartete auf sie. Es war wie eine Filmszene. Es war wie in dem Film *Das darf man nur als Erwachsener*, sie war das einfache Mädchen, und er war der unerreichbare Mann. Die anderen Mädchen glotzten, und Calvin lächelte sie an, aber es war Geo, die er küsste, es war Geo, der er die Autotür aufhielt, es war Geo, mit der er in den sprichwörtlichen Sonnenuntergang fuhr.

Tagsüber jobbte er als Anstreicher, aber er arbeitete nicht die ganze Zeit, und deshalb verkaufte er Drogen – hauptsächlich Gras, Speed und Schmerzmittel, um sich sein Auto und seinen Lebensstil leisten zu können. Anfangs erschrak Geo darüber, doch sie merkte schnell, dass das alles gar nicht so anrüchig war, wie es in Filmen dargestellt wurde. Seine Kunden waren in erster Linie Studenten, Hausfrauen und überambitionierte Highschoolschüler. Sie kamen zu ihm nach Hause, bezahlten in bar und waren immer höflich. Nach einer Weile kam ihr auch das ganz normal vor.

Er drängte sie nie zum Sex. Er wusste, dass sie noch Jungfrau und noch nicht so weit war. Also vergnügten sie sich auf andere Weise, er machte es ihr mit den Fingern oder mit der Zunge, bis sie den Kopf zurückwarf und seinen Namen stöhnte. Aber Sex mit allem Drum und Dran – nie.

»Dein erstes Mal soll etwas ganz Besonderes sein«, sagte er. »Ich kann warten.«

Weshalb sie ihn nur noch mehr liebte.

Calvin nahm einen enorm großen Raum in ihrem Leben ein. Je mehr Zeit sie mit ihm verbrachte, desto seltener sah sie Angela und Kaiser. Das Training der Cheerleader, das dreimal pro Woche nach der Schule stattfand, begann sie beide immer mehr zu stören.

»Heute Abend kann ich nicht«, sagte Geo eines Nachmittags zu Calvin. Sie saßen in seinem Wagen, am hinteren Ende des Schulparkplatzes in der Nähe der Bäume. Die Schule war aus, und in einer Viertelstunde fing das Training an. »Mein Dad erwartet mich zum Abendessen, und ich hab tierisch viele Hausaufgaben auf.«

Sie hatte ihm nicht erzählt, dass ihre Noten schlechter wurden. Sie wollte vor ihm nicht als Kind dastehen. Er war einundzwanzig, hatte die Highschool lange hinter sich.

»Meld dich doch einfach bei den Cheerleadern ab«, sagte er.

»Bist du verrückt?« Sie war entsetzt, dass er das vorschlug. »Ich bin Cheerleaderin. Da hat sich noch nie jemand abgemeldet. Hast du eine Ahnung, wie schwer es ist, ins Team aufgenommen zu werden?«

»Aber es ist total bescheuert.« Calvin fuhr mit dem Finger über ihren nackten Oberschenkel. Ihr Faltenrock war kurz, wenn sie stand, wenn sie saß, bedeckte er so gut wie gar nichts mehr. Reflexartig öffnete sie die Beine ein wenig, als seine Finger ihren Slip berührten. Sie wollte, dass er seine Finger in sie hineinschob, aber sie war immer noch zu schüchtern, ihn dazu aufzufordern. Zum Glück brauchte sie das auch nicht zu tun. Er küsste sie, seine Zunge schmeckte vage nach Bier, Zigaretten und Zimtherzen. Es war ein Geschmack, den sie für immer mit dem Gefühl verbinden würde, ein Kind und trotzdem erwachsen zu sein, genau das, was ein Teenager ja eigentlich ist. Seine Finger fuhren in ihren Slip und streichelten sie, und es war, als würde sie zugleich dahinschmelzen und anschwellen.

»Meld dich ab«, sagte er noch einmal.

Sein Mittelfinger glitt ein bisschen tiefer in sie hinein, aber nicht zu tief, sie war ja noch Jungfrau. Sein Daumen hielt den Druck genau an der richtigen Stelle. Es fühlte sich gut an, so gut, das konnte unmöglich das sein, was sie im Sexualkundeunterricht über Sex gelernt hatten. Sie öffnete die Beine noch etwas weiter, spürte, während er ihren Nacken küsste, wie der Orgasmus sich ankündigte. »Wenn du dich abmeldest, haben wir mehr Zeit für uns. Dann muss ich nicht aufhören.«

Abrupt nahm er seine Hand weg. Sie schnappte nach Luft. Es tat beinahe weh.

»Zeit fürs Training«, sagte er. »Du musst los. Wir wollen doch nicht, dass du zu spät kommst.«

Sie sah ihn ungläubig an, aber die Uhr am Armaturenbrett log nicht. Ihr blieben zwei Minuten, um zur Sporthalle zu kommen, aber in zehn Sekunden wäre sie so weit gewesen, wenn er nicht aufgehört hätte. »Du bist gemein«, sagte sie.

»Dann geh nicht hin.«

Das ging nicht. Sie war die letzten drei Male schon zu spät zum Training gekommen. Sie richtete ihre Sachen und klappte den Blendschutz herunter, um ihr Gesicht zu überprüfen. »Mich nervt das genauso wie dich.«

»Das glaub ich dir nicht.«

»Ich kann mich nicht abmelden«, sagte sie. »Angela bringt mich um.«

Er schnaubte verächtlich. »Du gibst viel zu viel auf ihre Meinung.«

»Sie ist meine beste Freundin.« Sie sah ihn an. »Wir kennen uns seit der vierten Klasse.«

»Dann wird sie verstehen, dass der Cheerleaderkram bescheuert ist und dass du jetzt was Besseres zu tun hast.«

»Bestimmt nicht.« Geo klappte den Blendschutz wieder hoch. »Sie ist nicht besonders verständnisvoll.«

»Sie ist ein Miststück, wenn du mich fragst.«

»Hör auf.« Geo schlug ihm leicht auf den Oberschenkel. »Sag so was nicht. Für sie ist das nicht lustig. Wir haben immer alles zusammen gemacht, aber seit ich dich kennengelernt hab, sehen wir uns kaum noch. Wahrscheinlich ist sie deswegen in letzter Zeit dauernd so schlecht gelaunt und …«

»Zickig.«

»... und *gereizt*. Ich muss mir mehr Zeit für sie nehmen.« Sie schnappte sich ihren Rucksack. »Morgen ist
Kaisers Geburtstag. Wir gehen mit ihm ins Kino und
laden ihn hinterher auf eine Pizza ein.«

»Ich dachte, wir würden morgen zusammen ausgehen.« Seine Augen verdunkelten sich.

Geo wappnete sich. Sie wusste, was dieser Blick bedeuten konnte. Deswegen hatte sie es ihm hier auf dem
Schulparkplatz gesagt, kurz bevor sie losmusste. Ihre
Auseinandersetzungen eskalierten nie, wenn die Möglichkeit bestand, dass sie beobachtet wurden, und am
nächsten Tag würde er sich wieder beruhigt haben.

Außerdem ging Geo nicht besonders gern mit Calvin
aus. Sie war noch nicht volljährig, und wenn sie in eine
Bar gingen, musste er immer einen Kumpel überreden,
sie reinzulassen, ohne dass er sich ihren gefälschten Aus-
weis genau ansah. Alkohol schmeckte ihr nicht, deswegen trank sie nur selten etwas. Die Bars waren immer
schummrig, schmuddelig und total verraucht. Jedes Mal
schaute sie garantiert irgendein Typ zu lange an, und
dann war Calvin »gezwungen«, ihn zusammenzustau-
chen. Anfangs hatte sie das alles aufregend gefunden,
aber nach ein paar Monaten hatte es seinen Reiz verloren. Sie sehnte sich nach den Übernachtungen bei ihren
Freundinnen, bei denen sie in alten Jahrbüchern blätter-
ten und darüber tratschten, wer gut aussah und wer fett
geworden war. Sie sehnte sich nach Pizza und Diätcola,
sie vermisste es, nach der Schule in der Mall rumzuhän-
gen und mit ihren Freunden ins Kino zu gehen. Sie vermisste die Freitagsabendpartys nach dem Footballspiel.

Sie sehnte sich danach, wieder sechzehn zu sein. Selbst

Kaiser fehlte ihr, der ihr so oft auf die Nerven gegangen war mit seiner kindlichen Bewunderung, und der sie trotzdem wie niemand sonst zum Lachen bringen konnte. Aber von alldem konnte sie Calvin nichts erzählen, denn von all diesen Dingen war er ausgeschlossen. Und das ertrug Calvin nicht.

»Du könntest ja mitkommen«, sagte sie, aber sie wussten beide, dass das nicht passieren würde. Sie wollte ihn gar nicht dabeihaben, und er hatte keinen Bock, sich die Zeit mit ein paar Teenagern zu vertreiben. Er sagte nichts, und als sie ihn küssen wollte, wendete er sich ab, sodass sie nur seine Wange erwischte.

Sie kam drei Minuten zu spät zum Training. Die Mädchen hatten bereits mit den Dehnübungen angefangen, als sie in die Halle lief, außer Atem und ein bisschen zerzaust. Tess DeMarco, ein Mädchen, das unbedingt Angelas beste Freundin sein wollte, musterte Geo von oben bis unten.

»Du kommst schon wieder zu spät«, sagte sie. »Zum vierten Mal. Was hast du heute für eine Ausrede?«

»Halt die Klappe, Tess«, erwiderte Geo.

Angela, die auf dem Boden ihre Oberschenkelmuskeln dehnte, blickte auf. »Werd nicht unverschämt. Du weißt genau, dass sie recht hat. Du kommst jetzt schon zum vierten Mal zu spät.«

Plötzlich herrschte Stille in der Turnhalle. Die Mädchen unterbrachen ihre Dehnübungen. Wenn Angela als Cheer-Captain das Wort ergriff, hörten alle aufmerksam zu.

»Ich bitte dich, Ang, drei Minuten«, sagte Geo mit einem Blick zur Wanduhr. »Jetzt bin ich ja hier.«

»Du bist nicht mal umgezogen«, sagte Angela. Geo hatte immer noch die Schuluniform an. »Da hättest du auch gleich bei Calvin bleiben können. Du interessierst dich doch sowieso nur noch für ihn.«

Geo spürte, wie sie errötete. Die anderen Mädchen lauschten gespannt auf jedes Wort. Vor allem Tess genoss die Situation und grinste gehässig.

»Hör auf, Ang. Ich brauch zwei Minuten, um mich umzuziehen.«

»Warum kommst du überhaupt noch, wenn es dich so viel Überwindung kostet? Offenbar glaubst du, du hast was Besseres verdient als das Team. Und als mich und Kaiser, der übrigens sagt, dass er seit zwei Wochen versucht, dich zu erreichen, und du kein einziges Mal zurückgerufen hast.«

»So ein Quatsch«, entgegnete Geo. Das lief völlig aus dem Ruder, und sie wollte das Gespräch unbedingt beenden. »Du weißt genau, was ihr mir ...«

»Du willst dich also nicht aus dem Team abmelden. Okay, dann mach ich das für dich«, fauchte Angela. Sie warf einen Blick in die Runde. »Wer ist dafür, dass Geo das Team verlässt?«

Tess' Arm schoss in die Höhe, doch die anderen Mädchen sahen einander mit großen Augen an und wussten nicht, wie sie reagieren sollten.

»Hör auf damit«, sagte Geo entgeistert. »Du kannst mich nicht ...«

»Du kommst dauernd zu spät zum Training«, fiel Angela ihr ins Wort. »Und wenn du hier bist, bist du total abwesend. Letzte Woche wäre unsere Pyramide um ein Haar gekippt, bloß weil du nicht wusstest, wohin mit deinen Armen. Du bist faul und unzuverlässig, und wir wissen alle, dass du eigentlich gar nicht hier sein willst. Außerdem, so leid es mir tut, hast du zugenommen.«

Alle schnappten nach Luft.

»Ich hab *nicht* zugenommen!«, schrie Geo, und ihre beste Freundin lächelte. Sie wusste, dass Geo nicht zugenommen hatte, aber sie wusste auch, dass sie sie mit dieser Bemerkung aus der Reserve locken konnte. Sie hatte es aus purer Gehässigkeit gesagt, um sie vor den anderen Mädchen zu demütigen. »Weißt du was?«, sagte Geo. »Calvin hat recht. Du bist ein Miststück.«

Wieder schnappten alle nach Luft. Niemand an der Highschool hatte es jemals gewagt, Angela Wong als Miststück zu beschimpfen. Zumindest nicht öffentlich, und erst recht hatte es ihr niemand ins Gesicht gesagt. Mehrere Mädchen machten einen Schritt zurück, weg von Geo, so als wollten sie sich von der Unperson distanzieren, zu der sie sich gerade gemacht hatte.

»Raus.« Angelas Gesicht war dunkelrot angelaufen. Sie holte mehrmals tief Luft, blieb jedoch ruhig. »Morgen früh gibst du dein Trikot ab, und bis Mittag hast du deinen Spind geleert und sauber gemacht.«

Die Cheerleaderinnen hatten besonders breite Spinde, genau wie die Footballspieler. So einen Spind zu haben, war ein Privileg. Zu den Cheerleaderinnen zu gehören, war ein Privileg.

»Hast du nicht gehört?«, sagte Tess mit einem triumphierenden Blick, der sie ganz hässlich machte. »Die Sporthalle ist im Moment für das Cheerleadertraining reserviert. Und du bist jetzt keine Cheerleaderin mehr. Also mach, dass du rauskommst.«

Den Tränen nahe drehte Geo sich um und verließ die Halle. Draußen bei den Spinden lief sie ausgerechnet Kaiser in die Arme. Er war fürs Fußballtraining umgezogen. Sie schaute ihn an und brach in Tränen aus.

»Ach du je«, sagte er und packte sie an den Schultern. »Alles in Ordnung? Was ist passiert? Sprich mit mir.«

»Lass mich in Ruhe.« Sie schüttelte seine Hände ab und lief den Flur hinunter.

Sie weinte immer noch, als sie Calvin vom Münztelefon vor der Cafeteria eine Nachricht schickte.

»Komm mich holen«, schluchzte sie, als er kurz darauf zurückrief.

Zehn Minuten später stand er vor der Schule. Inzwischen hatte sie sich beruhigt, ihre Verzweiflung hatte sich in Wut verwandelt. Sie berichtete ihm, was vorgefallen war, und er hörte ihr zu, nickte verständnisvoll und murmelte hin und wieder ein paar tröstende Worte, während er ihren Oberschenkel tätschelte.

Schließlich sagte er: »Das Cheerleaderteam bedeutet dir richtig viel, nicht wahr?«

Sie nickte. Ja, das stimmte. Es bedeutete ihr eine Menge, zum Team zu gehören, an Spieltagen im Chearleader-Trikot zur Schule zu gehen, freitagabends während des Spiels im Scheinwerferlicht Tausende Fans anzufeuern. Sie war vielleicht in letzter Zeit nicht so ganz bei der Sache gewesen, aber das bedeutete noch lange nicht, dass sie nicht mehr mitmachen wollte. Verdammt, sie hatte sich deswegen sogar mit Calvin angelegt.

»Also gut«, sagte er. »Wir bringen das in Ordnung.«

»Wie denn?«

»Wir bringen es in Ordnung«, sagte er noch einmal.

»Ich kenne diese Sorte Mädchen – die bilden sich ein, die ganze Welt würde sich um sie drehen, bloß weil sie mit einem hübschen Gesicht auf die Welt gekommen sind, was weiß Gott nicht ihr Verdienst ist. Warte ein paar Tage ab, dann entschuldigst du dich. Und wenn ein bisschen Gras über die Sache gewachsen ist, denkst du dir was aus, was wir drei zusammen unternehmen können. Sie kann mich nicht ausstehen, weil sie mich nicht kennt. Ich werde dafür sorgen, dass sie mich kennenlernt. Ich werde sie ein bisschen bezirzen und dafür sorgen, dass sie dich wieder respektiert. Vertrau mir.«

Es war eine vernünftige Idee; richtig klug. Er beugte sich zu ihr und küsste sie, zuerst ganz zärtlich, dann leidenschaftlich, und ganz langsam entspannte sie sich. Denn sie vertraute ihm.

Bei Gott, sie vertraute ihm.

17

Es ist zu dunkel im Zimmer, das Bett ist zu weich, die Decken sind zu warm, das Haus ist zu still. Im Gefängnis hatte Geo einen geregelten Tagesablauf, festgelegte Essens- und Duschzeiten, Arbeitszeiten, Fernsehzeiten, Gesprächszeiten, Schlafenszeiten. Alles lief jeden Tag gleich ab. Sie wird eine Weile brauchen, um sich an ihr neues Leben zu gewöhnen, das eigentlich ihr altes Leben ist, sich im Moment aber noch seltsam und fremd anfühlt. Von außen sieht alles so aus wie immer, aber es *fühlt sich nicht so an* wie immer. Es ist merkwürdig, keinen geregelten Tagesablauf zu haben, nicht gesagt zu bekommen, wann man etwas tun darf und wann nicht. Sie ist jetzt ihre eigene Herrin, und das ist längst nicht so befreiend, wie sie gedacht hat.

Sie kann nicht schlafen und starrt an die Decke, betrachtet die fluoreszierenden Sterne, die sie dort angeklebt hat, als sie fünf war. Ihr Vater kam eines Tages von der Arbeit und hatte mehrere Päckchen davon dabei, lauter Sterne in verschiedenen Größen. Sie haben eine Stunde gebraucht, um sie alle anzukleben. Ihre Mutter war einen Monat zuvor gestorben, und sie hatte schreckliche Albträume. Ihr Vater versprach ihr, dass nichts

Schlimmes passieren würde, solange die Sterne über ihr leuchteten.

Natürlich irrte er sich.

Um kurz nach zehn gibt sie das mit dem Einschlafen schließlich auf und geht in die Küche, um sich einen Tee zu machen. Ihr Vater hat bis Mitternacht Spätschicht, und vermutlich wird sie keinen Schlaf finden, bis er zu Hause ist. Es ist komisch, allein im Haus zu sein. Sie ist immerhin seit fünf Jahren nicht mehr allein gewesen.

Auf dem Weg in die Küche wirft sie einen Blick aus dem Fenster auf die Straße, und bleibt stehen. Ein schwarzes Auto steht am Bordstein. Die Innenbeleuchtung ist an, und sie sieht eine Gestalt im Wagen sitzen. Sie erstarrt.

Dann öffnet sich die Fahrertür, und Kaiser Brody steigt aus. Sie atmet tief aus, geht zur Haustür und reißt sie auf, noch ehe er die Veranda erreicht.

»Was machst du hier?«, fragt sie ihn, ihr Atem bildet weiße Wölkchen in der kalten Nachtluft. Die Kälte macht ihr nichts aus. Aber im Gefängnis hat sie ihren Atem nie gesehen, die Gefangenen durften im Dunkeln nicht in den Hof.

»Dir auch einen guten Abend«, sagt Kaiser. »Ich wollte gerade fahren, da hab ich gesehen, wie das Licht anging. Darf ich reinkommen?«

»Wie lange hast du schon da draußen gesessen?«

Er schürzt die Lippen. »Eine Weile.«

»Wieso?«, fragt sie.

»Du weißt, warum.« Kaiser wirkt erschöpft, die Linien um seinen Mund und seine Augen sind ein bisschen tiefer als das letzte Mal, als sie ihn gesehen hat. Er wirkt älter. Aber das gilt auch für sie.

»Ich hab nichts von ihm gehört«, sagt Geo. Sie braucht nicht zu erklären, wen sie meint. Sie wissen beide, von wem sie redet.

»Okay.« Kaiser wendet sich zum Gehen.

»Warte«, sagt sie, und es klingt bedürftiger als beabsichtigt. Sie will nicht, dass er geht. Sie will nicht allein sein. »Ich wollte mir gerade einen Tee aufgießen. Du kannst mir Gesellschaft leisten.«

Er dreht sich um und lächelt müde. »Sicher. Danke.«

Sie macht die Tür hinter ihm zu, schließt sie ab und legt die Sicherheitskette vor. Einen Augenblick lang stehen sie verlegen in der Diele. Genau wie beim letzten Mal, als sie sich gesehen haben, fällt ihr auf, wie groß er geworden ist, wie anders er aussieht, wie anders er *riecht*. Dieser Kaiser passt nicht zu dem Jungen, den sie in Erinnerung hat.

Kaiser ist jetzt ein Mann.

Er folgt ihr in die Küche, wo Geo sich stirnrunzelnd umsieht. »Früher hatten wir immer einen Wasserkessel«, sagt sie und öffnet eine Schranktür nach der anderen.

»Nimm die da«, schlägt er vor und zeigt auf etwas, das aussieht wie eine rote Miniaturversion einer Espressomaschine, wie es sie in Cafés gibt. »Ich würde sowieso lieber einen Kaffee trinken, falls es welchen ohne Koffein gibt.«

»Ich weiß nicht mal, was das ist.«

»Das ist eine Nespressomaschine«, erwidert er. Als er ihren verständnislosen Gesichtsausdruck sieht, zeigt er auf den Tisch. »Setz dich. Ich mach das. Wir haben auch so eine auf dem Revier. Der Kaffee ist ziemlich gut, nur der in der Pathologie ist noch besser.«

»In der Pathologie?«

Er lacht in sich hinein, während er eine kleine Schublade im Sockel der Maschine öffnet. Er wählt eine Kapsel aus, dann nimmt er die Milch aus dem Kühlschrank. An der Seite der Kaffeemaschine befindet sich ein Milchaufschäumer, und Kaiser scheint genau zu wissen, was er tut, als er ihr einen dekoffeinierten Caffè Latte macht. Er reicht ihr die Tasse und wartet, bis sie einen Schluck getrunken hat.

»Hm«, sagt sie. »Verdammt gut. Ich kann verstehen, dass mein Vater sich so ein Ding gekauft hat.«

Nachdem er sich selbst auch einen Kaffee gemacht hat, setzt er sich ihr gegenüber an den Tisch. Es hat etwas Surreales, mit ihm hier in der Küche zu sitzen, wo sie als Teenager so oft gesessen und Pizza oder Hotdogs gegessen, an einem Chemieprojekt gearbeitet und Jello Shots mit Wodka gemacht haben, von dem ihr Vater vergessen hatte, dass er noch im Schrank stand, für eine Party, zu der sie eigentlich nicht gedurft hätten. Erst als Kaiser jetzt lächelt, sieht sie ihren alten Freund unter der Lederjacke und dem Dreitagebart durchschimmern.

Sie fragt sich, wie sie wohl auf ihn wirkt.

Als hätte er ihre Gedanken gelesen, sagt er: »Du siehst gut aus.«

Sie schaut in ihren Kaffee. »Schmeichler.«

»Nein, ich meine es ernst«, entgegnet er. »Du siehst wirklich gut aus. Die Frau, die ich vor fünf Jahren festgenommen habe, war mir fremd. Aber die, die jetzt vor mir sitzt, ist die Frau, die ich in Erinnerung habe.«

»Das liegt daran, dass ich eine Trainingshose trage

und nicht geschminkt bin«, sagt sie, aber er lacht nicht. Und wenn sie ehrlich ist, weiß sie genau, was er meint.

»Bist du sauer auf mich?«, fragt er. Einfach so, als wären sie wieder sechzehn.

Sie schüttelt den Kopf und deutet ein Lächeln an. »Weswegen? Weil du deine Arbeit machst?«

»Walter hasst mich.«

»Mein Vater hasst niemanden. Er will mich beschützen. Und er macht sich Vorwürfe.«

»Weswegen?« Kaiser wirkt überrascht.

»Weil er zu viel gearbeitet hat. Weil er zu wenig zu Hause war.« Geo seufzt. »Weil er nicht wusste, dass ich mit einem Typen ging, der viel älter war als ich. Okay, Calvin war erst einundzwanzig damals, aber das war ein großer Altersunterschied.«

»Ja, sehr groß«, sagt Kaiser mit einem Nicken. »Ich konnte ihn nie ausstehen. Also, Calvin, nicht deinen Vater.«

»Ich weiß. Du warst mir damals wirklich ein guter Freund, Kai. Es tut mir leid, dass ich dir keine bessere Freundin war.«

»Zumindest weiß ich jetzt, warum nicht«, antwortet er. »Und falls es dir etwas hilft, ich verzeihe dir.«

»Danke«, flüstert sie. Seine Vergebung bedeutet ihr mehr, als ihr bewusst war.

Wenn sie sich nur selbst verzeihen könnte. Innerlich stößt sie einen tiefen Seufzer aus. Sie weiß, dass ihr das nie gelingen wird.

»Hat dein Vater dir erzählt, was wir vor ein paar Tagen da draußen gefunden haben?«, fragt Kaiser mit einer Kopfbewegung in Richtung Küchenfenster. Bei der

Dunkelheit sieht man nur ihr Spiegelbild in der Glasscheibe, aber sie weiß, dass er den Wald draußen meint. Sein Blick ist auf sie fixiert.

»Das brauchte er nicht. Ich hab's in den Nachrichten gesehen. Ich hatte einen Fernseher in meiner Zelle.« Sie trinkt einen Schluck Kaffee. »Es hieß, eine Frau und ein Kind.«

»Die Frau war zerstückelt«, sagt Kaiser. »Und das Kind war ein zweijähriger Junge. Erwürgt.«

Geo atmet so scharf ein, dass es klingt wie ein Zischen.

»Ich muss dir was zeigen«, erklärt Kaiser und nimmt sein iPhone heraus. Es ist riesig, wie ein kleines Tablet, und es sieht in echt noch größer aus als in der Fernsehwerbung. »Ein Foto von dem Jungen.«

»Nein.«

»Bitte«, sagt er und wischt auf dem iPhone herum. »Es ist wichtig. Sieh's dir einfach an.«

Er schiebt das Handy über den Tisch, und obwohl alles in ihr schreit *nicht hinsehen*, sieht sie hin. Es ist tatsächlich ein kleiner Junge. Pausbäckchen, Patschhändchen, die Augen geschlossen, dicker Kinderbauch. Wenn seine Haut nicht so eine unheimliche Farbe hätte, könnte man meinen, er schläft.

Das Herz auf seiner Brust sieht aus wie mit Blut gemalt. Ein Wort steht in der Mitte des Herzens. SCHAU.

»Großer Gott«, entfährt es ihr.

»Sie waren hier im Wald vergraben«, sagt Kaiser. Er macht keine Anstalten, das Handy zurückzunehmen. »Fast an derselben Stelle, wo wir Angela gefunden haben.«

»Könnte doch Zufall sein.«

»Ich glaube nicht an Zufälle«, sagt er. »Die Frau wurde auf die gleiche Weise getötet wie Angela, auf die gleiche Weise zerstückelt. Mit einer Säge. Der Kopf wurde abgetrennt, die Unterarme, die Oberarme, die Unterschenkel, die Oberschenkel, die Hände, die Füße. Ihr Torso lag in einem flachen Grab, die anderen Körperteile waren darum herum vergraben. Der Junge lag in einem winzigen Grab etwa anderthalb Meter entfernt.«

Kaiser langt über den Tisch und wischt über das Handy. Ein anderes Bild erscheint. Geo schließt die Augen.

»Sieh's dir an, Herrgott noch mal«, sagt er. »Sieh's dir an.«

Sie schaut hin. Das Foto zeigt eine Frau auf einem Autopsietisch, ihre Haut ist genauso grau wie die des Jungen, ihre Haare sind von Erde verklebt. Aber dieses Foto ist noch schlimmer. Die Arme und Beine der Frau sind nicht mit dem Torso verbunden, ihr Kopf ist nicht mit ihrem Hals verbunden. Überall befinden sich Zwischenräume, sie ist zerstückelt.

»Das ist Calvins Werk«, sagt Kaiser. »Du weißt es, und ich weiß es.«

Geos Magen revoltiert, und sie springt auf. Sie schafft es gerade rechtzeitig ins Bad, wo sie sich auf die kalten Fliesen sinken lässt. Sie übergibt sich in die Toilette, bis auch der letzte Rest vom Gulasch ihres Vaters draußen ist. Als ihr Magen leer ist, steht sie mit zitternden Knien auf und betätigt die Spülung. Ihr ist ganz schwindelig.

Am Waschbecken spritzt sie sich kaltes Wasser ins Gesicht. Während sie sich den Mund ausspült, versucht sie nicht an die Frau auf dem Foto zu denken und daran, wie sehr sie das alles an Angela erinnert. Immer stärker wird ihr bewusst, dass es überhaupt keine Rolle spielt, wie lange es her ist. Es spielt keine Rolle, wie viel Reue sie empfindet, es spielt keine Rolle, wie viel Zeit und Energie sie darauf verwendet, das alles zu vergessen, oder wie viele Jahre sie im Gefängnis abgesessen hat. Was in jener Nacht mit Angela passiert ist, wird sie ihr Leben lang verfolgen.

Etwas, das einen so tiefgreifend verändert, kann man nicht hinter sich lassen. Und zwar nicht nur, weil die Welt einen seitdem anders sieht, sondern weil man sich selbst anders sieht. In jener Nacht ist nicht nur Angela gestorben. Auch ein Teil von ihr selbst ist gestorben, und eigentlich weiß sie schon lange, dass es ihr bester Teil war.

Sie geht zurück in die Küche und setzt sich wieder an den Tisch. Kaiser weiß genau, was im Bad passiert ist, doch er wirkt weder befriedigt noch besorgt.

»Was willst du von mir, Kai?« Geo schaut ihn mit glasigen Augen an. Sie hat einen sauren Geschmack im Mund, und sie trinkt einen großen Schluck Kaffee, obwohl ihr immer noch ein bisschen übel ist. »Ich weiß nicht, was ich sagen oder tun kann. Seit dem Tag im Gericht hab ich keinen Kontakt mehr mit Calvin gehabt. Und ich hoffe, dass das so bleibt.«

Kaiser betrachtet sein Handy, und Geo fürchtet schon, dass er ihr noch ein Foto zeigen wird. Doch zu ihrer Erleichterung steckt er das Gerät ein.

»Was weißt du über die neue Kosmetiklinie von Shipp Pharmaceuticals?«, fragt er.

Sie verschluckt sich beinahe an ihrem Kaffee. Das ist

so ziemlich das Letzte, womit sie gerechnet hat. »Wie bitte?«

»Du hast bis vor fünf Jahren bei Shipp gearbeitet. Die haben jetzt eine Lippenstiftlinie. Was weißt du darüber?« Er sieht ihren entgeisterten Blick. »Tu mir den Gefallen. Bitte.«

»Ich weiß überhaupt nichts darüber«, antwortet Geo verwirrt. »Als ich die Firma verlassen hab, waren sie gerade dabei, eine neue Produktlinie an Hygiene- und Kosmetikprodukten auf den Markt zu bringen. Shampoo, Haarspülung, Körperlotion und so weiter. Damals haben sie keine Schminke hergestellt, aber ich hatte das für die Zukunft geplant. Ich war zuständig für die Bereiche Lifestyle und Beauty.«

»Tja, jetzt stellen sie Lippenstifte her.«

Sie wartet darauf, dass er das näher ausführt, als er das nicht tut, sagt sie: »Okay. Und? Das ist doch nicht verwunderlich. Genau in die Richtung wollte ich …« Sie unterbricht sich. »In die Richtung wollte die Firma damals schon gehen. Es ist nur logisch, als Erstes einen Lippenstift auf den Markt zu bringen. Wahrscheinlich fangen sie mit einer bestimmten Farbpalette an, dann warten sie ab, wie das ankommt, und weiten die Palette aus.«

»Bisher gibt es zehn Farbtöne«, sagt Kaiser. »Aber die Lippenstifte sind erst seit einer Woche auf dem Markt. Und man bekommt sie nur in einem einzigen Geschäft, und zwar im Hauptgeschäft von Nordstrom in Seattle.«

»Okay«, sagt Geo noch einmal. Sie hat keine Ahnung, worauf er hinauswill. »Das ist auch nichts Ungewöhnliches. Shipp und Nordstrom haben beide ihren Hauptsitz in Seattle, und die Stadt ist ein guter Testmarkt. Wenn der Lippenstift bei Nordstrom hier in Seattle gut läuft, werden sie ihn in allen anderen Filialen auch anbieten.«

»Weißt du, wie viele Lippenstifte es in den USA gibt? Wenn man alle Marken mitrechnet, alte und neue, alle Farben, derzeitige und frühere?«

»Millionen«, sagt Geo, ohne zu zögern.

»Was schätzt du, wie viele Lippenstifte von Shipp in der vergangenen Woche bei Nordstrom verkauft wurden?«

»Keine Ahnung. Was weiß ich, wie gut die den Lippenstift vermarkten.«

»Weniger als fünfzig«, sagt Kaiser. »Was, wie man mir sagte, ziemlich dürftig ist und beweist, wie schwer es ist, einen neuen Lippenstift auf den Markt zu bringen, wo es schon so viele gibt.«

»Die Konkurrenz ist groß, stimmt. Aber das wissen die bei Shipp.«

»Fast alle diese Lippenstifte wurden von Frauen gekauft …«

»Ist doch klar.«

»… bis auf einen«, sagt Kaiser. »Am Tag vor dem Mord an der Frau und dem Jungen hat ein Mann kurz vor Ladenschluss so einen Lippenstift gekauft. Wir haben das Video aus der Sicherheitskamera angefordert.«

Er nimmt sein Handy wieder heraus, sucht das Foto und schiebt das Handy über den Tisch.

Zum zweiten Mal an diesem Abend erstarrt Geo. Das Foto ist schwarz-weiß und grobkörnig, aus einiger Entfernung und in einem merkwürdigen Winkel aufgenommen, aber was Geo vor sich sieht, ist ein vergrößerter Ausschnitt. Der Mann, der am Shipp-Tresen steht, ist groß, er trägt ein T-Shirt, Jeans und Stiefel. Er trägt eine Basecap, die er sich tief in die Stirn gezogen hat. Die Kamera erfasst zwar nicht den Kopf, aber das Kinnprofil des Mannes, und das erkennt sie sofort. Er trägt sogar eine übergroße Uhr am rechten Handgelenk, was er immer getan hat, obwohl er Rechtshänder ist.

»Calvin«, krächzt sie.

»Bist du dir sicher?«, fragt Kaiser.

»Ja.« Sie starrt verständnislos auf das Foto. »Ich... ich versteh das nicht. Ich hab im Gefängnis eine kurze Meldung in den Nachrichten gesehen. Da hieß es, er wäre in Europa gesehen worden – in Polen oder Tschechien...« Ihr versagt die Stimme.

Kaiser wischt über das Display und geht zurück zu dem Foto von dem kleinen Jungen mit dem Herz auf der Brust. Dann zieht er ein Stück gelbes, liniertes Papier aus seiner Brusttasche. Diesen Zettel hat sie schon einmal gesehen. Es ist derselbe Zettel, den er ihr bei seinem ersten und einzigen Besuch im Gefängnis gezeigt hat. Es ist das Blatt von dem Notizblock, auf dem Calvin während der Verhandlung herumgekritzelt hat, auf dem er ein Herz gezeichnet hat mit ihren Initialen in der Mitte.

Er legt das Handy und den Zettel nebeneinander auf den Tisch. Die Herzen und die Handschrift sehen genau gleich aus.

In einem Herz steht GS. In dem anderen SCHAU.

»Was ist damit gemeint?«, fragt Kaiser. Sein Gesichtsausdruck ist neutral, aber die Haut an seinem Hals ist gerötet.

»Ich weiß es nicht.«

»*Was ist damit gemeint?*«, brüllt er, und sie zuckt vor Schreck zusammen.

»Ich weiß es nicht!« Auch sie hat geschrien, aber nicht vor Wut oder Frust, wie er, sondern vor Verwirrung, Verzweiflung... Angst. »Ich schwöre, Kai, ich weiß es nicht.«

»Es ist eine Botschaft an dich.«

»Ich weiß nicht...«

»Er ist hinter dir her«, sagt Kaiser tonlos. Der Stuhl macht ein lautes Geräusch auf den Bodenfliesen, als er ihn zurückschiebt und aufsteht. Sie sieht, dass seine Kaffeetasse leer ist – sie hat gar nicht mitbekommen, wie er seinen Kaffee getrunken hat. Ihre Tasse ist halb voll, der Kaffee kalt. »Das hat alles mit dir zu tun, ich spüre es. Falls dich das überhaupt interessiert.«

»Natürlich interessiert mich das«, sagt Geo und schaut zu ihm hoch. »Aber ich kann nicht mehr weglaufen, Kai. Das hab ich lange genug getan. Ich bin müde. Ich bin hier. Wenn er hinter mir her ist, dann soll er kommen. Und wenn du dir solche Sorgen machst deswegen, dann wirst du ihn diesmal schnappen und einsperren, so wie du es mit mir gemacht hast.«

»Ich habe ihn geschnappt...«

»Ja, und er ist wieder entkommen«, entgegnet sie verbittert. »Ich hab 'ne Scheißangst, okay? Wolltest du das hören? Vielleicht geht es um mich, vielleicht auch nicht, aber nach Angela hatte er vierzehn Jahre Zeit, mich umzubringen, und er hat es nicht getan. Stattdessen hat er andere Frauen ermordet, und wir wissen nicht mal, wie viele er seitdem ermordet hat, weil ihr euren Job nicht gemacht und nicht dafür gesorgt habt, dass er im Knast bleibt, wo er hingehört. Ich war sechzehn, als ich das Allerschlimmste getan hab, was ich je getan habe und jemals tun werde. Du warst dreißig, als er aus dem Gefängnis ausgebrochen ist, seitdem sind fünf Jahre vergangen, und es werden wieder Opfer gefunden, und du hast ihn immer noch nicht geschnappt. Wir können hier sitzen und darüber diskutieren, wer von uns der größere Versager ist, aber wir können uns die Mühe auch sparen, denn wir stehen einander in nichts nach.«

Kaisers Kiefer mahlen. Er sagt nichts.

Geo schiebt ihren Stuhl zurück und steht auf. »Wie ich sehe, willst du gehen. Ich bringe dich zur Tür, dann geht's schneller.«

Auf dem Weg zur Tür widersteht Geo dem Drang, ihn zu schieben. Er entriegelt die Tür, dann dreht er sich um. Als er sie anschaut, wirkt er genauso erschöpft wie sie.

»Nur noch eins«, sagt er und nimmt etwas aus der Hosentasche. Er gibt ihr ein schmales Plastikrohr, mattschwarz mit goldener Schrift. Es ist der Lippenstift von Shipp. »Der Name des Lippenstifts, den er benutzt hat, um das Herz auf die Brust des Jungen zu malen, lautet *Zimtherz*. Falls dir das irgendwas sagt.«

Er dreht sich um, verlässt das Haus und schlägt die Tür hinter sich zu. Er sieht Geos Gesichtsausdruck nicht mehr, er sieht nicht, wie sie erbleicht, wie ihr so übel wird, dass sie sich erneut übergeben hätte, wenn ihr Magen nicht schon leer gewesen wäre. Sie hält sich an der Wand fest und starrt auf den Lippenstift, den er ihr gegeben hat.

Zimtherz. Falls dir das irgendwas sagt.

Ja. Das sagt ihr etwas.

18

Als hätte sie Zahnstocher in den Augen. So fühlt sich Geo, nachdem sie viel zu wenig und viel zu schlecht geschlafen hat. Ihre innere Uhr hat sie pünktlich um 5:45 Uhr geweckt, wenn in Hazelwood die Wecksirene schrillt und den nächsten öden Tag ankündigt. Sie ist immer noch auf Gefängniszeit geeicht. Als er sich auf den Weg zur Arbeit gemacht hat, war ihr Vater überrascht, sie so früh am Morgen in der Küche anzutreffen, und meinte, es werde wohl eine ganze Weile dauern, sich wieder an das »normale« Leben zu gewöhnen.

Was auch immer »normal« von jetzt an heißen mag.

Geo trinkt einen Starbucks-Kaffee und sitzt einer der Kreditspezialistinnen ihrer Bank gegenüber, einer Frau, die vermutlich schon voreingenommen war, als Geos Name auf dem Computerbildschirm erschienen ist. Geo wollte eigentlich jemand anderen sprechen, doch dafür hätte sie einen Termin ausmachen müssen.

»Ich kann Ihnen keinen Kredit genehmigen«, sagt die Frau und verschränkt die Hände auf ihrem Schoß. »Tut mir leid. Sie können es natürlich bei einer anderen Bank versuchen, aber dort wird man Ihnen wahrscheinlich dasselbe sagen.«

Auf dem Schreibtisch steht kein Namensschild, aber an der Wand hinter der Frau hängt ihr gerahmtes Diplom von der Puget Sound State University. Mona Sharp. Bachelor in Finanzen, Nebenfach Kommunikationswissenschaften. Ihren Abschluss hat sie drei Jahre nach Geo gemacht. *Also, Mona Sharp, deine Kommunikationsfähigkeiten sind zum Kotzen.*

»Ich brauche nicht viel«, sagt Geo. »Wie Sie sehen, habe ich Eigenkapital, fünfundsechzig Prozent des Kaufpreises von …«

»Tut mir leid.«

»Ich bin immer kreditwürdig gewesen«, sagt Geo und bemüht sich, ruhig zu atmen. »Ich habe zwei Häuser gekauft. Und seit meinem zwölften Lebensjahr habe ich bei dieser Bank ein Girokonto. Falls Ihnen das etwas bedeutet.«

»Wir wissen Ihre Loyalität durchaus zu schätzen …«

»Ich möchte Ihren Vorgesetzten sprechen.«

Die Frau seufzt und verlässt den Raum. Nach einigen Minuten kommt sie zurück mit genau dem Mann in mittleren Jahren, den Geo zu sprechen gehofft hatte, als sie die Bank betrat. Harry Rudnick ist seit zwanzig Jahren der Leiter dieser Filiale. Außerdem ist er ein Freund ihres Vaters.

»Georgina, kommen Sie mit in mein Büro«, sagt Harry. »Wir können uns dort unterhalten.«

Sie folgt ihm, wirft dabei Mona Sharp allerdings einen vernichtenden Blick zu. Die Frau weicht einen Schritt zurück, so als könnte Geo jeden Augenblick ein Messer aus ihrem BH ziehen. Geo verdreht die Augen.

Harry Rudnicks Büro ist etwas größer, mit Blick

auf den Parkplatz. Er schließt die Tür. »Bitte, setzen Sie sich«, sagt er und rückt ihr den Stuhl vor seinem Schreibtisch zurecht, bevor er auf der anderen Seite Platz nimmt. »Wie geht's Walt? Der ist bestimmt froh, Sie wieder zu Hause zu haben.«

»Es geht ihm gut«, erwidert Geo. »Natürlich freut er sich, aber ich brauche ein eigenes Haus.«

»Ich wünschte, Sie hätten ihn mitgebracht«, entgegnet der Geschäftsführer und trommelt mit den Fingern auf den Schreibtisch. »Wir können Ihnen kein Hypothekendarlehen geben, Georgina.«

Geo spannt sich an. »Und warum nicht?«

»Erstens haben Sie keine Arbeit.«

»Ich werde eine finden«, sagt Geo. »Und ich wüsste nicht, wieso das eine Rolle spielt, wenn ich zwei Drittel des Kaufpreises anzahle. Wenn ich die monatlichen Raten nicht zahle, geht das Haus an die Bank. Ziemlich einfach. Ich weiß, dass Sie in der Vergangenheit solche Darlehen auf der Grundlage von Vermögen bewilligt haben. Und wie Sie sehen, verfüge ich über Vermögenswerte.«

»Ja, das sehe ich.« Harry gibt etwas in den Computer ein. »Aber wir können nicht überprüfen, aus welcher Quelle das Geld stammt.«

»Anlagevermögen.«

»Legale Anlagen?«, fragt Harry, dann seufzt er. »Tut mir leid. Hören Sie, kommen Sie mit Walt noch mal her. Sein Haus ist abbezahlt. Er verdient gut im Krankenhaus. Er kann den Vertrag mitunterzeichnen.«

»Nein.«

»Warum nicht?«

»Weil er schon genug für mich getan hat«, sagt Geo, frustriert, dass sie es erklären muss. Als sie vor zehn Jahren ihre erste Wohnung gekauft hat, hat Harry ganz anders mit ihr geredet. Und erst recht, als sie die Wohnung drei Jahre später verkauft hat, weil sie sich ein Haus leisten konnte. »Außerdem brauche ich ihn nicht. Ich kann das allein stemmen.«

»Doch, Sie brauchen ihn. Zumindest vorerst. Vielleicht können Sie sich ja vorübergehend etwas mieten.«

Harry gibt sich freundlich, doch sie spürt seine Arroganz. Er ist keinen Deut besser als der Typ bei Verizon, wo sie sich auf dem Weg zur Bank ein Handy besorgt hat. Der Vertrag war schon unterschrieben, aber bei einem Blick in ihren alten Account hat er süffisant gegrinst, anscheinend hat er ihren Namen erkannt. Geo hätte ihm am liebsten die Augen ausgekratzt. Immerhin hat sie jetzt ein schickes rosé-goldenes iPhone in der Tasche, ein kleiner Trost.

»Kommen Sie morgen mit Walt her«, sagt Harry. »Er ist Ihr Vater. Lassen Sie sich von ihm helfen.«

Es hat keinen Zweck zu diskutieren oder es bei einer anderen Bank zu versuchen. Geo schüttelt die Hand, die er ihr entgegenstreckt, und geht hinaus auf den Parkplatz, wo sie ihren weißen Range Rover geparkt hat. Der Wagen stand während ihrer Haft in der Garage ihres Vaters. Sie betätigt die Zentralverriegelung, und die Türen öffnen sich mit einem leisen Klick. Der Luxusschlitten kommt ihr ziemlich lächerlich vor. Er passt zu einer jungen, eleganten Managerin, doch Geo fühlt sich weder jung noch elegant. Und ihre Zeiten als Managerin sind endgültig vorbei.

Als sie gerade einsteigen will, ertönt links von ihr ein

Kreischen, und sie erstarrt. Sie atmet aus, als sie sieht, dass es nur ein Kind mit seiner Mutter ist. Die Kleine schreit, weil sie nicht ins Auto will, einen riesigen Mercedes-SUV. Ein zweites Kind sitzt schon angeschnallt im Auto, schreit aber auch, weil das Schwesterchen schreit. Der Vater, der gar nicht erst versucht, sich um eins der Kinder zu kümmern, öffnet die Fahrertür. Als er sich dabei umdreht, sieht er Geo. Ihre Blicke begegnen sich.

Andrew.

Sein schockierter Gesichtsausdruck hat beinahe etwas Komisches – sein Mund bildet ein O, die Augen treten aus den Höhlen –, aber er muss sich zusammenreißen, weil seine Frau ihn in dem Moment anschreit, er solle ihr gefälligst helfen. Geo steigt in ihren Wagen, beobachtet die Familie jedoch weiter durch die verdunkelte Seitenscheibe.

Andrew sieht ... anders aus. Geos Ex-Verlobter war gerade zweiundvierzig geworden, als sie verhaftet wurde, und jetzt sieht er aus wie ein gesetzter Mann in mittleren Jahren. Sein Haar ist schütter geworden, und er hat deutlich zugenommen. Seine Konturen sind weicher. Seine Frau ist mindestens fünfzehn Jahre jünger, sie trägt Yogakleidung. Nachdem es den beiden endlich gelungen ist, das widerspenstige Mädchen ins Auto zu packen, schnallt die Frau sich an und beginnt zu keifen. Geo kann nicht hören, was sie sagt, aber sie sieht ihr wutverzerrtes Gesicht. Andrew wirkt resigniert.

Geo lässt den Motor an und fährt los. Vor fünf Jahren stand ihre Hochzeit mit Andrew Shipp kurz bevor: der Festsaal war gebucht, das Hochzeitskleid war in Arbeit, die Einladungen waren gedruckt. Hätte sie damals nicht ins Gefängnis gemusst, wäre sie jetzt seine Frau. Sie schüttelt sich.

Ein Leben zu führen, das nicht zu einem passt, ist die Hölle.

Auf dem Garagentor prangt eine neue Botschaft, genauso rot und hasserfüllt wie die, die ihr Vater am Tag zuvor abgewaschen hat. Sie parkt am Straßenrand und steigt aus. Auch diesmal hat sie das Gefühl, als würde die ganze Nachbarschaft sie beobachten. Das Graffito war nicht da, als sie am Morgen losgefahren ist; wer auch immer das tut, weiß, wann niemand im Haus ist – und er hat offensichtlich kein Problem damit, das Garagentor am helllichten Tag zu beschmieren.

Der nette Spruch des Tages? FAHR ZUR HÖLLE.

Geo tippt den Code aus vier Ziffern ein – der Geburtstag ihrer Mutter – und ist erleichtert, als das Rolltor hochfährt und die Worte verschwinden. Sie muss unbedingt herausfinden, wie der Hochdruckreiniger funktioniert. Ihr Vater darf das nicht zu Gesicht bekommen. Nicht schon wieder. Verflucht noch mal, sie muss aus diesem Viertel verschwinden.

»Die können Sie wohl nicht leiden, was?«

Als sie herumfährt, sieht sie einen Jungen auf einem Fahrrad am Ende der Auffahrt.

»Wer sind denn ›die‹?«, fragt sie und geht auf ihn zu.

Er zuckt die Achseln. Er trägt ein dünnes T-Shirt und Jeans, weder Jacke noch Kapuzenpullover. Seine Haare sind zu lang, und seine Turnschuhe sind schmutzig. Aber sein Gesichtsausdruck ist offen und neugierig, nicht abschätzig.

»Die, die das getan haben«, sagt er.

»Weißt du denn, wer ›die‹ sind?«, fragt Geo noch einmal. »Das Haus gehört nämlich meinem Vater, und die Schmierereien gehen ihm ziemlich auf die Nerven.«

Der Junge zuckt erneut die Achseln und schiebt sein Rad ein bisschen näher. »Wahrscheinlich irgendwelche Kids von St. Martin's. Weiß nicht. Sie sind doch berühmt.«

»Du meinst wohl eher berüchtigt.«

Wieder ein Achselzucken. Das scheint eine Marotte zu sein.

»Was weiß ich. Haben Sie es getan?«

»Was getan?«

»Ihre Freundin umgebracht, damals?«

Er ist ganz einfach neugierig. Er fährt kleine Kreise auf seinem Rad, aber nicht zu weit weg. Geo schaut ihm wortlos zu. Schließlich fragt sie: »Was glaubst du denn?«

Ehe er etwas erwidern kann, geht auf der anderen Straßenseite eine Haustür auf, eine Frau kommt heraus. Der Junge bemerkt sie.

»Mist«, sagt er. »Das ist Mrs. Heller. Die petzt bestimmt, dass ich schwänze. Ich muss los.« Er tritt in die Pedale und ist schon fast außer Sichtweite, als die Nachbarin die Straße überquert.

»Du kriegst jeden Tag so eine Botschaft, bis du von hier verschwindest, das ist dir doch wohl klar?«, sagt Mrs. Heller, als sie vor Geo steht. Mrs. Heller, eine ehemalige Grundschullehrerin, wohnt mit ihrem Mann gegenüber, seit Geo denken kann. Ihr ungeschminktes Gesicht ist faltiger als früher, aber ihr Blick ist noch genauso bohrend wie früher. »Niemand will dich hier haben, Georgina.«

Die Hellers sind zuvorkommende Nachbarn. Cliff Heller hat einen Laubbläser und entfernt unaufgefordert das Herbstlaub aus Walts Garten. Sie nehmen die Post aus dem Briefkasten, wenn Walt nicht in der Stadt ist, und wenn Geo als Kind mal krank war, brachte Mrs. Heller ihr einen Topf mit selbst gemachter Hühnersuppe. Aber sind sie auch *nette* Leute? Cliff, ja. Roberta, eher weniger.

»Guten Morgen, Mrs. Heller«, sagt Geo freundlich, aber ohne zu lächeln. Sie hat den Hochdruckreiniger bereits aus der Garage geholt und lässt das Tor wieder herunterfahren, damit sie es reinigen kann. »Sie haben nicht zufällig gesehen, wer das getan hat? Es ist in den letzten Stunden passiert.«

In jedem Viertel gibt es irgendeinen Wichtigtuer, der über alles Bescheid weiß und seine ganze Energie darauf verwendet, »Gesindel« fernzuhalten. Hier übt Roberta Heller diese Funktion aus, und zwar mit Leib und Seele. Gesegnet – oder verflucht – mit einem übertriebenen Sinn für Gerechtigkeit, ist Mrs. Heller die Erste, die einen verurteilt, wenn man etwas falsch gemacht hat. Diese Seite an ihr hat Geo früher immer gefürchtet.

Aber diese Zeiten sind vorbei.

»Natürlich kann ich das nicht gutheißen«, sagt Mrs. Heller und deutet mit ihrem Kaffeebecher in Richtung der Garage, wobei sie fast den Inhalt verschüttet. »Aber die Leute sind wütend auf dich, Georgina. Das wirst du sicher verstehen. Ich begreife nicht, warum Walt dich wieder bei sich aufnimmt. Deine Anwesenheit hier erinnert die Leute an etwas, woran sie nicht erinnert werden wollen.«

»Ich werde nicht lange bleiben«, sagt Geo.

»Freut mich zu hören. Ich habe deinen Vater immer gemocht«, fährt Mrs. Heller fort. »Cliff auch. Walt ist in Ordnung, und er hat sein Bestes gegeben, dich großzuziehen, aber meiner Meinung nach war er nicht oft genug zu Hause. Entsetzlich schade, dass du deine Mutter so früh verloren hast. Sonst wäre vielleicht etwas Anständiges aus dir geworden.«

»Reden Sie nicht von meiner Mutter.« Die Worte sind heraus, ehe sie es verhindern kann. »Wie können Sie es wagen?«

Jemand anders hätte sich jetzt vielleicht zurückgezogen. Aber nicht Roberta Heller. Die Augen der alten Frau glühen, und sie tritt ganz dicht an Geo heran.

»Früher dachte ich, du wärst ein braves Mädchen.« Der Atem der Frau riecht nach Kaffee. »Aber du hast uns alle eines Besseren belehrt, stimmt's? Du bist nämlich richtig durchtrieben. Damit hat keiner gerechnet.«

Ihre Nachbarin irrt sich. Geo war ein braves Mädchen. Sie hat nie Drogen genommen, nicht mal gekifft. Mit zwölf hat sie einmal an einer Zigarette gezogen, einer Marlboro Light nach der Schule, und das nur, weil Angela darauf bestand; da waren sie in der siebten Klasse. Danach war ihr so übel, dass sie es nie wieder probiert hat. Während ihrer Zeit auf der Highschool war sie zweimal betrunken. Das erste Mal bei Angela zu Hause, als ihre Eltern übers Wochenende weg waren und sie sturmfreie Bude hatte. Das zweite Mal in der Nacht, in der ihre beste Freundin gestorben ist.

Nein, sie war nicht »durchtrieben«. Das einzig Schlimme, das Geo je getan hat, war ... Calvin.

In Mrs. Hellers Augen war das jedoch sicherlich mehr als genug. Sie sieht Geo kopfschüttelnd an, ihre Miene drückt tiefe Enttäuschung aus. »Deine Mutter wäre entsetzt, wenn sie dich jetzt erleben würde.«

Geo ballt die Fäuste und bemüht sich, ruhig zu atmen. Zählt bis fünf. Es scheint eine Ewigkeit zu dauern. Dann entspannt sie die Hände. »Sie sind nett zu meinem Vater, Mrs. Heller«, sagt sie ruhig. »Deswegen lasse ich Ihnen das durchgehen. Aber jetzt verlassen Sie bitte unsere Einfahrt.«

»Wie viele Frauen hat dein Ex-Freund seit damals vergewaltigt und ermordet?« Mrs. Heller ist noch nicht fertig. Im Gegenteil, sie gerät jetzt erst richtig in Fahrt. Ihre Hand mit dem Kaffeebecher zittert, was nichts mit ihrem Alter zu tun hat. »Drei, oder? Das wäre nicht passiert, wenn du damals die Wahrheit gesagt hättest. Und jetzt sind schon wieder eine Frau und ein kleiner Junge – ein *Baby* – tot, weil er aus dem Gefängnis ausgebrochen ist. Wie kannst du nachts überhaupt noch schlafen?«

»Mrs. Heller…«

»Du solltest vor Scham im Erdboden versinken. Wir wollen dich hier nicht. Niemand im Viertel will dich hier haben. Also verschwinde, und zwar so schnell wie möglich. Dein Vater hat es nicht verdient, noch mehr durchzumachen. Seine Vaterliebe macht ihn blind dafür, wer du wirklich bist.«

»Wer bin ich denn?«

»Der Teufel. Mit einem hübschen Gesicht und einem schicken Auto.«

Geo liegt eine scharfe Erwiderung auf der Zunge, doch sie beherrscht sich. Es hat keinen Zweck. Sie war im Knast. Sie hat ihren Job verloren. Sie hat ihren Verlobten verloren. Wohin sie auch geht, sie wird für den Rest ihres Lebens gebrandmarkt sein. Eine Google-Suche, und jeder weiß, was sie Schreckliches getan hat.

Also scheiß auf die Frau. Die hat Angela Wong nicht mal gekannt. Scheiß auf Roberta Heller und ihre Selbstgerechtigkeit und ihren Mundgeruch.

»Verschwinden Sie vom Grundstück meines Vaters«, sagt Geo. »Bevor ich Sie runterwerfe wegen unbefugten…«

Sie kommt nicht dazu, den Satz zu beenden, weil die Frau ihr den Rest ihres Kaffees ins Gesicht schüttet. Zum Glück ist das Zeug nicht mehr heiß, es brennt aber fürchterlich in den Augen. Sie schmeckt den Kaffee auch auf ihren Lippen. Keine Milch, kein Zucker, einfach nur bitter. Genau wie Roberta Heller.

Wäre ihr das einen Tag früher passiert, hätte sie die Frau schon im Würgegriff am Boden. Aber das hier ist nicht das Gefängnis.

»Roberta!« Cliff Heller kommt über die Straße gerannt, offensichtlich hat er alles beobachtet. Bestürzt packt er seine Frau am Arm und schüttelt sie. »Was soll das? Hör auf damit. Was ist denn in dich gefahren?«

»Ich will sie hier nicht haben, Cliff«, zischt Mrs. Heller, schüttelt die Hand ihres Mannes ab und funkelt Geo wütend an. »Sie ist eine Gefahr. Wir sind hier nicht mehr sicher. Ich weiß nicht, was sie mit den Leichen im Wald zu tun hat…«

»Schluss jetzt. Sie hat nichts damit zu tun.« Cliff Heller sieht, dass Geos Gesicht und ihre Bluse mit Kaffee bekleckert sind, und zieht ein zerknittertes Taschentuch hervor. Geo nimmt es wortlos entgegen und wischt sich so gut es geht das Gesicht ab. »Sie war im Gefängnis. Da hat sie mit niemandem Kontakt gehabt. Sie kann nichts mit dem zu tun haben, was hier passiert ist.«

»Das kannst du nicht wissen«, kontert Mrs. Heller aufgebracht und macht einen Schritt auf Geo zu. »Niemand weiß, wer sie wirklich ist. Du solltest dich was schämen«, sagt sie noch einmal.

»Ich schäme mich ja«, erwidert Geo.

»Wie kannst du es wagen, hierher zurückzukommen?« Roberta Hellers Stimme überschlägt sich fast. »Hast du nicht schon genug angerichtet?«

»Bitte«, sagt Cliff Heller, dann wendet er sich an Geo. »Geh bitte ins Haus. Lass den Hochdruckreiniger hier stehen. Ich mache das Garagentor sauber. Das hätte ich dir sowieso angeboten. Bitte, Georgina.«

Sie nickt und überlässt es dem Mann, sich mit seiner renitenten Frau herumzuschlagen. Sie streiten sich noch eine Weile in der Einfahrt, bis Mrs. Heller kochend vor Wut den Rückzug antritt. Mr. Heller, dem das Ganze furchtbar peinlich ist, schaut sich kurz um, dann schaltet er den Hochdruckreiniger an.

Eine Stunde später kommt Geos Vater nach Hause, er hat Tacos und Fritten mitgebracht. Geo, die sich eine frische Bluse angezogen hat, ist dankbar für das Mittagessen. Als Walt sie fragt, wie ihr Vormittag war, zeigt sie ihm ihr neues Handy, das fast identisch mit seinem ist. Die Bank, die Schmiererei auf dem Garagentor und Mrs. Heller erwähnt sie nicht. Falls er das Wasser in der Einfahrt bemerkt hat, sagt er nichts dazu.

Nach dem Essen räumt sie die Küche auf.

»Ich muss noch mal ins Krankenhaus«, sagt er bedauernd. »Was hast du heute noch vor?«

»Ich wollte einen Spaziergang machen«, antwortet sie. »Zum Rose Hill.«

Das ist der Friedhof, auf dem ihre Mutter begraben ist, und der sonst so stoische Walt lächelt liebevoll. Grace Gallardo Shaw liegt unter einem Baum begraben, ihr Grabstein ist aus poliertem weißem Marmor. Es ist der schönste Platz auf dem ganzen Hügel.

»Kauf ihr im Blumenladen einen Strauß Margeriten«, sagt er und drückt Geos Arm. »Das waren ihre Lieblingsblumen, weißt du noch?«

Geo nickt und erwidert sein Lächeln. Sie weiß es nicht mehr, sie war zu klein, als ihre Mutter gestorben ist, aber es tröstet ihren Vater, zu glauben, dass sie sich daran erinnert.

Sie wählt zwei verschiedene Blumensträuße aus den Eimern draußen vor dem Laden und bezahlt in bar, weil ihre Kreditkarte abgelaufen ist und sie vergessen hat, sich bei der Bank eine neue geben zu lassen. Die Margeriten sind natürlich für ihre Mutter.

Die Wildblumen mit den leuchtend bunten Blüten sind für Angela. Sie liegt auf demselben Friedhof begraben, allerdings am entgegengesetzten Ende.

19

Seit dem Vorfall beim Training war die Stimmung zwischen Geo und Angela gereizt, aber Geo beherzigte Calvins Rat und blieb auf Distanz. Angela liebte Dramen, wovon die wenigsten etwas mit der Wirklichkeit zu tun hatten, und wenn sie sich in etwas hineinsteigerte, war es am besten abzuwarten, bis sie sich wieder beruhigt hatte.

Am dritten Tag hielt Geo es jedoch nicht mehr aus. Sie nahm all ihren Mut zusammen und klingelte nach der Schule bei Angela, in der Hand zwei große Becher Limo aus dem 7-Eleven. Für Angela natürlich Grapefruit-, für sich selbst Himbeerlimo.

Sie war nicht überrascht, als Kaiser ihr die Tür aufmachte. Der arme Kerl versuchte schon seit dem Streit, die beiden miteinander zu versöhnen, allerdings erfolglos.

»Na endlich«, sagte er, als er sie sah. »Ich halt das echt nicht mehr aus.«

»Wo ist Ang?«

»In der Küche, steht vorm Kühlschrank und verzehrt sich nach den Sachen, die sie grade von ihrem Speisezettel gestrichen hat. Sie ist mal wieder voll auf dem Ich-bin-ja-so-fett-Trip. Komm rein.« Er trat beiseite, um sie einzulassen, und nickte anerkennend, als er die Limobecher bemerkte. »Das Zeug trinkt sie vielleicht. Und wo ist mein Mountain Dew?«

»Hab dich nicht hier erwartet.« Sie blieb verlegen im Flur stehen, unsicher, was sie tun sollte. In dem Augenblick kam Angela um die Ecke und erstarrte, als sie Geo sah.

»Frieden?«, fragte Geo und hielt die Grapefruitlimo hoch. Sie musste zu fest zugedrückt haben, denn der Deckel ging ab, und etwas Limo schwappte über und lief ihr über die Hand.

»Na, großartig. Komm ruhig rein und sau hier alles voll«, tönte Angela großkotzig, als hätte sie noch nie etwas verschüttet.

Kaiser schaute die beiden abwechselnd an. »Ich hol 'ne Küchenrolle«, sagte er. »Wenn ich in einer halben Minute wiederkomme, erwarte ich, dass ihr beide euch wieder vertragt, denn im Moment raubt ihr mir echt den letzten Nerv.«

Angela verdrehte die Augen, und Kaiser verschwand in der Küche.

»Ich wollte dir das hier vorbeibringen.« Geo hielt ihr den tropfenden Becher hin. Angela rührte sich nicht. »Und ich wollte mich entschuldigen. Alles, was du gesagt hast, stimmt, ich war in letzter Zeit ziemlich neben der Spur, und das muss aufhören. Ich war eine miese Freundin.«

»Ja, ein richtiges Miststück«, bemerkte Angela trocken. Dann entspannte sie sich. »Aber ich glaub, ich war auch nicht besser. Ich hätte dich nicht vor den anderen Mädchen anschreien dürfen. Das war uncool.«

»Gott sei Dank«, sagte Kaiser, der gerade mit der Küchenrolle zurückkam. »Ist der Große Krieg von St. Martin's jetzt endlich vorbei?« Er nahm Angelas Becher und trocknete ihn ab, dann reichte er Geo die Rolle, damit sie den Boden wischen konnte.

»Halt die Klappe, Kai«, sagte Angela abwesend. Die beiden Mädchen schauten einander eine ganze Weile wortlos an. Schließlich zuckte Angela die Achseln, nahm die Limo und trank einen großen Schluck. »Ja. Okay. Ist vorbei.«

»Los, umarmt euch«, verlangte Kaiser. Als sie sich nicht rührten, umarmte er sie kurzerhand beide. Mit seinen dünnen Armen drückte er sie ganz fest, und so blieben sie eine Weile stehen. Alle schwiegen.

Und dann verdarb Kaiser – typisch Kaiser – den Moment. »Davon träumt doch jeder Mann«, witzelte er. »Ang, wo ist deine Kamera? Lasst uns ein Foto machen.«

Sie lösten sich voneinander, und Angela versetzte ihm einen Schlag auf den Arm. Aber sie lächelte, und Geo ebenfalls. Sie hatte ganz vergessen, wie sehr ihr das hier gefehlt hatte, dieses seltsame, irgendwie schräge Dreierbündnis. Kaiser holte Angelas Kamera aus der Küche und machte ein Foto von ihnen allen im Spiegel.

»Ich bestell Pizza«, verkündete er und ging ins Wohnzimmer, wo das Telefon stand. Die beiden Mädchen tauschten einen Blick und folgten ihm.

Die nächsten Stunden verbrachten sie damit, Pizza zu essen und mit Angelas neuer Kamera herumzuspielen. Es war eine nagelneue Nikon, die ihr Vater bei einem Golfturnier gewonnen hatte. Er hatte keine Verwendung dafür und überreichte sie seiner Tochter, als hätte er sie extra als Geschenk für sie ausgewählt. Sie machten jede Menge alberne Schnappschüsse, bis Kaiser wegmusste.

»Er hat dich gern«, sagte Angela, als er gegangen war. Sie waren jetzt oben in Angelas Zimmer und hörten sich ihre selbst aufgenommenen Musikkassetten an. Pearl Jam, Alanis Morissette, No Doubt. »Und nicht nur so als Freund.«

»Ich weiß«, antwortete Geo und fühlte sich ein bisschen schlecht.

»Und Calvin kann er nicht ausstehen.«

»Ja, weiß ich«, sagte sie zerknirscht.

Geo hatte Kaiser an ihrem ersten Tag an der St. Martin's Highschool kennengelernt. Er hatte in Bio hinter ihr gesessen und dauernd gegen ihre Stuhllehne getreten, obwohl sie sich zweimal zu ihm umgedreht und ihn wütend angefunkelt hatte. Nach dem Unterricht war er ihr ein bisschen zu dicht den Flur entlang gefolgt. Sie wollte ihn gerade anfauchen, er solle sie in Ruhe lassen, als sie bemerkte, dass er den Spind neben ihrem hatte. Von da an ging er ihr tierisch auf die Nerven, aber mit der Zeit lernte sie, seine Freundschaft zu akzeptieren, die er ihr einfach so schenkte, ohne irgendetwas von ihr zu erwarten außer Freundlichkeit.

Angela wusste anfangs nichts mit Kaiser anzufangen. Er war überhaupt nur so gerade akzeptabel, weil er ein hervorragender Fußball- und Basketballspieler war, und er sah sogar halbwegs gut aus, wenn er nur nicht diese scheußliche Akne am Kinn gehabt hätte. Und dann diese Zahnspange. Aber mit der Zeit hatte auch sie ihn in ihr Herz geschlossen. Er war lieb und bescheiden, und er lachte über ihre Scherze.

»Er überlegt sich, ob er mit einem Mädchen ausgehen soll«, sagte Angela. Sie lag auf dem Bett, die Füße auf dem Kopfteil abgelegt. Geo saß im Schneidersitz auf dem Teppich neben der Stereoanlage. »Jetzt, wo klar ist, dass du mit Calvin gehst und er sich keine Hoffnungen mehr zu machen braucht.« Angela zögerte noch einen Moment, um es spannend zu machen, dann sagte sie: »Barb Polanco.«

»*Rücksitz-Barbie?*«, fragte Geo erschrocken. »O nein. Red ihm das aus.«

»Ich werd einen Teufel tun«, sagte ihre Freundin lachend. »*Au contraire.* Ich hab ihn sogar dazu ermutigt. Der Junge hat es verdient, dass ihn mal eine rannimmt.«

Geo kannte Barb ein bisschen aus dem Sportunterricht, und eigentlich hielt sie sie überhaupt nicht für eine Schlampe. Es war ein hässliches Gerücht, das ihr Ex-Freund in die Welt gesetzt hatte, nachdem sie sich von ihm getrennt hatte, und Geo schämte sich ein bisschen, dass sie den gemeinen Spitznamen verwendet hatte. Aber tief im Innern wusste sie natürlich, warum sie es getan hatte.

Sie war ein ganz kleines bisschen eifersüchtig. Bisher hatte sie Kaiser nur mit Angela teilen müssen, und auch das nicht richtig.

Laut sagte sie: »Du hast recht. Schon in Ordnung. Ich gönn es ihm.«

Angela rollte sich auf die Seite und sah sie an. »Es macht dir also nichts aus? Ich dachte immer, es gefällt dir, dass er dich heimlich verehrt? Wenn er erst mal 'ne Freundin hat, wird er nicht mehr so oft mit uns zusammen sein.« Sie runzelte die Stirn. »Weißt du was? Wenn ich's mir recht überlege, seid ihr beide ziemlich ätzend.

Ich würde keinen von euch beiden wegen einem Typen hängen lassen.«

Darauf konnte Geo nichts erwidern. Weil es stimmte. Klar hatte Angela ihre Macken – sie war launisch, hatte immer was zu meckern und kommandierte einen dauernd rum –, aber sie hatte noch nie wegen eines Jungen ihre Freundschaft vernachlässigt. Und das sollte was heißen, so wie die Jungs hinter ihr her waren. Dass Geo fast ihre ganze Zeit jetzt mit Calvin verbrachte, verstieß eindeutig gegen den Verhaltenskodex von Freundinnen. Das ging gar nicht. Sie hatte einiges wiedergutzumachen.

»Du hattest recht, ich hab wirklich nur noch an mich selbst gedacht.« Sie legte sich neben Angela aufs Bett und stellte ihre Füße auch aufs Kopfteil. »Unser Streit ... der hat mich zur Besinnung gebracht. Ich will nicht für einen Typen mein ganzes Leben aufgeben. Meine Noten werden immer schlechter. Mein Vater weiß nichts von Calvin, ich lüge ihn an, wenn ich abends weggehe ... und jetzt bin ich auch noch bei den Cheerleadern raus. Das kann nicht so weitergehen. Es ist nur so, dass ich noch nie so viel für einen Typen empfunden habe. Du kennst mich, Ang. Ich flippe nicht aus. Ich bin auch nicht total bescheuert. Aber bei Calvin verlier ich den Kopf. Ich will nur noch mit ihm zusammen sein, obwohl ich weiß, dass es mir nicht guttut.«

»Hattet ihr schon Sex?«, fragte Angela betont beiläufig.

»Nein!«

»Echt nicht?« Sie wirkte ernsthaft überrascht. »Und ich dachte schon, die ganzen Orgasmen würden dir das Hirn vernebeln.«

»Ich hab nicht gesagt, dass ich keine Orgasmen hätte«, sagte Geo und lief rot an. Das Thema Sex war ihr peinlich, selbst Angela gegenüber, die ihre Unschuld vor einem Jahr verloren hatte und ganz offen darüber redete. Und es war noch unangenehmer, weil es Calvin war. Sie liebte ihn, und sie fand, dass manche Dinge keinen was angingen. Aber in Anbetracht all der Probleme, die diese Beziehung schon verursacht hatte, konnte sie sich auch schlecht weigern, darüber zu sprechen. Geo war diejenige, die sich geändert hatte, die Angela ausgeschlossen hatte. Sie musste ihre beste Freundin einweihen in das, was sie mit ihrem Freund erlebte. »Wir machen… andere Sachen.«

»Besorgt er es dir mit der Zunge?«, fragte Angela mit einem verruchten Grinsen.

»*Ang*«, sagte Geo gequält und hielt sich ein Kissen vors Gesicht. »Ja«, hauchte sie ins Kissen. »Dauernd. Er… steht da drauf.«

Angela kicherte. »Kein Wunder, dass du von der Bildfläche verschwunden bist. Echt. Hat er noch nie versucht weiterzugehen?«

Geo schob das Kissen weg. »Nein, eigentlich nicht. Er meint, es soll passieren, wenn ich so weit bin. Und ich glaub, ich bin bald so weit.«

»Du kriegst nur ein erstes Mal«, sagte Angela sachlich. »Mach es nicht wie ich und verschwende dich an den Falschen.«

Eine Weile schwiegen sie, und Geo musste lächeln. Es fühlte sich fast wieder so an wie früher, und dafür war sie dankbar. Es zeigte ihr, dass es ihr viel besser ging, wenn sie einen klaren Kopf bewahrte. Von jetzt an musste sie sich voll auf die Schule konzentrieren. Bald gab es Zwischenzeugnisse, und das durfte sie nicht vermasseln.

»Bring Calvin am Freitag mit zur Party bei Chad«, sagte Angela. »Wenn er schon unbedingt mit einer Sechzehnjährigen zusammen sein will, dann soll er auch sehen, wie dein Leben aussieht. Ihr habt euch lange genug abgesondert.«

»Ich hab ihn schon gefragt«, antwortete Geo seufzend. »Er hat keine Lust auf Highschoolpartys. Er sagt, er kommt sich blöd vor, weil er drei Jahre älter ist als der älteste Junge dort. Aber ich hab ihm gesagt, ich hab keine Lust mehr, mit ihm in Kneipen zu gehen, weil es mich nervt, fünf Jahre jünger als das jüngste Mädchen dort zu sein.« Sie schaute zur Decke hoch. »Über das Thema streiten wir uns dauernd.«

»Er schlägt dich doch nicht etwa, oder?«, fragte Angela. Es klang beiläufig, aber Geo hörte genau, dass Angelas Sorge echt war.

»Was? Nein«, antwortete Geo, ohne ihre Freundin anzusehen. »Natürlich nicht.«

»Tess meinte, sie hätte vor ein paar Wochen beim Training blaue Flecken auf deinem Arm gesehen, wie von Fingern, als hätte dich jemand zu fest angepackt.«

»Tess saugt sich das aus den Fingern, weil sie deine neue beste Freundin sein will«, entgegnete Geo scharf und funkelte ihre Freundin wütend an. Die blauen Flecken hatte sie am Oberarm in der Nähe der Schulter, und sie konnte nur hoffen, dass Angela nicht darauf bestand nachzusehen. »Wo soll ich denn blaue Flecken haben?«

Angela hob eine Braue. Geo war selbst klar, dass sie überreagierte.

»Wenn er mich schlagen würde, dann würde ich es dir sagen«, fuhr sie etwas ruhiger fort. Sie fand, dass sie vollkommen aufrichtig klang. »Ich weiß, dass so ein Scheiß nicht okay ist.«

Das Traurige war, dass sie es wirklich wusste.

Angela schwieg einen Moment. »Okay«, sagte sie schließlich, »wenn er zu deinem Leben gehört, heißt das, dass er irgendwie auch zu meinem gehört, also sollte ich ihn zumindest ein bisschen näher kennenlernen. Lass dir irgendwas einfallen fürs Wochenende, was wir alle zusammen machen können. Aber nicht am Freitag. Am Freitag ist das Footballspiel, und die Party bei Chad, und du bist bei beidem, weil wir verdammt noch mal sechzehn sind, und da gehört so was dazu. So, und jetzt steh auf. Ich helf dir bei deinem Split Jump. Wir müssen die Pizza abarbeiten.«

»Heißt das, ich bin wieder im Team?« Geo hielt den Atem an.

»Ja, du Miststück«, antwortete Angela lächelnd. »Und jetzt an die Arbeit. Ich hab dich lieb, aber deine Oberschenkel werden langsam fett, und wer außer mir würde sich trauen, dir das zu sagen?«

20

Sie waren beide betrunken auf Chads Party. Das war nicht geplant: Geo mochte überhaupt keinen Alkohol, aber Freitag war ein langer Tag gewesen, und sie hatte seit dem Mittag nichts mehr gegessen. Chad Fenton, weder Footballspieler noch sonst irgendwie sportlich aktiv, war an der St. Martin's aus genau zwei Gründen beliebt: wegen seiner Riesenpartys (seine Eltern waren nie zu Hause) und wegen seiner Obstbowle (sein Bruder, der das College geschmissen hatte, besorgte ihm den nötigen Alkohol).

Die Früchte waren Geos Verhängnis. Chad setzte seine berüchtigte Bowle in einem riesigen Farbeimer an. Er mischte Wasser, Soda und Wodka – viel Wodka – und fügte jede Menge Wassermelonen-, Honigmelonen-, Erdbeer-, Orangen- und Ananasstückchen hinzu. Das machte er am frühen Morgen, und wenn die Leute eintrafen, waren die Obstwürfel gut mit Alkohol gesättigt. Geo hatte einen Mordshunger. Sie mochte kein Bier, dafür schmeckten ihr die Früchte aus der Bowle umso besser. Um elf Uhr war sie sturzbetrunken.

Die Musik, Montell Jordan und R. Kelly, hämmerte laut aus den Boxen, die im ganzen Haus verteilt standen. Zum ersten Mal seit Monaten konnte Geo wieder sie selbst sein. Sie war umgeben von Leuten in ihrem Alter, hörte Musik, die ihr gefiel, und hatte nicht das Gefühl, sich ständig dafür entschuldigen zu müssen, dass sie zu jung war oder so viel für die Schule tun musste. Es war schon komisch, dass sie sich wie ein ganz anderer Mensch vorkam, wenn sie mit Calvin zusammen war. Es gefiel ihr, wie sie dann war – sexy, ein bisschen zügellos –, aber es gefiel ihr auch, wie sie hier war.

Trotzdem – er fehlte ihr.

Sie hatte keine Ahnung, wo Angela steckte, und wankte auf der Suche nach ihr durch das große Haus, bemüht, nicht ganz so betrunken zu wirken, wie sie sich fühlte. Schließlich fand sie ihre beste Freundin im Hobbyraum. Sie hockte auf dem Schoß von Mike Bennett, dem neuen Quarterback von St. Martin's, das kurze Kleid so hochgeschoben, dass ihre langen, schlanken Oberschenkel zu sehen waren. Geo trug ein ähnliches Kleid, aber an Angela sah irgendwie immer alles besser aus.

Eine Weile schaute Geo ihnen eher amüsiert als überrascht beim Küssen zu. Die beiden waren immer mal wieder zusammen, was allerdings in erster Linie ihrer jeweiligen Rolle geschuldet zu sein schien – Footballstar und Cheer Captain – die Leute fanden, sie müssten miteinander gehen, also taten sie es.

Dabei war Angela sich ziemlich sicher, dass Mike schwul war. Seine Erektion verschwand manchmal ganz plötzlich – sie schwor, dass das keinem anderen Jungen bei ihr passierte –, und vor ein paar Monaten hatte sie in seinem Zimmer in seiner Sporttasche unterm Bett ein

Schwulenpornoheft gesehen. Als sie ihn darauf angesprochen hatte, hatte er es lachend abgetan und gemeint, einer der Jungs aus der Mannschaft hätte ihm das Heft bestimmt aus Spaß in die Tasche gesteckt. Kurz danach hatte sie die Beziehung abgebrochen.

»Ich hab keine Lust, die Alibi-Freundin zu spielen«, hatte sie Geo erklärt. »Aber er ist der Quarterback. Wenn ich niemanden für den Abschlussball hab, muss er mich begleiten.«

Doch so leidenschaftlich, wie er gerade mit Angela rumknutschte, würde keiner ihn für schwul halten. Geo ging zu den beiden hinüber, das Zimmer drehte sich ein bisschen, und beinahe wäre sie gestolpert. Sie tippte Angela auf die Schulter.

»Ang, ich muss los.«

Ihre Freundin blickte auf, ihre Lippen glänzten vom Knutschen. »Wieso? Ist doch erst elf.«

Wieder drehte sich alles, und Geo musste sich mit einer Hand an der Wand abstützen. »Mir geht's nicht so gut.«

»Ach du Scheiße, du bist ja voll breit. Ich hab dir doch gesagt, du sollst die Finger von den Früchten lassen.« Angela sah erst Mike an, dann Geo. »Und wie kommst du nach Hause?«

»Ich geh zu Fuß«, erwiderte Geo. »Ich brauch frische Luft.«

»Wenn du mit ihr gehen musst, kein Problem«, sagte Mike, und er klang nicht sonderlich enttäuscht. Vielleicht lag Angela ja doch richtig mit ihrer Vermutung, dachte Geo. Man machte nicht tierisch mit einem Mädchen rum – schon gar nicht mit dem schönsten Mädchen

251

der Schule – und ließ sie dann einfach so nach Hause gehen.

»Ich krieg das schon hin«, sagte Geo. »Bleib ruhig hier. Ich ruf dich morgen an.«

Im Wohnzimmer kramte sie ihren Mantel unter einem Berg an Jacken und Mänteln hervor, doch als sie gerade gehen wollte, kam Kaiser herein. Und zwar Hand in Hand mit Barb Polanco. Es versetzte Geo einen leichten Stich, der aber schnell verging. Sie hatte ja auch einen Freund. Warum sollte Kaiser keine Freundin haben?

Weil, flüsterte eine innere Stimme. *Weil er mich bis in alle Ewigkeit lieben soll. So ist das eigentlich gedacht.* Total egoistisch, aber das war nun mal ihr Gefühl.

»Haust du schon ab?«, fragte Kaiser, während er Barb aus dem Mantel half.

Barb lächelte Geo schüchtern an. Sie sah noch blonder aus als letzte Woche. Seit wann stand Kaiser auf Blondinen? Geo rang sich ein Lächeln ab.

»Ja, ich bin fix und fertig.«

Er musterte sie stirnrunzelnd. »Bist du betrunken?«

»Nur ein bisschen«, erwiderte sie.

»Hast du die Früchte aus der Bowle gegessen?«

»Mir geht's gut«, sagte Geo genervt. »Wir sehen uns am Montag.«

»Wie kommst du denn nach Hause?«

»Lass sie doch«, sagte Barb. »Die kommt schon klar. Besorgen wir uns was zu trinken.«

»Warte mal kurz«, entgegnete er Barb und gab ihr ihren Mantel zurück. »Geo. Lass uns kurz reden.«

Geo verdrehte die Augen. »Mir geht's gut, Kai«, sagte sie noch einmal, aber er nahm sie am Ellbogen, führte sie zur Waschküche am Ende des Flurs und ließ Barb mit ihrem Mantel stehen.

Er schloss die Tür, und die Musik, die durch das ganze Haus dröhnte, wurde etwas gedämpft. Geo lehnte sich gegen den Wäschetrockner und schaute Kaiser an. Es roch nach Waschmittel und Weichspüler und den Lavendelsäckchen, die Chads Mutter in einem Bastkörbchen auf einem der Regale aufbewahrte. »Müsstest du nicht bei deiner Freundin sein?«

»Sie ist nicht meine Freundin«, sagte er und sah sie besorgt an.

»Ich bin ein bisschen betrunken, na und?« Wieder begann sich alles zu drehen. »Ich muss mich nur ein bisschen hinlegen.«

»Ich bring dich nach Hause.«

Geo schüttelte den Kopf. »Nicht nötig. Außerdem wär Barb bestimmt nicht begeistert.«

»Ist das okay für dich?«, fragte er. »Das mit Barb und mir?«

»Warum fragst du mich das?« Sie runzelte die Stirn. Das Licht hier drin war so grell, dass sie blinzeln musste. »Ich hab dich doch auch nicht gefragt, was du von mir und Calvin hältst.«

»Ich weiß. Aber ich sag's dir, wenn du mich fragst.«

»Kai, lass gut sein …« Geo machte einen Schritt Richtung Tür, aber er stellte sich ihr in den Weg.

»Warum nicht du und ich?«, fragte er und kam ihr so nah, dass sich ihre Hüften beinahe berührten. Er legte ihr eine Hand auf den Rücken und ließ sie unter ihre Haare gleiten, bis er ihren Nacken berührte. »Du weißt doch, was ich für dich empfinde.«

»Weil wir beste Freunde sind«, antwortete sie. War er immer so süß gewesen, oder lag das daran, dass er jetzt eine Freundin hatte? Seine blauen Augen unter den langen Wimpern sahen sie intensiv an.

»Das sollte eigentlich dafürsprechen, nicht dagegen«, sagte er.

»Was ist mit Barb? Und mit Calvin?«

»Also, ich mag Barb…«, sagte er, beendete den Satz jedoch nicht.

»Also, ich liebe Calvin«, sagte sie.

Er ließ seine Hand sinken. Das tat ihm weh. Sie sah es ihm an. Aber was hätte sie denn tun sollen? Lügen?

Plötzlich drückte er seine Lippen auf ihren Mund. Sie waren überraschend weich und gierig. Geo gab seinem Drängen erst nicht nach, doch dann öffnete sie den Mund. Er nahm ihr Gesicht in beide Hände und küsste sie, als gäbe es für ihn niemand anderen auf der Welt. Er schmeckte so anders als Calvin. Süßer. Jünger. Sanfter. Genauso, wie er war. Sie spürte, wie sie sein Verlangen erwiderte, sich an ihn schmiegte, und es war ein ganz anderes Gefühl. Mit Calvin gab es nie etwas Körperliches, das nicht von Schuldgefühlen begleitet war. Schuldgefühle, weil er zu alt war, weil er allmählich ihr ganzes Leben beherrschte, weil sie ihn vor ihrem Vater verheimlichte. Mit Kaiser empfand sie nichts dergleichen. Sie war ganz sie selbst, und sie fühlte sich sicher. Kaiser würde ihr nie wehtun, sie nie drängen, etwas anderes zu sein, als sie war… aber sie konnte ihn jederzeit zerquetschen wie eine Wanze.

Nein.

Sie schob ihn von sich weg. »Kai, ich kann nicht.«

»Geo...« Er keuchte, sein Gesicht war gerötet.

»Barb wartet auf dich.«

»Lass uns darüber reden.«

Sie schob sich an ihm vorbei und öffnete die Tür. Laute Musik füllte den Raum, und die intime Stimmung war wie weggeblasen. Am anderen Ende des Flurs unterhielt Barb sich mit einem Mädchen und warf immer wieder einen Blick über die Schulter zur Waschküche. Als sie Kaiser sah, wirkte sie erleichtert.

»Sie ist ein nettes Mädchen, Kai«, sagte Geo. »Amüsier dich mit ihr.«

»Und du?« Kaiser sah sie mit einer Mischung aus Frust und Sehnsucht an. »Das mit Calvin... ist das was Ernstes?«

»Ich liebe ihn«, sagte sie noch einmal. »Und wenn du mich liebst, dann freust du dich für mich. So wie ich mich für dich freue.«

Sie ging schnell den Flur hinunter Richtung Haustür. Bevor sie hinausging, drückte sie Barb noch kurz den Arm.

»Du kannst ihn ganz für dich haben«, sagte Geo.

Die kalte Nachtluft stach ihr ins Gesicht, als sie aus dem Haus trat. Chad Fentons Partys dauerten meist bis in die frühen Morgenstunden, aber Geo war erledigt. Ihr Vater hatte Nachtschicht im Krankenhaus, und Calvin rechnete damit, dass sie auf dem Heimweg auf einen Sprung bei ihm vorbeikam, doch sie war einfach zu müde. Na ja, darüber konnten sie sich morgen streiten.

Sie spürte jemanden hinter sich und drehte sich um. Angela kam hinter ihr hergelaufen. Ihr offener Mantel wehte im Wind. Mit ihren kurzen Kleidchen waren sie beide nicht passend für dieses Wetter angezogen. Es war kälter als sonst zu dieser Jahreszeit.

»Was machst du hier?«, fragte Geo erstaunt. »Ich dachte, du wolltest noch bleiben.«

»Scheißkerl«, sagte Angela atemlos, als sie Geo eingeholt hatte. Sie wuchtete ihre übergroße Tasche von der linken auf die rechte Schulter. Die Kamera musste darin sein; Geo hatte Angela am frühen Abend Fotos von allen machen sehen. »Er ist total schwul. Seine Zunge hat die ganze Zeit das Richtige gemacht, aber sein Schwanz? Wie 'ne weich gekochte Nudel.«

Geo musste lachen.

»Aber wir gehen trotzdem zusammen zum Abschlussball. Falls nichts Besseres auftaucht. Für mich, nicht für ihn. Was Besseres als mich kriegt er sowieso nicht.« Angela sagte das ganz trocken, ohne jede Spur von Arroganz. Wenn es um ihren sozialen Status ging, war sie ausgesprochen praktisch veranlagt. Falls Mike Bennett schwul war und das verbergen wollte, brauchte er sie bei offiziellen Anlässen. Was okay war, solange für sie auch was dabei heraussprang.

»Was ist mit deinem Auto?«, fragte Geo, deren nackte Beine dem kalten Wind ausgesetzt waren.

»Lass ich stehen. Ich hab drei Bier getrunken.« Weiße Atemwölkchen begleiteten Angelas Worte. »So kann ich nicht nach Hause fahren. Mein Vater sitzt mit seinen Golfkumpels in der Küche beim Poker, der riecht das sofort. Ich hol den Wagen morgen früh ab. Meine Eltern denken sowieso, dass ich bei dir schlafe, da kriegen die das gar nicht mit.«

»Und ich hab meinem Vater erzählt, dass ich bei dir

schlafe.« Sie bibberte in ihrem dünnen Mantel. »Hast du vielleicht noch einen Pullover in der Tasche?«

»Nein, da ist nur meine Kamera drin. Die wiegt 'ne Tonne.« Angela überlegte. »Lass uns zu Calvin gehen.«

Geo sah sie von der Seite an. »Ernsthaft?«

Ihre beste Freundin zuckte die Achseln. »Ich hab dir doch gesagt, dass ich ihn besser kennenlernen will, und das hab ich ernst gemeint. Außerdem, vielleicht kann er Jonas anrufen, dass der rüberkommt, dann können wir alle zusammen noch ein bisschen abhängen. Wär doch nett, mit einem Typen rumzumachen, den ich richtig anturnen kann.«

Geo zögerte. Sie war müde, andererseits hatte sie Calvin versprochen, noch vorbeizukommen. »Wir müssen da lang. Sind ungefähr zwanzig Minuten zu Fuß. Ich ruf ihn besser an.«

»Nee, wir überraschen ihn«, sagte Angela. »Außerdem will ich nicht zu Chad zurück. Als ich gegangen bin, stand Kai mit Rücksitz-Barbie in der Ecke. Und ich schwöre dir, sie hatte die Hände schon in seiner Hose.«

»Halt die Klappe«, sagte Geo. »Ich will das nicht wissen.«

»Wusste ich's doch, dass dich das nicht kaltlässt«, bemerkte Angela triumphierend.

Geo überlegte kurz, ob sie ihr von dem Kuss in der Wäschekammer erzählen sollte, entschied sich aber dagegen. Das ging nur sie und Kaiser was an. Manche Dinge waren trotz allem Privatsache.

Calvin wohnte in der Trelawney Street in einem zweigeschossigen Haus im Craftsman-Stil, das in drei Apartments umgewandelt worden war. Im Erdgeschoss wohnte ein unverheiratetes Paar mit einem Kleinkind, und im ersten Stock wohnten zwei Schwestern von Mitte dreißig, die sich beide schon des Öfteren an Calvin rangemacht hatten. Er bewohnte ein kleines Studio über der Garage, das schallisoliert war, weil der ehemalige Eigentümer hier früher Schlagzeug geübt hatte. Das Studio hatte auf der Rückseite des Hauses einen separaten Eingang, und Geo und Angela stiegen kichernd die steile Treppe hoch.

Drinnen brannte kein Licht, aber Geo konnte das Flackern des Fernsehbildschirms hinter den Jalousien sehen. Sie klopfte an die Tür und wartete. Nichts passierte.

»Bist du dir sicher, dass er zu Hause ist?«, fragte Angela.

»Sein Wagen steht auf der Straße.« Geo klopfte erneut, und kurz darauf ging das Licht über der Eingangstür an. Calvin machte auf. Seine Haare waren zerzaust, er trug nur eine tief hängende Jeans, sonst nichts. In der Hand hatte er eine Bierflasche. Im Licht über der Eingangstür zeichnete sich jeder Muskel an seinem flachen Bauch ab. Er sah aus wie ein junger Gott.

Angela ließ den Blick über seinen ganzen Körper wandern. »Mannomann.«

Calvin hob eine Braue.

»Mit dem vertreibst du dir also die Zeit«, sagte Angela mehr zu sich selbst als zu Geo. »Jetzt kapier ich's. Lass uns rein, Cowboy. Ist nämlich arschkalt hier draußen. Du bist zwar heiß, aber so heiß auch wieder nicht.«

»Ansichtssache«, erwiderte Calvin und trat zur Seite, um sie beide einzulassen. »Vorsicht. Die Fußmatte steht an einer Ecke hoch.«

Angela warf Calvin im Vorbeigehen einen wissenden Blick zu. Geo zögerte, weil sie plötzlich wieder an Kaiser in der Waschküche denken musste, an den Lavendelduft, als er sie geküsst hatte, an das Gefühl, wie er sie gehalten hatte, liebevoll und inbrünstig und zärtlich.

Dann verbannte sie ihren besten Freund aus ihren Gedanken und trat vorsichtig, aber entschlossen, über die Schwelle in Calvins Revier.

21

Das laute Klingeln ihres neuen iPhones reißt Geo aus ihrem ersten richtigen Schlaf seit Hazelwood. Sie tastet nach dem Telefon und wirft einen Blick auf die Nummer. Obwohl sie ihr unbekannt ist, nimmt sie den Anruf an. Eine computergenerierte Stimme informiert sie in abgehackten Sätzen:

»Sie haben ein R-Gespräch ... von ... *Cat*« – ihren Namen hat Cat selbst gesprochen, und Geos Herz macht einen Satz – »im ... Hazelwood-Gefängnis. Dieser Anruf kostet Sie ... einen Dollar und ... fünfundsiebzig Cent ... der Betrag wird auf Ihrer nächsten Telefonrechnung erscheinen. Um den Anruf anzunehmen, drücken sie die ... Eins. Um ihn abzulehnen, drücken Sie bitte die Zwei oder legen Sie auf.«

Sie drückt die Eins, und kurz darauf hört sie Cats Stimme.

»Georgina? Bist du da, Liebes?«

»Ja«, antwortet Geo, und obwohl sie noch schlaftrunken ist, kommen ihr die Tränen. Es ist erst eine Woche her, dass sie die Stimme ihrer Freundin zuletzt gehört hat, aber so lange waren sie zuvor noch nie getrennt gewesen, seit sie sich vor fünf Jahren kennengelernt hatten. »Gott, tut das gut, dich zu hören. Warum meldest du dich erst jetzt?«

»Ich wollte dir Zeit lassen, dass du erst mal ankommen kannst. Dich nicht sofort wieder an diese Hölle erinnern.«

Im Hintergrund sind dumpf die Geräusche von Hazelwood zu hören. Das Geplapper in den verschiedensten Sprachen und Akzenten – Spanisch, Polnisch, eine melodische Stimme, die sich nach Ella Frank anhört, das Bellen einer Knastangestellten, die irgendwen anblafft, sich wieder in die Reihe zu stellen. Geo sieht Cat vor sich, wie sie in der unförmigen Gefängniskleidung, die zwei Nummern zu groß ist, am Telefon steht. Es gibt genau sechs Apparate, ohne Trennwände dazwischen, ohne Privatsphäre. Wobei Privatsphäre im Knast sowieso keine Rolle spielt und alle Gespräche mitgehört werden. Zumindest die erlaubten.

»Wie geht's dir?«, fragt Geo. »Und erzähl mir keinen Blödsinn.«

»Beschissen«, antwortet Cat, und Geo unterdrückt einen Seufzer. Aber sie will es hören, deshalb sagt sie noch nichts. »Der Onkologe sagt, der Krebs breitet sich aus. Ich hab zwei neue Tumore im Femur – äh, ist das der Oberschenkelknochen oder der Unterschenkelknochen?«

»Oberschenkel.«

»Jedenfalls das Femur. Der Arzt meint, ich brauch noch eine Chemo, aber ehrlich, ich glaub nicht, dass ich das verkrafte. Er will nächste Woche anfangen. Ich bin doch jetzt schon halb tot.«

»Das liegt daran, dass ich nicht mehr da bin«, sagt Geo, fühlt sich dabei aber so hilflos wie noch nie in ihrem Leben. Sie zupft einen losen Faden aus ihrer geblümten Decke und wünscht sich, sie könnte persönlich mit Cat sprechen. Aber ehemalige Häftlinge, vor allem solche, die gerade erst entlassen worden sind, erhalten keine Besuchserlaubnis.

»Und jetzt die gute Nachricht. Mein Antrag ist durch. Montag komm ich raus.«

»Wahnsinn!« Geo fährt im Bett hoch, sie kämpft mit den Tränen. »Und das sagst du mir erst jetzt?«

»Ich wollte es ein bisschen spannend machen.«

Ella Franks Bruder hat es also geschafft. Und sogar schneller, als Geo es sich hätte träumen lassen. Sie nimmt sich vor, ihn anzurufen, um sich bei ihm zu bedanken, sowohl für die Pistole, als auch dafür, dass er jemanden in dem zuständigen Gremium davon »überzeugt« hat, für Cats Entlassung zu stimmen. Das hat Geo eine Stange Geld gekostet, aber es war jeden Penny wert.

»Da hab ich ja gerade noch Zeit genug, dein Zimmer herzurichten«, sagt Geo. »Es wird dir gefallen. Es war früher das Nähzimmer meiner Mutter...«

»Apropos«, wirft Cat zögernd ein. »Ich weiß nicht... willst du wirklich mit einer alten Frau zusammenwohnen? Ich kenne deinen Vater doch überhaupt nicht. Und ich gehöre schließlich nicht zur Familie...«

»Natürlich gehörst du zur Familie. Und wag es nicht, mir zu widersprechen«, entgegnet Geo nachdrücklich. »Ich habe mit meinem Vater darüber gesprochen. Wir haben das Zimmer, und ich habe Zeit. Außerdem werden wir sowieso nicht lange hierbleiben. Ich bin dabei, mir eine eigene Wohnung zu suchen, und dann kommst du mit. Wann soll ich dich abholen?«

Schweigen am anderen Ende der Leitung. Nur die Geräuschkulisse des Knasts ist noch zu hören.

»Hol mich nicht ab«, sagt Cat, aber Geo hört das Lächeln in ihrer Stimme, selbst über die Entfernung von mehr als dreihundert Kilometern. »Ich will nicht, dass du noch mal zu dieser Hölle hier fährst. Diskussion zwecklos. Versuch's erst gar nicht. Ich nehme den Bus, dann kannst du mich am Busbahnhof in Seattle abholen.« Sie räuspert sich. »Ich kann dir gar nicht sagen, wie dankbar ich dir bin, Georgina.«

Sie plaudern noch ein paar Minuten. Geo erzählt Cat eine stark bereinigte Version dessen, was ihr bisher widerfahren ist, sie erwähnt weder die Schmierereien auf dem Garagentor noch ihren vergeblichen Gang zur Bank noch ihr Gespräch mit Kaiser über die beiden kürzlich gefundenen Leichen. Cat erzählt ihr, dass eine Neue Geos Job im Friseursalon übernommen hat.

»Angeblich hat sie ein Jahr lang Friseurin gelernt«, sagt Cat. »Aber ich weiß nicht, sie hat blau-grüne Haare. Ich geh doch nicht zu 'ner Friseuse mit blau-grünen Haaren.«

»Natürlich nicht. Du bist zweiundsechzig.«

Sie verabschieden sich. Nachdem sie aufgelegt hat, fühlt Geo sich viel besser als in den letzten Tagen. Cats Entlassung ist etwas, worauf sie sich freuen kann. Es ist keine andere Frau mehr hier im Haus gewesen, seit… na ja, seit ihre Mutter gestorben ist. Walt ist nicht gerade begeistert von der Idee, noch eine Ex-Gefangene im Haus zu haben, vor allem eine, die er noch nie gesehen hat. Aber er ist Notarzt, da liegt es nicht in seiner Natur, jemandem seine Hilfe zu verweigern. Geo zweifelt nicht daran, dass die beiden gut miteinander auskommen werden.

Sie duscht, föhnt sich die Haare und schminkt sich ein bisschen, auch wenn sie nichts Besonderes vorhat. Im Gefängnis hatte sie einen geregelten Tagesablauf. Hier hat sie so viel Freiheit, so viele Möglichkeiten, dass es sie beinahe erschlägt.

Sie hat zu viel Zeit zum Nachdenken.

Als sie sich gerade Frühstück macht, klingelt es, und sie geht nachsehen, wer es ist. Sie öffnet die Tür und sieht Kaiser in der Einfahrt stehen, der gerade mit seinem Handy Fotos von ihrem Range Rover macht. Er ist nicht mit seinem Dienstwagen da; ein silberner Acura steht am Straßenrand. Er trägt eine Kapuzenjacke über einem T-Shirt, dazu Jeans und Turnschuhe, und er sieht absolut nicht nach dem Polizisten aus, der er ist.

Er sieht verdammt gut aus.

»Warum fotografierst du mein Auto?«, ruft sie, und er wendet sich ihr zu.

»Sieh's dir an«, antwortet er.

Sie schlüpft in Flipflops und tritt aus dem Haus. Kaum ist sie die Verandastufen hinuntergestiegen, entdeckt sie es und bleibt stehen.

»Scheiße«, stöhnt sie.

Auf der Seite ihres weißen Range Rovers steht in den gleichen roten Buchstaben wie zuvor auf dem Garagentor das Wort SCHLAMPE.

»Das darf nicht wahr sein.« Sie wirft die Hände in die Luft und betrachtet frustriert ihren SUV. »Als wüssten die, dass ich ihn verkaufen will. Scheiße. *Scheiße*.«

Kaiser schießt ein weiteres Foto. »Lass uns drinnen

reden«, sagt er. Er mustert sie von oben bis unten. »Es sei denn, du hast was vor.«

Sie schüttelt den Kopf und geht vor ins Haus. Als sie ihm seine Kapuzenjacke abnimmt, um sie an die Garderobe zu hängen, nimmt sie vage sein Aftershave wahr. Er riecht gut, aber sie ärgert sich, dass sie es überhaupt bemerkt. Es ist lange her, dass sie einen Mann in ihrer Nähe hatte, der nicht ihr Vater, ihr Anwalt oder ein Wachmann war. Und der letzte Mann, mit dem sie Sex hatte – also wirklichen Sex inklusive Penetration – war Andrew.

Sie gibt sich einen Ruck. *Das ist Kaiser. Vergiss es.*

»Was führt dich hierher? Gibt's was Neues?«, fragt sie auf dem Weg in die Küche, wo ihr Bagel schon aus dem Toaster gesprungen ist. »Kaffee? Ich kann die Nespresso-Maschine inzwischen bedienen.«

»Einen Kaffee nehm ich gern.« Er lehnt sich an die Anrichte. »Ich bin hier, weil es mir nicht gefallen hat, wie unser Gespräch neulich ausgegangen ist.«

»Und wie war das?«

»Na ja... irgendwie peinlich.« Kaiser fährt sich durchs Haar und seufzt. »Du bist sauer geworden. Und ich hab mich ziemlich mies gefühlt. Ich weiß nicht... hat mich irgendwie an unsere Highschoolzeit erinnert. Damals hat es sich schon beschissen angefühlt, und jetzt fühlt es sich genauso beschissen an. Es macht mir keinen Spaß, dich wütend zu machen.«

»Ich war nicht wütend«, sagt Geo. Andererseits, wenn sie es jetzt betrachtet, war sie es vielleicht doch. Sie haben sich über Calvin James gestritten, der ironischerweise tatsächlich das einzige Streitthema ist, das sie je hatten, selbst auf der Highschool. »Aber warum beschäftigt dich das überhaupt?«

»Weil ich dich gernhab«, sagt er und nimmt die Tasse Kaffee, die sie ihm hinhält. Er trinkt ihn schwarz. »Ich habe dich schon immer gerngehabt. Du bist...« Er errötet leicht und wendet den Blick ab.

Sie schaut ihn an. »Ich bin die, die dir weggelaufen ist?«

»Das wollte ich sagen, aber es stimmt ja eigentlich so nicht.« Ihre Blicke begegnen sich. »Denn das würde ja bedeuten, dass ich dich irgendwann mal für mich gehabt hätte. Doch wir wissen ja beide, dass das nie der Fall war.«

Eine Weile stehen sie schweigend da, Kaiser nippt an seinem Kaffee, und Geo lässt den Bagel im Toaster kalt werden. Sie bemerkt, dass er keinen Ehering trägt. »Warst du eigentlich mal verheiratet, Kai?«, fragt sie leise.

Ihre Frage scheint ihn zu überraschen. Er nickt. »Ja, kurz. War keine gute Beziehung. Sie ist jetzt mit 'nem anderen verheiratet, die beiden haben ein Kind.«

»Andrew hat auch geheiratet. Sie haben Zwillinge. Ich hab ihn neulich zufällig gesehen. Mit der ganzen Familie.«

»Wie sah er aus?«

»Schrecklich«, sagt sie, und beide lachen in sich hinein. »Aber das hat mir noch mal klargemacht, dass er nichts für mich war. Dass ich auf der falschen Fährte war. Irgendwie bin ich das wohl immer gewesen.«

Sie lässt die Worte einen Moment lang im Raum hängen. Kaiser antwortet nicht, aber sein Blick wandert über ihre Kleidung, ihr Gesicht, ihre Haare. Nicht aufdringlich, sondern eher aufmerksam, und es macht sie ein bisschen verlegen. Was lächerlich ist, er ist schließlich Kaiser, ihr alter Freund. Was er von ihrer Erscheinung hält, sollte keine Rolle spielen. Trotzdem ist sie froh, dass sie sich die Haare gewaschen, ein bisschen Wimperntusche und Lippenstift aufgelegt hat.

Den Shipp-Lippenstift namens Zimtherz, den er ihr dagelassen hat, diesen Lippenstift hat sie in die unterste Schublade gesteckt. Sie hat ihn nie benutzt. Jetzt liegt er neben dem Marmeladenglas, das nicht zerspringen wollte. Wo er hingehört.

»Du siehst gut aus«, sagt er. »Ausgeruht.«

»Ich schlafe besser«, erwidert sie. »Es ist schon erstaunlich, was man alles für selbstverständlich hält. Ich kann jetzt länger als acht Minuten duschen, mit Wasser, das so heiß ist, wie ich will, ohne Duschschlappen und ohne Angst haben zu müssen, dass jemand den Duschvorhang aufzieht, bevor ich fertig bin. Mein Vater hat gestern zum Abendessen Steaks gebraten. Und heute Morgen hat mich eine Freundin aus Hazelwood angerufen, die bald entlassen wird. Sie wird hier bei mir wohnen. Sie hat Krebs ... ihr bleibt nicht mehr viel Zeit.«

Kaiser nickt, ein Lächeln huscht über sein Gesicht. Er versteht. Er kennt die Geschichte ihrer Mutter.

»War es schlimm?«, fragt er. »Im Gefängnis?«

»In mancher Hinsicht war es fürchterlich«, antwortet sie. »In anderer Hinsicht war es okay. Man gewöhnt sich dran, weißt du?«

Ihr wird bewusst, dass er zu dicht bei ihr steht, zu gut riecht, zu sauber aussieht. Sie macht einen Schritt zurück.

»Ich hab ein paar Fotos von deinem Wagen gemacht«, sagt er. »Ich werd einen Bericht schreiben, sobald ich wieder auf dem Revier bin. Aber natürlich kriegen wir keinen Durchsuchungsbeschluss für sämtliche Häuser im Viertel, um zu überprüfen, ob jemand Spraydosen mit roter Farbe in der Garage hat. Irgendeine Ahnung, wer das war?«

»Tja, das war jedenfalls nicht das erste Mal«, erwidert Geo, und sie erzählt von den Schmierereien auf dem Garagentor. »Ich würde es ja gern der alten Schachtel von gegenüber anhängen, aber die würde so was nicht machen. Eine Nachbarin wie ich schadet ihrem guten Ruf, auf so eine muss man nicht auch noch aufmerksam machen.«

»Mrs. Heller? Sie hat mich gar nicht erkannt, als ich letzte Woche mit ihr geredet habe«, sagt Kaiser lächelnd. »Sie weiß wohl nicht mehr, dass ich mal eines ihrer Fenster mit einem Baseball eingeworfen habe.«

Geo lacht. »Hatte ich auch schon ganz vergessen.«

»Weißt du noch, wie sie laut schreiend rausgerannt kam mit diesem Lockenwickler im Haar…«

»Der ihr dann rausgefallen ist, du bist draufgetreten, und er war kaputt…«

»Und sie hebt das Ding auf, guckt mich an und sagt…«

»*Du bist ein Wüterich, junger Mann*«, sagen sie beide unisono und prusten los. Sie können gar nicht mehr aufhören. Geo tut der Bauch weh vor Lachen, und es fühlt sich wunderbar an.

»Wie alt war ich da, sechzehn?«, fragt Kaiser prustend.

»Fünfzehn«, sagt Geo und wischt sich die Tränen ab. »Das war am Ende des ersten Highschooljahres. Ich weiß das noch, weil es das letzte Mal war, dass ich kurze Haare hatte.«

»An dem Wochenende hattest du Geburtstag«, ergänzt er. »Stimmt überhaupt, du bist ja älter als ich.«

»Drei Monate.« Sie knufft ihn in den Arm. »Nicht nett, mich daran zu erinnern.«

»Du könntest glatt für fünfundzwanzig durchgehen.«

»Ich fühl mich aber wie fünfundvierzig.«

»Geht mir genauso.« Er lächelt sie an, und ganz plötzlich fühlt sich alles ... besser an. »Und warum verkaufst du den Range Rover?«

»Ich will ihn nicht mehr. Zu teuer und zu protzig, ein Auto, das eine gut verdienende, junge Managerin fährt, wenn sie aller Welt zeigen will, dass sie eine gut verdienende, junge Managerin ist.« Sie lächelt etwas verlegen. »Das bin ich nicht mehr. Und stell dir vor, ich bin auch nicht mehr die, die ich mit sechzehn war.«

»Und wer bist du dann?«, fragt er sanft.

»Eine arbeitslose Ex-Strafgefangene, die nicht die geringste Ahnung hat, was sie mit dem Rest ihres Lebens anfangen soll.« Es ist die ehrlichste Antwort, die sie ihm geben kann. »Und ich kapiere auch langsam, dass es keine Rolle spielt, wie sehr ich es bereue – und *ich bereue es von ganzem Herzen* – oder wie lange ich im Gefängnis war oder wie viele Diplome ich habe oder wie viel Geld ich verdient habe ... ich werde immer nach der einen schrecklichen Tat beurteilt werden, die ich mit sechzehn begangen habe. Ich beklage mich nicht, denn ich weiß, dass ich das verdient habe, aber ich weiß nicht, wie ich es wiedergutmachen kann. Denn wenn ich es könnte, würde ich es tun.«

»Du musst dich neu erfinden«, sagt Kaiser, und erst als er ihre Wange berührt, merkt sie, dass sie weint.

»Ich dachte, das hätte ich bereits getan. Wie oft kann ein Mensch denn den Reset-Knopf drücken?«

»Sooft, wie es nötig ist. Aber du musst einen Schritt weitergehen. Du musst dir selbst verzeihen. Auch wenn es sonst niemand tut.«

Warum sie dieses Gespräch führen, weiß Geo selbst nicht, aber es ist ihr ein tiefes Bedürfnis, sich ihm zu erklären. Und er scheint ihr zuhören zu wollen.

»Es ist ja nicht so, dass ich glaube, ich könnte keinen Schritt weitergehen«, sagt sie. »Das habe ich schon getan. Ich glaube, alle hätten mir verziehen, wenn ich damals sofort die Wahrheit gesagt und Calvin ins Gefängnis gebracht hätte, nachdem es passiert war. Ich war sechzehn, fast noch ein Kind, und Kinder machen nun mal Fehler. Aber was die Leute mir übel nehmen, ist nicht das, was ich in der Nacht damals getan habe, sondern die Tatsache, dass ich die *Dreistigkeit* besessen habe, einfach mit meinem Leben weiterzumachen. Ich bin aufs College gegangen, habe Karriere gemacht, mir ein schönes Auto gekauft und mir einen reichen Verlobten geangelt. Ich hab mir ein erfolgreiches Leben auf der beschissenen, grauenhaften Tat aufgebaut, die ich begangen hatte. Auf einer Tat, zu der ich mich nicht bekannt habe. Für die ich nicht bezahlt habe. Das ist es, was die Menschen mir nicht verzeihen. Und das versteh ich, wirklich. Weil das fast so schrecklich ist wie die Tat selbst.«

»Puh.« Kaiser atmet tief aus. »Das zeugt von verdammt viel Selbsterkenntnis.«

»Ich hatte viel Zeit, um darüber nachzudenken«, sagt sie. »Es ist meine Schuld, dass jetzt noch mehr Frauen tot sind. Es ist meine Schuld, dass der kleine Junge tot ist.«

»Du konntest nicht wissen, dass er diese Morde begehen würde«, erwidert Kaiser. »Du wusstest nicht, was Calvin für ein Mensch ist. Das wusste er womöglich damals selbst noch nicht.«

Geo sucht nach Anzeichen für Sarkasmus oder Herablassung in Kaisers Miene, findet aber nichts. Nur Freundlichkeit. Mitgefühl. »Warum bist du so nett zu mir?«

»Weil wir Freunde sind«, erwidert Kaiser. »Wir haben eine gemeinsame Geschichte. Das bedeutet mir etwas.«

»Du wirst ihn kriegen, oder?«

Er nickt. »Ich habe ihn einmal geschnappt, und ich werde ihn wieder schnappen.« Er zögert. »Es gibt da etwas, das ich dir über das Opfer sagen muss. Über den kleinen Jungen.«

»Was ist mit ihm?«

»Er wurde adopt...«

Sein Handy klingelt so laut, dass beide zusammenfahren. Dabei wird Geo bewusst, wie dicht sie nebeneinandergestanden haben. Er nimmt das Handy aus der Tasche, wirft einen Blick aufs Display und runzelt die Stirn. Er hebt einen Finger, geht ins Wohnzimmer, dann hört sie ihn leise sprechen. Kurz darauf kommt er wieder zurück.

»Ich muss los«, sagt er und schiebt das Handy in die Hosentasche.

»Du wolltest mir was über den kleinen Jungen sagen.«

»Nächstes Mal«, sagt er. »Es ist nur eine Information, aber ich hab jetzt keine Zeit, das zu vertiefen. Es gibt eine Spur von Calvin.«

Sie erstarrt und hat plötzlich einen bitteren Geschmack in der Kehle. »Was für eine Spur?«

»Nichts, worüber du dir Gedanken machen musst. Ist auch vielleicht nichts dran.« Kaiser nimmt seine Kapuzenjacke von der Garderobe und zieht sie über. An der Tür hält er noch einmal inne. »Bist du ganz sicher, dass du mir nichts zu sagen hast? Absolut nichts?«

Geo denkt an die Briefe, die sie im Gefängnis erhalten hat, zehn an der Zahl; nur einen davon hat sie gelesen. Sie liegen in einer Schachtel in ihrem Zimmer unter dem Bett. Dort, wo Geheimnisse sich verbergen.

»Nein, nichts«, sagt sie und berührt kurz seinen Arm. »Aber ich verstehe, dass du immer wieder fragst. Wirklich. Und falls sich irgendwas ändert, werde ich es dich wissen lassen.«

Sie macht die Tür hinter ihm zu, verriegelt sie und atmet tief aus. Es gibt Details, die vor Gericht ans Licht gekommen sind, hässliche, grauenhafte Details. Sie hat vor Gericht – also öffentlich – ausgesagt, was die Öffentlichkeit wissen musste.

Den Rest hat sie für sich behalten. Und das wird sie auch in Zukunft tun. Sie war nicht perfekt, aber Angela war es ebenso wenig. In jeder Geschichte gibt es einen Helden und einen Schurken.

Doch manchmal kann eine einzige Person beides sein.

22

Wie durch einen Nebel beobachtete Geo, wie ihre beste Freundin ihren Freund anstarrte. Angelas Mund war leicht geöffnet, und sie fuhr sich mit der Zunge über die Oberlippe. Das war ein Zeichen dafür, dass ihr etwas – oder jemand – gefiel. Bisher hatte Geo geglaubt, Angela würde das unbewusst machen, aber natürlich wusste sie genau, was sie da tat. Das war in diesem Moment nicht zu übersehen. Calvin betrachtete sie beide, wie sie in ihren kurzen Kleidchen dastanden, auf provozierende Weise aneinandergeschmiegt. Er schaltete den Fernseher aus.

»Wollt ihr was trinken?«, fragte er, schnappte sich ein T-Shirt vom Bett und zog es über. Falls er merkte, dass Angela ihn anstarrte, ließ er es sich jedenfalls nicht anmerken. »Ich hab Bier, O-Saft, Wodka, Rum, Cola…«

»Ich nehm Cola mit Rum«, sagte Angela.

»O-Saft«, verlangte Geo. Sie ging zum Bett, ließ ihren Mantel von den Schultern gleiten, setzte sich auf die Bettkante und fragte sich, wo Angela sich wohl hinsetzen würde. Das Apartment war winzig – fünfundvierzig Quadratmeter, höchstens. Außer Calvins Bett gab es nur einen breiten Sessel und einen Tisch mit zwei Holzstühlen.

Aber Angela setzte sich nicht. Stattdessen hantierte sie an der Stereoanlage herum und beugte sich dabei so weit vor, dass sich der Saum ihres Kleids hochschob und ein paar Zentimeter ihrer Pobacken entblößte.

Als wäre Geo gar nicht da. Als wäre Angela bei ihrem eigenen Freund zu Besuch.

Calvin kam mit den Gläsern. Geo trank einen großen Schluck von ihrem Saft und musste beinahe würgen, weil das Zeug so stark war. Da war Wodka drin – um den sie nicht gebeten hatte –, aber sie hatte das Gefühl, dass sie ihn jetzt gebrauchen konnte. Calvin reichte Angela ihren Drink, dann setzte er sich neben Geo und küsste sie langsam und zärtlich. Sie spürte, wie sie sich entspannte.

»Du schmeckst gut«, sagte er. »Und betrunken. Gefällt mir irgendwie, obwohl es mir nicht gefällt, dass du ohne mich trinkst.«

»Ich hab eigentlich gar nichts getrunken. Ich hab nur ein paar Früchte gegessen.«

Er runzelte die Stirn, verstand nicht, was sie meinte, fragte aber auch nicht weiter nach. »Es ist schon spät, was glaubt dein Vater, wo du bist?«

»Bei ihr«, sagte Geo mit einem Blick in Angelas Richtung. Ihre beste Freundin beobachtete sie beide lächelnd, aber hinter dem Lächeln verbarg sich noch etwas anderes.

Neid. Und das gefiel Geo. Genau wie an dem Tag, als sie Calvin kennengelernt hatten, waren ihre Rollen vertauscht. Normalerweise wurde sie nie von anderen Mädchen beneidet, und sie genoss es, ausnahmsweise mal diese Rolle zu haben.

»Und was denken ihre Eltern, wo sie ist?«, fragte Calvin. Auch er schaute Angela an, doch sein Gesichtsausdruck war kaum zu deuten.

»Bei mir«, sagte Geo.

Es war warm in der Wohnung, und der Alkohol brachte sie noch mehr ins Schwitzen. Sie bückte sich, um sich die Schuhe auszuziehen. Angela hatte Schuhe und Jacke schon ausgezogen, ging umher und inspizierte das Apartment, auch wenn es nicht viel zu sehen gab. Eine kleine Küche mit Kühlschrank, Herd und ein paar Schränken. Das Bad war gerade groß genug für eine Duschkabine, ein winziges Waschbecken und ein Klo. Calvins Bett mit der rot karierten Tagesdecke füllte das Wohn-/Schlafzimmer fast aus, und gegenüber dem Fußende befand sich ein Wandregal mit Fernseher und Stereoanlage. Der breite Sessel stand an der Querwand. Das winzige Apartment war nichts Besonderes, aber Geo gefiel es.

Angela nahm die Kamera aus ihrer riesigen Tasche. »Los, küsst euch noch mal. Ich will ein Foto von euch beiden. Ihr seid echt ein geiles Paar.« Sie richtete die Kamera aus, und das Blitzlicht zuckte. »Na, macht schon. Küsst euch.«

Calvin küsste Geo, und wieder blitzte es. Gerade lief »Creep« von Radiohead, und Angela drehte die Lautstärke hoch. Da das Apartment schalldicht isoliert war, bestand nicht die Gefahr, dass sich die anderen Mieter oder irgendwelche Nachbarn gestört fühlten. Geo trank ihr Glas aus, und Calvin machte ihr einen neuen Drink. Wieder begann sich alles zu drehen. Sie war erst einmal betrunken gewesen, in der zehnten Klasse, als

Angela mal wieder sturmfreie Bude hatte und ihr Vater vergessen hatte, den Spirituosenschrank abzuschließen. Sie trank ihr Glas aus, dann streckte sie sich auf dem Bett aus. Schluss jetzt, sie musste aufhören. Noch ein Schluck, und sie würde sich übergeben.

Es blitzte noch ein paar Mal. Und dann plötzlich hatte Calvin die Kamera in der Hand. In der Zimmermitte drehte Angela Pirouetten. Ihr Minikleid flog nur so und gab noch mehr von ihren Schenkeln preis, die Haut schimmerte golden von ihren letzten Besuchen im Sonnenstudio. Geo sah Angelas weißen Spitzenslip aufblitzen, aber bevor sie sich aufregen konnte, richtete Calvin die Kamera auf sie, und sie rang sich ein Lächeln ab.

Sie hustete in ihre Hand und schmeckte Galle. Calvin bemerkte es, kam zu ihr und rieb ihr nacktes Bein. »Alles okay?«

»Alles gut«, antwortete Geo, doch in Wirklichkeit war ihr übel. Sie packte ihn am T-Shirt, zog ihn zu sich heran und raunte ihm ins Ohr: »Starr sie nicht so an.«

»Aber das will sie doch.« Calvin schüttelte ihre Hand ab. »Ist doch nichts dabei.«

»Du willst auch nicht, dass andere Jungs mich anglotzen.«

»Weil du nicht um deren Aufmerksamkeit buhlst. Deshalb ist es meine Pflicht, dich vor denen zu beschützen.« Die Musik war so laut, dass er sich ganz dicht an ihr Ohr beugen musste. Sie spürte seinen Atem am Hals. »Aber Mädels wie deine Freundin hier, die gehen ein wie die Primeln, wenn die Jungs sie nicht beachten. Das hab ich gleich gesehen, als wir uns kennengelernt haben. Sie ist eine von denen, die die Jungs ficken wollen. Du gehörst zu denen, die die Jungs heiraten wollen. Und ich will dich, Georgina. Nur dich.«

Klar, es waren nur Worte, aber sie fühlte sich wieder besser. Sie küsste ihn. Er erwiderte gierig ihren Kuss, begrapschte ihre Schenkel, griff ihr unters Kleid und drückte sie aufs Bett.

»Ach du Scheiße«, sagte Angela. »Nehmt euch ein Zimmer, Leute.«

»Wir haben schon eins«, sagte Calvin.

Angela trank ihr Glas aus, es war schon ihr zweiter Drink, seit sie gekommen waren. Oder vielleicht auch ihr dritter. Etwas davon lief ihr übers Kinn, sie wischte es weg und verlor dabei beinahe das Gleichgewicht.

»Sorry, wir hören schon auf«, sagte Geo kichernd, die Übelkeit hatte sich ein bisschen gelegt. Doch sie hörten nicht auf. Sie spürte Calvins Erektion an ihrer Hüfte, und sie drückte sich sanft dagegen, während er ihr den Hals küsste. Der Wodka ließ sie alle Hemmungen verlieren. Oder vielleicht lag es auch einfach daran, dass *sie* jetzt mal die mit dem heißen Typen war, der seine Finger nicht von ihr lassen konnte, und Angela das fünfte Rad am Wagen. Ausnahmsweise.

Radiohead war vorbei, und es kam »Closer« von Nine Inch Nails, ein echter Sex-Song.

»Tanz für uns«, sagte Calvin, hob den Kopf und lächelte Angela an. »Komm schon. Ich seh dir doch an, dass du es kaum erwarten kannst.«

Angela lachte und wiegte sich hin und her. Zu dem harten Beat ließ sich leicht tanzen, er hatte das perfekte Tempo: nicht zu schnell, nicht zu langsam. Sie stellte ihr Glas auf der Stereoanlage ab, drehte die Lautstärke noch einen Tick höher und begann sich zu bewegen. Sie war eine geübte Tänzerin, hatte – ebenso wie Geo – jahrelang Unterricht in Jazzdance und Ballett gehabt. Jetzt hob sie die Arme und legte den Kopf in den Nacken, sodass ihre Haare ihr bis zur Taille reichten. Tanzend sang sie den Text mit:

YOU LET ME VIOLATE YOU

YOU LET ME DESECRATE YOU

Langsam ließ sie die Hüften kreisen, dann winkte sie Geo zu sich. »Komm, tanz mit mir.«

Geo lachte und schüttelte den Kopf, aber Calvin schien von der Idee angetan. Er fasste ihr an die Brüste, dann küsste er sie wieder, ein schiefes Grinsen in seinem hübschen Gesicht. »Das würde mir sehr gut gefallen.« Er beugte sich vor und flüsterte ihr ins Ohr. »Keine macht mich so an wie du.«

HELP ME

I'VE GOT NO SOUL TO SELL

Angestachelt vom Alkohol und von Calvins Worten, stand Geo vom Bett auf und gesellte sich zu ihrer Freundin. Angela fasste sie an der Taille und drehte sie so zu sich, dass Geos Hintern sich in ihren Schritt schob. Sie fuhr mit den Händen über Geos Schultern, ließ sie zu den Brüsten gleiten und massierte sie einen Moment lang. Schockiert, aber zu betrunken, um sich zur Wehr zu setzen – so hatten Angela und sie einander noch nie angefasst –, schaute sie zu Calvin hinüber. Es war nicht zu übersehen, dass er die Szene genoss. Er lag an ein Kissen gelehnt da, die Arme hinterm Kopf verschränkt, und sein Grinsen sprach Bände. Geo tanzte weiter mit ihrer besten Freundin, dabei umhüllte sie die Musik wie eine Decke.

I WANT TO FUCK YOU LIKE AN ANIMAL
I WANT TO FEEL YOU FROM THE INSIDE

Während Calvin ihnen zuschaute, drehte Geo sich um und sah ihre Freundin an. Angelas Blick war glasig, ihr Gesicht glühte vor betrunkenem Vergnügen. Weil sie spürte, dass Calvin das wollte, beugte Geo sich vor und küsste sie. Angela zuckte überrascht zusammen. Auch das hatten sie noch nie getan, aber das Wissen, dass Calvin ihnen zusah, nahm Geo alle Hemmungen. Angela schien es genauso zu gehen, denn ihre Lippen öffneten sich, und sie begannen, leidenschaftlich zu knutschen.

Angelas Lippen waren weich. Sie war kleiner als jeder Typ, und sanfter. Alles fühlte sich irgendwie ... höflicher an. Feuchter. Süßer. Sie schmeckte nach Cola und Rum und Lipgloss. Es war nicht richtig gut, aber eigentlich auch nicht schlecht. Es war ... anders. Und überhaupt nicht so schräg, wie Geo es sich vorgestellt hätte, wenn sie je darüber nachgedacht hätte.

Plötzlich stand Calvin hinter ihr, sie spürte seine Hände unter ihrem Kleid und seine Lippen an ihrem Hals. Sie knutschte immer noch mit Angela, aber die Augen ihrer Freundin waren offen. Sie beobachtete alles. Ihr entging nichts.

Doch dann drehte sich wieder alles, und Übelkeit überkam sie noch schlimmer als zuvor. Geo hasste es zu kotzen. Sie würde nicht kotzen, koste es, was es wolle. Das wäre der absolute Partykiller, und sie hatten doch gerade alle so einen Riesenspaß.

Oder etwa nicht?

»Ich brauch 'ne Pause«, keuchte sie. Sie befreite sich aus der kollektiven Umarmung. »Tanzt ihr allein weiter.«

Sie ließ sich aufs Bett fallen und seufzte beinahe vor Behagen, als ihr Rücken auf die Matratze sank. Es war so gut, sich hinzulegen, sich von der wummernden Musik tragen zu lassen. Sie hörte, dass Calvin etwas sagte und Angela daraufhin lachte, und nach einer Weile zwang sie sich, die Augen zu öffnen und hinzusehen. Die beiden tanzten immer noch, Angela rieb ihr Becken an Calvin. Calvin schüttelte den Kopf, grinste aber auch. Er zog Angela fester an sich, umschlang sie mit den Armen. Becken an Becken gepresst bewegten sie sich zum Rhythmus der Musik.

Das ärgerte Geo. Natürlich ärgerte sie das. Aber es war doch nur Spaß, oder? Angela war ihre beste Freundin. Calvin war ihr Freund. Beide liebten sie. Sie würden nichts Unanständiges tun. Es war alles gut. Geo würde ein Nickerchen machen und erfrischt wieder aufwachen, dann konnte die Party weitergehen.

Sie schloss die Augen, und genoss es. Die Musik wurde leiser. Die Welt wurde schwarz.

Geo wusste nicht, wie lange sie weggetreten gewesen war, aber ihre Ohren wachten früher auf als ihre Augen. Die Musik hatte aufgehört. Sie hörte ein Stöhnen, gefolgt von einem Keuchen, und dann noch einem Stöhnen.

Als sie schließlich die Augen aufbekam, war rundherum alles dunkel, und sie brauchte eine Weile, bis sie etwas ausmachen konnte. Alle Lampen in Calvins Apartment waren ausgeschaltet, bis auf das Nachtlicht in der Küche, das einen schwachen Schimmer verbreitete. Sie lag immer noch auf dem Bett, ihr Kopf fühlte sich tonnenschwer an, und hinter beiden Augen pochte es. Sie versuchte festzustellen, aus welcher Richtung das Keuchen kam. Schließlich entdeckte sie Calvin auf dem Sessel an der Wand. Er lag auf jemandem. Geo konnte einen Arm ausmachen, der von der Sofakante herunterbaumelte, ein Stück von einem Kleid und nackte Beine, die weit gespreizt waren. Ihr Freund lag dazwischen und bewegte sich rhythmisch.

Angela.

Eine weiße Spitzenunterhose lag zusammengeknüllt auf dem Boden, daneben Calvins Jeans und Boxershorts. Sie sah, wie die Muskeln seiner nackten Arschbacken sich anspannten, während er keuchend zustieß und Geräusche von sich gab, die sie noch nie von ihm gehört hatte.

Ihr Freund und ihre beste Freundin vögelten miteinander.

Geo öffnete den Mund, um etwas zu sagen, doch es kamen keine Worte heraus. Ihre Kehle war wie zugeschnürt, und ihr drehte sich der Magen um. Sie versuchte sich aufzusetzen, aber ihre Muskeln gehorchten ihr nicht, sie fühlten sich an wie Pudding.

Vergeblich versuchte sie etwas zu sagen. Ihre Augen gewöhnten sich immer mehr an das Dämmerlicht, und schließlich konnte sie Angelas Gesicht sehen.

Die Augen ihrer besten Freundin waren offen, aber glasig. Ihre Lippen waren geöffnet. Die beiden Mädchen schauten einander an, und Angelas Mund formte ein Wort, das Geo nicht hören konnte.

Obwohl Geo nicht Lippen lesen konnte, wusste sie, welches Wort das war.

Nein.

Calvin stöhnte, stieß ein letztes Mal zu und zitterte am ganzen Körper, als er kam. Dann löste er sich von Angela. Geo konnte seinen erigierten Penis sehen, der im schwachen Licht glänzte. Er hatte kein Kondom benutzt. Er stand auf und langte nach seinen Klamotten. Angela blieb reglos auf dem Sofa liegen, die Beine gespreizt, das Kleid bis zur Taille hochgeschoben, die Vagina entblößt. Ihre Augen waren trüb, ihr Gesicht aschfahl, und als sie den Kopf bewegte, lief ihr eine Träne über die Schläfe bis zum Ohr. Sie stöhnte leise und schloss langsam ihre Beine.

Geo war wie betäubt. Sie konnte nicht begreifen, was geschehen war.

Was hatten die beiden getan? Hatte Angela es überhaupt gewollt? Hatte sie es überhaupt *mitbekommen*?

Endlich fand Geo ihre Sprache wieder. »Was hast du getan?«, fragte sie Calvin heiser.

Ihr Freund drehte sich um und sah, dass sie ihn anstarrte. Er verzog das Gesicht.

»Sie wollte es«, sagte er. »Sie hat sich auf mich gestürzt. Sie hat einfach nicht aufgehört. Es war nicht meine Schuld. Wenn du dich aufregen willst, reg dich über sie auf.« Er bückte sich, hob Angelas zusammengeknüllte Unterhose auf und warf sie ihr in den Schoß. »Zieh dir was an.«

Er klang angewidert.

Angela, die immer noch halb nackt auf dem Sessel lag, begann leise zu wimmern. Es war das schlimmste Geräusch, das Geo je gehört hatte. Ihre beste Freundin weinte wie ein Baby, die Schluchzer kamen leise und flach.

»Was hast du getan?«, fragte Geo Calvin noch einmal. »Das ist... das ist absolut nicht in Ordnung.«

Sie setzte sich mühsam auf. Ihr dröhnte der Schädel, als würde ihr jemand immer und immer wieder einen Basketball an den Kopf werfen.

»Er hat einfach nicht aufgehört«, sagte Angela schließlich, mit vor Entsetzen aufgerissenen Augen. »Ich hab Nein gesagt, ich hab ihm gesagt, er soll aufhören, aber er hat nicht aufgehört...«

»Halt die Klappe, du Flittchen«, sagte Calvin. »Sie wollte es«, meinte er zu Geo gewandt. Angelas Schluchzen wurde lauter und kehliger. »Deine Freundin ist 'ne Hure. Ich wollte das nicht, aber sie hat mich so aufgegeilt, dass ich gar nicht anders...«

»Du hast mich vergewaltigt!« Angelas Schrei zerriss die Nacht wie ein Blitz. »Du hast mich vergewaltigt, du Schwein!«

Geo rieb sich die Schläfe, ihre Kopfschmerzen wurden immer schlimmer. Calvin starrte Angela an, die Lippen verzerrt, die Augen schmal, die Fäuste geballt. Geo kannte diesen Blick, sie wusste genau, was er bedeutete. Angela musste unbedingt aufhören zu schreien. Das Schreien würde alles nur noch schlimmer machen. Geo musste ihre Freundin warnen, aber ihr Gehirn arbeitete zu langsam, und sie bekam die Worte nicht zusammen.

»Halt die Klappe«, sagte Calvin zu Angela. »Du bist eine verfluchte Hure, und du wolltest es...«

»Ich wollte es nicht! Du hast mich vergewaltigt, du Tier!«, kreischte Angela. Sie zog sich das Kleid über die Schenkel und versuchte sich aufzusetzen. Ihre Haare waren strähnig und fielen ihr ins Gesicht. Ihre Schminke war verschmiert, die Wimperntusche bildete schwarze Schlieren unter den Augen. »Du bist ein Widerling! Du hast mich vergewaltigt, du hast mir wehgetan, du bist ein verdammter Dreckskerl, und ich geh zur Polizei, und du kannst im Knast verrotten, du verfluchter Psychopath...«

Sie konnte den Satz nicht beenden, weil Calvin ihr ins Gesicht schlug. Benommen fiel sie zurück auf den Sessel, kam aber nach ein paar Sekunden wieder zu sich. Mit erstaunlicher Energie sprang sie vom Sessel auf und rannte zur Tür. Doch Calvin war schneller. Er packte sie von hinten mit beiden Händen am Hals und drückte zu. Es gelang ihr, sich loszureißen, doch er bekam ihre Haare zu fassen und riss ihren Kopf nach hinten. Mit einem Ruck zog er seinen Gürtel aus der Jeans, wickelte ihn um ihren Hals, drückte ihr ein Knie in den Rücken, um sie unten zu halten, und zog den Gürtel zu. Angela wehrte sich verzweifelt, sie kratzte ihm die Arme blutig und strampelte mit den Beinen.

Es passierte alles so rasend schnell, dass es völlig unwirklich schien.

»Calvin, hör auf«, sagte Geo und rappelte sich vom Bett auf. Es gelang ihr, beide Füße auf dem Boden aufzusetzen, aber als sie einen Schritt machen wollte, stolperte sie. »Calvin, bitte. *Hör auf.*«

Er hörte sie gar nicht, oder es scherte ihn nicht. Er ließ nicht von Angela ab. Die Augen traten ihr aus den Höhlen, ihre Beine strampelten immer noch, aber ihre Kräfte ließen nach.

Geo versuchte noch einen Schritt, aber alles um sie herum drehte sich gnadenlos, und sie fiel hin. Ihre Freundin hörte auf, sich zu wehren. Calvin hielt den Gürtel noch angezogen, bis er schließlich die Arme sinken ließ, während er mit einer Faust immer noch den Gürtel umklammert hielt.

Angela bewegte sich nicht. Ihr Kopf war unnatürlich abgewinkelt, ihr Mund geöffnet. Speichel lief ihr übers Kinn. Die Augen waren weit aufgerissen und leer. Sie sah aus wie eine lebensgroße Puppe, die jemand auf den Boden geworfen und liegen gelassen hatte.

Geo drehte den Kopf zur Seite und übergab sich.

»Los, hilf mir«, sagte Calvin und stieg über Angela hinweg. Er zog die Tagesdecke vom Bett und breitete sie auf dem Boden aus. »Mach schon.«

»Was tust du da?«, fragte Geo. Sie würgte immer noch. Der Gestank des Erbrochenen war überwältigend. Calvin schien es gar nicht zu bemerken. Sie kämpfte gegen den Brechreiz an und zwang sich aufzustehen. »Du hast ihr wehgetan. Wir müssen die Polizei anrufen. Wir müssen den Notarzt rufen.«

»Sie ist tot.«

»Sie ist nicht tot!«, kreischte Geo.

Die Vorstellung war vollkommen absurd. Natürlich war ihre beste Freundin nicht tot. Das war unmöglich. Angela Wong war Cheerleaderin, eine gute Schülerin, sie wurde von allen an der St. Martin's Highschool bewundert. Noch vor ein paar Stunden war sie lebendig gewesen und hatte auf Mike Bennetts Schoß gesessen, mit Geo getanzt, gelacht, sie war Angela gewesen, sie war *lebendig* gewesen. Es war einfach unmöglich, dass sie tot war.

Nein. *Nein.*

Dennoch lag Angela jetzt auf dem Boden und rührte sich nicht.

Ja. O Gott. Ja. Angela war tot. Weil Calvin sie umgebracht hatte. Nachdem er sie vergewaltigt hatte.

Geo übergab sich erneut, bis ihr Magen leer war.

Sie musste hier raus. Sie musste Hilfe holen. Sie musste mit jemandem reden.

»Du hängst da mit drin«, sagte Calvin, als hätte er ihre Gedanken gelesen. Ächzend hob er Angela hoch, legte sie auf die Decke und fing an, sie darin einzurollen. Absurderweise musste Geo plötzlich daran denken, wie sie und Angela in der siebten Klasse im Hauswirtschaftsunterricht gelernt hatten, Frühlingsrollen zu wickeln.

»Wir müssen die Polizei rufen«, sagte Geo, und zum ersten Mal in dieser Nacht klang ihre Stimme normal. »Wo ist dein Telefon?«

»Wenn du die Polizei rufst, wandern wir beide in den Knast.« Calvin stöhnte vor Anstrengung, Schweißperlen bildeten sich auf seiner Stirn. »Du hast mitgemacht. Du hast sie hierhergebracht.«

»Das ist doch nicht meine Schuld!«

»Das ist *alles* deine Schuld«, sagte er und zeigte mit dem Finger auf sie. Instinktiv wich sie zurück. »Du hast sie hergebracht, ihr wart beide halb nackt, und sie tanzt vor meiner Nase rum, reibt sich an mir, diese verdammte Schlampe…«

»Halt den Mund! Es ist nicht ihre Schuld!«

»Hilf mir gefälligst«, befahl Calvin. »Wir müssen sie erst mal hier rausschaffen, den Rest klären wir später.«

»Ich kann das nicht«, sagte Geo und brach in Tränen aus. »Ich hab sie lieb gehabt.«

»Und ich liebe dich«, sagte Calvin. Sie blinzelte. Es war das erste Mal, dass er das sagte. »Und wenn du mich liebst – wenn du mich jemals geliebt hast –, dann hilfst du mir jetzt, sie hier rauszuschaffen. Wenn nicht, dann landen wir beide im Knast. Lass nicht zu, dass sie dein ganzes Leben zerstört. Wir bringen das wieder in Ordnung. Und jetzt hilf mir, verdammt noch mal. *Jetzt.*«

Als sie sich nicht rührte, sagte er mit leiser, sanfter und drohender Stimme: »Georgina, bitte. Ich will dir nicht auch wehtun müssen.«

Angela Wong, die Königin von St. Martin's und Geos beste Freundin war nur noch ein Klumpen Fleisch auf dem Boden.

Calvin zog sich die Schuhe an und einen Pullover über sein T-Shirt. Dann bückte er sich, packte die Leiche und hievte sie sich auf die Schulter.

»Mach mir die Tür auf«, sagte er.

Sie begruben sie im Wald hinter Geos Haus, dem einzigen Ort, von dem sie annahmen, dass dort um diese Nachtzeit niemand war. Sie hatte Calvin geholfen, die Leiche ihrer besten Freundin in den Wald zu tragen, und es kam ihr vor, als hätten sie sie zehn Kilometer weit geschleppt, bis sie eine passende Stelle fanden, dabei waren es nur knapp hundert Meter gewesen.

Jeder erlebt irgendwann einen entscheidenden Moment, etwas, das ihn unwiderruflich in eine neue Richtung stößt, etwas, das seine Substanz angreift, oder ihn für immer verändert. Ihr letztes Bild von Angela – mit Erde auf dem Gesicht, während Calvin das Grab zuschaufelte – sollte Geo für den Rest ihres Lebens nicht mehr loslassen. Dieses Gesicht hatte sie in den folgenden vierzehn Jahren jede Nacht vor sich gesehen, bis die Polizei sie in ihrer Firma verhaftete. Erst dann hörten die Träume auf.

Aber die Schuldgefühle? Die gehen nie weg. Sie bleiben an dir haften wie ein übler Geruch, den du auch mit noch so viel Seife nicht wegbekommst. Du kannst dir ein neues Leben aufbauen, eine neue Liebe finden, ins Gefängnis gehen für die schreckliche Tat, zu der du Beihilfe geleistet hast ... aber die Schuldgefühle bleiben, sie stinken wie unsichtbarer Unrat, der unter dem Bett verfault und einfach nicht weggeht, sosehr du auch versuchst, ihn zu beseitigen.

Denn der Gestank – nach verfaulendem Fleisch, nach verfaulender Seele – bist du selbst.

23

Die Briefe, die Geo im Gefängnis erhalten hat, liegen um sie herum auf dem Bett. Sie hat sie geöffnet und gelesen. Einen nach dem anderen faltet sie die blauen Bögen wieder und steckt sie in die Umschläge zurück. Dann legt sie die Briefe in eine Schachtel, die sie in der untersten Schublade ihres Nachttischs verstaut, in der sie auch das Marmeladenglas aufbewahrt.

Sie fühlt alles, und gleichzeitig empfindet sie nichts.

Es ist so leicht, sich in der Vergangenheit zu verlieren und sich von dem Gewicht und dem Gewirr der Erinnerungen begraben zu lassen, die sie mit sich herumschleppt. Um das zu überstehen, um ein halbwegs normales Leben führen zu können, muss sie das alles abspalten. Dieses Kapitel ihres Leben, die Highschoolzeit, ist am besten aufgehoben in einer geschlossenen Schachtel in einer Schublade, um nur dann hervorgeholt und seziert zu werden, wenn sie dazu gezwungen ist. Ansonsten lautet die Devise: Nicht dran denken.

Es ist ihre einzige Möglichkeit, um weiterzuleben.

Es dauert länger als erwartet, bis sich ihr Leben nach Hazelwood wieder normal anfühlt. Alles erscheint ihr wie ein Luxus, den sie eigentlich nicht verdient hat. Ausgiebig duschen. Lang aufbleiben. Ausschlafen. Netflix. Pizza bestellen. Kreditkarten. Selbst die Auswahl an Tampons im lokalen Walgreens ist unglaublich. Im Gefängnis gab es nur eine Sorte. Man kaufte sie in Zweierpackungen, und sie waren schrecklich.

Sie geht nicht gern aus dem Haus. Bis auf Mrs. Heller, die sie absichtlich anstarrt, gehen die Nachbarn Geo um jeden Preis aus dem Weg. Eine Frau, die ein paar Häuser weiter wohnt, war am Morgen mit ihrem Kinderwagen auf dem Weg zum Park, aber als sie sah, wie Geo die Mülltonne an den Bordstein brachte, hat sie die Straßenseite gewechselt. Als hätte sie Angst, Geo könnte ihr etwas antun. Oder dem Kind. Glaubten die Leute wirklich, sie wäre zu so etwas fähig? Doch Geschichten werden verdreht, und mit der Zeit werden sie immer gruseliger.

Am Nachmittag hat sie jemand dabei fotografiert, wie sie ein Dose Baked Beans aus dem Regal nahm. *Bohnen*, Herrgott noch mal. Er hat es nicht mal heimlich gemacht, hat das Handy gezückt und ganz ungeniert ein Foto geschossen. Zweifellos, um es auf Facebook zu posten.

Geo sitzt zu Hause auf dem Sofa, eingewickelt in die alte Decke ihrer Mutter, die ganz fleckig und abgenutzt ist, von der ihr Vater sich aber einfach nicht trennen kann. Der Fernseher läuft, und sie hat die Lautstärke aufgedreht, um sich von ihren Gedanken abzulenken. Sie fühlt sich einsam, und die Ironie entgeht ihr nicht. Im Gefängnis hatte sie Freundinnen. Ihr Terminkalender im Friseursalon war immer voll. Es wurde gelacht und gescherzt. Sie fühlte sich gebraucht. Jetzt klingelt ihr schickes Smartphone nie, und die einzigen E-Mails, die sie erhält, sind Werbemails vom Pizza-Lieferservice. Sie hat alle Freiheit dieser Welt und kann sie nicht genießen.

Das ist die ultimative Strafe. Aber bald wird Cat entlassen, und dann wird alles besser werden. Ganz bestimmt.

Sie hat am Vormittag bei sechs Friseursalons angerufen, die über die Website der Emerald Beauty Academy eine Friseurin suchen. Bei zwei Salons wurde gleich aufgelegt, als sie ihren Namen nannte und die Chefin sprechen wollte. Bei zwei weiteren wurde ihr erklärt, die Stelle sei schon vergeben. Die letzten zwei haben sie zu einem Bewerbungsgespräch eingeladen, vermutlich weil sie nicht wussten, wer sie ist.

Aber kaum hat sie den Laden betreten, wussten sie es. Die Chefin des ersten Salons erbleichte bei Geos Anblick und forderte sie auf zu gehen. Im zweiten Salon sah die Chefin sie ungläubig an.

»Das soll wohl ein Witz sein! Mich interessiert nicht, wie gut Sie sind. Ich lasse Sie doch nicht mit scharfen Werkzeugen in die Nähe meiner Kundinnen.«

»Ich könnte Telefonanrufe entgegennehmen, Haare zusammenfegen, mich bewähren…«

»Tut mir leid.« Die Frau, etwa in Geos Alter, schüttelte den Kopf. »Ich habe einen kleinen Laden, und ich kann mir keine schlechte Publicity leisten.«

Geo bedankte sich und wandte sich zum Gehen.

»Du erinnerst dich nicht an mich, oder?«, fragte die Frau, als Geo die Hand schon auf die Türklinke legte. »Ich war mit dir und Angela auf der Highschool.«

Geo drehte sich langsam um. Eine Angestellte saß am Computer und tat so, als würde sie nicht lauschen, obwohl nicht zu übersehen war, dass sie es tat.

»Ich bin Tess DeMarco«, sagte die Chefin. »Ich war auch bei den Cheerleadern.«

Geo blinzelte überrascht. Auf der Highschool war Tess brünett und schlank gewesen. Jetzt war sie blond und massig. Aber ihre Augen, mit denen sie Geo voller Verachtung anschaute, waren noch dieselben.

»Komisch«, sagte Tess und trat näher. »Als Angela verschwunden ist, dachte ich schon, du hättest ihr vielleicht was angetan. Weil euer Streit beim Cheerleadertraining in der Woche davor so hässlich war. Ich kann mich noch an dein Gesicht erinnern, als sie dich vor allen anderen angeschrien hat; du warst tierisch wütend und hast dich in Grund und Boden geschämt. Aber dann hab ich daran gedacht, dass ihr euch ja wieder vertragen hattet und alles wieder wie vorher war, und mir gesagt, nein, du hast ihr bestimmt nichts angetan. Ich hatte sogar ein schlechtes Gewissen, weil ich es zuerst gedacht hatte. Aber letztlich hatte ich recht, stimmt's?«

Geo sagte nichts.

»Ich glaube an das Schicksal«, flüsterte Tess. »Und die Tatsache, dass du immer noch da bist, und Angela nicht, bedeutet, dass dir deins noch bevorsteht. Und jetzt verschwinde aus meinem Salon, Georgina. Und lass dich hier nie wieder blicken.« Sie hielt die Tür auf und sah Geo durch das Fenster nach, als sie zu ihrem Auto ging.

Es überrascht Geo nicht, dass Tess Angela so positiv in Erinnerung hat. Angela Wong konnte strahlen wie die Sonne, und wenn ihr Licht auf einen fiel, fühlte man sich besonders, wichtig, geschätzt. Aber wenn sie einem ihr Licht verweigerte, was sie häufig wegen irgendwelcher Nichtigkeiten tat, dann versank man in Dunkelheit. Dazwischen gab es nichts. Angela erlebte alles intensiv, und wenn man in ihrer Nähe war, erlebte man alles wie sie.

Der einzige Mensch, der das eventuell verstand, war Kaiser. Er war der Einzige, der Angela genauso geliebt hatte wie Geo, dem sie genauso gefehlt hat wie ihr. Aber im Gegensatz zu Geo hat er erst Jahre später erfahren, was Angela zugestoßen ist. Es nicht zu wissen, hat ihn fast in den Wahnsinn getrieben.

Während es Geo in den Wahnsinn getrieben hat, es zu wissen.

Sie muss auf dem Sofa eingeschlafen sein, denn als die Türklingel sie weckt, ist eine ganze Stunde vergangen. Sie macht auf, immer noch in die Decke gewickelt. Es ist Kaiser, und er sieht genauso erschöpft aus, wie sie sich fühlt. Er trägt seine Dienstmarke, was bedeutet, dass er dienstlich da ist.

»Komm rein«, sagt sie und tritt zur Seite.

»Ich hätte dich vorher anrufen sollen«, bemerkt er und schließt die Tür hinter sich. »Ich war gerade in der Gegend, musste noch mal was im Wald überprüfen. Hab dein Auto gesehen.«

»Gibt's was Neues?«

Er schüttelt den Kopf. Die Frustration steht ihm ins Gesicht geschrieben. »Nein. Nichts. Die Spur, die wir von Calvin hatten, war unbrauchbar. Ich hab das Gefühl, dass ich irgendwas Offensichtliches übersehe, und das macht mich ganz verrückt. Etwas, das direkt vor meiner Nase liegt, aber ich sehe es nicht.«

Geo steht vor ihm. Ihre Blicke treffen sich. Er hat wieder dasselbe Aftershave benutzt, ein mildherbes, und einmal mehr wird ihr bewusst, wie lange sie schon keinen Sex mehr hatte. Gefängnissex zählt nicht.

»Schön, dich zu sehen«, sagt sie, und sie meint es ernst. »Ich wünschte...«

»Was?«

»Ach, nichts.« Sie setzt sich aufs Sofa und lässt die Decke von der Schulter gleiten. Sie trägt ein T-Shirt und eine Trainingshose, ihre Hauskleidung, wenn sie nirgendwohin muss. Er setzt sich ans andere Ende des Sofas und mustert sie.

»Ich wollte dir doch neulich was erzählen«, sagt Kaiser. »Über den Doppelmord, bei dem ich ermittle. Über den kleinen Jungen.«

»Ja, ich erinnere mich.«

»Der Junge ist – war – der Sohn der ermordeten Frau.«

Geo runzelt die Stirn. »Versteh ich nicht. Ich hab doch seine Eltern in den Nachrichten gesehen. Sie haben eine Pressekonferenz abgehalten. Seine Mutter trauert, aber sie lebt.«

»Das ist die Adoptivmutter. Die Frau, die zusammen mit dem Kind gefunden wurde, war seine leibliche Mutter.«

Schweigend versucht Geo, diese Neuigkeit zu verdauen, und ihr wird bewusst, wie unterschiedlich die abgespaltenen Bereiche in ihr darauf reagieren. Sie krachen regelrecht gegeneinander, wie Metall auf Metall, laut kreischend. Äußerlich lässt Geo sich diesen inneren Aufruhr jedoch nicht anmerken.

»Das ist noch nicht alles«, sagt Kaiser. »Der leibliche Vater ist Calvin James.«

Das Kreischen in ihrem Inneren verstummt. Alles wird still.

»Ich habe es dir bisher noch nicht gesagt, weil wir solche Dinge nicht öffentlich bekanntgeben, solange wir nicht genau wissen, was sie bedeuten«, sagt Kaiser. »Nicht mal den Bowens, den Eltern des Jungen, hab ich es mitgeteilt. Und das werde ich auch nicht tun, solange wir nicht beweisen können, dass Calvin der Täter ist.«

»Und warum erzählst du es mir?«, fragt sie.

»Weil ich nicht weiß, wem ich es sonst erzählen soll«, erwidert er. »Soweit ich weiß, bist du der einzige Mensch, der Calvin gut gekannt hat und der noch lebt.«

Sie schließt die Augen, atmet tief aus und öffnet sie wieder. »Und was willst du von mir wissen? Ob ich glaube, dass Calvin dazu fähig wäre, sein eigenes Kind zu töten?«

»Hältst du das denn für unmöglich?« Kaiser betrachtet unverwandt ihr Gesicht. »Du kennst ihn besser als sonst irgendjemand. Du hast aus unmittelbarer Nähe mitbekommen, wozu er fähig ist. Und neunzehn Jahre sind lang genug, um sich zu einem Ungeheuer zu entwickeln.«

Geo stößt ein freudloses Lachen aus. »Ach, Kai. Calvin hat sich nicht erst zu einem Ungeheuer entwickelt. Calvin war *schon immer* ein Ungeheuer. Nur dass ich das damals nicht kapiert hab.«

Sie hat sich noch nie so klein, so allein gefühlt. Im Gefängnis, umgeben von Geschnatter, von den Stimmen der Frauen, die mit ihr in dem Kasten eingesperrt waren, hat sie sich jedenfalls nicht so gefühlt. Da war ihr klar, dass sie dort hingehörte, und fünf Jahre lang hat sie das durchgehalten, weil es sein musste. Es lag ein gewisser Trost darin zu wissen, wo die Mauern standen. Sie hat sich sicher gefühlt – vielleicht anfangs nicht, aber mit der Zeit. Das Leben hier draußen, frei, bindungslos, nicht geerdet, macht ihr Angst.

Das sagt sie Kaiser nicht, aber er scheint ihre Gedanken zu lesen. Er nimmt ihre Hand und drückt sie sanft, sein Blick zeugt von Mitgefühl. Es hat eine Weile gedauert, aber inzwischen sieht sie wieder den Jungen von damals, der sie von Herzen gernhatte, wie sie war, und der nichts von ihr erwartete außer ihrer Freundschaft, auch wenn er ihr einmal deutlich gemacht hat, dass er sich mehr gewünscht hätte.

Ohne groß darüber nachzudenken, beugt sie sich vor und küsst ihn.

Verblüfft versucht er, sich wegzudrehen, aber die Sofalehne ist im Weg; um ihr auszuweichen, müsste er aufstehen. Doch er steht nicht auf. Stattdessen erwidert er ihren Kuss leidenschaftlich und gierig, eine Hand in ihrem Haar, die andere an ihrer Wange, und es fühlt sich genauso an wie damals auf Chad Fentons Party, als sie allein in der Waschküche waren. Hätte sich Geo an dem Abend anders entschieden – hätte sie sich auf Kaiser eingelassen, anstatt ihn von sich zu stoßen –, wäre nichts von dem geschehen, was danach kam. Sie wäre nicht zu Calvin gegangen, und Angela könnte noch leben.

Kaiser küsst ihren Mund, ihren Hals, die weiche Stelle hinter den Ohren und dann wieder ihre Lippen. Sie erwidert die Küsse, schmiegt sich an ihn. Ihre Hand fährt unter sein Hemd und öffnet seinen Gürtel. Er fummelt an ihrem BH herum, erst gleitet ihr das T-Shirt von den

Schultern, dann der BH, und seine Lippen suchen ihre Nippel. Sie ist so erregt, dass es beinahe schmerzt. Sie will ihn mit jeder Zelle spüren.

Seine Küsse sind regelrecht wüst. Seine Hände sind überall, er reißt sie auf die Füße und zieht ihr die Trainingshose herunter. Sie stehen direkt vor dem Wohnzimmerfenster, aber es ist ihr egal. Scheiß auf die Nachbarn, sollen sie doch glotzen. Er vergräbt sein Gesicht in ihrem Schritt und sie stöhnt auf. Er greift ihr in den Slip, und es fühlt sich so gut an, dass sie fast auf der Stelle zum Orgasmus kommt.

Doch dann zwingt sie sich innezuhalten. Sie will sich ganz sicher sein, dass er auch wirklich sie meint. Sie will ihm nichts vormachen. Sie ist es leid, Leute zu täuschen oder jemanden zu spielen, der sie nicht ist. So zu tun, als sei sie ein guter Mensch.

»Du weißt, dass ich kein guter Mensch bin, oder?«, fragt sie. »Ich will mir sicher sein, dass du das weißt, bevor wir irgendwas tun, bevor das hier weitergeht. Ich habe Menschen verletzt, Kai. Ich habe schreckliche Dinge getan.«

»Ich weiß«, erwidert Kaiser. »Ich weiß. Aber du bedeutest mir alles, Georgina. Du hast mir immer alles bedeutet.«

Sie sind oben in ihrem alten Kinderzimmer, und die Tür ist geschlossen, obwohl sie allein im Haus sind. Die Nachmittagssonne wirft rosafarbene Streifen durch die Spitzengardine. Es gibt keine Jalousien, die man schließen könnte. Alles ist beleuchtet, alles ist offen sichtbar.

Sie liegt auf dem Bett, während er ihr ganz langsam

den Slip auszieht; er schiebt ihn über ihre Hüften, ihre Schenkel, ihre Knöchel, lässt sie warten. Sonst hat sie nichts mehr an. Er betrachtet ausgiebig ihren nackten Körper. Sie öffnet ihre Schenkel ein wenig und lässt ihn alles sehen, was er sehen möchte. Sie entblößt alles. Ausnahmsweise.

Sein Gesicht ist vor Erregung gerötet, und dann muss er lächeln. Es ist kein verliebtes Lächeln. Es ist einfach ein amüsiertes Lächeln, und das verunsichert sie.

»Was ist los?«, fragt sie und stützt sich auf die Ellbogen, plötzlich ängstlich. »Seh ich nicht so aus, wie du es erwartet hast?«

Kaisers Lächeln wird breiter. »Im Gegenteil. Das ist es ja. Du siehst noch besser aus. Aber ich dachte gerade, wenn mir das schon mit sechzehn passiert wäre – und du hast keine Ahnung, wie sehr ich mir das damals gewünscht hab –, wäre ich schon in meiner Unterhose gekommen.«

Erleichtert lacht sie. »Damit hätte ich kein Problem.«

»Keine Chance«, sagt er. »Ich bin inzwischen erwachsen, Georgina. Ich werd's dir beweisen.«

Er zieht sein Hemd aus, dann seine Jeans und seine Boxershorts. Er sieht überhaupt nicht so aus, wie sie es erwartet hat, andererseits hat sie damals auch nicht darüber nachgedacht. Sie hat nichts von ihm erwartet. Er ist schön. Er ist erregt, und er ist bereit.

Kaiser dringt in sie ein, langsam, aber nicht sanft, und sie gibt sich ihm hin.

24

Eine Stunde nachdem er gegangen ist, ist sein Geruch immer noch in den Laken, und Geo lässt sich hineinsinken. Die ersten Selbstzweifel melden sich. Sie ist ein Ex-Häftling, Kaiser ist Polizist. Wie sollte das mehr sein, als ein kleiner Fick am Nachmittag? Wahrscheinlich ist sie für ihn sowieso nur das Mädchen, das er auf der Highschool nicht haben konnte. Nachdem das jetzt erledigt ist, wird sie vermutlich nie wieder von ihm hören. Cops haben einen Heldenkomplex, oder? Sie müssen jemanden retten. Oder, in Geos Fall, jemanden erlösen.

Nur ... dass es sich für sie überhaupt nicht so anfühlt. Mit Kaiser zusammen zu sein gibt ihr das Gefühl, genau dort zu sein, wo sie hingehört. Und das hat sie nicht mehr empfunden, seit Angela tot ist.

Sie rollt sich auf die Seite und nimmt das leere Marmeladenglas aus der Nachttischschublade. Sie stellt es auf den Tisch und betrachtet die Brechungen des Sonnenlichts auf den verschiedenen Rundungen. Sie taucht in ihre Erinnerung ein.

In der Nacht des Mordes ist sie erst um vier Uhr nach Hause gekommen. Ihr Vater hatte Nachtschicht im Krankenhaus. Ebenso wie alle Häuser in der Nachbarschaft war ihr Haus dunkel, Straßenlaternen gab es nicht. Sie konnte Calvin nicht ansehen, er war ebenso wie sie mit Blut und Erde besudelt, seine Hände waren wund vom Graben. Die Innenbeleuchtung seines Trans Am schaltete sich ein, als er die Fahrertür öffnete, und ein leiser Piepton kam vom Armaturenbrett, weil der Schlüssel in der Zündung steckte.

»Georgina ...«, sagte er, aber sie wandte sich ab, bevor er weitersprechen konnte.

Sie ging ins Haus und schleppte sich die Treppe hoch. Jeder Muskel fühlte sich an, als wäre er von einem Lastwagen überrollt worden. Ihr war immer noch schlecht vom Alkohol, und jetzt, da das Adrenalin sich abbaute, konnte sie nicht mehr aufhören zu zittern. Ihr war fürchterlich kalt. Ihr Kleidchen, das für die Party bei Chad die richtige Wahl gewesen war, kam ihr jetzt total albern vor. Erde und Gras klebten an dem Stoff, Rindenstückchen und Blätter ... und Blut. So viel Blut. Sie streifte es sich im Badezimmer ab und ließ es auf den Teppich fallen. Sie drehte die Dusche so heiß auf, wie es ging und trat unter den kochend heißen Strahl, als könnte sie damit die schreckliche Tat, die sie gemeinsam mit Calvin begangen hatte, wegwaschen.

Ja, es war genauso ihre Schuld wie die Calvins. Er hatte recht. Sie hatte Angela zu ihm mitgenommen.

Die Erde und das Blut von ihren Händen bildeten dunkelbraune Schlieren in der Duschwanne. Die Erde, die sie auf Angelas Leiche geworfen hatten. Auf Angelas *Gesicht*.

Wie hatte sie es dazu kommen lassen können? Sie wusste, dass Calvin gewalttätig war. Sie hatte es am eigenen Leib erlebt, und sie hatte mitbekommen, wie er Typen in Kneipen Gewalt angedroht hatte. Sie hatte gesehen, wie er Angela den ganzen Abend angeglotzt hatte, zugleich angewidert und angetörnt von ihrem lasziven Verhalten.

Ihr Freund hatte ihre beste Freundin vergewaltigt. Vielleicht war Angela zu weit gegangen mit ihrer Tanzerei und Flirterei, und vielleicht hatte sie ihn auch geküsst – Geo wusste es nicht, sie war zu betrunken gewesen, um mitzubekommen, wie das Ganze angefangen hatte. Aber wie es geendet hatte, das wusste sie. An einem Punkt hatte Angela es beenden wollen. Sie hatte Nein gesagt. Das hatte Geo von Angelas Lippen abgelesen. Es war unmöglich, dass Calvin es nicht gehört hatte. Und sie hatte nichts unternommen, um ihrer besten Freundin zu helfen.

Sie blieb unter der Dusche, bis das Wasser kühler wurde. In ihrem Zimmer zog sie sich einen Trainingsanzug an und kroch unter die Bettdecke.

Irgendwann schlief sie ein und wurde erst am nächsten Morgen vom Telefon geweckt. Verschlafen öffnete sie die Augen. Auf dem schnurlosen Telefon auf ihrem Nachttisch erkannte sie Angelas Festnetznummer. Automatisch streckte sie die Hand aus, erstarrte jedoch mitten in der Bewegung. Das konnte nicht Angela sein, die da anrief.

Angela ist tot.

Sie setzte sich auf, während das Telefon immer weiterklingelte und das Display blinkte. Draußen war ihr Vater schon dabei, den Rasen zu mähen, in einer Stunde würde er nach oben kommen, duschen und versuchen, ein paar Stunden zu schlafen. So machte er das immer samstags nach der Nachtschicht.

Das Leben ging ganz normal weiter, bis auf eines.

Angela ist tot.

Langsam nahm sie das Telefon vom Nachttisch. »Hallo?«

»Georgina? Hier ist Candace Wong«, sagte Angelas Mutter forsch. »Tut mir leid, dass ich dich geweckt habe, Liebes. Kann ich mit Angie sprechen?«

»Sie...« Geo schluckte. »Sie ist nicht hier, Mrs. Wong.«

»Ach?« Pause. »Sie hat gesagt, sie wollte bei dir übernachten, da dachte ich, sie wäre noch da.«

Geo holte tief Luft. Sie musste es ihr sagen. Sie musste Mrs. Wong erklären, was passiert war, dass Angela tot war. Wie sollte sie das nicht tun?

Mrs. Wong deutete Geos Zögern falsch. »Du kannst es mir ruhig sagen, Liebes. Sie hätte uns gestern Abend anrufen sollen, sobald sie bei dir war. Victor war bis zwei Uhr wach, er hatte seine Pokerrunde. Er hätte eigentlich mitkriegen müssen, dass seine einzige Tochter nicht nach Hause gekommen ist.« Sie war offenbar sauer, aber nicht auf Angela.

Candace Wong würde nie wieder sauer auf ihre Tochter sein.

Geo klopfte das Herz bis zum Hals, und ihr dröhnte der Schädel. Sie fühlte sich, als hätte sie irgendetwas fürchterlich Saures geschluckt. In ihrem Magen brodelte es, und durch ihren Unterleib fuhren fürchterliche, brennende Schmerzen.

»Ich... sie ist gar nicht über Nacht bei mir gewesen. Ich hab sie zuletzt bei Chad gesehen.«

Sie schloss die Augen. Sie hatte gerade die erste – und wichtigste – Lüge ausgesprochen, die sie je erzählen würde.

»Chad Fenton?«, fragte Mrs. Wong. »Stimmt, sie hat gestern Abend was von einer Party gesagt. Seid ihr nicht zusammen weggegangen? Wart ihr nicht mit Kaiser dort?«

Sag's ihr. Sag's ihr jetzt. *Wir sind zusammen weggegangen, aber keine von uns ist nach Hause gegangen ...*

»Nein, sie ... wir ...« Geo holte tief Luft, ihre Gedanken rasten. »Ich bin früher gegangen, mir ging es nicht so gut. Ich wollte nach Hause. Angela und Kai sind noch auf der Party geblieben, als ich gegangen bin.« Die Worte purzelten ihr einfach aus dem Mund, und sie konnte sie nicht aufhalten.

»Dann muss ihr Auto ja noch bei Chad sein.« Mrs. Wong klang total sauer. »Ehrlich, Georgina, ich war nicht begeistert, als ihr Vater ihr dieses Auto gekauft hat. Sie ist schon verwöhnt genug. Habt ihr Mädels gestern Abend getrunken?«

Ja, wir haben getrunken. Ich habe die Früchte gegessen. Ich war total betrunken. Ich bin ohnmächtig geworden.

»Ein bisschen.«

Ein Seufzer am anderen Ende. »Na ja, ich werde dir keinen Vortrag zum Thema Alkohol bei Minderjährigen halten, das ist Sache deines Vaters. Zumindest wart ihr so vernünftig, nicht mit dem Auto zu fahren, aber Angie kriegt erst mal Hausarrest, wenn sie kommt. Das gibt richtig Ärger.«

Sie kommt nicht nach Hause, Mrs. Wong. Nie mehr.

»Ich spiele Tennis mit Chads Mutter«, sagte Mrs. Wong in verschwörerischem Ton. »Rosemarie ist ein bisschen neben der Spur, und ich weiß, dass ihr Mann trinkt. Sie schließen ihren Schnapsschrank nicht ab, und ich weiß, dass ihr älterer Sohn – der Schulabbrecher – auch trinkt. Ich werde sie gleich mal anrufen.« Sie seufzt erneut, diesmal ungehalten. »Kannst du in der Zwischenzeit vielleicht mal ein bisschen rumtelefonieren? Du weißt ja besser als ich, wo sie gelandet sein kann. Wenn du mit ihr sprichst, sag ihr, sie soll sofort nach Hause kommen. Ich ruf jetzt bei Kaiser an, aber wenn sie die Nacht bei 'nem Jungen verbracht hat, dann Gnade ihr Gott.«

Sie ist im Wald, Mrs. Wong, begraben in der Erde ...

Geo kniff die Augen zusammen. Sie musste die Wahrheit sagen. Es war das Mindeste, was sie tun konnte, und jetzt hatte sie die Möglichkeit, reinen Tisch zu machen, bevor sie sich in noch mehr Lügen verstrickte, bevor die anderen herausfanden, was passiert war.

Jetzt oder nie.

Sag's schon, verdammt noch mal!

Aber die Worte kamen nicht. Stattdessen hörte sie sich sagen: »Ich hör mich um. Wenn ich sie erreiche, sag ich ihr, sie soll sich bei Ihnen melden.«

Wer behauptete, lügen sei schwer, der irrt sich gewaltig. Lügen war ganz einfach. Lügen war wie mit einem heißen Messer weiche Butter schneiden. Lügen waren nichts weiter als ein Haufen Worte, zu einem hübschen Satz zusammengefasst, damit sie glaubhaft klangen.

Aber die Wahrheit zu sagen, das war unmöglich.

Sie verabschiedeten sich und legten auf. Geos in Leder gebundener Wochenplaner mit den Telefonnummern ihrer Freundinnen lag auf ihrem Nachttisch. Sie würde sie alle anrufen müssen, fragen, ob sie Angela gesehen oder von ihr gehört hätten, fragen, ob sie eine Ahnung hätten, wo sie sein könnte.

Denn so machten Lügner das. Sie logen. Und dann erfanden sie noch mehr Lügen, um die ersten Lügen abzusichern.

Sie stand vom Bett auf und schaute nach unten, als sie etwas Kleines, Hartes unter ihrem Fuß spürte. Es war ein Zimtherz, das aus dem fast leeren Marmeladenglas auf ihrem Nachttisch gefallen sein musste. Das Geschenk von Calvin. Auf dem cremefarbenen Teppichboden sah es aus wie ein kleiner Blutfleck.

Ihr drehte sich der Magen um. Sie würde es nicht bis ins Bad schaffen. Sie griff sich ihren kleinen Papierkorb und kotzte hinein. Es kam aber kaum noch etwas, weil sie sich schon in der Nacht übergeben hatte, und das trockene Würgen tat höllisch weh. Den Eimer an die Brust gedrückt, ging sie ins Bad. Entsetzt stellte sie fest, dass ihr Kleid noch zusammengeknüllt auf dem Badezimmerteppich lag, genau dort, wo sie es ausgezogen hatte. Sie hob es auf. Durch das Badezimmerfenster hörte sie den Motor des Rasenmähers. Ihr Vater hatte sich bis zum Rasen hinterm Haus vorgearbeitet. Er würde noch gut zwanzig Minuten beschäftigt sein.

Sie stopfte das Kleid und den Teppich zu dem Erbrochenen in den Papierkorb, ging nach unten, durch die Küche und schnurstracks in die Garage. Der Betonboden war kalt und staubig unter ihren Füßen, als sie den Papierkorb in die große blaue Mülltonne stopfte und unter die vollen Tüten schob, die sich bereits darin befanden. Dann ging sie zurück in ihr Zimmer, um ihre Freundinnen anzurufen, so wie sie es Candice Wong versprochen hatte.

Es war nicht so, als hätte sie die schreckliche Entscheidung zu lügen bewusst getroffen. Es war eher eine Folge kleiner Entscheidungen und eine Reihe kleiner Lügen gewesen, aber alle zusammengenommen wuchsen sie sich zu einem riesigen Berg aus.

Kurz nach dem Abendessen klingelte die Polizei an der Tür. Beim Anblick der beiden uniformierten Polizisten bekam Geo weiche Knie. Sie führte sie ins Wohnzimmer, wo ihr Vater gerade dabei war, die Pizza zu essen, die sie hatten kommen lassen. Walter wusste, dass Angelas Mutter angerufen hatte, er machte sich Sorgen, aber er wusste auch, dass die beste Freundin seiner Tochter in dem Ruf stand, es auf Partys ordentlich krachen zu lassen. Er vermutete, dass Angela einen Jungen getroffen hatte, von dem ihre Eltern nichts wussten, und Geo hatte nichts Gegenteiliges gesagt.

Im Gespräch mit den Polizisten gab Geo sich nach außen hin gelassen. Von ihrem inneren Aufruhr ließ sie sich nichts anmerken. Aber *falls* die Polizisten irgendeinen Verdacht äußerten, würde sie ihnen die Wahrheit sagen. Auf jeden Fall.

»Ich war gestern Abend ziemlich betrunken«, sagte sie. Sie brauchte ihren Vater nicht anzusehen, um zu ahnen, dass ihm Schock und Missbilligung ins Gesicht geschrieben standen. Er hatte sie noch nie betrunken erlebt, weil es eigentlich noch nie vorgekommen war. »Ich wollte das nicht, aber ich hatte seit dem Mittag nichts gegessen, und in der Bowle waren jede Menge Früchte …«

»Die Früchte isst man nicht«, sagte der jüngere der beiden Polizisten. Er lächelte reumütig, auf seinem Namensschild stand VAUGHN. »Das hab ich auch auf die harte Tour gelernt.«

Der andere Polizist, nur wenig älter, warf ihm einen genervten Blick zu. Auf seinem Namensschild stand TORRANCE. Die beiden hatten die Rollen des guten und des bösen Cop perfekt aufgeteilt. Torrance gab den Widerling und Vaughn den Netten, der einen zum Reden brachte.

»Fahren Sie fort«, forderte Officer Torrance Geo auf.

»Mir war nicht gut, und ich wollte nach Hause und habe Ang gesucht. Wir waren nach dem Spiel zusammen zu Chads Party gegangen. Aber sie war gerade mit Mike Bennett beschäftigt, und zwar ... na ja, ziemlich intensiv. Sie hatte auch ein bisschen getrunken. Aber es schien ihr gut zu gehen, also hab ich Tschüss gesagt und bin gegangen.«

»Sie sind erst sechzehn«, sagte Torrance mit steinerner Miene. »Trinkt ihr Mädchen häufig Alkohol?«

»Nein, überhaupt nicht«, sagte Geo, die das Gefühl hatte, sich verteidigen zu müssen, obwohl sie dazu kein Recht hatte. Ihr Vater saß mit zusammengepressten Lippen da; er war alles andere als begeistert von dem, was er gerade zu hören bekam. »Eigentlich mag ich gar keinen Alkohol, und Ang trinkt nur, wenn alle anderen es auch machen. Sie ist nicht so eine, die trinken muss, um sich zu amüsieren.«

»Und weiter?«, fragte Torrence.

»Das ist alles. Auf dem Weg nach draußen bin ich noch meinem Freund Kaiser über den Weg gelaufen, und wir haben kurz miteinander geredet. Dann bin ich los und war kurz vor Mitternacht zu Hause. Ich hab mich noch übergeben, bevor ich ins Bett gegangen bin.«

Sie musste an ihr Kleid denken, das zum Beweis für den gestrigen Abend blutverschmiert war und das sie in den vollgekotzten Eimer gestopft und mitsamt Eimer in der Mülltonne in der Garage verstaut hatte. Vielleicht würden die Polizisten ja merken, dass an ihrer Geschichte was nicht stimmte, und sich zeigen lassen, was sie am Abend angehabt hatte. Vielleicht würden sie ja das Kleid in der Garage finden.

Falls sie danach fragten, würde sie ihnen die Wahrheit sagen.

Aber sie fragten nicht. Sie schienen nicht den geringsten Verdacht zu schöpfen. Sie befragten stattdessen ihren Vater, der bestätigte, dass er die ganze Nacht im Krankenhaus gearbeitet und nicht mitbekommen hatte, dass seine Tochter betrunken nach Hause gekommen war.

»Und Sie haben Angela zuletzt auf der Party bei Chad Fenton gesehen, und da war sie mit Mike Bennett zusammen?«, fragte der jüngere Polizist.

»Ja.« Sie überlegte, ob er die Frage vielleicht wiederholte, damit sie sich in Widersprüche verstrickte, falls sie log. Sie war tatsächlich allein von der Party weggegangen – Kaiser würde es bezeugen können, falls man ihn fragte, genauso wie ein Dutzend anderer Leute –, aber bestimmt hatte auch irgendjemand mitgekriegt, dass Angela kurz darauf ebenfalls gegangen war und Geo auf der Straße eingeholt hatte.

Falls das jemand aussagte und falls man sie danach fragte, dann würde sie die Wahrheit sagen.

Aber auch danach fragte niemand. Stattdessen sagte der ältere Polizist: »Hat Angela einen Freund, von dem ihre Eltern nichts wissen? Hat sie mal gesagt, dass sie von zu Hause weglaufen wollte?«

War es das, was sie vermuteten? War das die Richtung, in die sie ermitteln würden? Geo linste zu ihrem Vater hinüber, der ziemlich selbstzufrieden wirkte, weil die Polizisten offenbar laut aussprachen, was er dachte.

»Wenn sie außer Mike noch einen Freund hat, weiß ich jedenfalls nichts davon«, sagte Geo. »Also, was das Weglaufen angeht, ich weiß nicht, mit wie vielen Leuten Sie schon gesprochen haben, aber Angela hat es doch richtig gut. Weglaufen, das machen doch eher Leute, die mit ihrem Leben nicht klarkommen? Aber Ang findet ihr Leben super.«

»Also gut, ich denke, wir sind dann fertig«, sagte Torrance und stand auf. Officer Vaughn tat es ihm nach. »Wenn Ihnen noch irgendwas einfällt, rufen Sie mich bitte an.«

Er legte sein Kärtchen auf den Sofatisch, schüttelte Geos Vater die Hand und ging.

Geo schloss die Tür hinter ihnen; sie wusste, dass sie sich jetzt einen Vortrag übers Trinken würde anhören müssen. Was in Ordnung war, und sie hatte nicht vor, sich mit ihrem Vater anzulegen. Im Moment wollte sie sowieso nirgendwo anders sein als zu Hause.

»Und? Wie lange kriege ich Hausarrest?«, fragte sie ihren Vater, bevor er etwas sagen konnte.

»Wie kommst du denn darauf?«, wollte Walt erschöpft wissen und ließ sich aufs Sofa fallen. »Hab ich dir schon jemals Hausarrest aufgebrummt?«

»Nein.«

Er rieb sich das Gesicht mit beiden Händen. »Du solltest keinen Alkohol trinken. Und vor allem solltest du nachts nicht allein nach Hause gehen. Draußen treibt sich 'ne Mengel Gesindel rum.«

Ich weiß, ich gehöre auch dazu. »Die Gegend hier ist sicher, Dad.«

»Darum geht es nicht«, entgegnete er. »Seit deine Mutter gestorben ist, sind nur wir beide übrig. Und ich arbeite viel, was bedeutet, dass du häufig allein bist.«

»Das ist in Ordnung…«

»Nein, das ist nicht in Ordnung, verdammt«, sagte er. »Du bist sechzehn. Du brauchst mich noch, du solltest dich auf mich verlassen können, mich anrufen können, wenn du nach Hause musst, damit ich dich abhole. Es ist überhaupt nicht in Ordnung, dass du von einer Party betrunken weggehst und keine andere Möglichkeit hast, als zu Fuß nach Hause zu gehen. Ja, wir wohnen in einem sicheren Viertel, aber es laufen eine Menge Verrückte da draußen rum. Du hättest mich anrufen sollen. Und noch wichtiger, du solltest die Gewissheit haben, dass du das jederzeit tun kannst.«

»Aber du warst doch bei der Arbeit.« Geo sah, dass er aufgewühlt war. Gott, wenn er wüsste…

»Meine wichtigste Aufgabe ist hier zu Hause«, sagte Walt und stand auf. »Ich habe schon genug Dienstjahre auf dem Buckel, eigentlich müsste ich keine Nachtschichten mehr schieben. Ich lasse mich darauf ein, weil ich so mehr verdiene. Aber die Zeit fehlt mir dann für dich. Ich esse in der Cafeteria zu Abend, während du allein zu Hause isst, und das ist einfach Mist. Du bist der wichtigste Mensch in meinem Leben, und ich sollte endlich auch danach handeln. Was passiert ist, sollte uns beide wachrütteln, verstehst du?«

Ihr Vater deutete ihren Gesichtsausdruck falsch und lächelte. »Keine Sorge, ich will dich nicht einengen. Wir brauchen beide unseren Freiraum. Aber ich sollte dich von überall abholen können, bis du ein eigenes Auto hast. Ich sollte in der Regel abends zum Essen zu Hause sein.« Er ließ die Schultern hängen. »Was, wenn du diejenige wärst, die verschwunden ist? Wenn du eines Abends nicht nach Hause kämst? Du bist alles, was ich habe. Ich weiß, dass Angelas Eltern kaum Zeit für ihre Tochter haben. Und was kommt dabei raus? Jetzt weiß keiner, wo sie ist. Ich darf gar nicht daran denken.«

»Sie taucht bestimmt bald wieder auf.« Die Lüge blieb ihr fast in der Kehle stecken.

Die Polizei befragte alle, die auf der Party gewesen waren, aber Mike Bennett traf es am härtesten. Der Quarterback der St. Martin's Highschool wurde mit aufs Revier genommen und dort vierundzwanzig Stunden festgehalten. Seine Eltern mussten einen Anwalt einschalten. Alle Kids, die auf der Party waren – mindestens hundert im Lauf des Abends –, bestätigten Geos Aussage, dass Angela die meiste Zeit mit Mike verbracht hatte. Er gab zu Protokoll, dass Angela irgendwann gegangen war und sein Kumpel Troy Shermander, der Wide Receiver der St. Martin's Bulldogs, ihn nach Hause gefahren hatte. Dort hätten sie sich noch ein paar Bierchen genehmigt und ein Video von ihrem letzten Footballspiel angesehen, dann seien sie vor dem Fernseher eingeschlafen. Er verwahrte sich entschieden gegen die Unterstellung, sie hätten eine homosexuelle Beziehung, und gab das auch nicht zu, als die Polizisten ihm dringend rieten, ehrlich zu sein, wenn er nicht verhaftet werden wolle. Mikes Eltern drohten mit einer Klage, sollten die Polizisten an ihrer Unterstellung festhalten, denn es gab derzeit mehrere Collegemannschaften, die sich für ihren Sohn interessierten. Da die Polizei sonst nichts gegen Mike in der Hand hatte, musste man ihn laufen lassen.

Am Montagmorgen in der Umkleide bekam irgendwer zufällig mit, wie Mike Bennett – der seine Homosexualität so stark leugnete, dass er es selbst glaubte – ein paar Kumpels erzählte, es würde ihn überhaupt nicht wundern, wenn Angela abgehauen wäre, um Pornostar zu werden. »Ich hab noch nie eine kennengelernt, die so scharf auf Sex war. Die und Cheerleaderin? Alles Show«, sagte er. »Sie steht auf schräges Zeug.«

Natürlich rückte er nicht mit der Sprache heraus, um was für schräges Zeug es sich handelte. In den folgenden Wochen wurde noch vieles behauptet, aber diese eine Behauptung regte Geo am meisten auf. Klar, Angela hatte mit Mike rumgemacht, aber nur ein bisschen, denn, *hallo*, Mike war schwul. Er log, um seinen eigenen Arsch zu retten. Mehr als einmal war Geo drauf und dran, ihn zur Rede zu stellen.

Aber sie brachte es nicht fertig. Mike Bennett als Lügner zu entlarven, wäre die reinste Heuchelei.

Angela Wongs Verschwinden war sowohl Stoff für die Nachrichten als auch für die Gerüchteküche. Leute, die nicht die geringste Ahnung hatten, was passiert war, waren sich plötzlich ganz sicher, Angela an Orten gesehen zu haben, wo sie nie gewesen war, mit Leuten, die

312

sie nicht einmal gekannt hatte. Alle zerrissen sich das Maul, in jeder Klasse, in jeder Unterrichtsstunde, in der ganzen Highschool, ob die Kids sie nun gekannt hatten oder nicht. Und mit der Zeit wurden die Geschichten immer weiter ausgeschmückt, bis sie so lächerlich waren, dass Geo laut gelacht hätte, wenn sie nicht die Wahrheit gekannt hätte.

»Ich hab gehört, dass sie zuletzt beim 7-Eleven gesehen wurde«, sagte Tess DeMarco zu Geo im Matheunterricht. »Angeblich ist sie in einen Bus nach San Francisco gestiegen und wohnt jetzt da bei einem älteren Typen. Ich wette, die ist in einer Woche wieder hier. Sie will nur ihre Eltern ärgern und auf sich aufmerksam machen.«

»Ach nee, sprichst du jetzt wieder mit mir?«, fauchte Geo, die sich gut daran erinnern konnte, dass Tess sie unbedingt aus dem Cheerleaderteam werfen wollte. War das erst eine Woche her?

»Wieso? Wir sind doch immer Freundinnen gewesen.« Tess blinzelte und stellte sich dumm. Erst wollte sie Angelas beste Freundin sein, und dann hatte sie sich nach deren Verschwinden in der Cafeteria sofort an Mike Bennett rangemacht. Der war natürlich froh, ein anderes Mädchen am Arm hängen zu haben, das Angelas Rolle übernahm.

Lauren Benedict, die auch bei den Cheerleadern war, meldete sich ebenfalls zu Wort. »Mal ernsthaft, Leute, was ist denn, wenn ihr was Schlimmes zugestoßen ist? Wenn sie rausgefunden hat, dass Mike schwul ist, und er sie umgebracht hat? Womöglich hat er sie irgendwo vergraben.«

»Mike Bennett ist nicht schwul«, sagte Tess und lief rot an. »Red kein dummes Zeug über Sachen, von denen du keine Ahnung hast, Lauren.«

Geo schüttelte nur den Kopf und vertiefte sich in ihr Mathebuch. Sie wollte nur nach Hause. An dem Morgen hatte es sie all ihre Energie gekostet, sich auf den Weg zur Schule zu machen. »Haltet alle beide die Klappe. Echt jetzt.«

Es war jetzt erst drei Tage her, aber die Last der Lügen forderte ihren Tribut. Geo konnte weder essen noch schlafen. Angelas Mutter hatte sie schon ein halbes Dutzend Mal angerufen und gefragt, ob Geo von ihren Freundinnen in der Schule irgendetwas Neues erfahren hatte. Die Anrufe waren die reinste Tortur, und nach jedem ging es ihr noch schlechter. Nach dem letzten Anruf rannte sie ins Bad und erbrach die Hähnchen-Pie, die ihr Vater zum Abendessen in der Mikrowelle warm gemacht hatte. Walt führte es darauf zurück, dass sie krank war vor Sorge um ihre beste Freundin. Natürlich war es auch genau das, nur nicht so, wie er und alle anderen dachten.

Geo rechnete ständig damit, dass die Cops hereinstürmten, um sie zu verhaften. Sie wusste nicht, wie sie noch einen Tag in der Schule verbringen und so tun sollte, als wäre sie genauso verwirrt und besorgt wie alle anderen. Am vierten Abend war sie so erschöpft, dass sie endlich einschlief, nur um kurz darauf nass geschwitzt aus einem Albtraum aufzuwachen.

»Du«, hatte der ältere Polizist in ihrem Traum gerufen. Sie saß in der Cafeteria, und alle starrten sie an, als die beiden Polizisten mit gezückten Pistolen hereinkamen und mit ihren Dienstmarken wedelten. »Du bist daran schuld, dass sie in der Erde verfault. Du. *Du.*«

Sie weinte in ihr Kissen, schluchzte, dass es ihren ganzen Körper schüttelte. Sie musste reden. So konnte sie nicht weiterleben, und es war verdammt noch mal nicht fair gegenüber Angelas Eltern. Zumindest ihrem Vater musste sie es sagen. Er würde wissen, was zu tun war. Aber allein der Gedanke drehte ihr den Magen um. Sie wollte ihren Vater nicht enttäuschen, aber sie wusste auch, dass seine Enttäuschung das geringste Problem wäre, wenn er erführe, wobei sie mitgeholfen hatte.

Die Uhr auf dem Nachttisch zeigte ein Uhr. Walt schlief längst, seine Tür war geschlossen, das Geräusch seiner Einschlafhilfe, ein weißes Rauschen, war gut zu hören. Morgen früh würde sie ihrem Vater alles gestehen, und dann würden sie zusammen zur Polizei gehen. Okay, es würde ihr Leben ruinieren, aber sie hatte zumindest noch ein Leben, das sie ruinieren konnte. Angela nicht. Ihre beste Freundin hatte gar keine Chance gehabt.

Morgen. Morgen würde sie reinen Tisch machen.

Nachdem sie diesen Entschluss gefasst hatte, gelang es Geo, wieder einzuschlafen, nur um eine Stunde später von einem Klopfen am Fenster erneut geweckt zu werden.

Erschrocken schaute sie zum Fenster. Beim Anblick von Calvins Gesicht erstarrte sie. Sie hatten seit jener Nacht nicht miteinander gesprochen, und Geo hatte angefangen zu glauben, wenn sie sich das nächste Mal sehen würden, wäre mindestens einer von ihnen in Handschellen.

Sie stieg aus dem Bett. Sie hatte eine alte Trainingshose an und ein T-Shirt mit einem Loch unter der Achsel. Ihr Gesicht war verschwitzt und ihr Haar auf dem Kopf zu einem wilden Knoten verdreht. Vom Stress hatte sie drei Pickel am Kinn. Calvin kannte sie nur perfekt zurechtgemacht, aber das war ihr jetzt egal. Sie hatten einander bei dem Schlimmsten gesehen, das sie je tun würden; fettige Haare und ein paar Pickel waren nichts dagegen.

Sie öffnete das Fenster, und er kletterte ins Zimmer, eine Reisetasche über der Schulter, die prall gefüllt zu sein schien.

»Wo ist dein Auto?«, fragte sie, aus Angst, der leuchtend rote Trans Am würde vor dem Haus stehen, wo alle Nachbarn ihn sehen konnten.

»Verkauft.«

Sie fragte nicht, warum. Es war ihr egal. Er setzte sich auf die Bettkante, ließ die Tasche auf den Boden fallen und nahm das Glas mit den Zimtherzen vom Nachttisch. Es waren nur noch ein paar übrig, er schüttelte sie heraus und begann, sie sich in den Mund zu stecken.

Endlich war das Glas leer.

»Wie geht es dir?« Er musterte sie von oben bis unten, hob eine Braue angesichts der ausgebeulten Trainingshose und ihrer fettigen Haare. »Du sieht scheiße aus.«

»Ich fühl mich noch schlimmer.«

»Das solltest du nicht«, sagte er. »Du kannst nichts mehr daran ändern.«

»Morgen sag ich es meinem Vater«, erklärte Geo. »Es ist doch sowieso nur noch eine Frage der Zeit, bis die Polizei es rausfindet.«

»Wird nicht passieren.« Calvin nahm ihre Hand und drückte sie. Sie versuchte sie ihm zu entreißen, aber er ließ sie nicht los. »Wenn die irgendwas wüssten oder auch nur einen Verdacht hätten, hätten sie uns längst festgenommen. Niemand wird es rauskriegen, solange wir dichthalten.«

»Mir geht's total beschissen«, sagte sie und sah ihn an. »Dir etwa nicht? Wie kannst du überhaupt noch schlafen? Wie kannst du essen? Ich kriege überhaupt nichts auf die Reihe.«

Er ließ ihre Hand los und fuhr sich durchs Haar. »Dann denk einfach nicht dran.«

»Wie soll das denn gehen?«, fragte Geo leise. »Du hast sie umgebracht.«

»Du hast sie auch umgebracht«, entgegnete er.

Sie fuhr hoch. »Nein. Wie kannst du so was sagen?«

»Nach dem Gesetz ist es dasselbe. Du hast mir geholfen, die Leiche wegzuschaffen. Du hast mir geholfen, die Tat zu vertuschen. Du hast die Polizei belogen.« Calvins Ton war ruhig und sachlich. »Wenn das jemals rauskommt, bist du genauso dran wie ich.«

»Und jetzt haust du ab?«, fragte sie und zeigte auf seine Reisetasche. »Wolltest du mir das sagen? Die ermitteln immer noch und stellen Fragen. Ich kann nicht... ich kann nicht dauernd alle Leute anlügen. Ich kann Angelas Mutter nicht anlügen.«

»Du musst ja nicht lügen. Sag einfach nichts.«

Er sah sie mit festem Blick an. An der Oberfläche sah er genauso aus wie immer: attraktiv, entspannt, selbstbewusst. Aber da war etwas Neues unter der Oberfläche. Etwas, das sie hatte aufblitzen sehen, wenn sie sich gestritten hatten, etwas, das sich kurz zeigte, dann aber wieder versteckte. Was auch immer das war, jetzt versteckte es sich nicht mehr. Sie spürte es. Dieses Etwas sah sie jetzt an und beobachtete sie aus seinem tiefsten Inneren heraus.

»Ich liebe dich«, sagte Calvin. »Daran hat sich nichts geändert. Du könntest mit mir kommen.«

Ihr wurde ganz schwindelig. Was auch immer er für sie empfinden mochte, so konnte sich Liebe nicht anfühlen. Was sie verband, war etwas ganz und gar Kaputtes, etwas Giftiges, etwas, das auch sie umbringen würde, wenn sie sich nicht möglichst schnell davor in Sicherheit brachte.

»Das geht nicht«, sagte sie. »Ich muss die Schule zu Ende machen. Und ich kann meinen Dad nicht alleinlassen.«

Er nickte. »Ich weiß. Aber ich wollte dich trotzdem fragen.«

Er beugte sich vor und küsste sie. Ihr wurde schlecht, und sie versuchte, sich abzuwenden, aber er nahm ihr Gesicht in beide Hände und küsste sie leidenschaftlich. Er hatte ein Zimtherz im Mund, sie spürte das harte Bonbon auf seiner Zunge. Süß und scharf und würzig, alles zugleich. Der Geschmack war ihr vertraut, aber jetzt verursachte er ihr Übelkeit.

»Hör auf«, sagte sie, aber er hörte nicht auf.

Er schob sie aufs Bett und rollte sich auf sie, achtzig Kilo Muskeln hielten sie fest. Es war nicht viel anders als die Küsse nach einem schlimmen Streit, wenn er versucht hatte, sie zu besänftigen, nachdem er sie geschlagen, gekniffen oder geboxt hatte. Also hielt sie still, während er sie leidenschaftlich küsste, weil sie aus Erfahrung wusste, dass es ihn nur wütend machte, wenn sie sich wehrte, dass er sich dadurch abgelehnt fühlte. Wenn sie jetzt stillhielt und sich von ihm befummeln ließ, würde er irgendwann merken, dass sie nicht wollte, und damit aufhören.

Sein heißer Atem roch widerlich säuerlich, als er ihren Hals küsste, ihre Ohren, ihre Schultern. Er arbeitete sich weiter nach unten vor und schob ihr das T-Shirt hoch. Als er ihre Nippel mit der Zunge bearbeitete, entfuhr ihr ein Wimmern. Es war alles total daneben, so unglaublich daneben ... aber zugleich war es auch irgendwie gut. Trotz all dem Grauen fühlte sie sich immer noch zu ihm hingezogen. Er war immer noch Calvin, und so funktionierten sie zusammen. Außerdem war er jetzt der einzige Mensch auf der Welt, den sie nicht belügen musste.

Und sie liebte ihn immer noch, was sollte sie tun? Solche Gefühle lösten sich nicht innerhalb weniger Tage in Luft auf, sosehr sie sich das auch wünschte, sosehr sie wusste, dass es besser wäre.

Sie protestierte nicht, als er ihr die Trainingshose herunterzog oder ihren Slip zur Seite schob, um ihre feuchte Stelle zu finden und sie noch feuchter werden zu lassen; der kühle Zimtgeschmack seiner Zunge war so köstlich, dass sie nach Luft schnappte. Sie ekelte sich vor sich selbst, aber sie kam nicht dagegen an. So hatte er sie schon unzählige Male berührt, und er wusste genau, was er tun musste, wusste, wo er Druck ausüben musste und wie lange.

Als sie hörte, wie er seine Gürtelschnalle öffnete, machte sie die Augen auf. Sie hatten noch nie Sex gehabt – nicht das, was sie sich unter wirklichem Sex vorstellte, keinen Geschlechtsverkehr. Sie war noch Jungfrau, und sie schob seine Hand weg und versuchte sich im Bett aufzusetzen.

»Das können wir nicht machen«, sagte sie. »Calvin, bitte. Du musst jetzt gehen.«

Er grinste, und sie sah seine Zähne im Dämmerlicht ihres Zimmers. »Ich hab dir doch immer gesagt, wir würden den richtigen Moment abwarten, oder?«, fragte er und öffnete den Reißverschluss seiner Jeans. Seine Erektion zeichnete sich in seiner Unterhose deutlich ab, und er rieb seinen Schwanz durch den dünnen Stoff, ohne Geo dabei aus den Augen zu lassen. »Jetzt ist der richtige Moment, Georgina. Wir werden uns nie wiedersehen. Ich will dein Erster sein.«

»Nein«, sagte Geo. »Ich will nicht, okay? Bitte...«

Er war auf ihr, bevor sie zu Ende sprechen konnte, und jetzt fühlte er sich noch schwerer an. Mit einer Hand hielt er ihr brutal die Arme hinter dem Kopf fest, während die andere ihr den Slip herunterzog und ihre Schenkel auseinanderschob. Sie war noch feucht von seinen Küssen, aber sie wollte nicht mehr angefasst werden. Sie wollte das alles nicht. Sie wollte, dass er aufhörte.

Es gelang ihr, einen Arm aus seinem Griff zu befreien, und sie schlug ihm mit der Faust auf den Rücken. »Calvin, bitte, ich will nicht...«

»Ich werde der Erste sein, Georgina, damit du mich nie vergisst.«

Sein Penis drang in sie ein, plötzlich und gewaltsam. Der Schmerz war durchdringend und stechend. Sie schrie auf, aber er hielt ihr den Mund zu, während er weiter in sie hineinstieß, immer tiefer, und es war viel schmerzhafter, als sie es sich je vorgestellt hätte. Sie versuchte, ihn am Rücken zu kratzen, aber mit ihren kurzen Fingernägeln konnte sie nichts ausrichten. Das war nicht der Calvin, den sie zu kennen glaubte, der immer zärtlich zu ihr gewesen war, den es stolz machte, sie zu befriedigen. Das war überhaupt kein Sex, oder? Das war etwas ganz anderes.

Das war Unterwerfung. Er nahm sich einfach das, was sie ihm nicht geben wollte. Das war Vergewaltigung.

»Hör auf«, jammerte sie, als die Hand über ihrem Mund ein bisschen verrutschte. »Hör auf! Bitte!«

Calvin hörte sie, natürlich hörte er sie, aber er war in seiner eigenen Welt, in der nur zählte, was er wollte, was er brauchte. Nichts sonst existierte. Schließlich gab Geo auf und ließ einfach alles geschehen. Es war sinnlos, sich zu wehren. Damit machte sie alles nur noch schlimmer. Es tat nur noch mehr weh.

Das Schicksal hatte sie eingeholt, und es war schrecklich.

Er verschwand genauso, wie er gekommen war, durch das Fenster. Nach dieser Nacht sah Geo ihn nie wieder. Erst Jahre später, vor Gericht.

Kaiser hat sie neulich gefragt, ob sie keine Angst davor hätte, dass Calvin zurückkommen könnte, um sie fertigzumachen. Sie hat ihm geantwortet, sie habe keine Angst, und das entspricht der Wahrheit. Schon in der Nacht, als er ihre beste Freundin vergewaltigt und ermordet hat, hat Calvin das Beste von ihr geraubt. Was noch übrig war, hat er ihr in der Nacht genommen, als er sie in ihrem Zimmer vergewaltigt hat, während ihr Vater im Zimmer nebenan schlief.

Geo betrachtet das leere Marmeladenglas auf ihrem Nachttisch. Früher hat es einmal all ihre Unschuld, alles Gute an ihr enthalten. Sie hat es die ganze Zeit aufgehoben. Ein Therapeut hätte vielleicht seinen großen Tag, wenn er zu analysieren versuchte, warum sie es nie weggeworfen hat, und vor allem, warum sie es an einer Stelle in ihrem Zimmer aufbewahrt hat, wo sie es immer sehen konnte.

Die Antwort darauf war ganz einfach. Es war ihre Strafe für das, was sie Angela angetan hatte. Und eine Erinnerung an ihr eigenes Trauma, an den Schmerz, den sie sich selbst zugefügt hat, weil sie jung und dumm war.

Ihr Handy piept. Es ist eine SMS, und sie kommt von Kaiser. Ein Lächeln umspielt ihre Lippen. Vielleicht kann das ja etwas werden mit ihr und ihm … solange sie ihm nicht die ganze Geschichte erzählt.

Niemand, nicht einmal Kaiser, würde sie noch lieben, würde er die ganze Geschichte kennen.

Sie erbleicht, als sie den Text liest.

Zwei weitere Leichen im Wald hinter St. Martin's. Eine Frau und ein Kind, genauso getötet wie die ersten beiden.

Wenige Sekunden später kommt eine zweite Nachricht.

Calvin wurde in der Stadt gesehen. Bleib im Haus. Schließ die Tür ab.

Teil vier
Depression

25

Mo hat lange blonde Haare, warme braune Augen, ein leichtes Grinsen im Gesicht und eine Neigung zum Sabbern. Mo ist ein Hund. Und zwar ein Leichenspürhund. Der Golden Retriever klopft aufgeregt mit dem Schwanz aufs Gras, als Kaiser sich dem Baum nähert, unter dem er liegt, ungefähr sechs Meter von der Stelle entfernt, an der er die Leichen gefunden hat, im Wald hinter der St. Martin's Highschool. Er und Kaiser sind sich schon häufig begegnet.

Mos Frauchen blickt auf und lächelt. Jane Bowman, Anfang sechzig, trägt Wanderkleidung: wasserdichte Jacke, Jogginghose, Stiefel. Wie üblich ist sie ungeschminkt, das lange graue Haar hat sie mit einem schwarzen Gummi zusammengebunden.

»Ich dachte, ihr beide wärt im Ruhestand«, sagt Kaiser lächelnd zu Jane, und die beiden umarmen einander herzlich.

»Ich auch«, erwidert sie, und Mo steht auf. Er stupst Kaiser an, der sich hinkniet und den Hund erst einmal ausgiebig tätschelt, bevor er sich wieder aufrichtet.

»Dann setz mich mal ins Bild.«

»Du weißt ja, Mo ist jetzt ein alter Knochen, genau

wie ich«, sagt Jane und betrachtet ihren Hund voller Zuneigung. Mo hat es sich wieder im Gras gemütlich gemacht und nagt an einem Hundeknochen, unbeeindruckt von der Geschäftigkeit der Polizisten und Spurensicherer um ihn herum. »Die Gelenke werden steif, die Hüften schmerzen, also haben wir uns letztes Jahr zur Ruhe gesetzt. Aber Arbeitstiere, egal, ob Hund oder Mensch, langweilen sich schnell im Ruhestand. Kannst dir ja vorstellen, wie er sich gefreut hat, als er bei unserem Waldspaziergang heute Morgen Witterung aufgenommen hat. Plötzlich war er ganz aufgeregt; er klebte mit der Nase auf dem Boden und war kaum noch zu halten. Zuerst wusste ich nicht, wie ich reagieren sollte, aber so hatte ich ihn schon lange nicht mehr erlebt. Also hab ich ihn von der Leine gelassen und bin ihm gefolgt, schmerzende Hüften hin oder her. Irgendwann ist er stehen geblieben und hat wie verrückt gebellt. Als ich bei ihm ankam, hab ich gesehen, dass an der Stelle die Erde aufgewühlt war. Erst da hab ich gemerkt, dass wir hinter der Highschool gelandet waren.«

»Vom Spazierweg am östlichen Waldrand bis hierher sind es ja fast vierhundert Meter«, bemerkt Kaiser, der sich über den alten Hund wundert. Mo blickt auf und grinst.

»Kommt ungefähr hin. Wie auch immer, ich weiß ja, was zu tun ist. Ich hab einen alten Freund bei der Polizei in Seattle angerufen und ihn gefragt, ob ihr herkommen und euch das mal ansehen wollt. Hat zwar ein paar Stunden gedauert, bis ihr aufgetaucht seid, aber jetzt seid ihr ja da.« Jane lächelt. »Und siehe da, Mo hat sich nicht geirrt.«

Kaiser bückt sich und tätschelt den Hund noch einmal. »Hast ihm hoffentlich ein Leckerchen gegeben.«

»Sogar zwei, die hat er sich redlich verdient.« Ihr Lächeln verschwindet. »Ich hab kurz gesehen, was ihr da ausgegraben habt. Scheußlich, was mit der Frau passiert ist. Und dann noch ein Kind, mein Gott. Ich hoffe, ihr kriegt das Schwein.«

Sie verabschieden sich, und Kaiser begibt sich zum Tatort. Zwei Leichen, wie beim letzten Mal. Die Frau scheint ein bisschen älter zu sein als das erste Opfer, Claire Toliver. Das Kind – diesmal ein Mädchen – ist auch ein bisschen älter, vielleicht drei oder vier. Ihre Eiskönigin-Puppe lag wenige Schritte entfernt. Abgesehen davon ist der Tatort identisch. Die Frau wurde zerstückelt, das Kind erwürgt, und auf der Brust des kleinen Mädchens ist das gleiche Herz mit demselben Lippenstift aufgemalt. Und darin steht das gleiche Wort.

SCHAU.

Ebenso wie bei Claire Toliver fehlen die Augen der Frau. Übrig sind leere Höhlen mit gezackten Rändern. Und auch diesmal glaubt Kaiser nicht, dass sie die Augen finden werden.

Er fragt sich, ob der Mörder sie irgendwo in einem Einmachglas aufbewahrt, wie Ed Gein. Oder ob er sie isst, wie Jeffrey Dahmer. Oder ob er sie einfach wegwirft, weil der Akt des Herausschneidens befriedigend genug war. Und was bedeutet das SCHAU? Was will der Mörder, das sie anschauen?

Oder ist es eine Art von Bestrafung für die Frau? Oder alle Frauen? Eine spezielle Frau? Weil sie nicht hingeschaut hat?

Kim steht neben ihm. Er hört das Kratzen ihres Bleistifts auf dem Notizblock, das Geräusch ist aufdringlich und stört ihn. Sie findet, dass das Aufschreiben den Dingen Bedeutung verleiht, es hilft ihr, sich später daran zu erinnern. Kaiser funktioniert anders. Er macht sich mentale Bilder und lässt seinen Gedanken einfach freien Lauf. Außerdem tut er das gern in Ruhe, und ihr kratzender Bleistift stört diese Ruhe.

Sie haben seit Tagen nicht über persönliche Dinge miteinander gesprochen, und ihm fällt ihr Ehering auf. Den trägt sie normalerweise im Dienst nicht oder wenn sie mit ihm allein ist, und er fragt sich, ob heute ein besonderer Tag ist. Vielleicht hatten sie und Dave ein schönes Wochenende, haben ihren Hochzeitstag gefeiert und das Feuer in ihrer Ehe neu entfacht. Er ist neugierig, aber er wird sie nicht fragen; es geht ihn nichts an, das hat es noch nie getan. Das Einzige, das toter ist als ihre Affäre, sind die Leichen hier im Boden, von denen eine zerstückelt ist.

Kim steckt ihren Notizblock weg. »Meinst du, das Kind ist auch von Calvin James?«

»Im Moment meine ich noch gar nichts«, erwidert er, schroffer als beabsichtigt, und fügt hinzu: »Wir werden es bald erfahren.«

»Ich kapier das nicht.« Sie verzieht angewidert ihr Gesicht und schüttelt den Kopf, sodass ihr blonder Pferdeschwanz schwingt. Kaiser kann sie gut verstehen. Der Anblick einer Leiche ist hart, vor allem, wenn es sich um ein Kind handelt. Und das ist in Ordnung. An einen solchen Anblick sollte man sich nicht gewöhnen, der sollte immer grauenhaft sein. »Warum sollte er seine eigenen

Kinder töten? Und, falls es sich so verhält wie in dem anderen Fall, warum die Mütter? Warum ihnen die Augen ausstechen? Das ist alles so verwirrend. Ich kann mir absolut keinen Reim darauf machen.«

»Lektion Nummer eins bei Serienmorden: Sie ergeben keinen Sinn«, sagt Kaiser. »Calvin James ist nicht wie du oder ich. Das war er vielleicht mal, aber er hat sich in etwas anderes verwandelt. Als ich ihn vor fünf Jahren festgenommen habe, war er der totale Soziopath. Solche Menschen handeln nicht logisch. Das Warum ist unwichtig; damit soll sich sein Gefängnispsychiater auseinandersetzen. Ich will das Schwein nur schnappen.«

»Das Kind ist identifiziert, Detective!« Ein Polizist kommt auf sie zu und wedelt mit seinem Handy. »Die Eltern haben heute Morgen eine Vermisstenanzeige aufgegeben. Ich hab sie hier. Ich kann sie Ihnen weiterleiten.«

Kurz darauf hat Kaiser das Dokument auf dem Handy. Er öffnet und überfliegt es.

»Wer ist sie?«, fragt Kim.

Er reicht ihr sein Handy, damit sie selbst lesen kann. Der Name des Mädchens lautet Emily Rudd. Vor zwei Tagen hat sie ihren vierten Geburtstag gefeiert. Sie ist in Issaquah verschwunden, einer Stadt eine halbe Autostunde östlich von Seattle. Das Gleiche wie bei Henry. Als die Eltern aufgewacht sind, war das Kind weg. Sie sind nicht sofort in Panik geraten, weil Emily Schlafwandlerin war und häufiger nachts durchs Haus geisterte. Und auch die Polizei hatte keinen Anlass, ein Verbrechen zu vermuten.

Aber es war ein Verbrechen, und zwar das schlimmste.

»Gott«, sagt Kim und gibt Kaiser das Handy zurück. »Die armen Eltern.«

»Ich will wissen, ob die Kleine auch adoptiert war. Ich habe die im Labor gebeten, sich mit dem DNA-Test zu beeilen, aber wenn wir wüssten, dass das Kind adoptiert wurde, hätten wir schon mal was in der Hand. Versuch du in der Zwischenzeit rauszufinden, wer die Frau ist.«

»Mach ich. Aber ich glaube, wir sollten mit Georgina Shaw reden. Sie ist die Einzige, die unseres Wissens nach eine intime Beziehung mit Calvin James hatte und noch lebt. Hast du eigentlich Kontakt zu ihr?«

»Ein bisschen.« Er spürt, wie sein Kiefer zuckt, und versucht, seine Muskeln zu entspannen, aber sie sieht es und weiß sofort, was es bedeutet.

»Kai«, sagt sie schockiert, und an ihrem Ton hört er, dass sie weiß, was passiert ist. Aber er will nicht darüber reden, nicht mit ihr. Sie haben beide Dummheiten gemacht, und es steht ihr nicht zu, ihn zu belehren. Sie tut es trotzdem. »Das kann nicht dein Ernst sein. Sie ist eine Verdächtige in diesem Fall.«

»Sie hat nichts damit zu tun.«

»Das ist voll daneben.«

Er wendet sich ihr zu. »Von dir muss ich mir weiß Gott keine Belehrung darüber anhören, welche Beziehungen daneben sind«, sagt er leise.

Kim läuft dunkelrot an. »Touché«, räumt sie kleinlaut ein. Sie wirft einen Blick über die Schulter, um sich zu vergewissern, dass niemand sie hört. »Trotzdem, wenn du dich auf sie einlässt, weil du sauer auf mich bist, dann …«

»Überschätz dich nicht«, erwidert Kaiser mit einem

Lächeln. »Aber im Ernst. Ich freue mich, dass du dich mit Dave wieder verstehst. Wir haben eine Weile miteinander gevögelt, jetzt ist Schluss damit, und das ist gut so. Das heißt aber auch, dass mein Privatleben dich nichts mehr angeht. Alles klar?«

Kim macht ein Gesicht, als hätte er ihr eine Ohrfeige verpasst. Sie hat Tränen in den Augen. Sie wendet sich ab, wischt sich die Tränen weg und reißt sich zusammen.

Er weiß, dass sie nie wieder darüber sprechen werden, und er würde sich nicht wundern, wenn sie um eine Versetzung bäte, sobald dieser Fall gelöst ist. So ist das mit Affären. Sie sind per definitionem vorübergehend. Irgendwann sind sie vorbei, und meistens enden sie schrecklich.

»Detective?« Ein anderer Polizist kommt mit einem Handy. Er tippt Kaiser auf die Schulter. »Ich hab die Eltern am Apparat. Sie sind gerade im Revier eingetroffen.«

»Das ging ja schnell.«

»Sie arbeiten beide hier in Seattle«, sagt der Polizist. Er hält das Handy hoch. »Was soll ich ihnen sagen?«

»Ich bin unterwegs.«

Trauer zeigt sich bei allen Menschen auf eine unterschiedliche Weise, und Kaiser hat schon vor langer Zeit gelernt, sich vor Urteilen zu hüten. Man kann Leuten nicht vorschreiben, was sie fühlen sollen, wann sie es fühlen sollen oder wie sie ihre Gefühle zeigen sollen. Daniel Rudd und Lara Friedman, Emily Rudds Eltern, brechen beinahe zusammen, als sie vom Tod ihrer Tochter erfahren, sie weinen und zittern und verlangen Einzelheiten, die Kaiser selbst noch nicht hat. Er versichert ihnen, dass der Tod schnell eingetreten ist und dass nichts auf einen sexuellen Missbrauch hindeutet.

Sie wollen ihre Tochter sehen, aber die Leichen werden gerade in der Pathologie untersucht. Kaiser zeigt ihnen stattdessen ein Foto – das am wenigsten schreckliche, das er hat, das, auf dem das Mädchen zu schlafen scheint –, und sie bestätigen, dass es sich um ihre Tochter handelt. Schon nach weniger als einer Stunde haben sie sich beruhigt, sind höflich, fast professionell in ihrem Verhalten. Ihre Augen sind rot gerändert, aber trocken. Sie sitzen nebeneinander, atmen und sprechen normal, fassen sich jedoch nicht an. Daniel Rudd ist Herz-Lungen-Chirurg am Harborview Medical Center, und Lara Friedman ist Kinderchirurgin am Seattle Children's Hospital. Kaiser kann nur vermuten, dass beide aufgrund ihrer Tätigkeit in der Lage sind, ihre Gefühle abzuspalten.

Sie haben noch weitere Kinder, Zwillinge, die durch In-vitro-Fertilisation gezeugt wurden. Shawn und Shayne sind sechs Jahre alt, und Lara Friedman zeigt Kaiser ein Foto ihrer Söhne auf einer Parkbank, mit ihrer kleinen Schwester in der Mitte. Emily hat keinerlei physische Ähnlichkeit mit ihren Brüdern – sie sind blond und blauäugig, während sie dunkles Haar und dunkle Augen hat –, aber die emotionale Bindung zwischen den dreien ist nicht zu übersehen. Ihre Eltern bestätigen, dass Emily adoptiert wurde.

»Obwohl wir die Zwillinge hatten, empfanden wir unsere Familie nicht als komplett«, sagt Lara, die Hände im Schoß verschränkt. Der Kaffee, den Kaiser ihr aus dem Pausenraum des Reviers geholt hat, wird in dem

Pappbecher kalt. Sie hat ihn nicht angerührt. »Ich wollte nicht noch eine künstliche Befruchtung durchmachen, deswegen haben wir uns bei einer christlichen Agentur, die Neugeborene von unverheirateten jugendlichen Müttern vermittelt, um eine Adoption beworben.«

»Was können Sie mir über Emilys leibliche Eltern sagen?«, fragt Kaiser.

»Warum ist das wichtig?«, will Daniel Rudd stirnrunzelnd wissen. »Wir haben nichts mit ihnen zu tun. Sasha wollte uns nicht mal den Namen des Vaters nennen. Er weiß gar nicht, dass sie ein Kind von ihm bekommen hat.«

»Sasha ist die leibliche Mutter?«

»Ja.« Der Mann blickt ihn unverwandt an. »Noch einmal: Warum ist das wichtig? Sie hat Emily nach der Geburt nie wiedergesehen.«

»Es ist relevant für den Fall«, sagt Kaiser einfühlsam. »Mehr kann ich Ihnen im Moment nicht sagen. Aber glauben Sie mir, jedes Detail, das Sie mir mitteilen können, ist wichtig.«

»Sie heißt Sasha Robinson«, sagt Lara und bringt ihren Mann mit einem Blick zum Schweigen. »Sie war eigentlich ein ganz nettes Mädchen. Als wir sie kennengelernt haben, war sie ungefähr in der zwanzigsten Woche. Wir haben sie zu uns nach Hause eingeladen, damit sie sich ein Bild von unserer Familie machen konnte. Damals war sie achtzehn und hat mit ihrer Großmutter in einem Wohnwagen gewohnt. Sie hatte die Highschool abgebrochen und einen Drogenentzug hinter sich. Sie stammte aus armen Verhältnissen, und es war klar, dass sie sich für ihr Kind eine Familie mit Geld wünschte. Sie hat betont, wie wichtig es ihr war, dass ihr Kind die beste Schulbildung bekommt, und sie fand es großartig, dass wir schon die Zwillinge hatten, zwei große Brüder, die die Kleine beschützen würden...« Ihr versagt die Stimme.

»Wir haben sie während ihrer Schwangerschaft noch zweimal getroffen, und dann noch einmal direkt nach der Geburt«, sagt Daniel resigniert. »Dann haben wir sie mehr als zwei Jahre lang weder gesehen noch gesprochen. Sie wollte das so. Sie nahm wieder Drogen und war nicht in der Verfassung, Emily zu besuchen. Wir haben ihr gesagt, dass wir nichts gegen einen begrenzten Kontakt einzuwenden hätten, sobald sie clean wäre, aber sie meinte, auch dann wolle sie Emily nicht sehen. Im Grunde waren wir erleichtert. So etwas kann ja schnell kompliziert werden.«

»Aber als Emily zwei Jahre alt war, haben Sie wieder Kontakt zu Sasha aufgenommen?«, fragt Kaiser.

»Wir haben sie angerufen«, antwortet Lara. »Emily war verhaltensauffällig. Sie war auf eine Weise hyperaktiv, die weit über das Normale hinausging. Sie war jähzornig, aggressiv, wurde regelrecht gewalttätig. Sie schlug, biss, kratzte, schubste – einmal ist sie Shane an die Gurgel gegangen, als er ihr ein bestimmtes Spielzeug nicht geben wollte. Manchmal hatten die Jungs richtig Angst vor ihr.«

»Normalerweise wird so ein Verhalten mit Medikamenten behandelt«, sagt Daniel. »Aber wir haben uns dagegen entschieden. Diese ADHS-Medikamente können ein Kind in einen Zombie verwandeln. Wir haben sie stattdessen in Therapie gegeben, ihre Ernährung umgestellt, haben ein zusätzliches Kindermädchen eingestellt, um Maria zu entlasten.«

»Maria?«

»Unsere Kinderfrau«, erklärt Lara. »Sie wohnt bei uns.«

»Hat die Unterstützung etwas genutzt?«

»Nein, überhaupt nicht. Emily war ein extrem schwieriges Kind. Es war wirklich schlimm.« Lara beißt sich auf die Lippe und schaut weg, sie schämt sich offenbar dafür, dass sie etwas Negatives über ihr Kind gesagt hat.

»Und der Vater?«, fragt Kaiser. »Haben Sie je etwas über ihn erfahren?«

»Sasha hat nur gesagt, dass die Beziehung sehr kurz war«, sagt Daniel. »Klang fast so, als wäre es ein One-Night-Stand gewesen. Seinen Namen hat sie uns nicht genannt.«

»Vielleicht kannte sie ihn ja nicht mal.« Lara seufzt. »Ihnen gegenüber ist sie ja vielleicht mitteilsamer. Mit uns spricht sie nicht mehr.«

Und das wird sie auch nie wieder tun. »Warum nicht?«, fragt Kaiser.

»Als wir vor zwei Jahren mit ihr über Emily sprachen, haben wir ihr erklärt, dass wir ihre vollständige genetische Geschichte bräuchten«, antwortet Daniel. »Wir haben Sasha gesagt, wir würden verstehen, dass sie uns nichts über Emilys leiblichen Vater mitteilen will, es aber andererseits für notwendig halten, mehr über ihn zu erfahren, um unserer Tochter helfen zu können. Wir haben ihr von den Gewaltausbrüchen und den Aggressionen berichtet, davon, dass wir uns Sorgen machten, sie könnte ihren Brüdern etwas antun. Dieses Gespräch hat sie total aufgebracht. Sie hat einfach aufgelegt und danach auf keinen weiteren Anruf mehr reagiert.«

Emily Rudds Eltern wirken wie praktische Leute. Resolut, hilfsbereit, an vernünftigen Lösungen interessiert. Kaiser beschließt, ihnen reinen Wein einzuschenken.

»Ich will ganz offen sein«, sagt er. »Wir haben außer Emily noch ein weiteres Opfer gefunden. Eine tote Frau.«

Die beiden wechseln einen Blick.

»Sie glauben, es ist Sasha«, vermutet Daniel tonlos.

»So muss es sein, sonst hätten Sie uns nicht all diese Fragen gestellt. Hören Sie, Sasha hatte wie gesagt absolut keine Beziehung zu Emily. Jeder Kontakt, den wir mit ihr hatten, war nur zwischen uns und ...«

»Darf ich Ihnen ein Foto zeigen?«, fragt Kaiser und holt sein Handy hervor. »Es ist von der toten Frau.«

Lara schüttelt den Kopf. Seufzend streckt Daniel die Hand nach dem Handy aus. Kaiser hat sich inzwischen schlaugemacht, wie die App mit dem Pornobalken funktioniert, die Kim für Claire Toliver heruntergeladen hat, und er hat den Ausschnitt so gewählt, dass nur das Gesicht des Opfers zu sehen ist. Er wird Emilys Eltern nicht sagen, dass die Leiche zerstückelt und der Kopf vom Rumpf abgetrennt wurde.

Daniel betrachtet das Foto. Sein Gesichtsausdruck ist unverändert. Wahrscheinlich sein Arztgesicht, denkt Kaiser. »Also, es *ähnelt* Sasha auf jeden Fall. Die gleiche Nase, das gleiche Kinn. Wieso der schwarze Balken?«

»Die Augenpartie ist erheblich zerstört.«

Daniel verdreht die Augen. »Ich bin Unfallchirurg, Detective. Neulich hatte ich einen Jugendlichen, der bei einem Footballspiel einen derartigen Schlag gegen den Kopf bekommen hat, dass ihm der Augapfel rausgesprungen ist. Das Auge baumelte an der Augenhöhle, verdammt noch mal. Solche Dinge, und Schlimmeres, sehe ich tagtäglich. Wenn Sie mir die unzensierte Version des Fotos zeigen, kann ich wahrscheinlich bestätigen, dass sie es ist.«

Kaiser seufzt. Wischt über das Display. Beim Anblick des unzensierten Fotos blinzelt Daniel Rudd exakt einmal. Der Mann ist unerschütterlich.

»Ja«, sagt er. »Das ist Sasha.« Kurz und knapp.

Lara macht keine Anstalten, sich das Foto anzusehen, also steckt Kaiser das Handy wieder ein.

»Wie wurde sie umgebracht?«, fragt Daniel und steht auf. Geht im Raum auf und ab. Seine Fassade beginnt zu bröckeln.

»Vermutlich wurde sie erwürgt«, antwortet Kaiser. Mehr nicht. »Die Todesursache wird heute noch festgestellt.«

»Warum haben Sie nach Emilys leiblichem Vater gefragt?« Man hört, dass er aufgewühlt ist. »Glauben Sie, er hat etwas damit zu tun?« Als Kaiser nicht sofort antwortet, bleibt er wie angewurzelt stehen. »Großer Gott. Sie glauben es also.«

»Wir betrachten ihn als Verdächtigen, ja.«

»Aber Sie kennen seinen Namen nicht?«, fragt Daniel. Wieder wechselt er einen Blick mit seiner Frau. »Verdammt. Sie wissen, wer es ist.«

»Das kann doch alles nicht wahr sein.« Lara verbirgt das Gesicht in den Händen. Sie kann ihren Schmerz nicht länger unterdrücken, ihr Atem geht flach. »Sie glauben, dass Emily von ihrem leiblichen Vater ermordet wurde, und dass derselbe Mann Sasha… Was für ein perverser…« Sie bricht ab, dann schnappt sie nach Luft, so als würde ihr plötzlich bewusst, was sie gerade gesagt hat. »*Es ist genetisch.*« Sie atmet stoßweise, und auf ihrer Stirn hat sich ein Schweißfilm gebildet. »Daher hatte Emily das. O Gott. O Gott, ich begreife das nicht. Wie kann er sein eigenes Kind töten?«

»Tief atmen«, sagt Daniel, der wieder angefangen hat, auf und ab zu gehen.

»Ich weiß selbst, was ich zu tun habe«, faucht Lara. Es ist das erste Mal, dass sie so scharf reagiert. Demonstrativ holt sie mehrfach tief Luft, dann beruhigt sie sich wieder. »Sie sollten mit Sashas Großmutter sprechen. Sasha hat mal erwähnt, dass sie sich nahegestanden haben, dass ihre Großmutter der einzige Mensch war, der zu ihr gehalten hat, als sie drogen- und alkoholabhängig war. Vielleicht kann sie Ihnen auch sagen, ob es sich bei dem Vater tatsächlich um Ihren Verdächtigen handelt.«

»Wie heißt der Mann?«, fragt Daniel. Er hat sich neben seine Frau gesetzt, aber weder berühren sie einander noch sehen sie sich an. »Der Mörder?«

»Ich möchte Ihnen das lieber nicht sagen, solange ich mir nicht ganz sicher bin«, antwortet Kaiser.

»Ich kann nur hoffen, dass Sie das Schwein kriegen«, sagt Daniel. »Und ich hoffe, er attackiert Sie, damit Sie ihn erschießen können.«

»Dan«, mahnt seine Frau, aber es klingt halbherzig. Offenbar wünscht sie sich das auch.

Und insgeheim wünscht Kaiser sich das zu diesem Zeitpunkt ebenfalls.

26

The Willows ist ein hübscher Name für eine Gruppe heruntergekommener Trailer auf einer Lichtung etwas abseits vom Highway 99. Es sind fast fünfzig unterschiedlich große Wohnwagen, alle weiß, alle schmutzig, alle auf Kanthölzern aufgebockt. In der Mitte stehen ein paar Picknicktische, und daneben befindet sich ein verwahrloster Spielplatz mit einer kaputten Schaukel und einer verbeulten Rutsche. Die ganze Anlage wirkt deprimierend, und trotz des Namens ist weit und breit keine einzige Weide zu sehen.

Emily Rudds leibliche Großmutter wohnt am Ende der Siedlung in einem Wohnwagen, der sich von den anderen nur durch vier Rosenstöcke unterscheidet, die gerade nicht blühen. Im Frühjahr sehen die Rosen vielleicht ganz schön aus, denkt Kaiser. Er tritt auf die baufällige Holzveranda und klopft an der Tür.

Eine ältere rundliche Frau mit großem Busen macht auf. Sie mustert ihn durch die schadhafte Fliegengittertür. Ihr flauschiges Haar ist weiß, bis auf einige dunkle Strähnen, ihr blau geblümtes Hauskleid ist sauber und gebügelt. Um ihren Hals hängt eine Lesebrille an einer Kette aus winzigen Muscheln.

»Ja bitte?«, fragt sie durch das Fliegengitter.

Kaiser zeigt ihr seine Dienstmarke. »Entschuldigen Sie die Störung, Ma'am. Ich suche Caroline Robinson.«

»Die steht vor Ihnen.«

Er blinzelt überrascht. Da Emily Rudd ebenso weiß zu sein schien, wie ihre leibliche Mutter, hat er angenommen, dass auch Sashas Großmutter eine Weiße ist. Aber die Frau, die vor ihm steht, ist schwarz. Das kommt davon, wenn man voreilige Schlüsse zieht.

»Ich bin Detective Kaiser Brody, Polizei Seattle. Ich bin hier, um mit Ihnen über Sasha zu sprechen.«

Die Augen der Frau werden schmal. Sie ist mindestens Mitte achtzig, aber er hat das Gefühl, dass sie geistig topfit ist. »Was wird ihr denn diesmal vorgeworfen?«

Das ist eine interessante Frage. Von der Großmutter einer Drogenabhängigen hätte Kaiser mehr Resignation erwartet. Aber die Frau ergreift sofort Partei für Sasha. Was das Überbringen der Todesnachricht umso schwerer macht.

»Nichts, Ma'am«, erwidert er. »Darf ich reinkommen?«

»Dann ist sie also tot?«, fragt Caroline Robinson. Ihre Stimme ist fest, aber die Fliegengittertür bebt ein wenig.

Er hätte es ihr lieber drinnen gesagt, aber sie lässt ihm keine Wahl.

»Ja, Ma'am, sie ist tot. Tut mir leid.«

»Kommen Sie rein.« Sie öffnet die Fliegengittertür.

Kaiser betritt den Trailer, der sich als größer erweist, als er von außen aussieht. Ein kleiner Vorraum trennt Küche und Wohnzimmer. Auf dem Boden liegt eine bunte Fußmatte mit der Aufschrift: WILLKOM-

MEN. Die Küche ist hellblau gestrichen, die Schränke sind weiß lackiert mit transparenten Griffen. Vorhänge mit Blumenmuster rahmen die Fenster ein, und Töpfe mit Wildblumen schmücken den kleinen runden Tisch, an dem bequem drei Personen Platz hätten, wenn nötig sogar vier. Kühlschrank und Herd stammen vermutlich aus den frühen Achtzigerjahren, wirken aber sehr gepflegt. Das Wohnzimmer ist blassgelb gestrichen, der braune Teppichboden ist zwar etwas abgewetzt, aber makellos. Die Einrichtung ist spärlich, es gibt ein kariertes Schlafsofa und einen hölzernen Sofatisch, auf einer Konsole steht ein Fernseher mit Flachbildschirm. Gerade läuft *Ellen*, aber der Ton ist abgeschaltet. Im hinteren Teil des Wohnwagens befinden sich zwei Schlafzimmer.

Es ist der hübscheste Trailer, den Kaiser je gesehen hat. Es duftet nach frischem Kaffee, und er entdeckt eine dampfende Kaffeekanne auf der Anrichte.

»Möchten Sie eine Tasse?«, fragt Mrs. Robinson, die seinem Blick gefolgt ist. »Es ist zwar schon Nachmittag, aber das ist mein einziges Laster.«

»Das haben wir gemein«, antwortet Kaiser. »Ich nehme gern eine Tasse, danke.«

Sie füllt zwei Tassen, dann zeigt sie zur Anrichte, wo Milch und Zucker stehen. Er lehnt dankend ab und wartet, während sie ihren Kaffee umrührt und sich dann an den kleinen Tisch setzt.

»Was ist mit meiner Enkelin passiert?«, fragt sie, nachdem sie beide von ihrem Kaffee getrunken haben.

Kaiser hat das Gefühl, dass Caroline Robinson eine Frau ist, die schon viel erlebt hat und hart im Nehmen ist, die keine Beschönigungen hören will, sondern die reine Wahrheit. Er wird sie nicht beleidigen, indem er ihr etwas vorenthält.

»Sasha wurde heute Morgen tot aufgefunden, vergraben im Wald hinter der St. Martin's Highschool.«

»Vergraben?« Sie runzelt die Stirn. »Das versteh ich nicht. Ich bin von einer Überdosis ausgegangen. Sie war seit einem halben Jahr clean, aber Drogensucht ist eine vertrackte Angelegenheit, Detective.«

Kaiser nickt. »Wir untersuchen die Leiche auch auf Drogenrückstände, aber Tatsache ist, dass sie ermordet wurde.«

Caroline Robinson atmet hörbar ein. »Und wie?«

»Sie wurde erwürgt.« Er lässt einen Moment verstreichen, bevor er fortfährt. »Ihre Tochter wurde bei ihr gefunden. Ebenfalls erwürgt.«

Caroline Robinson hebt ruckartig den Kopf. »Emily ist tot?«

»Ja, Ma'am. Es tut mir aufrichtig leid.«

»Großer Gott«, flüstert die alte Frau. Ihre Unterlippe bebt, und Kaiser rechnet schon damit, dass sie in Tränen ausbrechen wird. Aber das tut sie nicht. Sie richtet sich auf. »Wissen Emilys Eltern schon Bescheid?«

»Ich habe gerade mit ihnen gesprochen.«

»Sasha hatte gar keine Beziehung zu Emily«, sagt Mrs. Robinson stirnrunzelnd. »Ich hätte das gern gesehen, wenn Emily größer wäre, aber Sasha wollte nichts davon wissen. Ihr Kind sollte nicht erfahren, wer sie ist. Emily sollte einmal ein besseres Leben haben. Wieso waren die beiden überhaupt zusammen?«

»Das weiß ich nicht. Das versuche ich herauszufinden.«

Die Frau sieht ihn skeptisch an. »Ich erkenne einen Lügner hundert Meter gegen den Wind, Detective. Ich habe mein ganzes Leben mit Drogensüchtigen zu tun gehabt. Was verheimlichen Sie mir? Sie lassen absichtlich irgendetwas aus, und ich würde sehr gern wissen, was das ist.«

Hätte es gepasst, würde Kaiser jetzt lächeln, aber es passt nicht. »Sasha war … ihre Leiche wurde zerstückelt, Ma'am. Wahrscheinlich nach ihrem Tod«, fügt er hinzu, als würde es das besser machen. »Vor Kurzem gab es einen ähnlichen Mordfall. Eine Frau und ihr Kind wurden umgebracht und auf die gleiche Weise vergraben.«

»Großer Gott«, sagt die alte Frau noch einmal. Ihre Kaffeetasse zittert, sie stellt sie auf einen Untersetzer aus Kork. Als sie zu weinen beginnt, wendet sich Kaiser diskret ab. Einen Augenblick später zieht sie ein Taschentuch aus einer Tasche ihres Kleids, tupft sich die Augen ab und beruhigt sich wieder. »Ich habe ja schon viel erlebt, aber das haut mich um. Jemand hat meine Kleine zerstückelt? Aber warum?«

»Ich weiß es nicht, Ma'am«, sagt Kaiser, und es ist die Wahrheit. »Es tut mir sehr leid.«

Es ist das eine Detail, das ihm Kopfzerbrechen bereitet. Bis auf Angela hat Calvin James keines seiner drei Opfer zerstückelt, und das Einzige, was ihm dazu einfällt, ist, dass der Sweetbay-Würger noch einmal nachempfinden will, wie es sich bei seinem ersten Mord an Angela Wong angefühlt hat.

»Sie sagten, dass der Mord einem anderen Verbrechen ähnelt. Heißt das, Sie haben es mit einem Serienmörder zu tun?«

»Wir gehen von dieser Möglichkeit aus, ja«, antwortet er.

Caroline Robinson atmet tief aus. »Ich habe jahrelang befürchtet, dass jemand wie Sie bei mir auftaucht, um mir zu sagen, dass Sasha tot ist, aber damit habe ich nicht gerechnet.« Sie spricht ganz offen. »Meine Enkelin war schon mit vierzehn süchtig und hat ihren Körper wie einen Mülleimer behandelt. Anfangs hat sie mit den anderen Jugendlichen im Wald Gras geraucht. Das lässt sich kaum vermeiden, wenn die Eltern das Zeug zu Hause horten. Irgendwann hat sie Schmerztabletten eingeworfen – vor allem meine –, und als die alle waren, ist sie auf Heroin umgestiegen. Das war der Anfang vom Ende. Drei Jahre lang ein Entzug nach dem anderen. Sie wohnte bei mir, als sie schwanger wurde, und ich dachte tatsächlich, dass es das Beste war, was ihr passieren konnte, weil es sie dazu zwingen würde, clean zu werden. Ich musste sie nicht mal darum bitten. Nach ihrem ersten positiven Schwangerschaftstest hat sie sofort aufgehört, kalter Entzug. Und ich hab mir gesagt, Gott sei Dank. Vielleicht sind jetzt die finsteren Zeiten vorbei. Ich dachte, sie würde das Kind behalten, und wir würden es gemeinsam großziehen.«

Kaiser nickt.

»Als sie im dritten Monat war, wurde ihr bewusst, was auf sie zukam. Sie hat mich gefragt, was ich von einer Adoption halten würde, und ich habe ihr gesagt, ich würde sie unterstützen, egal, wofür sie sich entscheidet. Eine ganze Weile ging das hin und her.« Die Furche zwischen ihren Brauen wird tiefer, und ihr Blick geht ins Leere, während sie sich ihren Erinnerungen hingibt. »An einem Tag wollte sie das Kind, am nächsten nicht mehr. Sie hatte fürchterliche Angst, das Kind würde so werden wie sie. Obwohl ich mein Bestes getan habe, hatte Sasha nur ein schwaches Selbstbewusstsein. Ihre Mutter – meine Tochter – war auch ein Junkie, sie wurde bei einem Streit von einem anderen Junkie erstochen, als die Kleine gerade mal zwei Jahre alt war. Ihren Vater hat Sasha nie kennengelernt. Er starb an einer Überdosis in dem Jahr, in dem sie geboren wurde. Sasha hat die Highschool nicht abgeschlossen, aber sie war alles andere als dumm. Sie hat das Muster erkannt und befürchtet, dass ihrer Tochter dasselbe Schicksal wie ihren Eltern und ihr selbst blühen würde, wenn sie hier aufwachsen würde. Sie wollte etwas Besseres für ihr Kind.«

Kaiser lächelt. »Ihnen scheint es doch ganz gut zu gehen.«

»Bei mir liegt es nicht in den Genen«, sagt Mrs. Robinson tonlos. »Was auch immer dazu führt, dass jemand süchtig wird, ich habe das nicht in mir. Mein Vater hat getrunken, aber meine Mutter hat nie einen Tropfen angerührt. Okay, einmal habe ich's probiert. Ich habe einen Schluck Whiskey getrunken, als mein Vater nicht hingesehen hat, und ich fand das Zeug ekelhaft. Ich habe auch einmal geraucht, und anschließend war mir den ganzen Tag schlecht. Es heißt, Sucht ist was Genetisches, und ich glaube, das stimmt. Ich bin damit aufgewachsen und trotzdem nie in Versuchung gekommen.«

Kaiser nickt wieder, und sie trinken einen Moment schweigend ihren Kaffee. »Hat Sasha Ihnen irgendwas über Emilys Vater erzählt?«

»Nicht viel. Es ging nicht sehr lange, sie hat mal erwähnt, dass er keinen festen Wohnsitz hatte und von Ort zu Ort zog. Ich bin ihm einmal begegnet. Es gefiel mir nicht, dass er älter war, aber er schien ganz nett zu sein.«

»Sie sind ihm begegnet?«, fragt Kaiser überrascht.

»Er hat sie an einem Abend nach Hause gebracht, als ich gerade den Müll rausgebracht habe. Ich habe ihn gezwungen, mit mir zu sprechen.« Die Andeutung eines Lächelns. »Er ist aus dem Auto ausgestiegen. Er sah gut aus.«

»Darf ich Ihnen ein Foto zeigen?« Als sie nickt, nimmt Kaiser sein Handy heraus. »Ist er das?«

Caroline Robinson setzt sich die Brille auf, und die Muschelkette an ihrem Hals raschelt. »Ja«, sagt sie nach einer Weile. Auf dem Display ist das Polizeifoto von Calvin James zu sehen. »Er sah deutlich anders aus, als er hier war, aber das ist er. Ich glaube, er hieß Kevin. Oder, nein, warten Sie, *Calvin*. Wie in dem Comic *Calvin und Hobbes*.«

Kaiser atmet aus. »Es ist zwar schon vier Jahre her, aber gibt es irgendetwas Charakteristisches, woran Sie sich erinnern? Waren seine Haare so dunkel wie auf dem Foto?«

»Nein, sie waren heller, länger, ein bisschen strähnig. Er hatte einen ungepflegten Bart und eine Brille. Ich kann mich auch daran erinnern, dass er am Handgelenk ein Tattoo hatte. Hier, auf der Innenseite«, sagt sie und tippt auf eine Stelle fünf Zentimeter unter dem Ballen.

Calvin James hatte kein einziges Tattoo, als Kaiser ihn verhaftet hat, er muss es sich also im Gefängnis oder nach seiner Flucht stechen haben lassen. »Wie sah das aus?«

»Es war ein Herz«, sagt Mrs. Robinson. »Rot. Aber

nur der äußere Rand. Ich glaube, drin standen Initialen, ich weiß aber nicht mehr, welche. Ich habe nur einen kurzen Blick darauf werfen können, als er mir die Hand gegeben hat.«

Kaiser ist sich ziemlich sicher, welche Initialen das sind. Er muss an das Blatt Papier denken, das Calvin im Gerichtssaal bekritzelt hat. Auch darauf befand sich ein Herz. Und darin stand *GS*. Für Georgina Shaw.

»Können Sie sich erinnern, was für ein Auto er hatte?«

Die alte Frau schüttelt den Kopf. »Gott, mit Autos kenn ich mich nicht aus. Sah aber gut aus, ziemlich schnittig. Ein amerikanisches Modell.«

»War das Kennzeichen von Washington State?«

»Darauf hab ich nicht geachtet.«

»Und die Farbe?« Kaiser kann sich nicht vorstellen, dass Calvin immer noch den roten Trans Am von damals fährt.

»Schwarz«, sagt sie. »Glaub ich.«

Also nicht dasselbe Auto. Aber Calvin James steht auf amerikanische Schlitten. Als Kaiser ihn kurz vor der kanadischen Grenze verhaftet hat, fuhr er einen blauen Mustang.

Caroline Robinson steht auf und geht ins Wohnzimmer. Sie bedeutet Kaiser, ihr zu folgen. Sie nimmt ein gerahmtes Foto von einem Beistelltisch und reicht es ihm.

»Ich weiß, dass Sie Sasha gesehen haben, als sie tot war«, sagt sie. »Aber so sah sie aus, als sie noch gelebt hat. Auf dem Foto ist sie achtzehn, im fünften Monat schwanger und absolut clean. Sie war sehr hübsch.« Caroline Robinson hat Tränen in den Augen, und ihre Hände zittern.

Sie übertreibt nicht, im Gegenteil. Sasha war eine Schönheit. Groß, mit ausgeprägten Kurven, ihr dunkler Teint deutete nur schwach ihr schwarzes Erbe an. Ihre Augen waren dunkel, das Haar lang und braun. Auf dem Foto sitzt sie an einem der Picknicktische draußen vor dem Wohnwagen, die langen Beine übereinandergeschlagen, in einem fließenden Kleid, das die Schwangerschaft verbirgt. Kaiser betrachtet das Foto, und ihm bleibt die Spucke weg.

Sasha Robinson sieht aus wie Georgina als Jugendliche. Die Ähnlichkeit ist nicht nur auffällig, sie ist geradezu ... unheimlich.

Jetzt fällt ihm auf, dass Claire Toliver so ähnlich aussah wie Sasha. Langes, dunkles Haar, goldbrauner Teint, sinnlich. *Affenscharf* ist das Wort, das Kaiser in den Sinn kommt. Wie Sasha Robinson.

Wie Georgina Shaw.

»Sie war bildhübsch«, sagt Kaiser schließlich. »Ich möchte Ihnen nochmals mein Mitgefühl aussprechen. Aber ich will Sie nicht länger aufhalten, Mrs. Robinson. Danke, dass Sie mir Ihre Zeit geschenkt haben.«

Er geht zurück in die Küche, leert seine Kaffeetasse mit einem Schluck, spült schnell die Tasse an der Spüle aus und stellt sie zum Trocknen aufs Abtropfgestell. Als er sich wieder zu Mrs. Robinson umdreht, lächelt sie.

»Ihre Mutter hat Sie gut erzogen.«

»Ja, Ma'am.« Er erwidert ihr Lächeln.

»Sie sind erheblich höflicher als der andere, der neulich hier war und mich nach Sasha ausgefragt hat. Erst dachte ich schon, er wäre es wieder, als es an der Tür geklopft hat.«

Kaiser runzelt die Stirn. »Welcher andere?«

»Ach, das ist jetzt eine Woche her, vielleicht auch ein bisschen länger«, sagt sie. »Ein junger Mann hat an die Tür geklopft, meinte, er wäre Sozialarbeiter und wollte mal nach Sasha sehen, wie es ihr jetzt ging. Sie war zweimal in einer staatlichen Reha und hatte neulich Sozialhilfe beantragt. Deswegen war ich nicht sonderlich überrascht. Er ist ein bisschen grob geworden, als ich ihm gesagt habe, dass sie nicht zu Hause war; und als ich ihm nicht sagen wollte, wo sie war, hat er sich aufgeregt, als wollte ich ihn persönlich beleidigen. Mir gefiel seine Art überhaupt nicht, und das habe ich ihm auch gesagt. Diese Generation Y, sage ich nur. Die können sich einfach nicht benehmen, wenn Sie verstehen, was ich meine.«

»Hatten Sie den Mann vorher schon mal gesehen?«, fragt Kaiser. Seine Gedanken rasen. Das kann nicht Calvin gewesen sein, denn das hätte sie ihm ja gesagt. Außerdem hat sie von einem jungen Mann gesprochen. »Was genau wollte er wissen?«

»Er hat ein paar Fragen zu ihrem Drogenkonsum gestellt, und ich habe ihm erklärt, dass sie clean war. Aber vor allem hat er mich nach ihrem Kind ausgefragt. Er wollte wissen, wo es lebte, ob es ein Junge oder ein Mädchen war. Er meinte, in den Akten stünde darüber nichts. Ich habe ihn gefragt, warum das eine Rolle spielte, wo Sasha doch gar nicht die Erziehungsberechtigte war. Schließlich hatte sie ja Sozialhilfe nur für sich beantragt, und nicht als Alleinerziehende. Das hat ihn überrascht; er wusste nicht, dass Sasha ihr Kind zur Adoption freigegeben hatte. Er wollte den Namen der Agentur wissen, und den habe ich ihm genannt, damit er endlich ging. Im Nachhinein denke ich, dass ich das nicht hätte tun sollen. Zwischen Sasha und dem Kind gab es rechtlich ja gar keine Bindung, also ging ihn die Adoption doch eigentlich gar nichts an.«

»Hat er Ihnen eine Visitenkarte dagelassen?«

Mrs. Robinson schüttelt den Kopf. »Nein, und ich hab auch vergessen, ihn danach zu fragen. Ich weiß nicht, vielleicht messe ich dem auch zu viel Bedeutung bei. Aber er war komisch, und ich mochte ihn nicht, und das hat mich misstrauisch gemacht.«

Die ganze Geschichte kommt Kaiser äußerst merkwürdig vor. Die alte Frau war zu Recht misstrauisch.

Zwar ist es üblich, dass eine Frau, die ein Kind geboren hat und Sozialhilfe beantragt, überprüft wird, aber Sasha hatte ihr Kind ja zur Adoption freigegeben. Und laut der Aussage ihrer Großmutter hatte sie bei ihrem Antrag auf Sozialhilfe auch nichts anderes angegeben.

»Hat er Ihnen wenigstens seinen Namen genannt?«

Sie schüttelt wieder den Kopf. »Bestimmt hat er sich anfangs vorgestellt, aber als er gegangen ist, konnte ich mich nicht mehr daran erinnern. Glauben Sie, das steht in irgendeinem Zusammenhang mit dem Tod von Sasha und Emily?«

»Ich gehe jeder Spur nach«, ist alles, was Kaiser ihr sagen kann. Er öffnet die Fliegengittertür und tritt hinaus in die kühle Nachmittagsluft.

»Noch eine Frage, Detective«, sagt Mrs. Robinson leise. »Wie geht es eigentlich Emilys Eltern?«

»Sie bemühen sich, damit zurechtzukommen«, antwortet er.

»Ich kann mir vorstellen, dass sie als Chirurgen jeden Tag mit dem Tod zu tun haben. Aber nicht auf diese Weise. Nicht so unmittelbar persönlich.« Sie seufzt. »Wann kann ich Sasha sehen?«

»Ma'am, ich…«

»Ach so. Okay.« Caroline Robinson lässt die Schultern hängen. »Gott, ich hab es ganz vergessen. Sie ist ja… sie ist ja nicht…« Ihre Knie geben nach, und Kaiser stützt sie, damit sie nicht hinfällt.

»Tut mir leid«, sagt sie keuchend. »Irgendwie habe ich mich für diesen Tag gewappnet. Nachdem ich erst meine Tochter und dann meinen Vater verloren habe, dachte ich, ich wäre vorbereitet. Aber nicht darauf. Sie hat wirklich versucht, ihr Leben wieder in den Griff zu kriegen…« Ein kurzer Schluchzer entfährt ihr. »Ich glaube, diese Woche habe ich in meiner Trauergruppe einiges zu bearbeiten.«

»Trauergruppe?«

Sie strafft sich, schüttelt Kaisers stützende Hand sanft ab und holte mehrmals tief Luft. Ihre Brille baumelt auf ihrem Busen, der sich hebt und senkt. Nach einer Weile ringt sie sich ein Lächeln ab. Es gilt nicht ihm, sondern ihr selbst, sie hat sich vergewissert, dass sie sich wieder im Griff hat, dass es ihr wieder besser geht. Er hat das schon bei anderen Müttern, Großmüttern und Schwestern erlebt, denen gerade die schlimmste Nachricht überbracht worden war.

»Da gehe ich schon seit zwanzig Jahren hin«, sagt sie. »Ich leite die wöchentliche Sitzung in der St. Andrews-Kirche. Nur so überstehe ich das alles, Detective. Mir stirbt einer nach dem anderen weg.«

»Wie schaffen Sie das?« Es geht Kaiser eigentlich nichts an, aber er würde es gerne wissen. Er könnte Calvin James aus vielen Gründen umbringen und jetzt auch dafür, dass er dieser bewundernswerten Frau noch mehr Kummer bereitet, nach allem, was sie schon durchgemacht hat. »Wie überstehen Sie das?«

»Ich tu's einfach«, sagt Caroline Robinson. »Irgendjemand muss am Leben bleiben, um sich an die anderen zu erinnern. Wenn man sich nicht mehr an sie erinnert, ist es doch so, als hätten sie nie existiert. Und wenn ich es nicht tue, wer dann?«

Sie wendet sich ab, sieht ihn dann aber wieder an. »Wer?«

27

An dem Tag, als Calvin James für die vier Morde, einschließlich dem an Angela Wong, zu viermal lebenslänglich verurteilt wurde, war Kaiser im Gerichtssaal. Georgina war nicht anwesend. Sie war bereits im Gefängnis und hat die große Show verpasst.

Nachdem mehrere Erklärungen von Hinterbliebenen der Opfer gehört worden waren, wurde das Urteil verlesen. Die Angehörigen weinten. Der Gerechtigkeit war zwar Genüge getan, aber nach Kapitalverbrechen fühlt sich das nicht an wie ein Sieg. Es gibt keine Entschädigung. Bestenfalls empfindet man Erleichterung darüber, dass ein Kapitel abgeschlossen wurde, das eigentlich gar nicht hätte geschrieben werden dürfen. Aber das Urteil heilt keine Wunden. Und es erweckt die Toten nicht wieder zum Leben.

An jenem Tag im Gerichtssaal hat Kaiser Angelas Eltern getröstet. Candace Wong Platten hat ihn umarmt, ein Danke gemurmelt, ihn auf die Wange geküsst – den Lippenstift hat er sich aus Höflichkeit erst später abgewischt. Victor Wong hat mit beiden Händen Kaisers Hand ergriffen und wollte gar nicht mehr aufhören, sie zu schutteln.

»Endlich kann unsere Tochter in Frieden ruhen«, sagte er mit Tränen in den Augen.

Kaiser konnte nur nicken. Er fand, dass die Toten längst ihre Ruhe gefunden hatten. Es waren die Lebenden, die litten.

Calvin James, in Anzug und Krawatte, schaute zu Kaiser, als der Gerichtsdiener ihm Handschellen anlegte. In wenigen Minuten würde er wieder die orangefarbene Gefängniskleidung tragen. Sein Anwalt sammelte die Akten ein. Calvin öffnete den Mund und schien etwas zu sagen, aber Kaiser konnte bei dem Lärm nichts hören. Er ging zu ihm hin.

»Wollen Sie mir irgendetwas mitteilen?«, fragte er.

Die beiden Männer waren etwa ähnlich gebaut, aber Kaiser war ein paar Zentimeter größer. Als er sechzehn und Calvin einundzwanzig gewesen war, hatte Georginas Freund so viel größer, so viel stärker gewirkt, so ungeheuer einschüchternd. Jetzt war er einfach nur ein Mann. Ein Mörder, aber ein Mann, der älter wurde wie alle anderen auch, ohne besondere Fähigkeiten, ohne Ausbildung, ein Mann, dem es Lust bereitete, Frauen zu quälen und zu töten.

In einem Kampf Mann gegen Mann, da war Kaiser sich fast hundertprozentig sicher, hätte Calvin keine Chance gegen ihn.

»Ich habe gerade gesagt, es überrascht mich, dass man mich nicht zum Tode verurteilt hat«, sagte Calvin.

»Das ist ein Thema für Ihren Anwalt.« Kaiser sah kurz zu dem Strafverteidiger hinüber, dann schaute er Calvin wieder an. »Wäre Ihnen das lieber gewesen? Ich an Ihrer Stelle hätte es vorgezogen.«

Der Gerichtsdiener packte Calvins Arm und bugsierte ihn in Richtung der Seitentür, die zu den Zellen im Untergeschoss führte. Von dort würde er nach Walla Walla im Staat Washington gebracht, wo er den Rest seines Lebens im Gefängnis verbringen würde.

»Menschen wie ich sollten nicht existieren«, rief der Sweetbay-Würger Kaiser über die Schulter zu. »Haben Sie gehört, Kaiser? Menschen wie ich sollten nicht existieren.«

Kaisers Handy piept und holt ihn zurück in die Gegenwart. Eine E-Mail ist eingegangen. Das Ergebnis des DNA-Tests von Emily Rudd liegt vor: Sie war Calvins leibliche Tochter. Was Kaiser nicht im Geringsten wundert. Und es bestätigt eine weitere wichtige Tatsache: Obwohl Calvin James seit seiner Flucht aus dem Gefängnis angeblich mehrmals im Ausland gesichtet wurde, muss er mindestens zweimal in der Gegend von Seattle gewesen sein, und zwar lange genug, um zwei Kinder zu zeugen.

Das heißt, der Serienmörder hat sich zweimal in der Nähe aufgehalten, und beide Male hat Kaiser ihn nicht gefasst. Er stößt einen tiefen Seufzer aus und reibt sich die pochenden Schläfen.

Kim sitzt ihm gegenüber an ihrem Schreibtisch und arbeitet an einer Sache, die nichts mit den Morden zu tun hat. Im Fernsehen sieht es so aus, als würden Polizisten immer nur an einem einzigen Fall arbeiten, bis der gelöst ist, und der Schurke – oder die Schurkin – verhaftet, vor Gericht gestellt und verurteilt wird. Im wirklichen Leben funktioniert das nicht so. Kaiser jongliert gleichzeitig mit mehreren Fällen. Ebenso wie Kim. Manche Fälle bearbeiten sie gemeinsam, andere nicht. Sie spürt seinen Blick und sieht auf. Er wendet sich ab. Als er wieder hinsieht, ist sie von ihrem Schreibtisch aufgestanden und unterwegs zum Pausenraum, vermutlich auf der Flucht vor ihm.

Er nimmt es ihr nicht übel, dass sie wieder mit ihrem Mann zusammen ist, schließlich waren sie nie wirklich getrennt. Es ärgert ihn nicht einmal, dass sie nicht vorher mit ihm darüber gesprochen hat. Kim ist ihm nichts schuldig; Kaiser wusste, worauf er sich einließ, als die Geschichte zwischen ihnen begann, als er zuließ, dass sie von seiner Kollegin zu seiner Geliebten wurde.

Und dennoch trauert er der Beziehung nach. Er begreift jetzt, wie man einer Sache nachtrauern kann, die man ursprünglich nicht einmal haben wollte. Kaiser hat sich innerlich nie wirklich auf die Beziehung mit Kim eingelassen, und darin liegt das Problem. Dieses Zwischending zwischen eindeutigem Engagement und Gleichgültigkeit lohnt sich einfach nicht. Solch eine Beziehung ist selten wirklich befriedigend, und eigentlich stimmt nichts daran. Und doch schmerzt es, wenn sie vorbei ist, und man hat das Gefühl, etwas verloren zu haben.

Sein Verhältnis zu Georgina ist das genaue Gegenteil. Bei ihr gibt es kein Dazwischen, keine Grauzone. Auf sie kann er sich nicht ein bisschen einlassen – nur entweder ganz oder gar nicht. Und seit gestern weiß er, dass er ihr mit Haut und Haaren verfallen ist. Er hat überhaupt keine Wahl. Georgina ist die Frau, die er liebt, seit er vierzehn ist; nichts – keine Jahre, keine Entfernung, keine kriminellen Aktivitäten – kann daran etwas ändern. Und eigentlich passt es auch. Kaiser hat sich immer die falschen Frauen gesucht. Georgina besetzt seine Gedanken und sein Herz, sie trübt sein Urteilsvermögen, sie weckt seinen Beschützerinstinkt. Dass sie eine Ex-Strafgefangene ist, ist sein geringstes Problem.

Als Polizist kann er es sich nicht leisten, jemanden auf diese Weise zu lieben. Aber er tut es nun einmal. Und dann soll es eben so sein.

Er kann sich noch gut erinnern, wie ihr Haar geduftet hat damals, auf Chad Fentons Party, als sie sich in der Wäschekammer an ihn gepresst hat. In dem Moment gab es keinen Ort, wo er lieber gewesen wäre, in dem Moment gab es nur sie und ihn auf der Welt. Er erinnert sich daran, wie weich ihre Lippen waren, wie ihr Atem nach wodkagetränkten Früchten roch, wie unglaublich erregt er war, wie er hin- und hergerissen war zwischen dem Bedürfnis, ihr seine Gefühle zu offenbaren, und seiner Angst vor Zurückweisung. Nichts kann einen Sechzehnjährigen so vereinnahmen wie die Sehnsucht nach einem Mädchen, das er nicht haben kann. Damals hat er sein Herz an Georgina verloren.

Genauso wie sie das ihre an Calvin James verloren hatte.

»Das Labor hat angerufen«, sagt Kim, und er blickt auf. Sie kommt gerade mit zwei Tassen Kaffee aus dem Pausenraum. Eine stellt sie auf seinen Schreibtisch und zieht sich dann ihren Stuhl heran. »Bei Emily Rudd und bei Sasha Robinson wurde keine fremde DNA gefunden, genau wie bei den beiden anderen Leichen.«

Kaiser nickt und wünscht sich, sie würde hinter ihren

eigenen Schreibtisch zurückrollen, obwohl sie bei der Arbeit meistens so zusammensitzen. »Danke«, sagt er und trinkt einen Schluck Kaffee.

»Aber es beschäftigt mich, und dir geht es wahrscheinlich nicht anders«, fährt Kim fort, »dass eine ganze Menge einfach nicht zu Calvin James' alter Vorgehensweise passt. Natürlich können Menschen sich ändern, aber Serienmörder neigen eher nicht dazu. Die sind auf ihr Muster fixiert. Die meisten Mörder weichen nicht von ihrer Methode ab.«

Das ist Kaiser natürlich auch schon aufgefallen. Aber da sie keine anderen Spuren haben, hat er den Gedanken nicht weiterverfolgt. Calvin James ist bisher ihr einziger Verdächtiger.

»Angela Wong, sein erstes Opfer, hat er zerstückelt, die drei Frauen, die er Jahre später ermordet hat, dagegen nicht.« Kim nippt an ihrem Kaffee. »Aber diese beiden letzten zerstückelt er wieder. Und jetzt tötet er sogar Kinder. Und nicht einfach irgendwelche Kinder – sondern seine eigenen. Und nicht so, wie die meisten Eltern, die ihre Kinder töten, in einem Wutanfall, oder nach einem psychotischen Schub, sondern ganz gezielt. Er spürt sie auf. Und jagt sie.«

»Er steigert sich in einen Mordrausch.«

»Tatsächlich?«, fragt Kim. Sie ist nicht streitlustig, aber er merkt, dass sie auf etwas Bestimmtes hinauswill. »Wenn Georgina nicht wäre oder der Leichenfundort, und der Lippenstift – kämen wir dann auf die Idee, Calvin zu verdächtigen? Er hat noch nie Kondome benutzt. An allen seinen bisherigen Opfern wurde sein Sperma gefunden, aber an den letzten beiden gab es Kondomgleitmittel und Spermizide. Nicht die geringste Spur von seiner DNA.«

»Er wird schlauer. Er weiß, dass wir seine DNA haben.«

Sie zuckt die Achseln. »Warum sollte er sich darum scheren? Er legt die Leichen an Orten ab, die zu Georgina Shaw führen. Er benutzt einen Lippenstift, den ihre alte Firma herstellt, der aber noch gar nicht auf dem Markt ist. Er malt Herzen auf die Kinder. Lauter Hinweise auf ihn als Täter. Warum lässt er nicht die Kondome weg, sodass wir sicher sein können, dass er es ist? Die letzten beiden Opfer hatten schließlich schon ein Kind von ihm. Was vermuten lässt, dass sie nicht immer verhütet haben. Und warum spürt er sie plötzlich auf? Die Kinder waren zwei und vier Jahre alt. Welchen Grund sollte er haben, ihre Mütter jetzt zu ermorden? Und noch dazu seine leiblichen Kinder – die beide adoptiert waren? Dafür hätte er planen müssen, Nachforschungen anstellen, vorausdenken, was bei Angela Wong oder den anderen drei Frauen, die er nach ihr getötet hat, nicht nötig war.«

Kaiser antwortet nicht. Über all das hat er sich natürlich auch schon den Kopf zerbrochen, aber nicht auf eine so methodische Weise, wie Kim es jetzt tut.

Am liebsten würde er ihr nachweisen, dass sie falschliegt. Das Problem ist nur, dass sie nicht falschliegt.

»Komm schon«, drängt Kim ihn, als würde sie seine Gedanken lesen. »Lass es uns zumindest mal durchspielen. Lass uns versuchen, diese beiden letzten Doppelmorde so zu betrachten, als hätten sie überhaupt nichts mit Calvin James zu tun.«

»Okay«, sagt Kaiser mit einem resignierten Seufzer. »Diese Mutter-und-Kind-Morde sind tatsächlich anders. Normalerweise wäre bei einer solchen Tat der Hauptverdächtige der Ehemann und Kindsvater, und wir würden es als eine Art der Familienauslöschung betrachten. Aber wir haben zwei Mütter und zwei Kinder, die auf dieselbe Weise getötet wurden. Was die Fälle miteinander verbindet, ist die Tatsache, dass beide Frauen ihre Kinder zur Adoption freigegeben haben.«

»Richtig. Und was für eine Art Mörder fühlt sich zu einer Mutter und einem Kind hingezogen?«

»Einer, der dieses Band zerstören will. Jemand…« Kaiser runzelt die Stirn und schüttelt den Kopf. Ihm gefällt diese Übung nicht. Er ist kein FBI-Profiler, er hält nicht viel davon, zu tief in den Psychosen von Tätern zu graben. Das ist nicht seine Aufgabe, und außerdem ist es riskant, weil die Möglichkeit, dass er sich irrt, viel zu groß ist. »Einer, der die Mutter schänden will. Die Vergewaltigung sagt uns, er will sie beherrschen, ihr Schmerzen zufügen. Angenommen, sie *wurde* vergewaltigt, was wir nicht bestätigen können. Die Zerstückelung sagt uns, er will sie demütigen, ihr Leben und ihre ganze Existenz beschmutzen.«

»Aber die Kinder waren unverletzt, bevor er sie getötet hat. Warum?«

»Er will ihnen keine Schmerzen zufügen. Aber er will auch nicht, dass sie leben.«

»Und was bedeutet dieses *SCHAU*?«

Kaiser lässt seinen Gedanken freien Lauf. »Der Mörder will gesehen werden… nein. Er will von dem Kind gesehen werden. Nein. Er will, dass jemand anders ihn

sieht, und das Kind ist der Überbringer der Botschaft.«
Ein eiskalter Schauder läuft Kaiser über den Rücken, als
ihm ein Gedanke kommt. Er hebt den Kopf. »Großer
Gott.«

Kim nickt. »Sprich es aus.«

»Das Kind ist der Botschafter«, sagt er ganz langsam.
»Der Täter ist jemandes Kind. Das ist es, was er uns
sagen will. *Er* ist jemandes Kind.«

»So gesehen, sind wir alle jemandes Kind«, sagt Kim
mit einem angedeuteten Lächeln. Sie versteht, in welche
Richtung er denkt, und will ihn mit der Nase darauf
stoßen.

»Das ist das fehlende Puzzleteil«, sagt Kaiser und er-
schaudert erneut. »Wessen Kind er ist, wo er herkommt,
das ist der Schlüssel.«

»Dann lass uns das mal zu Ende denken.« Kim beugt
sich vor. »Die Leichen wurden an zwei bedeutsamen
Orten gefunden. Der erste ist der Wald in der Nähe von
Georginas Haus.«

»Nicht nur in der Nähe. Direkt dahinter.« Kaiser
könnte sich selbst ohrfeigen. Er war so fokussiert auf
die Orte und die Dinge, die in direktem Zusammenhang
mit Georgina standen, dass er nicht mehr vernünftig
über den Rest nachgedacht hatte. »An derselben Stelle
wurde Angela Wong begraben. Und die Leiche war genauso zerstückelt wie Angelas – Kopf, Hände, Unterarme, Füße, Unterschenkel waren abgetrennt und auf
mehrere flache Gräber verteilt. Der zweite Ort liegt hinter Georginas Highschool. Das Opfer war ebenfalls zerstückelt.«

»Ich weiß, du glaubst nicht an Zufälle, aber dass die

361

Orte übereinstimmen, könnte tatsächlich Zufall sein«, sagt Kim. »Es gibt nur einige wenige bewaldete Stellen in Sweetbay. Der Mörder könnte sie aus dem einfachen Grund gewählt haben, dass sie sich anboten.«

»Und dann hat er die Frauen auf dieselbe Weise zerstückelt wie Angela?« Kaiser schüttelt den Kopf. »Dass es sich bei der Übereinstimmung der Fundorte um Zufall handelt, könnte ich noch akzeptieren, aber nicht bei der Zerstückelung.«

»Was glaubst du denn, warum Angelas Leiche überhaupt zerstückelt wurde? Überleg doch mal«, sagt Kim. »Ihre Knochen wurden an verschiedenen Stellen gefunden, was auf eine Zerstückelung hindeutet. Aber das lässt nicht notwendigerweise auf die Tat eines Wahnsinnigen schließen. Der Waldboden ist hart, voller Steine und Baumwurzeln. Man kann dort keine beliebig großen und tiefen Löcher graben. Die Leiche wurde vielleicht wirklich aus ganz praktischen Gründen zerstückelt. Und wenn ein anderer Mörder die Leiche eines Erwachsenen im selben Wald vergraben will, ist er wahrscheinlich zu derselben Maßnahme gezwungen.«

Das Wort *praktisch* im Zusammenhang mit der Zerstückelung einer Leiche wirkt ziemlich merkwürdig, aber Kaiser konnte Kims Gedanken folgen. »Also…«

»Also ist das einzige Detail, das bei diesen neuen Morden in Georginas Richtung weist, der Lippenstift von der Firma, für die sie gearbeitet hat«, sagt sie. »Sie hat die Abteilung für Lifestyle-Marken oder so was geleitet. Ich habe ein bisschen recherchiert und einen fünf Jahre alten Artikel in dem Magazin *Pacific Northwest* gefunden mit einem Feature über Shipp Pharmaceuticals und Georgina. Darin wird sie mit den Worten zitiert, sie hoffe, die Firma in eine neue Richtung zu lenken, und sie wolle eine eigene Kosmetikmarke aufbauen. Sie hat einen Hochschulabschluss in Chemietechnik und ist graduierte Betriebswirtin, und *außerdem* hat sie ein Jahr lang Friseurin und Kosmetikerin gelernt. Eine eigene Kosmetiklinie zu entwickeln war ihr Traum. Der Mörder muss wissen – anders kann es nicht sein –, dass er mit einem Shipp-Lippenstift, wo er aus Tausenden von Lippenstiften hätte wählen können, ihre Aufmerksamkeit gewinnt.«

»Na ja, dass diese Morde in irgendeiner Verbindung zu Georgina stehen, wissen wir ja«, wendet er ein.

»Zu Georgina ja, aber nicht notwendigerweise zu *Calvin*«, sagt Kim und schlägt so heftig mit der Faust auf den Schreibtisch, dass er vor Schreck zusammenzuckt. »Wir brauchen Beweise – DNA, einen Zeugen –, dass Calvin James seine eigenen Kinder getötet hat. Aber wir haben keine.«

Kim hat recht. Herrgott noch mal, sie hat recht. Trotz all seiner Bemühungen, objektiv zu bleiben, ist Kaiser in eine Falle getappt, in die kein Detective, der seine Dienstmarke wert ist, je tappen dürfte: Er wollte die Beweislage an seine Theorie anpassen, anstatt eine Theorie zu entwickeln, die auf Beweisen beruht. Weil alles mit Georgina zusammenhängt, hat er sich darauf versteift, dass Calvin der Mörder ist.

Was womöglich ein schlimmer Trugschluss ist.

»Er ist also jemandes Sohn«, sagt Kaiser noch einmal, mehr zu sich selbst als zu Kim. »Aber wessen Sohn?«

Kim steht auf und rollt ihren Stuhl an ihren Schreibtisch. »Du solltest mit Georgina reden. Du hast immer gesagt, dass sie dir irgendwas verschweigt. Wenn das stimmt, und wenn es für unseren Fall wichtig ist, bist du wahrscheinlich der Einzige, dem sie es erzählt. Ihr beide habt eine gemeinsame Geschichte. Sie vertraut dir.«

Sie sagt das leichthin, aber ihm entgeht nicht, wie angespannt sie jeden Blickkontakt mit ihm meidet.

Verheiratet oder nicht, auch Kim empfindet das Ende ihrer Affäre als Verlust.

28

Kaiser hat Georgina in der neunten Klasse im Biologie-
unterricht kennengelernt. Es war am ersten Schultag,
und als Erstes ist ihm aufgefallen, wie gut sie roch. Als
Zweites, wie hübsch sie war. Nicht auf eine so offen-
sichtliche Weise wie Angela, nach der sich immer alle
umdrehten, selbst wenn sie mal einen schlechten Tag
hatte, sondern auf eine subtile, unauffällige Weise. Sie
besaß eine natürliche, von jeder Mode unabhängige
Schönheit, eine Schönheit, die sich einem erst mit der
Zeit erschließt, die Art von Schönheit, die eigentlich erst
nach der Highschool zum Blühen kommt.

Solchen Mädchen kann man nicht sagen, dass sie
schön sind. Aber in gewisser Weise sind sie genau darum schön. Weil es keine Rolle spielt.

Georgina setzte sich direkt vor Kaiser, ihre langen
dunklen Haare berührten den Rand seines Pults, als sie
ihren Hefter aufschlug. Das Klassenzimmer war nur
halb voll, und sie hatte sich ihren Sitzplatz aussuchen
können. Sie klickte auf ihren mit einer violetten Mine
bestückten Kuli und schrieb das Datum auf das frische
Blatt. 3. September.

Sie drehte sich zu ihm um. »Ich bin Geo.«

»Geode?«, fragte er, weil er sie schlecht verstanden hatte. Was war das für ein verkorkster Name? »Wie die Dinger in den Steinen?«

»Geo«, sagte sie und buchstabierte es ihm. »Das ist eine Abkürzung für Georgina, aber ich kann den Namen nicht leiden, also nenn mich bitte nicht so.«

»Warum denn nicht? Mir gefällt der Name. Vielleicht gefällt er dir ja auch irgendwann.«

»Das glaub ich kaum.«

»*Her name ist Geo and she dances on the sand...*«, sang er. Er konnte nicht anders.

»Ganz ein neuer Witz...« Sie verdrehte die Augen über seine stümperhafte Interpretation des Duran-Duran-Songs »Rio«. »Als das Stück rausgekommen ist, war ich noch im Kindergarten. Du bist genau wie mein Vater. Der ist auch ein Fan der Achtziger.«

Und das war's dann. Kein Junge will von einer Mitschülerin mit ihrem Vater verglichen werden. Er verstummte, und sie drehte sich wieder um. Bis zum Ende der Unterrichtsstunde sah er nur noch ihren perfekt geformten Hinterkopf. Hin und wieder trat er scheinbar versehentlich gegen ihren Stuhl, damit sie sich umdrehte, um ihm zu sagen, er solle das lassen. Das war blöd von ihm, und er wusste es. Aber er konnte nicht anders.

Sie freundeten sich schnell an, es ging ganz leicht, weil sie sich beide mit Bio schwertaten und beide Spaß daran hatten, den anderen zu triezen. Als Georgina ihm ihre beste Freundin vorstellte, mochte Kaiser sie zuerst nicht – Angela kommandierte Geo dauernd herum und zog sie oft von ihm weg, um mit ihr über »Mädchenkram« zu reden, was ihm das Gefühl gab, das fünfte

Rad am Wagen zu sein, was er ja auch war. Doch mit der Zeit lernten Angela und er einander zu schätzen, und bis zum Ende des ersten Schuljahres waren die drei unzertrennlich. Natürlich hatte er auch Kumpels, aber seine engsten Freunde – seine *besten* Freunde – waren zwei Mädchen. Die beiden vertrauten ihm, und durch sie erhielt er einen Einblick in die Gefühlswelt von Mädchen, von dem die meisten Jungs nur träumen konnten. Er war oft die Stimme der Vernunft, wenn sie sich nicht entscheiden konnten, was sie anziehen oder essen sollten, er konnte ihnen sagen, welche der Jungs, die ihnen gefielen, Deppen waren und welche okay, er gab den Schiedsrichter, wenn sie sich stritten (was nicht oft vorkam, aber wenn, dann waren sie alle drei wie im Kriegszustand).

Er hat Georgina nie gesagt, dass er in sie verliebt war. Aber Angela wusste es, und sie haben ein paarmal darüber gesprochen. Eine von Angela Wongs besten Charaktereigenschaften war ihre Ehrlichkeit. Leider war es auch eine ihrer schlimmsten. Sie hatte kein Problem damit, einem ins Gesicht zu sagen, wenn man ihrer Meinung nach in dem, was man anhatte, beschissen aussah, oder wenn man einen beknackten Musikgeschmack hatte, oder wenn man etwas zwischen den Zähnen hatte.

»Sie empfindet nicht dasselbe für dich«, sagte Angela an einem Nachmittag im August zu Kaiser, kurz bevor sie in die elfte Klasse kamen. Sie waren in der Mall und er »half« ihr bei der Suche nach einem Outfit für die nächste Party. Was vor allem hieß, ihr zu sagen, wie toll sie in allem aussah, was sie anprobierte. Die Aufgabe war ihm zugefallen, weil Geo und ihr Vater für eine Woche zu Geos Großmutter nach Toronto gefahren waren.

»Wie meinst du das?«

»Für sie bist du ein guter Kumpel. Das bist du jetzt seit zwei Jahren, und auch wenn du ihr jetzt sagst, was sie dir bedeutet, wird sich daran nichts ändern. Damit bewirkst du höchstens, dass sie ein schlechtes Gewissen bekommt, weil sie dir sagen muss, dass sie nicht dasselbe für dich empfindet. Und obwohl du damit gerechnet hast, wird es dir das Herz zerreißen. Und dann?« Angela drehte sich zu ihm um, total genervt, obwohl nichts von alldem bisher passiert war. »Es wird sich nichts ändern. Ihr werdet Freunde bleiben, aber dann ist es auf einmal komisch. Und damit meine ich komisch für *mich*.«

»Aber ich glaube wirklich ...«

»Such dir ein anderes Mädchen«, sagte sie und drehte sich vor dem dreiteiligen Spiegel hin und her, sodass ihr glänzendes schwarzes Haar schwang. Sie hatte ein pinkfarbenes Kleid an, das ihr fantastisch stand, aber nach ihrem missmutigen Gesichtsausdruck zu urteilen, war fantastisch nicht gut genug. »Du bist jetzt in der Elften. Du bist zwar nicht mein Typ, aber du bist süß. Die Mädchen werden sich dieses Jahr um dich reißen. Geh mal mit der einen oder anderen aus. Probier's einfach mal.«

Wenige Monate später verschwand Angela. Anfangs konnte es keiner glauben. Es hieß, sie wäre abgehauen, aber das konnte Kaiser sich nicht vorstellen, denn dazu hatte Angela absolut keinen Grund. Die einzig einleuchtende Theorie war, dass ihr irgendetwas Schlimmes zugestoßen sein musste, aber das wollte niemand wahrhaben. Es war einfach unfassbar.

Angela Wong hinterließ eine riesige Lücke, und der einzige Mensch auf der Welt, der verstehen konnte, wie sehr sie ihm fehlte, war Georgina. Eigentlich hätten sie ihre Verzweiflung teilen, sich gegenseitig unterstützen, sich aneinander festhalten müssen. Stattdessen zog Geo sich zurück. Es begann am Montag nach der Party bei Chad Fenton, bei der Angela das letzte Mal gesehen worden war und Kaiser beschlossen hatte, Angelas Rat in den Wind zu schlagen und es bei Geo zu versuchen.

Nach diesem Wochenende fing Geo an, ihm aus dem Weg zu gehen. Zuerst war es noch nicht so offensichtlich – sie reagierte nicht auf seine Anrufe, ging mittags in die Bibliothek statt in die Cafeteria, machte sich nach der Schule sofort auf den Heimweg, anstatt noch mit ihm im 7-Eleven abzuhängen. Er führte es auf ihre Trauer um Angela zurück und auf den Kuss in der Waschküche. Aber ein paar Wochen später wurde es schlimmer. Sie änderte die Richtung, wenn sie ihn den Korridor entlangkommen sah. Die wenigen Male, die sie miteinander sprachen, war sie wortkarg.

»Ist es wegen dem Kuss?«, fragte er sie schließlich. Eigentlich hatte er das Thema nicht aufbringen wollen, aber nicht mit ihr zu sprechen war wie nicht zu atmen. Er hatte sie vor der Schule abgefangen. Er kapiere überhaupt nichts mehr, sagte er zu ihr. Ihre beste gemeinsame Freundin sei verschwunden. Wer soll uns helfen, damit zurechtzukommen, wenn wir uns nicht gegenseitig helfen?

Sie hatte ihn ausgelacht. *Ausgelacht.* »Schön wär's«, antwortete sie und ließ ihn stehen.

Im Verlauf des darauffolgenden Monats musste Kaiser hilflos mit ansehen, wie es mit Geo bergab ging. In den ersten Wochen nach Angelas Verschwinden war Georgina launisch und sprunghaft, und sie schaute ständig über ihre Schulter, als rechnete sie damit, dass das, was Angela aus ihrem Leben gerissen hatte, als Nächstes sie holen würde. Sie regte sich fürchterlich über Gerüchte auf, nach denen Angela einfach abgehauen war, einen geheimen Liebhaber hatte oder berühmt werden wollte. Kurz vor Weihnachten erkannte Kaiser Geo fast nicht mehr wieder. Ihre Haare waren strähnig, sie hatte Pickel im Gesicht. Einmal rannte sie sogar aus der Cafeteria, weil sie sich übergeben musste.

Nach den Weihnachtsferien kam sie nicht mehr in die Schule. Als er bei ihr zu Hause anrief, erklärte ihr Vater ihm, sie sei wegen Depressionen in Behandlung und er habe einen Privatlehrer angeheuert, damit sie das Schuljahr beenden könne. Sie telefonierten zehn Minuten miteinander; Walter Shaw erklärte ihm, Angelas Verschwinden habe die Verlustängste und die Trauer wieder wachgerufen, die Geo im Alter von fünf Jahren durchlitten hatte, nachdem ihre Mutter an Krebs gestorben war.

Alle paar Wochen rief Kaiser an, um sich nach Geo zu erkundigen, aber wenn ihr Vater nicht zu Hause war, ging niemand ans Telefon. Zweimal ging er nach der Schule bei ihr vorbei, um sie zu besuchen, aber beim ersten Mal bekam er von Walter zu hören, seine Tochter wolle allein sein, und beim zweiten Mal machte niemand die Tür auf. Als er sich im Weggehen noch einmal umdrehte, sah er allerdings Georginas Gesicht am Fenster, wie sie hinter ihrer rosafarbenen Spitzengardine hervorlugte. Sie war bleich und wirkte erschöpft. Und verängstigt.

Was auch immer sie durchmachte, es musste die Hölle sein; das war nicht zu übersehen.

Im September, zu Beginn des neuen Schuljahrs, erschien Geo wieder in der Highschool. Es war, als hätte das vergangene Jahr nie existiert. Sie wirkte ruhiger und nachdenklicher, aber sie lächelte wieder, sah mehr oder weniger aus wie früher, auch wenn sie ein bisschen zugenommen hatte. Sie bemühte sich nicht darum, wieder bei den Cheerleadern oder ins Volleyballteam aufgenommen zu werden, sondern belegte zusätzliche Kurse, um den Stoff vom Jahr zuvor nachzuholen. Sie ließ alle Partys sausen und machte während der Mittagspause meist in der Bibliothek ihre Hausaufgaben. Nach der Schule jobbte sie bei Jamba Juice, wo sie die Kunden äußerst freundlich bediente.

An einem Samstag kam Kaiser in den Laden, er hatte ganz vergessen, dass sie dort arbeitete. Sie nahm seine Bestellung entgegen.

»Wie geht es dir?«, fragte er.

»Gut«, antwortete sie und gab ihm sein Wechselgeld. Es war, als wären sie Fremde. Sie wandte sich ab, um seinen Smoothie zuzubereiten. Niemand sonst war im Laden.

»Hey«, sagte er. »*Hey.*«

Sie hielt einen Moment lang inne, dann drehte sie sich um. Der Schirm ihrer Mütze verschattete ihr Gesicht, sodass er ihren Blick nicht deuten konnte.

»Es geht mir gut, Kai«, sagte sie. »Das wolltest du doch wissen, oder? Es geht mir gut. Aber ich hab keine

Lust zu reden, sorry. Ich will auch nicht ausgehen. Ich muss mein Leben in den Griff kriegen, okay? Das ist das Beste für mich.«

»Verstehe«, sagte er, die Hände auf den Tresen gestützt. »Aber das bedeutet doch nicht, dass wir keine Freunde mehr sein können, oder? Mir fehlt sie doch genauso wie dir, das weißt du doch. Oder hast du das vergessen?«

Sie trat an den Tresen. Berührte sanft seine Hand und schenkte ihm ein Lächeln. »Ich weiß, dass sie dir fehlt. Und es tut mir leid, dass du so traurig bist. Aber du erinnerst mich an sie, okay? Du erinnerst mich daran, wer wir waren. Und ich will nicht daran erinnert werden. Es hat mich beinahe umgebracht. Wenn ich dir also jemals etwas bedeutet habe, dann lass mich einfach in Ruhe. Bitte.«

Er verließ den Laden ohne seinen Smoothie, schlimmer verletzt, als hätte sie ihm das Herz gebrochen. Er kannte sie nicht mehr, das war ihm klar.

Er versuchte nie wieder, mit ihr zu sprechen. Er hob keine Hand zum Gruß, und er bemühte sich auch nicht um Blickkontakt, wenn er ihr in der Schule auf dem Flur begegnete. Einmal wollte das Mädchen, mit dem er am Ende des Schuljahres ausging, einen Smoothie, und sie gingen ins Jamba Juice. Georgina nahm ihre Bestellung entgegen, wobei beide taten, als würden sie sich nicht kennen.

»Was ist denn mit euch los? Wart ihr nicht letztes Jahr noch gute Freunde?«, fragte das Mädchen, als sie wieder draußen waren.

»Ja«, sagte er. »Wir waren sehr gute Freunde. Das dachte ich zumindest.«

»Man sieht nur, was man sehen will«, sagte das Mädchen und trank von seinem Smoothie. »Nicht das, was da ist.«

Kaiser kann sich heute nicht einmal mehr an den Namen des Mädchens erinnern. Rachel irgendwas, oder vielleicht war es auch Renée. Sie hatten sich nur drei- oder viermal getroffen, bevor es wegen irgendeiner blöden Sache, an deren Einzelheiten er sich auch nicht mehr erinnern kann, schon wieder zu Ende war. Aber er wird nie vergessen, was sie an jenem Tag zu ihm gesagt hat, so klischeehaft es auch gewesen sein mag. Damals, er war nicht mal achtzehn Jahre alt, klang es jedenfalls sehr tiefsinnig.

Heute weiß er, was damals mit Georgina geschehen ist. Er weiß, warum sie das vorletzte Jahr in der Highschool gefehlt hat, warum sie sich zu Hause versteckt hat, warum sie sich geweigert hat, ihn zu treffen. Neunzehn Jahre später ergibt alles einen Sinn, und Kaiser könnte sich ohrfeigen, weil er es nicht früher begriffen hat, wo es doch so verdammt offensichtlich war.

Man sieht nur, was man sehen will, nicht das, was da ist.

Teil fünf
Akzeptanz

29

Der positive Schwangerschaftstest bestätigte nur, was Geo längst vermutet hatte.

Ihr Zyklus war immer sehr regelmäßig gewesen, neunundzwanzig oder dreißig Tage. Nachdem ihre Periode zweimal hintereinander weggeblieben war, schwänzte sie die letzte Schulstunde, um zu verhindern, dass sie jemandem über den Weg lief, der sie kannte, und besorgte sich in der Apotheke einen Schwangerschaftstest. Die Anleitung war ganz einfach, und sie rannte nach Hause, schloss die Badezimmertür ab für den Fall, dass ihr Vater früher als erwartet von der Arbeit kam, und pinkelte auf das Stäbchen. Es dauerte nicht mal dreißig Sekunden, bis das Resultat kam. In der Anleitung stand, dass entweder ein Plus- oder ein Minuszeichen erscheinen würde, und falls das Pluszeichen auch nur eine Spur Blau aufwies, wäre sie schwanger.

Das Stäbchen war so verdammt blau, dass es fast lila war. Geo stopfte es ganz unten in den Mülleimer, setzte sich auf den Toilettendeckel und weinte.

Sie bekam ein Kind von Calvin. Und es war kein Kind der Liebe. Wie sollte es das auch sein, wenn es doch durch eine Vergewaltigung entstanden war?

Sie besorgte sich für die folgende Woche einen Termin bei der Beratungsstelle von Planned Parenthood und überlegte die nächsten Tage, ob es nicht das Beste wäre, sich vor einen Bus zu werfen. Als sie an einem Mittwochmorgen bei der Beratungsstelle eintraf (ihrem Vater hatte sie gesagt, ihr sei übel, damit er ihr eine Entschuldigung für die Schule schrieb), musste sie zwanzig Minuten warten, weil man ihren Termin wegen eines Notfalls verschoben hatte. Diese zwanzig Minuten reichten: Geo brach völlig zusammen.

Schluchzend rief sie aus einer Telefonzelle auf dem Parkplatz ihren Vater an, der sie daraufhin abholte. Sie erzählte ihm von der Schwangerschaft, sagte ihm, dass sie das Kind nicht wollte, es aber auch nicht über sich brachte, es abzutreiben. Sie sagte ihm nicht, wer der Vater war, nur dass es niemand von der Highschool war (was stimmte) und dass es jemand war, den sie nie wiedersehen wollte (was ebenfalls stimmte). Walter Shaw hörte ihr zu. Und wurde mit jedem ihrer Worte immer trauriger. Dann befahl er ihr, ins Bett zu gehen, und das tat sie.

Als sie am nächsten Morgen aufwachte, wartete ihr Vater am Küchentisch auf sie, vor sich eine Tasse Kaffee und für sie eine Tasse Kräutertee.

»Wir machen, was auch immer du willst«, sagte er, und sie brach erneut in Tränen aus.

Walter, den normalerweise nichts erschüttern konnte, wirkte gequält. »Das ist passiert, weil ich die ganze Zeit arbeite und du keine Mutter hast, stimmt's? Weil du was für dich haben wolltest, das du lieb haben kannst.«

»Gott, nein, Dad, nein.« Trotz ihrer Verzweiflung

schaffte sie es, die Augen zu verdrehen. »Es ... es ist einfach so passiert. Das wollte ich nicht, ganz bestimmt nicht, auch nicht unbewusst.«

»Wenn ich geahnt hätte, dass du Sex hast, hätte ich dir doch einen Termin bei Doktor ...«

»Dad, *bitte*.« Sie wusste, dass ihr Gesicht knallrot war; sie spürte, wie ihr die Hitze den Hals hochkroch bis zu den Augen. »Ich ... ich habe keinen Sex. Es ist nur ein einziges Mal passiert.«

Sie schloss die Augen, erinnerte sich daran, wie schwer Calvin auf ihr gelegen hatte, wie sie sich nicht hatte bewegen und kaum atmen können. Nein, sie hatte es nicht gewollt. Ja, er hatte sie vergewaltigt. Nein, sie konnte es keinem erzählen. Wenn sie es jemandem erzählte und Calvin verhaftet würde, wer konnte wissen, was er dann sagen würde? Über Angela? Über sie?

Manchmal strafte einen das Schicksal später. Manchmal strafte einen das Schicksal sofort.

»Was möchtest du also tun?«, fragte ihr Vater sanft.

»Ich glaub, das Vernünftigste wäre, es zur Adoption freizugeben. Auch wenn ich mir eine Geburt nicht vorstellen kann ...« Sie schüttelte sich. Daran durfte sie jetzt nicht denken. »Aber ich bring es auch nicht fertig, es wegmachen zu lassen. Und Mutter will ich auch nicht sein.«

Ihr Vater nickte. Schwer zu sagen, was er von alldem hielt. Auf jeden Fall wäre es für sie beide einfacher, wenn sie abtrieb. Dann könnte sie das Schuljahr beenden, ohne dass jemand Wind von der Sache bekam. Ihr Körper würde sich nicht verändern; sie würde nicht zunehmen, sie würde keine Dehnungsstreifen bekommen.

Es würde keine schmerzhafte Geburt geben, niemand würde ihr das Kind wegnehmen, sie würde sich nicht ihr Leben lang fragen, was aus ihrem Kind geworden sein mochte.

Sie war in der neunten Woche. Es war noch kein richtiger Mensch, oder?

Und doch, für sie war es ein Mensch.

»Aber ich... ich kann nicht mit dickem Bauch in die Schule gehen, Dad«, sagte sie. »Ich will nicht, dass einer davon erfährt.«

Walt sah sie grimmig an. »Ich spreche mit deiner Vertrauenslehrerin. Wir finden eine Lösung.« Er legte ihr eine warme Hand an die Wange. »Bist du dir ganz sicher? Wenn du es überhaupt nicht haben willst, ist das auch in Ordnung. Und du hast noch etwas Zeit, es dir zu überlegen.«

»Ich kann nicht«, sagte sie. »Noch... noch einen Tod würde ich nicht verkraften.«

Selbstverständlich glaubte Walt, sie meinte den Tod ihrer Mutter. Den sie natürlich auch meinte, aber nur zum Teil.

Sie einigten sich darauf, dass sie das erste Halbjahr noch zur Schule gehen würde. Aber Geo war jeden Morgen dermaßen übel, dass sie fast immer zu Hause blieb. Nach den Weihnachtsferien ging sie nicht mehr zur Schule. Den Rest des Schuljahres absolvierte sie mithilfe eines Privatlehrers und eines Fernlehrgangs. Es war nicht allzu schwierig, ihre Schwangerschaft zu verbergen; ihr Bauch wurde zum Glück nicht besonders dick, sie blieb meistens zu Hause und trug alte Hemden ihres Vaters und eine alte Trainingshose von ihm, die sie an der Taille mehrmals umschlug. Wenn sie das Haus doch einmal verlassen musste – für einen Arzttermin, oder um in die Bibliothek zu gehen –, zog sie sich ein Jackett oder einen Pullover ihres Vaters über.

Es hatte etwas Ironisches, dass sie die ganze Zeit mit jemandem zusammen war – ihrem ungeborenen Kind – und sich zugleich total allein fühlte. Es war, als wäre ihre Schwangerschaft in körperlicher Form die Krönung all ihrer Geheimnisse.

Als sie im fünften Monat war, nahm sie Kontakt auf zu einer Adoptionsagentur, die ihr »Familienprofile« schickte, damit sie die richtigen Eltern für ihr Kind aussuchen konnte. Sie sprach mit mehreren Paaren, die alle sehr nett waren. Am besten gefielen ihr Nori und Mark Kent.

Sie waren achtundzwanzig und dreißig Jahre alt und damit um einiges jünger als die meisten anderen Paare, die sich für eine Adoption interessierten. Nori Kent hatte etwas, das sich Polyzystisches Ovarialsyndrom nannte, etwas, von dem Geo nur deshalb schon einmal etwas gehört hatte, weil zwei andere hoffnungsvolle Frauen, mit denen sie sich getroffen hatte, es auch hatten. Die Kents gefielen ihr auf Anhieb. Sie hatten sich auf dem College kennengelernt, waren seit drei Jahren verheiratet und standen seitdem auf der Adoptionsliste.

»Wir wissen, dass wir noch ziemlich jung sind«, sagte Nori Kent. Sie war Japanerin, in Tokio geboren, aber in Oregon aufgewachsen. Sie hatte makellose Haut wie Porzellan, langes, glattes pechschwarzes Haar, das ihr bis auf die Schultern fiel, und mandelförmige haselnussbraune Augen. »Aber bei mir wurde schon mit einundzwanzig, als ich meine Periode nicht mehr bekam, das PCOS diagnostiziert. Ich war bei mehreren Ärzten, und die haben mir kaum Hoffnungen gemacht, dass ich schwanger werden kann. Deshalb haben wir uns von Anfang an für eine Adoption entschieden.«

»Wir haben uns sofort auf die Liste setzen lassen, weil man uns gesagt hat, dass es Jahre dauern kann, bis uns jemand auswählt«, fügte Mark Kent hinzu. Er war groß, hatte aschblondes, lockiges Haar, das sich an der Stirn zu lichten begann. Er hatte den klassischen angelsächsischen Teint, sehr hellhäutig, nur an den Wangen rötlich, und große Hände, mit denen er beim Sprechen gestikulierte. »Wir wissen, dass die Konkurrenz groß ist, dass viele andere Paare älter sind als wir und größere Häuser und bessere Jobs haben.«

Mark unterrichtete Mathe an der Puget Sound State University, und Nori arbeitete als Einkäuferin bei Nordstrom. Normale Jobs, normale Leute. Sie hatten kürzlich ein Haus gekauft, ein kleines Reihenhaus nördlich von Seattle. Sie besaßen eine englische Bulldogge namens Pepper und eine Siamkatze namens Kit Kat, die den Hund herumscheuchte. Sie zeigten Geo Fotos von dem zukünftigen Kinderzimmer. Es lag nach hinten hinaus und hatte ein großes Fenster, von dem aus man die Rosensträucher im Garten sehen konnte. Nori fuhr einen Toyota Highlander mit Allradantrieb, und Mark fuhr mit dem Bus zur Arbeit. Sie waren nicht reich, aber sie liebten sich. Man spürte die tiefe Verbindung zwischen ihnen. Man merkte es daran, wie sie einander anschauten, wie er ihre Hand nahm, wenn sie nervös wurde und zu schnell redete, wie sie sich an ihn schmiegte und den

Kopf an seine Schulter lehnte, wie sie die Augen verdrehte über seine albernen Witze.

In ihrer Gegenwart war Geo zugleich traurig und glücklich.

»Ich nehme Sie«, sagte sie am Ende des zweistündigen Gesprächs. Sie saßen einander in einem hübschen Zimmer der Adoptionsagentur auf zwei gleichen roten Sofas gegenüber. Zwischen ihnen stand ein Sofatisch, auf dem die Mappe mit dem Familienprofil der Kents lag. »Eigentlich soll ich es Ihnen nicht direkt sagen, sondern dem Anwalt, der es Ihnen dann mitteilt, aber ich habe mich entschieden, und ich möchte Sie nicht warten lassen.«

»Ich…«, setzte Nori an, dann brach sie in Tränen aus.

»Sind Sie sich auch ganz sicher?«, fragte Mark. Er schaute Geo ungläubig an. »Denn wir hätten Verständnis dafür, wenn Sie ein paar Tage Bedenkzeit…«

»Ich nehme Sie«, wiederholte Geo. Sie stand auf, es fiel ihr ein bisschen schwer, aus dem weichen Sofa auf die Beine zu kommen. Mark wollte ihr helfen, doch sie winkte ab.

»Warum wir?«, fragte Mark mit großen Augen, und Nori warf ihm einen Blick zu, als wollte sie ihm sagen: *Um Gottes willen, frag sie das nicht, sonst überlegt sie es sich noch anders.*

»Weil Sie mich an meine Eltern erinnern, wie sie waren, als meine Mutter noch lebte«, antwortete Geo. Es war die beste Erklärung, die ihr einfiel, vor allem sich selbst gegenüber. Sie sah den beiden an, dass sie mit ihrer Antwort nicht viel anfangen konnten. »Versprechen Sie mir, mein Kind lieb zu haben?«

»Ja«, sagten beide wie aus einem Mund.

»Versprechen Sie mir, einander zu lieben?«

»Ja«, antwortete Mark und drückte seiner Frau die Hand.

Nori nickte, Tränen liefen ihr über die Wangen. »Ja«, bekräftigte sie.

»Okay«, sagte Geo und ließ es zu, dass die beiden um den Sofatisch herumkamen und sie umarmten. Sie spürte, dass Nori zitterte, und sie drückte die junge Frau noch ein bisschen fester.

Drei Monate später, eine Woche vor dem errechneten Termin, brachte sie ihr Kind zur Welt, in einem Privatzimmer in dem Krankenhaus, in dem ihr Vater arbeitete. Die Wehen setzten am frühen Samstagmorgen ein und wurden immer schmerzhafter, bis sie sich fragte, ob sie das überleben würde. Dann begann die PDA zu wirken, und sie konnte ein bisschen schlafen, bis der Muttermund weit genug geöffnet war und die Presswehen einsetzten. Ihr Vater blieb die ganze Zeit bei ihr, aber viel wichtiger war es ihr, dass sie Nori an ihrer Seite hatte, als sie mitten in der Nacht zu pressen begann.

Die Anästhesie wirkte bis zur ersten Presswehe, von da an spürte Geo alles. Die Schmerzen waren unerträglich. Die Hebamme spornte sie an, sie solle pressen, doch es schien ein Ding der Unmöglichkeit, denn es fühlte sich an, als würde es sie zerreißen. Nori hielt ihre eine Hand, ihr Vater die andere, und Geo presste und presste, die Haare klebten ihr im Gesicht, und sie biss die Zähne so fest zusammen, dass sie meinte, die Backenzähne brechen zu hören. Fast zwei Stunden später sagte die Geburtshelferin: »Noch einmal mit aller Kraft«, und sie presste so fest sie konnte, und als sie dachte, sie würde gleich vor Schmerzen ohnmächtig werden, hörte sie Nori sagen: »Ich seh das Köpfchen!«, und wenige Sekunden später hörte sie ein Baby schreien.

»Es ist ein Junge«, sagte jemand eine Weile später. »Drei Kilo und 180 Gramm.«

Die Säuglingsschwester wickelte das Kind in eine weiße Decke mit blauen und rosafarbenen Streifen und zog ihm ein farblich passendes Häubchen an. In Geos Akte war vermerkt, dass das Ehepaar Kent das Kind mitnehmen würde, doch die Schwester schaute Geo fragend an, ob sie den Kleinen einen Moment in den Armen halten wollte. Geo schüttelte den Kopf und ließ sich auf ihr Kissen sinken, als Mark hereinkam und Nori ihren Sohn zum ersten Mal in die Arme nahm. Strahlend vor Glück schaute sie Geo an und flüsterte kaum hörbar: »Danke.«

Erschöpft sank Geo in einen tiefen Schlaf. Erst am späten nächsten Morgen wachte sie auf. Ihr Vater saß mit der Zeitung und einer Tasse Kaffee in der Zimmerecke. Ihr tat alles weh. Sie fühlte sich, als wäre sie von einem Laster überfahren worden. Auf dem Nachttisch stand eine Glasvase mit rosafarbenen und weißen Blumen, und daneben lag ein Brief.

»Der ist von den Kents«, sagte ihr Vater. »Möchtest du ihn lesen?«

»Später«, antwortete Geo, während sie an sich hinunterschaute.

Zu ihrer Überraschung sah sie immer noch aus, als wäre sie schwanger. Naiverweise hatte sie geglaubt, dass nach der Geburt alles wieder in den Normalzustand zurückschnellen würde, aber offensichtlich hatte das nicht so funktioniert. Ihr Bauch war immer noch dick, aber jetzt war er weich und leer. Das Kind, das sie darin getragen hatte, war fort. Sie hatte sein winziges Gesicht nicht gesehen, hatte sein winziges Händchen nicht gehalten, sich nicht von ihm verabschiedet. Genauso hatte sie es geplant, und doch war der Schmerz, den sie in ihrem Herzen verspürte, viel schlimmer als die körperlichen Schmerzen. Sie berührte ihren Bauch, fühlte das weiche Fleisch, das unter ihren Händen nachgab.

Sie hatte einen Sohn, und er war weg. Sie hatte ihn nicht kennengelernt, ihn nicht gesehen, ihn nicht in den Armen gehalten, und doch schmerzte sein Verlust so sehr, als hätte sie ihn ihr Leben lang geliebt und mit ihm zusammen geatmet.

»Daddy«, sagte sie und erkannte ihre eigene Stimme nicht wieder. Sie klang leise und verängstigt, wie die Stimme eines kleinen Kindes, die Stimme einer verlorenen Seele, die sich entfernte und nie wieder zurückkehren würde. »Daddy, er ist fort ...«

Das Schluchzen begann in ihren Eingeweiden, und ihre geschundenen Bauchmuskeln schmerzten, als sie um ihr Kind weinte, um ihre Mutter und um Angela, als sie um die weinte, die sie selbst gewesen war, und um die, die sie von jetzt an sein würde. Sie hatte ein Leben genommen, und jetzt hatte sie ein Leben gegeben, aber das eine wog das andere nicht auf. Das alles hatte ein Loch in ihr aufgerissen, das sich nie, nie wieder füllen lassen würde.

»Mein tapferes Mädchen«, sagte ihr Vater mit brüchiger Stimme und streichelte ihr übers Haar. »Mein tapferes, tapferes Mädchen.«

In dem Augenblick, als ihr Vater sie an sich drückte und die Schluchzer sie schüttelten, wäre Geo am liebsten gestorben.

Nach dreißig Tagen wurde die Adoption rechtskräftig. Die Kents hatten sich die ganze Zeit ferngehalten, und das konnte Geo gut verstehen. Während dieser dreißig Tage hätte sie jederzeit darauf bestehen können, ihr Kind zu sehen, hätte es sich anders überlegen und ihren Sohn zurückverlangen können. Aber die Tage vergingen, ihr Körper heilte und ebenso ihre Seele. Das Loch, das sich in ihrer Seele aufgetan hatte, begann sich zu schließen. Es schmerzte immer noch sehr, war aber keine offene Wunde mehr. Am dreißigsten Tag las sie den Brief, den Nori ihr geschrieben hatte. Er war voller Dankbarkeit und Liebe.

Sie haben uns unendlich beglückt, und wir versprechen Ihnen, dass wir unseren Sohn so bedingungslos lieben werden, wie Sie es getan hätten. Wir danken Ihnen von ganzem Herzen. Wir haben ihn Dominic John genannt, nach unseren Großvätern ...

Am einunddreißigsten Tag, als die Adoption rechtskräftig war, schrieb sie ihnen zurück.

Ich beglückwünsche Sie. Ich bin mir ganz sicher, dass Sie Ihrem kleinen Sohn großartige Eltern sein werden ...

Sie blieben nicht in Kontakt, allerdings hatten sie sich auf eine halboffene Adoption geeinigt, was bedeutete, dass Geo, falls Dominic John Kent sie irgendwann sprechen oder treffen wollte, damit einverstanden sein würde. Aber es musste von ihm ausgehen und zu seinen Bedingungen, und sie durfte entscheiden, ob es für sie so in Ordnung war.

Geo fährt mit den Fingern über den kleinen Stapel Briefe, der neben ihr auf dem Bett liegt. Die Briefe auf dem blauen Briefpapier, die ihr ins Gefängnis geschickt wurden, die sie weder lesen noch wegwerfen konnte. Inzwischen hat sie sie mehrmals gelesen, Briefe von ihrem Sohn, von dessen Existenz fast niemand weiß. Dominic ist inzwischen achtzehn, älter als sie bei seiner Geburt war.

Liebe Mrs. Shaw, ich bin Ihr leiblicher Sohn Dominic…

Er möchte sie kennenlernen, mit ihr reden, die Lücken in seinem Leben füllen, die da sind, sosehr sie sich auch bemüht hat, die besten Eltern für ihn zu finden. Seine Briefe sind schön formuliert, voller Details, die ihr das Herz brechen. Wie hätte sie ahnen können, dass Dominics Adoptiveltern sich scheiden lassen würden, als er fünf war? Dass Mark Kent anschließend die Frau heiraten würde, mit der er Nori betrogen hatte, und mit ihr zwei Kinder bekommen würde? Und dass Mark Nori das Sorgerecht für ihren Adoptivsohn überlassen würde – den er sowieso kaum noch sah –, und dass Nori nie wieder heiraten würde, sondern in ihrer Wut und Verbitterung über Marks Betrug einen Liebhaber nach dem anderen ins Haus brachte? Und dass einer dieser Liebhaber, der letzte in der Reihe, Dominic missbrauchen würde?

Und wie hätte sie ahnen sollen, dass Nori eines Tages bei einem Autounfall ums Leben kommen würde, weil ihr pädophiler Liebhaber betrunken am Steuer saß? Und dass Dominic von einem Familienmitglied zum nächsten weitergereicht werden würde, bis er schließlich bei Pflegeeltern landete?

Woher hätte Geo wissen sollen, dass das, was sie gesehen und gespürt hatte, als sie die Eltern für ihren Sohn ausgesucht hatte, sich alles als ein Haufen Lügen entpuppen würde, weil Menschen letztlich nie etwas anderes wollen als sich selbst schützen? Woher hätte sie wissen sollen, dass ihr Sohn einmal ein schreckliches Leben haben würde? Und dass sie, eine minderjährige, alleinerziehende junge Frau, ihm wahrscheinlich eine bessere Kindheit hätte geben können?

Wie soll sie sich bei ihrem Sohn dafür entschuldigen, dass sie ihm das Leben versaut hat?

Und wie soll sie ihm erklären, dass sein leiblicher Vater Calvin James ist? Und dass sie sich nicht nur für das Leben entschuldigen muss, das sie ihm zugemutet hat, sondern auch für die Gene, die sie ihm mitgegeben hat?

Und wie soll sie ihm erklären, dass sein Vater seine eigenen Kinder tötet, weil Menschen wie er »nicht existieren« sollten? Ja, sie weiß, dass Calvin das gesagt hat, er hat es bei der Gerichtsverhandlung laut ausgesprochen, sodass alle es hören konnten. Sie hat es in der Zeitung gelesen, als sie schon im Gefängnis saß. Wie soll sie Dominic erklären, dass er in Lebensgefahr ist? Und dass die Gefahr von seinem eigenen *Vater* droht?

Aber sie muss es tun. Denn außer Geo gibt es niemanden mehr, der ihn beschützt.

Und nach all dem Schlimmen, was sie getan und nicht verhindert hat, ist es das Mindeste, was sie tun kann.

30

Sie muss sich eigentlich mit einigen Leuten in Verbindung setzen, Vorbereitungen treffen. Aber ihr Telefon klingelt. Die Nummer auf dem Display kennt sie nicht.

»Hallo, G«, sagt eine vertraute Stimme, als sie abnimmt. »Wie geht's? Wie ist das Leben außerhalb von Hellwood?«

»Hallo, Ella«, sagt Geo überrascht. Offenbar benutzt Ella ein illegales Handy, und Geo überlegt fieberhaft, was sie von ihr wollen könnte. Hazelwoods erfolgreichste Drogenhändlerin hat jetzt eine neue Buchhalterin, und eigentlich hätte der Wechsel glatt über die Bühne gehen müssen. Geo hat klargestellt, dass sie nach ihrer Entlassung aus allem raus sein würde, und sie kann nur hoffen, dass Ella Frank sie jetzt nicht dazu überreden will, es sich anders zu überlegen. Sie ist keine Frau, der man zweimal etwas abschlägt. »Es geht mir bestens. Tut gut, wieder zu Hause zu sein. Was gibt's?«

»Ich kann nicht lange reden, weil ich aus der Bibliothek anrufe«, sagt Ella. »Der Wachmann kommt gleich zurück. Es geht um nichts Geschäftliches.«

Geo atmet aus, erst jetzt wird ihr bewusst, dass sie den Atem angehalten hat. »Ah, okay. Ich war bei deinem Bruder, hab ihm alle Informationen gegeben. Ich hoffe, alles läuft wie vorgesehen?«

»Er hat mir gesagt, dass du da warst, und hier ist alles in Ordnung.« Dann zögert Ella, und als sie fortfährt, klingt ihre Stimme weicher: »Hör zu, G, ich wollte diejenige sein, die es dir sagt. Cat ist letzte Nacht gestorben.«

Nein. Sie muss sich verhört haben. Geo öffnet den Mund, aber sie bringt kein Wort heraus.

»Sie ist heute Morgen nicht zum Zählappell erschienen, und dann haben sie sie tot in ihrer Zelle gefunden.«

»Das kann nicht sein. Ich versteh das nicht. Sie sollte doch morgen rauskommen«, sagt Geo, deren Verstand sich weigert zu glauben, was Ella gesagt hat. »Ich hab vor ein paar Tagen noch mit ihr gesprochen, und da war sie guter Dinge. Ich wollte sie an der Bushaltestelle abholen.«

»Sie hat sich in den letzten Tagen nicht gut gefühlt. Eine von uns hat sie gestern Abend halb bewusstlos im Bad gefunden. Sie wollte sie überreden, zur Sanitätsstation zu gehen, aber sie hat steif und fest behauptet, es ginge ihr gut, sie wäre nur ein bisschen dehydriert und ihr wäre schwindlig geworden. Dann ist sie irgendwann in der Nacht gestorben«, sagt Ella mitfühlend. »Es heißt, wahrscheinlich habe ihr Herz einfach nicht mehr mitgemacht, oder sie hätte im Schlaf einen Schlaganfall gehabt. Du weißt doch, wie krank sie war, G. Ihr Körper war einfach ausgelaugt.«

»Ja, aber sie sollte nicht im Gefängnis sterben!« Das rutscht ihr ungehaltener heraus als beabsichtigt, und sie holt tief Luft, um sich zu beruhigen. »Tut mir leid. Ich wollte dich nicht anfahren. Es ist nur ... Sie sollte doch hier bei mir einziehen. Ich hab ihr versprochen, sie nicht im Gefängnis sterben zu lassen. Ich hab's ihr *verspro-chen*.«

»Tut mir leid, G. Sie war eine gute Frau und eine gute Freundin. Ich wollte nur, dass du Bescheid weißt. Die Gefängnisleitung informiert ja nur die direkten Angehörigen.«

»Sie hatte keine Angehörigen. Sie hatte nur mich.« Ella erwidert nichts darauf, denn sie wissen beide, dass es nichts mehr zu sagen gibt. Einen Moment lang schweigen sie. Schließlich fragt Geo: »Was passiert mit ihrer Leiche?«

»Die wurde schon abgeholt. Ich hab gehört, dass ihr Mann sie einäschern lassen will. Anscheinend hat sie ihm vor einer Weile Anweisungen gegeben.«

Der Mann, der sich von ihr scheiden lassen wollte. Der untreue Mann, der schon eine andere hat. Geo schließt die Augen. »Danke, dass du angerufen hast.«

»Keine Ursache. Pass auf dich auf, okay? Und falls du irgendwas brauchst, du hast ja Samuels Nummer.« Dann fügt sie ganz leise hinzu: »Ich weiß, dass er dir 'ne Knarre besorgt hat, aber falls du noch was anderes brauchst, falls du Schutz brauchst, kümmert er sich darum. Ich hab ihm gesagt, er soll ein Auge auf dich haben. Ich weiß, dass da was im Busch ist, ich hab die Nachrichten gesehen.«

»Danke«, sagt Geo noch einmal, aber ihre Stimme klingt hohl.

Sie legen auf, und dann kommen die Tränen, heiße, wütende Tränen. Sie schluchzt, dass es schmerzt. Sie hat in ihrem Leben drei Frauen geliebt: ihre Mutter, Angela und Cat. In dieser Reihenfolge.

393

Und jetzt sind sie alle tot.

Es reicht. Es *reicht*. Sie kann die Toten nicht wieder lebendig machen, aber sie kann die Menschen beschützen, die sie liebt und die noch am Leben sind.

Ihren Sohn zum Beispiel.

Als sie ins Arbeitszimmer ihres Vaters geht, klingelt es an der Tür. Sie lugt aus dem Fenster. Draußen steht ein Streifenwagen, und der Mann, der vor der Tür steht, trägt Uniform. Also nicht Kaiser.

Es klingelt noch einmal, doch sie kümmert sich nicht darum, sondern setzt sich an Walters Schreibtisch. Um Arbeiten zu erledigen, die er im Krankenhaus nicht schafft, benutzt ihr Vater einen Laptop, und der ist nicht passwortgeschützt. Während der Rechner hochfährt, schaut sie noch einmal aus dem Fenster. Der Streifenwagen steht noch da. Der Motor ist ausgeschaltet, und der Polizist, der jetzt im Wagen sitzt, scheint zu telefonieren.

Geos iPhone klingelt. Es ist Kaiser, aber sie geht nicht ran. Wenige Sekunden später erscheint eine SMS.

Wo bist du? Habe einen Streifenwagen vor dein Haus beordert. Keine Sorge, ist nur zu deiner Sicherheit. Komme später vorbei und erkläre es dir. Wenn du nach Hause kommst, bleib drinnen.

Sie antwortet nicht. Sie ist bereits zu Hause, und sie hat wichtige Angelegenheiten zu erledigen. Familienangelegenheiten.

Sie loggt sich bei Facebook ein und aktiviert zum ersten Mal seit fünf Jahren ihren alten Account. Mit ihrem illegalen Smartphone hätte sie ihn auch in Hazelwood pflegen können, aber es macht das Leben im Gefängnis nicht gerade angenehmer, sich durch Fotos von Hochzeiten, neugeborenen Kindern, neuerworbenen Häusern und neuen Welpen zu scrollen. Politik ging ihr am Arsch vorbei, und es interessierte sie nicht, wer Demokrat oder Republikaner war, wer spirituelle Erleuchtung gefunden, wer sich in einem Fitnessstudio angemeldet und wer sich am Abend zuvor in einem teuren Restaurant Gott weiß was für ein ausgefallenes Essen gegönnt hatte. Sie bekam einundzwanzigmal pro Woche Gefängnisfraß vorgesetzt, serviert auf Blechtellern mit Unterteilung. Sie wollte nicht wissen, wie das Filet Mignon im John Howie's schmeckte, vielen Dank auch, ihr könnt mich alle mal. (Nebenbei bemerkt: Sie hat schon mal bei Howie's Filet mignon gegessen, und es war phänomenal lecker.)

Jetzt ist alles anders. Geo muss jemanden finden. Sie tippt den Namen *Dominic Kent* ein, nur um festzustellen, dass es rund um den Globus mindestens fünfzig Männer mit diesem Namen gibt. Frustriert gibt sie *Dominic Kent Spokane* ein, denn dort wurden die Briefe abgestempelt. Kein Treffer. Dann probiert sie es mit *Dominic Kent Seattle*. Zwei Treffer.

Der erste kann es nicht sein. Der Mann auf dem Profilfoto ist mindestens fünfzig und hält ein Jagdgewehr. Der zweite könnte es jedoch sein. Auf dem Profilbild ist eine Comicfigur aus einem Kinderbuch abgebildet mit einem langen Messer im Kopf, und darunter steht: »Everything is Awesome!«

Sie klickt auf den Namen. Der Account ist privat, es werden keine Informationen preisgegeben. Das muss er sein. Sie sendet ihm eine Freundschaftsanfrage. Dann sagt sie sich, dass es nicht schaden kann, noch eine persönliche Botschaft hinterherzuschicken. Doch ehe sie sich überlegt hat, was sie schreiben will, geht eine Benachrichtigung ein.

Du bist jetzt mit Dominic Kent befreundet.

Eine Sekunde später bekommt sie eine Nachricht.

Hi! Du hast mich gefunden! Cool!

Geo antwortet.

Hallo, Dominic. Ich habe deine Briefe gelesen. Danke, dass du mir geschrieben hast. Tut mir leid, dass ich so lange gebraucht habe, um mich zu melden.

Dominic: *Kein Problem, versteh ich total. Du bist also aus Hazelwood raus?*

Geo: *Ja, endlich.*

Dominic: *Wie war's? Im Knast, mein ich? Tut mir leid, hab tausend Fragen. LOL.*

Geo lächelt. *Schon in Ordnung. Ich erzähl dir alles, was du wissen willst. Bist du in Seattle? Ich würde gern mit dir reden, und es ist ziemlich dringend. Ich kann zu dir kommen, oder wir treffen uns an irgendeinem Ort deiner Wahl.*

Eine volle Minute vergeht. Geos Herz rast. Dass er ihr ins Gefängnis geschrieben hat, bedeutet noch lange nicht, dass er bereit ist, sich mit ihr zu treffen. In der Vereinbarung mit den Kents, die sie vor achtzehn Jahren unterschrieben hat, steht, dass allein Dominic entscheidet, wann er so weit ist, und dass die Initiative zu einem persönlichen Treffen von ihm kommen muss.

Andererseits haben die Kents sich damals verpflichtet, ihn zu lieben und immer für ihn da zu sein. Also scheiß auf die Vereinbarung.

Am einfachsten wäre es natürlich gewesen, Kaiser von

Dominic zu erzählen und ihn zu bitten, den Jungen zu finden und ihn vor Calvin zu warnen. Aber das wäre nicht richtig. Es muss von ihr kommen.

Endlich antwortet Dominic. *Ist heute zu bald? Ich kann zu dir kommen, ich hab einen Pick-up. Hast du Familienfotos? Ist dein Vater da? Den würde ich auch gern kennenlernen.*

Natürlich will er seinen Großvater kennenlernen. Die Leute von der Adoptionsagentur – oder vielleicht auch die Kents – müssen ihm von Geos Familie erzählt haben, das heißt, er weiß, dass ihre Mutter tot ist, sonst hätte er ja auch nach seiner Großmutter gefragt.

Geo: *Er arbeitet bis 6, aber du kannst gern zum Abendessen bleiben, dann lernst du ihn kennen, wenn er nach Hause kommt. Ich wohne in 425 Briar Crescent. Es ist mein Elternhaus, es gibt also jede Menge Familienfotos hier, die wir uns ansehen können.*

Dominic: *Ich bin in einer Stunde da. Ich kann es kaum erwarten, dich kennenzulernen.*

Geo: *Perfekt. Bis gleich.*

Sie betreibt einen Aufwand, als würde sie sich für die erste Verabredung mit einem Mann zurechtmachen, an dem sie sehr interessiert ist, was ja eigentlich auch stimmt. Sie duscht, föhnt sich das Haar und legt dezentes Make-up auf. Sie zieht sich Leggings an und einen hübschen Pullover, von dem sie ganz vergessen hatte, dass sie ihn besitzt. Sie macht sich in der Küche zu schaffen und reibt den Schweinebraten, den sie eigentlich für den ersten Abend mit Cat vorgesehen hatte, mit einer Trockenmarinade ein. Der Braten braucht vier Stunden, also schiebt sie ihn am besten gleich in den Ofen, wenn sie nicht allzu spät zu Abend essen wollen. In der Vorratskammer steht eine Flasche halbwegs guter Rotwein, und sie will ihn schon aus dem Regal nehmen, hält jedoch inne und schüttelt den Kopf. Er ist achtzehn, Herrgott noch mal. Er darf noch keinen Alkohol trinken. Und selbst wenn er es dürfte, sie ist seine Mutter. Sie kann ihm unmöglich Alkohol hinstellen.

Gott, sie ist seine *Mutter*. Plötzlich ist sie ein einziges Nervenbündel. Sie geht ins Wohnzimmer und setzt sich aufs Sofa, um sich zu beruhigen.

Wird er sie mögen? Wird er sie hassen? Auf Facebook wirkte er ziemlich freundlich. Und auch sprachgewandt.

Ein alter weißer Pick-up hält vor dem Haus. *Er ist schon da*. Der Polizist, der zu ihrem Schutz abgestellt ist, steigt sofort aus dem Streifenwagen. Geo öffnet die Haustür.

»Das geht in Ordnung«, ruft sie dem Polizisten zu. »Ich erwarte ihn. Er gehört zur Familie.«

Der Polizist nickt, hebt eine Hand zum Gruß und steigt wieder in seinen Wagen.

Gleich wird sie ihren Sohn kennenlernen.

Sie wartet auf der Veranda, hinter sich die offene Haustür, als der Mann aus dem Pick-up steigt. Nach kurzem Zögern kommt er auf sie zu, und als Geo ihn aus der Nähe sieht, schlägt sie sich die Hand vor den Mund. Sie macht einen Riesenschritt rückwärts und stolpert beinahe über die Türschwelle.

Der Mann, der da auf sie zukommt, ist Calvin James.

31

Es ist nicht Calvin. Natürlich nicht. Aber die Ähnlichkeit ist verblüffend. Die gleiche Größe, das gleiche dunkle Haar, aus dem Gesicht frisiert wie bei James Dean. Er ist sogar genauso schlank und muskulös wie Calvin damals war, seine kräftigen Arme zeichnen sich unter den Ärmeln seines dünnen Hoodies ab.

Das Einzige, was fehlt, ist Calvins großspuriges Auftreten, seine Art, einen Raum, den er betritt, sofort in Beschlag zu nehmen. Das hat Dominic nicht – sein Lächeln ist schüchtern, und er wirkt auch nervös. Aber er ist noch ein Teenager, das Selbstbewusstsein kann ja noch kommen.

»Hi«, sagt Geo, doch der Laut, den sie produziert, klingt eher wie ein Vogelpiepsen.

»Hallo. Danke für die Einladung.« Dominics Stimme ist tief, genau wie Calvins, und wieder zuckt sie zusammen. Aber Calvin hatte eine betont lässige Art zu sprechen, während sein Sohn schneller und artikulierter spricht. Eher wie Walt. »Da vorne steht ein Streifenwagen mit einem Polizisten drin. Alles okay?«

Sie ist aufgeregt, aber ihm scheint es nicht anders zu ergehen, und sie lächeln einander verlegen an. »Ja, alles in Ordnung«, sagt sie. »Mach dir keine Gedanken, der stört uns nicht. Komm rein.«

Es ist ein frischer Herbsttag, und ein kühler Luftzug folgt ihnen ins Haus. Dominic sieht sich um, registriert, dass sie auf Socken ist, zieht die Schuhe aus und stellt sie ordentlich neben die Tür. Er bemerkt, wie sie ihn anstarrt, scheint jedoch keinen Anstoß daran zu nehmen.

»Wir haben die gleichen Augen«, sagt er.

Das stimmt. Dunkel, leicht mandelförmig. Sie lächelt. »Kann ich dir was anbieten?«

Er schüttelt den Kopf. »Nein, danke. Ich hab unten am 7-Eleven angehalten und was getrunken.«

»Bei dem 7-Eleven hab ich ...« Sie schluckt, bricht den Satz gerade noch rechtzeitig ab. Beinahe hätte sie gesagt: *Bei dem 7-Eleven hab ich deinen Dad kennengelernt.* Aber er weiß ja noch gar nicht, wer sein Vater ist. Für solche Details ist es noch zu früh.

Er wartet höflich darauf, dass sie ihren Satz beendet, und als sie es nicht tut, schaut er sich weiter um. Sie bemerkt, dass sie händeringend dasteht, reißt sich zusammen und zeigt in Richtung Wohnzimmer.

»Auf dem Kaminsims stehen Fotos«, sagt sie. »Schau sie dir ruhig an.«

Er nickt und geht ins Wohnzimmer. Als sie ihm folgt, sieht sie, dass er sich wie sein Vater bewegt. Interessant, wie manche Dinge tatsächlich vererbt werden – Dinge wie die Körperhaltung und die Art zu gehen. Er ist Calvins Ebenbild, von Kopf bis Fuß, mit ein paar Einsprengseln von Walt vielleicht.

Dominic nimmt das Hochzeitsfoto von Geos Eltern in die Hand und lächelt. Als Geo dieses Lächeln sieht, geschieht etwas mit ihrem Herzen. Es schmilzt dahin und schwillt zugleich an. Das ist ihr Lächeln. Ihr nachdenkliches Lächeln.

Nach all den Jahren, denkt sie. *Ich habe nie aufgehört, dich zu lieben.*

»Deine Eltern?«, fragt er. Falls er ihren Gesichtsausdruck bemerkt, kommentiert er ihn nicht.

»Ja. Deine Großeltern. Walter und Grace Shaw.«

»Ein bisschen weiß ich aus der Akte über sie«, sagt er und stellt das Bild zurück. Dann setzt er sich in den Sessel am Kamin und streckt die Beine aus. »Als ich achtzehn geworden bin, hab ich an die Adoptionsagentur geschrieben und darum gebeten, dass man mir alle verfügbaren Informationen aushändigt. Sie meinten, ich darf alles einsehen, und haben mir eine Akte geschickt. Leider stand da nicht viel mehr drin, als ich sowieso schon über dich wusste, aber immerhin hab ich auf diese Weise die Namen deiner Eltern erfahren. Ich hab die Namen gegoogelt, aber da kam nicht viel. Dann hab ich im Zeitungsarchiv der Bibliothek die Todesanzeige für deine Mutter gefunden. Da war auch ein Foto von ihr dabei. Sie ist mit dreiunddreißig gestorben, stimmt's? Du siehst ihr sehr ähnlich.«

Geo lächelt. »Ja, ich weiß. Je älter ich wurde, umso deutlicher kam das durch, mein Vater ist regelrecht ausgeflippt. Sogar meine Stimme klang irgendwann genauso wie ihre. Einmal kam er von der Arbeit, und ich war in der Küche. Ich war übers Wochenende vom College gekommen und hatte ihm nichts davon gesagt, weil ich ihn überraschen wollte. Auf einmal steht er kreidebleich in der Tür. Er dachte, ich wäre sie. Und ich weiß genau, wie es ihm ergangen ist...« Wieder unterbricht sie sich gerade rechtzeitig.

»Können wir über ihn reden?«, fragt Dominic. »Über meinen Vater, meine ich. Wir kommen ja doch nicht um das Thema herum.«

Geo holt tief Luft. Wie soll sie die richtigen Worte finden? Aber es muss sein. Ihr bleibt nichts anderes übrig. »Ja, können wir.«

»Ich weiß, wer er ist«, sagt Dominic.

Calvin steht nicht in der Geburtsurkunde, Geo hat ihn nicht als Vater angegeben. Und den Kents gegenüber hat sie Calvin erst recht nicht erwähnt. Auch ihrem Vater hat sie es nicht gesagt, allerdings hat der während des Gerichtsverfahrens eins und eins zusammengezählt und ist selbst draufgekommen.

»Ich hab ein bisschen nachgeforscht«, sagt Dominic. »Meine Mutter hat mir, als ich elf oder zwölf war, deinen Namen genannt. Da war mein Vater längst weg, er war schon wieder verheiratet und hatte zwei Kinder in die Welt gesetzt. Meine Mutter hatte nach der Scheidung angefangen zu trinken.«

»Das tut mir leid«, flüstert Geo.

»Wir wohnten damals schon seit ein paar Jahren in Vancouver. Meine Mutter hatte einen Job an einer Uni, und ihre Eltern wohnten in der Gegend. Sie wollte nach der Scheidung in ihrer Nähe sein. Deswegen hat mein Vater ihr auch das alleinige Sorgerecht überlassen. Ohne seine Zustimmung hätte sie nicht mit mir nach Kanada ziehen können. Nach allem, was ich gehört hab, war er eher erleichtert, mich los zu sein. Aber wir hatten uns sowieso kaum gesehen.«

»Es tut mir so leid«, sagt Geo noch einmal. Die nüchterne Art, wie ihr Sohn über diese Dinge spricht, erinnert sie an sich selbst, und es versetzt ihr einen Stich. Sie weiß ganz genau, dass der sachliche Ton nur verbirgt, wie sehr alles schmerzt.

»Mir nicht«, entgegnet er. »Die Menschen ändern sich. Es heißt, dass Adoptivkinder nicht weniger geliebt werden als leibliche Kinder, aber ich weiß, dass das nicht stimmt. Ich erinnere mich noch daran, wie ich einmal bei Dad und Lindsay zu Besuch war, kurz nachdem ihr erstes Kind auf die Welt gekommen war. Es war ein Junge. Ich hab die beiden im Kinderzimmer gehört, weil das Babyfon an war. Er versuchte, Holden zum Schlafen zu bringen, und als der Kleine endlich schlief, hat Lindsay ihn gefragt: ›Ist das genauso wie bei Dominic, als er ganz klein war?‹ und Dad hat geantwortet: ›Nein, es ist viel besser.‹«

Geo windet sich innerlich. »Mein Gott. Das hätte er nicht sagen dürfen. Und du hättest es nicht hören dürfen. Aber nicht alle Adoptiveltern empfinden so.« *Nur die, die ich für dich ausgesucht hab.*

Dominic zuckt die Achseln. »Jedenfalls, als meine Mutter mir ein paar Jahre später deinen Namen genannt hat, hab ich nach dir gesucht und die Todesanzeige deiner Mutter gefunden. Und später fand ich noch einen Haufen anderer Sachen. Da hast du gerade als Zeugin in einem Mordprozess ausgesagt.«

Geo schließt die Augen. »Ja, das stimmt.«

»In dem Artikel, den ich gelesen hab, stand, dass der Angeklagte mal dein Freund war. Als du noch auf der Highschool warst. Damals warst du sechzehn, und ich

403

hab's mir ausgerechnet. Dann hab ich ein Foto von ihm gesehen. Ich sehe ihm ein bisschen ähnlich.«

Die Untertreibung des Jahrhunderts. »Allerdings.«

»Er ist es also, stimmt's?«, fragt Dominic. »Der Sweetbay-Würger ist mein Vater?«

Gott, sie wünscht sich, er hätte diesen Namen nicht ausgesprochen. Sie findet es entsetzlich, dass er ihn überhaupt weiß. Dominic kennt die Antwort bereits, aber sein Blick macht unmissverständlich deutlich, dass er ihre Bestätigung braucht. Weil sie der einzige Mensch auf der Welt ist, der sie ihm geben kann. »Ja. Calvin James ist dein Vater.«

Dominic rührt sich nicht, er reagiert nicht. Sein Blick wird leer, und einen Moment lang ist er mit den Gedanken ganz woanders. Vielleicht in dem Leben, das er hätte haben können?

»Hast du sie umgebracht?«, fragt er dann.

»Wie bitte?« Geo blinzelt.

»Angela Wong«, sagt Dominic. »Ich habe den Prozess verfolgt. Du hast eine gerichtliche Einigung ausgehandelt. Aber hast du sie umgebracht? Eine Menge Leute glauben das. Sie glauben, dass du glimpflich davongekommen bist.«

Auch das sagt er vollkommen emotionslos. Es gibt nur eine Möglichkeit, die Frage zu beantworten, nämlich wahrheitsgetreu. Nach allem, was er durchgemacht hat, nachdem sie ihm dieses Leben zugemutet hat, nachdem sie ihm *diese gottverdammten Gene* zugemutet hat, kann sie wenigstens ehrlich auf seine Fragen antworten.

»Nein, ich habe sie nicht umgebracht«, erwidert sie. »Aber ich habe Calvin geholfen, die Spuren zu verwischen. Und dann habe ich alle angelogen. Die Polizei, ihre Eltern, meinen Vater, unsere Freunde, alle.«

»Und damit bist du viele Jahre lang davongekommen.«

»Ich …« Geo möchte so gern, dass er es versteht. »Ich habe ehrlich gesagt fest damit gerechnet, erwischt zu werden. Ich dachte, es würde bestimmt irgendwann rauskommen. Aber aus irgendeinem Grund ist das nicht passiert. Und so sind irgendwie vierzehn Jahre vergangen.«

»Warum hast du dich nicht der Polizei gestellt? Wenn du sie nicht umgebracht hast? Du warst doch erst sechzehn. Warum hast du nicht einfach reinen Tisch gemacht? Du warst doch noch fast ein Kind. Dir wäre bestimmt nichts Schlimmes passiert.«

Geo sackt in sich zusammen. Natürlich hat sie damit gerechnet, dass sie darüber reden würden, aber sie hatte nicht erwartet, dass es so hart werden würde, dass Dominic das Thema so direkt ansteuern würde. Sie würde ihm so gern eine Antwort geben, die er nachvollziehen kann, aber sie weiß nicht, ob das möglich ist, weil sie sich selbst nicht sicher ist, ob sie ihre Erklärungen einleuchtend findet.

»Ich glaub, ich hab es vor mir selbst gerechtfertigt, indem ich mir gesagt habe, es würde Angela nicht wieder lebendig machen«, versucht sie es schließlich. »Sie wusste, wie gern ich sie hatte, und es tat mir furchtbar leid, und ich hatte doch nicht gewollt, dass das passierte. Ich war entsetzlich betrunken in der Nacht damals, was natürlich nichts entschuldigt, aber so war es nun mal, und wenn ich nicht so betrunken gewesen wäre, hätte ich sie vielleicht retten können. Aber ich habe es nicht getan, und sie ist gestorben. Und ihre Eltern...« Sie holt tief Luft und schließt die Augen. »Sie haben meinetwegen gelitten. Sie haben sich jahrelang gefragt, was mit ihr passiert sein könnte, sie waren krank vor Sorge, und die ganze Zeit hätte ich ihnen ihre Fragen beantworten können. Ich habe es nicht getan, und als vierzehn Jahre später die Wahrheit ans Licht gekommen ist, hatten sie noch einen zusätzlichen Grund zu trauern.«

»Ihren Tod zu vertuschen war ein Fehler«, sagt Dominic. »Selbst wenn du sie umgebracht hättest, hätte man dir das verzeihen können. Aber so lange zu lügen? Dein Leben leben, während ihre Eltern gelitten haben, während sie sich unzählige Male gefragt haben, was mit ihrer Tochter passiert ist? Ich meine, das zeugt von deinem schlechten Charakter. Das ist es eigentlich, was dich zu einem schrecklichen Menschen macht.«

Er sagt das ohne jede Spur von Humor oder Ironie oder Aggressivität. Es sind einfach Worte, auf eine spezifische Weise miteinander verbunden, aber sie verletzen Geo tiefer, als irgendein noch so scharfes Messer es gekonnt hätte. Und sie hat keine Chance, sich zu verteidigen. Er hat vollkommen recht. Ihr Sohn, gerade mal achtzehn, hat sie kurz und knapp charakterisiert. Denn sie ist tatsächlich ein schrecklicher Mensch.

»Ja«, flüstert sie.

»Jetzt weiß ich, woher ich es habe.« Dominic lässt seine Knöchel knacken und schaut zum Kaminsims hinüber, auf dem die Familienfotos stehen. »Bei diesen leiblichen Eltern und diesen Adoptiveltern hatte ich echt keine Chance, stimmt's? Nori und Mark haben mich nie wirklich geliebt, glaub ich jedenfalls.«

»Doch, das haben sie«, entgegnet Geo. Sie weiß, dass sie verzweifelt klingt, aber sie möchte ihm etwas Gutes, etwas Positives geben, an dem er sich festhalten kann. »Ich habe ihre Gesichter gesehen an dem Tag, als du geboren wurdest. Die beiden waren überglücklich.«

»Nein, du hast nur *ihr* Gesicht gesehen«, erwidert Dominic. »Meine Mutter hat mir alles genau erzählt. Sie war glücklich an dem Tag, aber *er* hat offenbar ein Gesicht gemacht, als würde er sich gleich übergeben.«

Shit. Das stimmt. Geo erinnert sich an das Gesicht von Mark Kent, es war kreidebleich, und er hat dreingeblickt, als könnte er nicht glauben, was da gerade passierte, sein Blick ist hin und her gewandert wie auf der Suche nach einem Fluchtweg. Damals ist ihr das gar nicht aufgefallen. Oder doch?

»Meine Mutter ist mir gegenüber immer ehrlich gewesen«, fährt Dominic fort. »Vielleicht zu ehrlich, weißt du? Vielleicht hätte sie ein paar Sachen rausfiltern sollen, denn einige Dinge hätte ich als Kind echt nicht wissen müssen. Sie hat mir zum Beispiel erzählt, was der wahre Grund dafür war, dass sie mich adoptiert haben. Sie waren seit dem College zusammen, und Dad fing an, sich zu langweilen. Er war schon ein paar Mal fremdgegangen. Sie dachte, wenn sie ein Kind bekämen, würde sich das ändern, wenn sie eine Familie gründeten, würde er bei ihr bleiben. Aber sie wurde einfach nicht schwanger. Sie hatte irgendein Problem *mit den Eierstöcken.*« Die letzten Worte spricht er ziemlich verächtlich aus. »Also haben sie sich auf die Liste setzen lassen. Eigentlich hatte sie gar nicht damit gerechnet, dass man ihnen ein Kind zusprechen würde – sie waren jung, verdienten nicht viel, hatten sich gerade ein kleines Haus gekauft. Aber sie dachte, die Erfahrung würde sie einander näherbringen, würde Mark zeigen, wie zerknirscht sie war, weil sie ihm kein Kind schenken konnte.«

»Das wusste ich nicht«, sagt Geo, die mit den Tränen kämpft. Gott, es wird immer schlimmer, dabei hat sie ihm das Allerschlimmste noch gar nicht erzählt. »Wirklich nicht. Sie wirkten total verliebt. Total engagiert.«

»Du hast vermutlich gesehen, was du sehen wolltest.«

Sie lässt den Kopf hängen. Auch damit hat er recht. Sie hat vor den Kents mit mehreren Paaren gesprochen, älteren Paaren, die schon länger zusammen waren, die sich verzweifelt um ein Kind bemüht hatten. Warum hat sie keines dieser Paare gewählt?

Weil ihr Urteilsvermögen einfach beschissen ist. In jeder Hinsicht. Deswegen.

»Jedenfalls ist sie gestorben«, sagt Dominic wieder in seinem nüchternen Tonfall. »Ihr letzter Liebhaber, der, der mich missbraucht hat, war Alkoholiker. Sie waren auf dem Heimweg von einem Restaurant, er hatte wie immer zu viel getrunken und ist mit dem Wagen in ein Gebäude gekracht. Und das Arschloch ist immer noch am Leben, kannst du das glauben? Sie war sofort tot, der Airbag auf ihrer Seite hat nicht richtig funktioniert. Aber der Typ lebt, irgendwo in Idaho. Er ist querschnittsgelähmt oder irgend so was.«

»Es tut mir so leid.« Geo kann gar nicht aufhören, sich zu entschuldigen. Inzwischen weint sie und wischt sich wütend die Tränen weg. »Dominic, es tut mir leid. Das habe ich alles nicht gewollt...«

»Aber was genau hast du denn gewollt?«, fragt ihr

Sohn. Sein Blick ist fest, sein Gesichtsausdruck offen, in den dunklen Augen meint sie echte Neugier zu sehen. »Das möchte ich wirklich gern wissen, Georgina. Was hast du gewollt? Was hast du dir dabei gedacht, dich mit sechzehn von einem Mörder schwängern zu lassen?«

»Ich wollte nicht ...«

»Es muss doch Anzeichen gegeben haben«, fährt Dominic unbeirrt fort. »Warnsignale, rote Lämpchen, wie auch immer du es nennen willst. So was muss es von Anfang an gegeben haben. War mein Vater – also Calvin, nicht der andere Vollpfosten – ein Kontrollfreak? War er gewalttätig? Hat er dich geschlagen?«

Geo zittert. Sie kann ihm nicht antworten, weil sie kein Wort herausbringt. Aber natürlich muss sie seine Fragen beantworten, denn sie muss ihm ja von Calvin erzählen. Von dem Ungeheuer, das sein Vater ist.

»Das hat er, stimmt's?«, sagt Dominic mit Verwunderung in der Stimme. »Er hat dich geschlagen. Und du bist trotzdem bei ihm geblieben. Du hattest trotzdem Sex mit ihm. Hat der Scheißdreck dich auch noch angeturnt?«

»Das war kein Sex, das war ...« Zum dritten und letzten Mal spricht Geo einen Satz nicht zu Ende aus. Aber es ist zu spät.

»Es war eine Vergewaltigung.« Dominic beendet den Satz für sie. Die Worte hängen einen Moment lang in der Luft, dann wirft er den Kopf zurück und lacht. Es ist ein tiefes, kehliges Geräusch, kein Ausdruck der Heiterkeit, sondern des Schmerzes. »Heilige Scheiße! Das wird ja echt immer besser!«

»Dominic ...«

»Also gut«, sagt er. »Durchatmen. Du warst sechzehn. Das ist zwei Jahre jünger als ich jetzt bin, und ich weiß noch, was für ein hoffnungsloser Fall ich vor zwei Jahren war. Ich hab's kapiert, Georgina.« Er hält inne. »Moment. Das klingt irgendwie komisch. Soll ich dich Georgina nennen?«

»Du darfst mich nennen, wie du willst«, sagt sie und unterdrückt einen Schluchzer. »Geo tut's auch.«

»Geo«, sagt er. »Das gefällt mir. Hast du noch mehr Fotos? Von meinen Großeltern? Hab ich Tanten und Onkel? Vettern und Cousinen? Erzähl mir noch ein bisschen von meiner Familie.«

»Oben im Zimmer meines Vaters gibt's ein paar alte Fotoalben«, sagt Geo und steht auf, dankbar für ein paar Minuten, in denen sie sich wieder in den Griff bekommen kann. »Aber wenn ich wieder runterkomme, muss ich dir noch was sagen.«

Sie eilt nach oben und geht ins Bad. Sie schließt die Tür ab und dreht das kalte Wasser auf. Zwei Minuten lang schluchzt sie wie ein kleines Kind, dann zwingt sie sich aufzuhören. Sie klatscht sich kaltes Wasser ins Gesicht, bis sie sich beruhigt hat. Sie betrachtet sich im Spiegel. Ihre Haut ist fleckig, ihre Wimperntusche verschmiert. Sie wischt die Schminke mit einem Papiertuch weg.

Es ist alles eine einzige Katastrophe. Aber was hat sie eigentlich erwartet?

Sie hat nicht nachgedacht, so sieht's aus. Sie hat ihr Kind Leuten ausgeliefert, die es nicht geliebt haben, die nicht mal einander geliebt haben. Einem Vater, der ihren Sohn im Stich gelassen hat. Einer Mutter mit einem

Alkoholiker als Liebhaber, der ihn missbraucht hat. Gleichgültige Verwandte. Pflegefamilien. Eine leibliche Mutter, die wegen Beihilfe zum Mord ins Gefängnis wandert. Ein leiblicher Vater, der ein Serienmörder ist.

Und die Krönung – die Kirsche auf dem Eis, wie Walter Shaw sich ausdrücken würde – ist, dass sie nicht mal dazu gekommen ist, ihrem Sohn zu sagen, dass er in Lebensgefahr schwebt.

Bevor sie das Bad verlässt, wirft sie einen Blick durch das kleine Fenster, um zu sehen, ob der Streifenwagen noch da steht. Tut er. Und anscheinend ist der Polizist eingeschlafen, so merkwürdig wie sein Kopf nach hinten gekippt ist. Super. Ein toller Schutz. Sie nimmt sich vor, sich bei Kaiser zu beschweren.

Auf dem Weg zur Treppe sieht sie die Gestalt im Schlafzimmer. Dominic ist nach oben gekommen, er sitzt am Fußende ihres Betts und blättert in einem ihrer alten Jahrbücher. Sie bleibt an der Tür stehen, und als sie ihn anschaut, wird ihr schwindlig.

Er sitzt ganz lässig da, als könnte ihm nichts passieren, solange ihr Vater nicht zu Hause ist. Genau wie Calvin.

Er blickt auf und lächelt, und auf einmal ist es, als hätte das grauenhafte Gespräch unten in der Küche nie stattgefunden. Er klopft auf den Platz neben sich.

»Setz dich«, sagt er, als wären ihre Rollen vertauscht, als wäre sie das Kind. »Das ist cool. Dein Jahrbuch von der zehnten Klasse. Das von der elften konnte ich nicht finden… aber das gibt's wohl auch nicht, da warst du ja mit mir schwanger.«

Sie setzt sich neben ihn aufs Bett. »Ja, die elfte Klasse habe ich von zu Hause aus abgeschlossen.«

»Ist sie das?«, fragt er und zeigt auf ein körniges Schwarz-Weiß-Foto von Geo und Angela. Es wurde an einem Freitagabend nach einem Footballspiel aufgenommen, ein Schnappschuss von ihnen beiden, wie sie lachend dastehen, Pompoms in der Hand, bekleidet mit Miniröcken und langärmeligen Sweatshirts mit dem Emblem der Bulldogs. »Ist das Angela?«

»Ja«, antwortet Geo. Sie hat das Foto seit Jahrzehnten nicht gesehen, und es tut weh, es jetzt anzuschauen.

»Sie war schön«, sagt er, auch diesmal klingt seine Stimme vollkommen neutral. »Aber du auch.«

»Damals fand ich das nicht.«

»Das kann ich verstehen«, sagt er, und sie schaut ihn an. »Aber nicht, weil irgendwas mit dir nicht stimmte. Ich hab mindestens zehn Fotos von ihr in dem Jahrbuch gefunden. Sie war ein großer Star an der Schule, stimmt's? Ich kann mir vorstellen, dass alle anderen – selbst andere Stars – im Vergleich zu ihr blass gewirkt haben.«

»Nett von dir, das zu sagen.« Geo lächelt. »Richtig poetisch.«

»Wie hast du meinen Vater kennengelernt?«

Geo erzählt ihm vom Parkplatz vor dem 7-Eleven und wie sie sich auf den ersten Blick in ihn verliebt hat.

»Wir haben sehr viel Zeit miteinander verbracht«, sagt sie. »Meine Noten wurden immer schlechter. Ich bin immer erst spätnachts nach Hause gekommen. Manchmal hat er sich hier reingeschlichen, wenn mein Vater früh zu Hause war und ich nicht rauskonnte. Aber wir haben nie … Er war ein Gentleman.«

»Bis er aufgehört hat, ein Gentleman zu sein.«

Sie nickt.

»Es sind die Kleinigkeiten, die mich neugierig machen«, erklärt Dominic und klappt das Jahrbuch zu. »Ich hab viel über euch beide gelesen. In allen Zeitungen hier im Nordwesten wurde ausführlich über den Fall berichtet. Ich konnte das Zeug ganz einfach über die Bibliothek von Vancouver bekommen, und nachdem wir nach Seattle zurückgezogen waren, wurde es noch einfacher. Aber es gibt eine Menge, was nicht in der Zeitung steht.«

»Was möchtest du wissen?«

Er zuckt die Achseln. »Wie gesagt, die Kleinigkeiten. Ich weiß noch, wie ich das Täterprofil von ihm gelesen hab, da stand drin, dass er auf Zimtherzen stand. Da steh ich übrigens auch drauf.« Er zieht eine kleine Tüte aus der Hosentasche. Sie ist bereits halb leer. Er bietet ihr eins an, und wieder hat sie ein Déjà-vu-Erlebnis.

»Nein, danke, ich kann die Dinger nicht ausstehen«, flüstert Geo. Es war kein Scherz, aber Dominic lacht. »Also die Kleinigkeiten«, sagt Geo. »Mal sehen … er hat immer gut gerochen. Er hatte Ahnung von Autos. Er stand auf Livemusik. Wir sind oft zusammen auf Konzerte gegangen. Soundgarden. Pearl Jam.«

»Dann hatte er also einen guten Musikgeschmack.« Dominic nickt anerkennend und steckt sich ein Zimtherz in den Mund. Dann packt er die Tüte wieder ein. »Und was glaubst du, wo er jetzt ist?«

»Ich weiß es nicht, ehrlich«, antwortet Geo. Es ist an der Zeit, es ihm zu sagen. Das ist der richtige Moment. Sie holt tief Luft und wendet sich ihm ganz zu. »Dominic, ich nehme an, du weißt, dass Calvin vor fünf Jahren, kurz nachdem ich meine Haftstrafe angetreten habe, aus dem Gefängnis ausgebrochen ist. Die Polizei sucht nach ihm.«

»Ja, das weiß ich.«

»Aber er wird nicht nur gesucht, weil er ausgebrochen ist. Er hat...« Geo holt noch einmal tief Luft. »Calvin hat vier weitere Morde begangen. Er hat zwei Frauen... und ihre Kinder umgebracht.«

Dominic erstarrt.

»*Seine Kinder*«, fährt Geo mit zitternder Stimme fort. »Sein eigen Fleisch und Blut. Er sucht sie und tötet sie. Und ich habe Angst... ich habe Angst, dass er auch hinter dir her ist. Deswegen steht der Streifenwagen vor der Tür. Zu meinem Schutz. Und zu deinem.«

Dominics Gesichtsausdruck ist schwer zu deuten. Sie weiß nicht, ob er schockiert ist oder nicht. Ihr Sohn hat Walters stoische Art geerbt, das steht fest.

»Diese Leichen, von denen ich in der Zeitung gelesen hab, die gehen auf Calvins Konto?« Dominic lehnt sich ein bisschen zurück, das Jahrbuch rutscht ihm von den Knien und fällt zu Boden. Keiner von beiden hebt es auf. »Er hat diese Frauen zerstückelt und die Kinder erwürgt und ihnen mit Lippenstift ein Herz auf die Brust gemalt? Es passt alles zusammen. Gott, ist der Typ krank. Irre.«

»Ja«, sagt Geo, und es bricht ihr das Herz. Dominic ist erst achtzehn, Herrgott noch mal. Das ist zu viel für ihn. Das wäre für jeden zu viel. »Davon geht die Polizei zumindest aus. Und ich bin überzeugt, dass es so ist.«

Er nickt. Sein Gesicht ist ausdruckslos. »Weiß die Polizei, dass ich hier bin? Dein Freund aus der Highschool, der dich verhaftet hat – weiß er, dass ich hier bin?«

»Nein«, antwortet sie verwundert. Er hat wirklich gut recherchiert, wenn er weiß, dass sie und Kaiser auf der Highschool Freunde waren. »Ich wollte zuerst mit dir sprechen. Allein. Aber ich sollte ihn jetzt anrufen. Er wird dich an einen sicheren Ort bringen. Ich hole eben mein Handy.«

Sie will aufstehen, um nach unten zu gehen, aber Dominic legt ihr eine Hand auf den Arm. »Ruf ihn nicht an.«

»Ich muss ihn anrufen.« Ihre Blicke begegnen sich. »Hier bist du nicht sicher. Hier sind wir beide nicht sicher. Du hast doch gelesen, was er mit seinen anderen Kindern ...«

In dem Augenblick fällt bei ihr der Groschen. Was ihr Sohn gerade über den Lippenstift gesagt hat, über die Herzen. Über dieses Detail wurde nirgendwo etwas berichtet, es stand in keiner Zeitung und wurde nicht in den Nachrichten erwähnt. Kaiser hat ihr davon erzählt. Niemand außer den Ermittlern weiß davon.

Dominic fixiert sie mit seinem Blick. Und sie sieht, wie der sich verändert, als er erkennt, was ihr gerade klar geworden ist. Er hätte den Lippenstift nicht erwähnen dürfen. Er hätte nichts davon wissen dürfen.

Aber er weiß es. Und jetzt weiß er, dass *sie* es weiß.

Sie springt auf, doch ehe sie einen Schritt machen kann, hat er sie zurück aufs Bett gezerrt. Sie spürt, wie ihre Haare dabei büschelweise abreißen. Er ist stark, vielleicht noch stärker als Calvin damals, und er ist auf ihr und drückt sie mit seinem Körpergewicht runter, während sie unter ihm strampelt und sich windet. Seine Hände liegen an ihrem Hals, und er drückt so fest zu, dass es sich anfühlt, als würde er ihr die Luftröhre brechen.

Genüsslich leckt er ihr Gesicht ab, seine Zungenspitze gleitet von ihrem Kinn bis zu ihrem Wangenknochen, sein heißer Atem riecht nach Zimt.

»*Mutter*«, flüstert er und blickt ihr direkt in die Augen. »Schaust du mich an?«

Während er ihr mit der einen Hand weiter den Hals zudrückt, reißt er ihr mit der anderen die Leggings herunter, dann zieht er sich die Jeans aus, ohne auch nur ein einziges Mal den Blick von ihr abzuwenden.

Calvins Augen sind grün. Dominics sind braun, so wie ihre. Es ist, als würde sie sich selbst anstarren.

Sie kämpft, wie sie noch nie in ihrem Leben gekämpft hat, mit jeder Sehne und jedem Muskel, denn ganz dumpf begreift sie, dass sich der Kreis geschlossen hat. Dass es endet, wo es angefangen hat, dass es ihr Schicksal ist, von dem Ungeheuer, das sie selbst geschaffen hat, vernichtet zu werden.

Jede Entscheidung, die sie in ihrem Leben getroffen hat, alles, was sie in ihrem Leben getan hat, musste zwangsläufig hierherführen. Ihr Sohn ist ein Ungeheuer, ja. Aber er hat nicht alles von seinem Vater.

Etwas hat er auch von ihr.

Als die zerstückelten Leichen gefunden wurden, hätte sie wissen müssen, dass das nicht Calvins Werk war.

32

Es war fast zwei Uhr früh, als sie es geschafft hatten, Angelas Leiche in die karierte Decke zu wickeln und aus dem Haus zu schaffen. In der Straße war es still, die Nachbarn schliefen. Calvin wuchtete sich die Leiche auf die Schulter und trug sie die Treppe hinunter in die Einfahrt, die Stufen knarrten unter seinem Gewicht. Geo folgte ihm, sie hatte sich eins von seinen Sweatshirts über ihr dünnes Kleid gezogen. Unten angekommen gab er ihr die Schlüssel. Sie öffnete den Kofferraum, und er warf das beliebteste Mädchen der Schule hinein.

Er brauchte eine Weile, um die Leiche so zu verstauen, dass die Kofferraumhaube sich schließen ließ. Geo stand in einiger Entfernung vom Auto am Straßenrand und atmete tief durch. Dichter Nebel war aufgekommen, nichts Ungewöhnliches für die Jahreszeit, er war ein Schutz, aber er hatte auch etwas Erdrückendes, trotz des hell leuchtenden Vollmonds. Die Straßenlaternen bildeten dunstige Lichtkegel. Bis zu ihr nach Hause waren es zwanzig Minuten zu Fuß. Sie könnte jetzt nach Hause gehen, die Polizei anrufen.

Einen Mord anzeigen.

Sie konnte sich genau vorstellen, was passieren würde,

wenn sie das tat. Sie hatte genug Filme gesehen. Streifenwagen mit zuckendem Blaulicht würden zuerst bei ihr,
dann bei Calvin vorfahren und im ganzen Viertel herum-
kurven auf der Suche nach ihm. Man würde sie und Calvin festnehmen. Man würde sie verhören. Fragen über
Fragen, die ganze Nacht lang. Ihr Vater würde neben
ihr sitzen, immer noch in seinem Arztkittel, Entsetzen
und Enttäuschung ins Gesicht geschrieben, unfähig zu
begreifen, was vorgefallen war. Die Schlagzeilen in den
Zeitungen, die in die Welt hinausschrien, was Calvin und
Geo getan hatten, darunter grobkörnige Fotos von ihnen
beiden, auf denen sie aussahen wie Schwerverbrecher,
und ein Foto von Angela, die in ihrer ganzen Schönheit
erstrahlte. In der Schule würde es die Runde machen,
alle würden erfahren, was sie getan hatte, alle würden
flüstern und tuscheln, Tess DeMarco würde behaupten,
Geo wäre schon immer auf ihre angeblich beste Freundin eifersüchtig gewesen, und es würde sie überhaupt
nicht wundern, dass Angela tot war. Die tränenüber-
strömten Gesichter von Mr. und Mrs. Wong, die Geo
wütend und verzweifelt fragten, warum sie ihn nicht
aufgehalten hatte, warum ihre Tochter sterben musste.
Ein Gerichtsprozess. Wieder Schlagzeilen. Und dann Gefängnis. Sie war nicht vierzehn, sondern sechzehn, sie
würde bestimmt ins Gefängnis kommen.

»Steig ein!«, befahl Calvin, sein Atem kam aus seinem
Mund wie eine einzige, lange weiße Gischt. Er trug Jeans
und ein T-Shirt, aber falls er fror, ließ er sich das nicht anmerken. Sein Gesicht war gerötet von der Anstrengung,
eine Leiche vom obersten Stockwerk bis nach draußen
und in sein Auto zu schaffen. Der Kofferraum des Trans

Am war zu, und es fiel ihr schwer, sich vorzustellen, dass darin die Leiche des Mädchens lag, das fast ihr Leben lang ihre beste Freundin gewesen war. »Los, beeil dich!«

Geo schaute noch einmal die Straße hinunter. Alles war so still, so still. Alle schliefen, lagen in ihren warmen Betten, ahnten nichts von dem Grauen, das geschehen war, ahnten nichts von dem Grauen, das noch kommen sollte. Der Nebel war dicht und weiß, und sie konnte nicht weit sehen. Sie drehte sich um und blickte in die andere Richtung. Auch dort war Nebel.

Extrem schlechte Sicht.

Kein Weg zu erkennen.

Sie stieg in den Wagen.

Geo kannte sich in der Gegend besser aus als Calvin, schließlich war sie hier aufgewachsen. Sie dirigierte ihn zu ihrer Straße, und als er in den Briar Crescent einbog, sagte sie: »Schalt das Licht aus.«

Er tat, wie ihm geheißen, und augenblicklich herrschte tiefe Dunkelheit. Im Briar Crescent gab es keine Straßenlaternen. Der Nebel hüllte sie ein wie ein Kokon.

»Ich kann nichts sehen«, sagte er.

Sie roch seinen Schweiß. Er roch nach reifen Zwiebeln und Salz. »Fahr weiter. Langsam.«

Er fuhr bis zum Ende der Sackgasse. Erst dann begriff er, wo sie sich befanden.

»Willst du jetzt nach Hause?«, fragte er.

Sie schaute aus dem Fenster und betrachtete das Haus, in dem sie aufgewachsen war. Es war niemand da. Die Verandabeleuchtung war eingeschaltet, und durch den Nebel konnte sie die blaue Haustür sehen.

»Noch nicht«, antwortete sie.

Sie stiegen aus, und Calvin öffnete den Kofferraum. In der nächtlichen Stille wirkte jedes Geräusch extrem laut. Sie hoben Angelas Leiche aus dem Kofferraum, und Calvin hievte sie sich wieder über die Schulter. Er gab ihr seinen Schlüsselbund mit der kleinen Taschenlampe, doch die brauchte Geo nicht. Sie kannte den Weg, es war ein Trampelpfad, der tief in den Wald führte, in dem sie als Kind gespielt hatte. Das Mondlicht reichte aus.

Geo wusste, dass jeden Augenblick ein Nachbar spät von einer Party nach Hause kommen und sehen konnte, wie sie etwas Schweres, Langes aus dem Kofferraum zerrten und in den Wald schleppten. Jeden Augenblick konnte ein Nachbar aufwachen, aufs Klo gehen, aus dem Fenster schauen, den Trans Am am Straßenrand stehen sehen und auf die Idee kommen, nach draußen zu gehen, um nachzusehen. Jeden Augenblick konnte eine Nachbarin, die nicht einschlafen konnte, ihr Buch weglegen und ans Fenster gehen, um in den Nebel zu schauen. Jeden Augenblick konnte irgendjemand, der im Briar Crescent wohnte, die Gestalten erspähen, die dort durch den Nebel schlichen und im Wald verschwanden, und für alle Fälle die Polizei rufen.

Aber niemand tat es.

Niemand sah etwas, und niemand tat etwas.

Nach knapp hundert Metern erreichten sie eine kleine Lichtung. Erst jetzt, als sie sich eine Strähne aus dem Gesicht schob, merkte Geo, wie sehr sie schwitzte. Schließlich schaltete sie doch die kleine Taschenlampe ein, um sich umzusehen.

»Das ist die einzige Stelle, wo wir sie vergraben können«, sagte sie. »Überall sonst stehen die Bäume zu dicht.«

Calvin nickte. Die Verschiebung war so subtil, dass sie es beinahe nicht bemerkten. Geo hatte jetzt die Kontrolle übernommen. Obwohl sie es nicht ansprachen, war es eindeutig.

»In unserem Garten gibt es einen Schuppen, der ist nicht abgeschlossen. Hol die beiden Spaten, und bring zwei Paar Handschuhe mit. Mein Vater ist nicht zu Hause, aber mach schnell, und versuch, möglichst leise zu sein, die Schuppentür quietscht. Los, beeil dich.«

Sie gab ihm die Taschenlampe, und er machte sich auf den Weg. Sie stand im Dunkeln neben der Leiche und spürte die kalte Nachtluft an ihrer verschwitzten Haut. Ihr war, als würde sie dampfen. Der Boden unter ihren Füßen fühlte sich elastisch an, und es roch nach Erde und Feuchtigkeit. Selbst die Luft schmeckte nach Erde, und sie atmete tief ein. Irgendwo raschelte etwas, aber so leise, dass es sich nur um ein Eichhörnchen oder ein Erdhörnchen handeln konnte. Sie geriet nicht in Panik. Sie rührte sich nicht. Es war beinahe, als hätte sie sich tief in sich selbst zurückgezogen, fort von dem Chaos, an einen Ort, den jeder in sich hat, aber nur selten aufsucht.

An einen Ort, an dem man nichts mehr spürt.

Kurz darauf kam Calvin mit den beiden Spaten, und sie zogen sich die Handschuhe an. Sie begannen zu graben. Anfangs war es leicht, die obere Bodenschicht war kompakt, aber weich. Doch nach etwa dreißig Zentimetern wurde der Grund hart. Steinig. Schon bald schmerzten Geos Arme und Hände von der Anstrengung. Sie legte eine Pause ein, während Calvin weitergrub. Aber schließlich musste auch er aufgeben. Sie hatten zwei Löcher im Abstand von dreißig Zentimetern gegraben. Es schien unmöglich, sie zu einem ausreichend großen Grab zu verbinden.

»Ich bin fast einen Meter tief, aber tiefer komm ich nicht, und breiter geht auch nicht«, sagte Calvin. »Zu viele Steine.«

»Wir müssen weitergraben«, entgegnete Geo ruhig, und obwohl sie *wir* gesagt hatte, wussten sie beide, dass sie *du* gemeint hatte.

»Geht nicht. Da bräuchten wir schon einen Bagger.«

»Geh noch mal zu unserem Gartenschuppen. An der hinteren Wand hängen drei Sägen. Hol die große.« Es fühlte sich an, als würde jemand anders aus ihr sprechen. Ihr Tonfall war sachlich und unbeteiligt, als würde sie die Nachrichten vorlesen.

Wenige Minuten später kam er mit der Säge, das T-Shirt klebte ihm am Leib. Er war zweimal zum Schuppen gelaufen, und mit jeder Minute, die verging, stieg das Risiko, entdeckt zu werden.

Doch auch diesmal hatte niemand etwas gesehen.

Er schaute sie an und wartete auf ihre Anweisungen. In dem Augenblick spielte es keine Rolle, dass er derjenige war, der Angela vergewaltigt und getötet hatte, dass er einundzwanzig und sie erst sechzehn war. Sie hatte das Kommando. Sie musste ihm sagen, was er tun sollte.

»Säg sie in Stücke«, sagte Geo.

»Was?«, fragte Calvin entsetzt. »Ich...«

»Ich grabe noch ein Loch. Wenn wir kein großes Loch graben können, müssen es eben mehrere kleine sein. Säg sie in Stücke.«

»Nein, verdammt. Das mach ich nicht«, stieß er angewidert hervor. »Du bist ja komplett übergeschnappt. Das mach ich nicht.«

»Wir sind jetzt einmal so weit gegangen«, sagte sie. »Willst du es zu Ende bringen oder nicht?«

Er wickelte die Leiche aus der Decke und stöhnte dabei vor Anstrengung. Sie waren beide verblüfft, als sie Angelas Haut sahen. Obwohl sie noch gar nicht lange tot war, hatte ihre Haut sich grau verfärbt. Ihr Gesicht war erschlafft, ihre Arme und Beine waren bleischwer, und ihre Augen, immer noch offen, waren trüb.

Sie sah nicht aus, als würde sie schlafen. Sie sah nicht aus, als wäre sie bewusstlos. Sie sah tot aus.

Calvin beugte sich mit der Säge über die Leiche, das Gesicht vor Ekel verzerrt. Noch einmal blickte er zu Geo auf. Sie nickte, dann begann sie, ein weiteres Loch zu graben.

»Ich kann das nicht«, krächzte Calvin.

Sie reagierte nicht, grub einfach weiter, rammte den Spaten in den Boden und hob die Erde aus.

Kurz darauf sagte er: »Ich weiß nicht, wo ich anfangen soll.«

Sie schaute entnervt zu ihm hinüber. Er war nassgeschwitzt, die Haare klebten ihm in der Stirn, der Ekel stand ihm ins Gesicht geschrieben. So hatte sie ihn noch nie gesehen. Er sah hässlich aus. Schwach. In dem Moment konnte sie sich nicht erinnern, wieso sie sich in ihn verliebt hatte.

»Fang in der Mitte an«, befahl sie ihm und grub weiter.

Das Geräusch von Fleisch, das zersägt wird, ist anders als jedes andere Geräusch. Es klingt nicht wie das Zersägen von Holz. Auch nicht geräuschlos wie das Zerschneiden von Teig. Es ist irgendwie tiefer, nasser, mit einem leichten Widerstand, aber doch durchgängig. Das Sägeblatt fuhr vor und zurück und riss ihre beste Freundin auf. Sie hörte, wie die Säge auf Knochen stieß. Es klang wie ein Schaben.

Sie hörte Calvin würgen, und als sie sich zu ihm umdrehte, sah sie, wie er sich übergab. Tränen liefen ihm übers Gesicht. Angela lag im Dreck, ein Bein war fast ab, aber noch nicht ganz.

»Ich kann das nicht…«, sagte er mit erstickter Stimme.

Geo packte den Spaten fester. Sie roch seine Kotze, eine widerliche Mischung aus Pizza, Bier und Magensäure, fast genauso wie es gerochen hatte, als sie sich eben in seiner Wohnung übergeben hatte. Sie hatte Calvin noch nie verletzlich erlebt, und in dem Moment zweifelte sie nicht daran, dass sie ihren Spaten heben und ihm damit so oft auf den Kopf schlagen konnte, bis auch er tot war. Vielleicht würde der Nebel ja noch lange genug bleiben, dass sie Zeit hatte, sie alle beide zu vergraben.

Aber sie war keine Mörderin. Sie wusste nicht, was zum Teufel sie war, aber eine Mörderin war sie nicht.

»Nimm den Spaten«, sagte sie zu ihm.

Sie tauschten die Plätze.

Geo nahm die Säge, der hölzerne Griff war warm, dort wo Calvin ihn angefasst hatte, obwohl er Handschuhe trug. Ihr Vater arbeitete in der Notaufnahme, er hatte ihr oft von seiner Arbeit erzählt, er hatte ihr sogar Einzelheiten aus der Zeit erzählt, als er während des

Studiums in der Chirurgie gearbeitet hatte. Sie wusste, dass man die Schnitte an den Gelenken ansetzen musste. Das hatte sie doch erst neulich beim Abendessen bei einem Hühnchen gemacht. War das nicht erst vor ein paar Tagen gewesen? Sie wusste es nicht mehr. Vielleicht war es auch schon eine Woche her. Vielleicht sogar einen Monat.

Sie kniete sich neben Angela, deren Augen immer noch offen waren. Sie fuhr mit einer Hand über das Gesicht ihrer besten Freundin. Jetzt waren die Augen zu.

Nicht hinsehen, Liebes. Nicht hinsehen.

Sie hob die Säge, biss die Zähne zusammen und beendete, was Calvin begonnen hatte. Die Säge fraß sich in die Gliedmaßen ihrer besten Freundin hinein, entweihte ihren Körper.

Entweihte Geos Seele.

Als sie fertig war, legten sie Angelas Körperteile so in die Gruben, wie sie hineinpassten, schaufelten Erde darüber und trampelten sie fest. Um kurz nach vier verließen sie den Wald, bedeckt mit Blut und Erbrochenem. Inzwischen hatte der Nebel sich etwas aufgelöst.

Und doch sah immer noch niemand etwas.

Im Garten spritzte Calvin die Spaten mit dem Gartenschlauch ab, das Wasser lief rot ins Gras und versickerte. Dann gingen sie zur Straße. Calvin versuchte, etwas zu Geo zu sagen, bevor er in seinen Wagen stieg, doch sie reagierte nicht. Er fuhr davon. Es sollte mehrere Tage dauern, bis sie ihn wiedersah, bis er mitten in der Nacht an ihr Fenster klopfte, um sich zu verabschieden und sich das wenige, was von ihr übrig geblieben war, mit Gewalt zu nehmen.

Vorausgesetzt natürlich, sie wurden bis dahin nicht erwischt. Im Kino und im Fernsehen kamen die Bösen doch auch nie davon.

Aber jetzt war es erst einmal vorbei. Geo tat das Einzige, was ihr zu tun übrig blieb.

Sie ging nach Hause.

33

Dominic liegt immer noch auf ihr, sein Gewicht ist schier unerträglich. Er nestelt an ihr herum, und er ist wütend, denn das, was er sich vorgenommen hat, klappt nicht. Und wenn er es nicht tun kann, wird er sie einfach töten.

Was Geo am liebsten wäre. Das Gesetz sieht das zwar anders, aber es gibt Schlimmeres als Mord. Das weiß sie inzwischen. Vergewaltigung hat nichts mit Sex zu tun. Es geht dabei nur um Dominanz und Kontrolle. Es geht darum, einem Menschen alles zu nehmen und nur noch eine leere Hülle von ihm übrig zu lassen.

Sie ist kurz davor, ohnmächtig zu werden. Dominics Hand ist immer noch an ihrem Hals, und er ist unglaublich stark. Sie kann nicht schreien, sie kann sich kaum bewegen, und ganz allmählich verlässt sie ihr Kampfgeist.

Dann, im nächsten Augenblick, wird er von ihr heruntergerissen. Plötzlich sind die Schmerzen weg, und vor Erleichterung weicht alle Kraft aus ihr. Sie ringt nach Luft. Verschwommen nimmt sie wahr, wie sich eine Gestalt über Dominic beugt, der jetzt auf dem Boden liegt.

Die Gestalt erinnert Geo an die Nebelnacht, in der Angela gestorben ist. Als sie endlich wieder scharf sieht, versteht sie, warum.

Calvin.

Dominic schaut ihn entgeistert an; sein Wangenknochen ist gerötet und geschwollen, wo er einen Schlag abbekommen hat. Seine Lippe ist aufgeplatzt, er liegt auf der Seite und wirkt nur noch verletzlich. In dem Augenblick meint Geo ganz flüchtig den Jungen zu sehen, der er vielleicht geworden wäre, wenn sie ihn nicht weggegeben hätte.

»Alles in Ordnung, Georgina?«, fragt Calvin.

Er sieht ganz anders aus als bei ihrer letzten Begegnung. Sein Haar ist länger und dünner, und ein grau melierter Vollbart bedeckt sein Kinn. Er hat zerschlissene Sachen an. Sie nickt und setzt sich auf. Sein Blick wandert zu ihrem Bauch und dann weiter zu ihren nackten Schenkeln. Plötzlich fühlt sie sich exponiert, und heiße Tränen steigen ihr in die Augen, während sie sich hastig die Leggings und die Unterhose hochzieht.

Denn einer hat es gesehen. Einer wurde Zeuge dessen, was ihr Sohn ihr gerade antun wollte. Auch wenn derjenige Calvin ist, ist es das Schlimmste, was irgendjemand mitbekommen kann.

Dominic, der sich inzwischen wieder gefasst hat, stößt ein kurzes Lachen aus. Calvin tritt ihm gegen den Kopf.

»Warte«, keucht Geo, die Mühe hat zu sprechen. Sie ist immer noch auf dem Bett und rutscht nach hinten, bis sie das Kopfteil im Rücken spürt. »Calvin, warte. Lass ... lass ihn in Frieden.« Sie zwingt sich, sich zu konzentrieren. »Wie bist du hier reingekommen? Draußen steht ein Polizist.«

»Um den hab ich mich gekümmert«, antwortet Calvin stirnrunzelnd. Er schaut abwechselnd Geo und den jungen Mann auf dem Boden an. »Ich habe ein Auge auf dich. Diese Morde, die gehen nicht auf mein Konto. Ich würde keinem Kind je ein Haar krümmen.«

»Ich weiß.« Sie schließt kurz die Augen. Der Polizist, der vor ihrem Haus Wache gehalten hat, war höchstens dreißig. Seine arme Familie. Seine arme Mutter.

Wieder lacht Dominic kurz auf.

»Darf ich mir die Hose hochziehen?«, fragt er. Seine Worte klingen beinahe höflich. »Mir wird ein bisschen kalt untenherum.«

Die Pistole, die Geo von Ella Franks Bruder hat, liegt immer noch da, wo sie sie versteckt hat. Ganz langsam schiebt sie ihre Hand unter das Kopfkissen, während die beiden Männer miteinander reden. Der kleine Griff passt genau in ihre Handfläche. Sie entsichert die Waffe. Das Klicken ist durch das Kopfkissen nicht zu hören.

»Nein, du Arschloch«, sagt Calvin in einem ebenso höflichen Tonfall. Seine arrogante, gedehnte Sprechweise hat sich in den fast zwanzig Jahren nicht verändert. »Du warst doch eben noch so wild darauf, sie dir runterzuziehen, also lass sie mal schön da unten.«

»Mutter«, sagt Dominic, ohne sich zu rühren. Als Geo zu ihm hinschaut, lächelt er sie an. Es ist ein schreckliches Lächeln. »Vielleicht solltest du Dad mal erklären, dass es nicht nett ist, sein Kind als Arschloch zu bezeichnen. Das schadet meinem Selbstwertgefühl.«

Calvins Augen weiten sich. Er sieht Geo an, als hoffte er, von ihr bestätigt zu bekommen, dass das nicht wahr sein kann.

»Überraschung!«, sagt Dominic, und seine Stimme trieft vor Sarkasmus. »Es ist ein Junge!«

»Wie ist das möglich?«, fragt Calvin Geo entgeistert.

»Also, der erigierte Penis des Mannes dringt in die Vagina der Frau ein…«, deklamiert Dominic wie ein Lehrer im Sexualkundeunterricht.

»Halt die Klappe«, herrscht Calvin ihn an, doch diesmal tritt er ihn nicht. Sein Blick ist immer noch auf Geo geheftet. »Wie ist das möglich?«, fragt er noch einmal.

»Das weißt du genau«, antwortet sie zaghaft. Ihr Blick fällt auf das Herztattoo auf der Innenseite von Calvins Handgelenk. Das hat sie noch nie gesehen, aber es muss schon eine Weile dort sein, denn die rote Tinte ist bereits etwas verblasst. Sie kann die Initialen in dem Herz lesen. *GS*. Er hat sie auf seinem verdammten Arm verewigt.

»Warum hast du mir nichts davon gesagt?«, fragt er mit weicher Stimme. »Das hätte ich wissen wollen.«

»Du warst weg«, antwortet sie. »Und ich war froh darüber. Ich wollte dich nie wiedersehen.«

Calvin starrt sie noch einen Moment lang an, dann schaut er den jungen Mann an, der immer noch auf dem Boden liegt und das Geschehen mit leuchtenden Augen verfolgt. »Steh auf. Zieh dir die Hose hoch. Und keine plötzlichen Bewegungen, sonst brech ich dir das Genick.«

Dominic tut, wie ihm geheißen, und steht langsam auf. Sie sind gleich groß und haben die gleichen Gesichtszüge. Aber während Calvin selbstbewusst ist, ist Dominic draufgängerisch, und das ist nicht dasselbe.

»Meine Fresse«, sagt Dominic und verdreht theatralisch die Augen, »jetzt weiß ich endlich, von wem ich die Veranlagung zu Gewalt hab.«

»Halt die Klappe«, sagt Calvin noch einmal.

Geo zieht die Pistole. Die beiden Männer sehen sie an, in ihren Gesichtern liegt Verblüffung. Dominic macht einen Schritt auf sie zu, aber Calvin packt ihn am Arm. Er nickt Geo zu, die vom Bett aufsteht und sich vor ihnen aufbaut. Calvin geht rückwärts und zieht Dominic mit sich, bis sie etwa zwei Meter von Geo trennen. Es hätten genauso gut zwanzig Zentimeter sein können. Das Zimmer fühlt sich mit einem Mal winzig und stickig an.

Geo konzentriert ihren Blick auf ihren Sohn. »Wie möchtest du, dass das endet, Dominic?«

»Ach, ich hab jetzt plötzlich eine Wahl?«, entgegnet er wieder mit einem entsetzlichen Lächeln. »Ich darf mir aussuchen, was mit mir passiert? Krass. Du hättest mich abtreiben sollen. Warum hast du das eigentlich nicht getan?«

»Weil ich dich geliebt habe«, sagt sie, und es ist die Wahrheit.

Er glaubt ihr nicht, und sie kann es ihm nicht verübeln. Er weiß nicht, wie Liebe aussieht. Er weiß nicht, wie sich Liebe anfühlt. Für die Liebe – gesunde Liebe, Liebe, die nicht wehtut, die nicht verletzt, die einem nicht das Selbstwertgefühl raubt – gilt dasselbe wie für alles andere im Leben. Sie muss einem beigebracht werden.

»Ich hasse dich«, sagt Dominic, dann versagt ihm die Stimme. Aber nicht aus Traurigkeit, sondern vor Wut. Die Wut färbt seine Worte, akzentuiert jede Silbe. »Du glaubst ja gar nicht, wie sehr ich dich hasse.«

»Es tut mir leid«, sagt sie.

Calvin beobachtet das Geschehen wortlos.

Sie haben einen Stillstand erreicht. Sie weiß nicht, was sie tun soll. Sie weiß nicht, ob sie es über sich bringt, die beiden zu erschießen, aber sie kann sie auch nicht davonkommen lassen. Vor allem nicht ihren Sohn. Menschen, denen wehgetan wurde, werden immer anderen Menschen wehtun, und die Wunden, die Dominic über die Jahre zugefügt wurden, werden niemals heilen. Sie sind zu tief.

»Also, das ist doch der Witz des Jahrhunderts. Nach achtzehn Jahren hab ich auf einmal meine leiblichen Eltern«, sagt Dominic lachend. Es ist ein hysterisches Lachen, das Lachen von jemandem, der lacht, obwohl nichts lustig ist, es ist ein Ausdruck unterdrückter, toxischer Gefühle. »Ihr Arschlöcher. Seht euch doch mal an, was ihr angerichtet habt.«

Er lacht noch mehr, sein ganzer Körper schüttelt sich. Aus der Ferne sind Sirenen zu hören. Sie werden lauter, durchschneiden die Stille im Viertel. Die Polizei kommt näher.

Dominic wirft den Kopf in den Nacken, er krümmt sich vor Lachen. »SEHT EUCH AN, WAS IHR ANGE-RICHTET HABT!«

Es ist kein Heulen und auch kein Brüllen, es ist etwas dazwischen, animalisch und wahnsinnig, und es erfüllt Geo mit einer Trauer, die allen Gram und alle Schuldgefühle übersteigt.

»Woher hast du es gewusst?«, fragt sie Calvin. »Woher wusstest du, dass du herkommen musstest?«

»Ich bin gekommen, als ich von den ersten beiden Morden gelesen habe«, sagt Calvin. »Da wusste ich Bescheid. Im Wald vergraben, die Leiche auf die gleiche Art und Weise zerstückelt ... da bin ich natürlich hergekommen. Es war, als hätte mich jemand gerufen.«

Ihre Blicke begegnen sich. Es ist das einzige Geheimnis, das nur sie kennen, nach all den Jahren. Er hat der Polizei nie die ganze Geschichte jener schicksalhaften Nacht erzählt – dass er nur gekotzt hat, als er versucht hat, die Leiche zu zerstückeln, dass Geo das am Ende übernehmen musste –, und auch beim Prozess ist es nicht zur Sprache gekommen. Calvin hätte es aussagen können, er hätte die ganze Wahrheit preisgeben können, nicht nur über sich selbst, sondern auch über sie. Aber das hat er nicht getan. Er hat kein Wort gesagt. Und jetzt steht er hier, ein albernes Herztattoo mit ihren Initialen auf dem Handgelenk, auch wenn sie nie, niemals wieder zusammenkommen werden. Typisch Calvin, genau wie das Marmeladenglas mit den Zimtherzen, das er ihr geschenkt hat, und dann hat er alle allein aufgegessen.

Sie betrachtet die beiden Männer. Ihre erste Liebe und ihre letzte Liebe. Ist das Liebe? Sieht *so* Liebe aus, wahnsinnig und missgebildet und krank und monströs?

»Jetzt kapier ich, warum du auch die Kinder umgebracht hast«, sagt Calvin zu Dominic. »*Meine* Kinder. Du hast es getan, um mir wehzutun.«

»Nein, du verdammter Idiot.« Dominic stößt ein freudloses Lachen aus. »Ich hab's getan, um *ihr* wehzutun. Warum hatten deine anderen Kinder gute Mütter? Warum wurden die anderen nicht kaputt gemacht? Warum ich? Ich will zu Ende bringen, was ich angefangen hab, *Vater*. Willst du mir helfen? Ich lass dir den Vortritt.« Wieder lacht er, genauso freudlos wie vorhin. »Ach nein, du hast ja schon.«

433

»Georgina, geh«, sagt Calvin, ohne seinen Sohn aus den Augen zu lassen. »Hau ab, sofort. Ich lasse nicht zu, dass er dir wehtut. Steig aus dem Fenster.«

»Ich kann jetzt nicht einfach gehen«, entgegnet sie. Sie zittert. Das Gewicht von neunzehn Jahre lang gehüteten Geheimnissen droht sie von innen heraus zu zerquetschen. »Er ist unser Sohn.«

»Stimmt. Und Menschen wie er – wie *ich* – sollten nicht existieren.«

Damit hat er natürlich recht. Geo zweifelt nicht daran, dass die beiden sich gegenseitig töten werden, wenn sie geht. Sie haben den gleichen Blick in den Augen. Sie sind unerreichbar, es gibt keine Hoffnung für sie. Und endlich trifft sie die Entscheidung, die sie vor all den Jahren nicht getroffen hat.

»Ich liebe dich«, sagt sie. Die Worte bleiben ihr fast im Hals stecken. »Und es tut mir leid. Es tut mir so verdammt leid.«

Sie zielt und drückt ab.

Dann zielt sie noch einmal und drückt noch einmal ab.

Ihre Finger werden taub. Die Pistole fällt herunter und landet geräuschlos auf dem Teppich. Sie sinkt zu Boden, und ihr Schluchzen zerreißt sie fast, sie weint noch heftiger als an dem Morgen, nachdem sie ihren Sohn geboren hat.

Sie kriecht zu Dominic und wiegt seinen Kopf liebevoll in den Armen. Ihre Brust hebt und senkt sich, sie streichelt sein verschwitztes Haar, schiebt ihm ein paar Strähnen aus dem Gesicht. Streichelt seine Wangen, sein Kinn, seine Nase, seine Augenbrauen. Legt die Nase an seine Stirn und atmet seinen Geruch ein. Seine Augen sind offen. Durch den Tränenschleier sieht sie, wie ihr Sohn sie anschaut.

Es sind ihre Augen. Die Augen ihrer Mutter. Braun. Sanft. Und jetzt stumpf, weil das Leben aus ihnen gewichen ist.

Ihr Sohn. Ihr wunderbarer Junge.

Sie öffnet den Mund, und ihrer Kehle entweicht ein Wehklagen. Es ist ein kehliger Schrei, ein Geräusch, wie sie es noch nie von sich gegeben hat, und zuerst realisiert sie gar nicht, dass es von ihr kommt. Neben ihr bewegt sich Calvin. Sein Bein zuckt, dann sein Arm. Er ist noch nicht tot, obwohl die Kugel ein Loch in seine Brust gerissen hat.

Während sie ihren Sohn weiter streichelt, hebt sie mit der anderen Hand die Pistole vom Boden auf und schießt Calvin in den Kopf.

Vielleicht musste es ja so enden.

Epilog

Angela Wongs Grab liegt in einem offenen Bereich des Rose Hill Cemetery, auf der Seite, die das meiste Licht abbekommt. Ihre Eltern haben für ihren Grabstein einen Rosenquarz ausgesucht, der silbern und golden glitzert, wenn die Sonne darauf scheint, so wie jetzt.

Geo steht vor dem Grab, die Strickjacke in ihrer großen Umhängetasche, und genießt die sanfte Brise an ihren nackten Armen. Diesmal hat sie Rosen mitgebracht, pinkfarbene. Aber anstatt wie sonst den Strauß vor dem Grabstein abzulegen, zupft sie die Blütenblätter ab und verstreut sie ringsherum. Das Pink sieht hübsch aus auf dem grünen Rasen, Angela hätte das gefallen. Geo beugt sich vor und fährt mit den Fingern über die in den Stein gravierten Buchstaben, die den Namen, das Geburtsdatum und das Todesdatum ihrer besten Freundin bilden.

Angela Wong hat sechzehn Jahre, zwei Monate und vierundzwanzig Tage gelebt. Einen Bruchteil von dem, was ein langes, erfülltes Leben hätte werden sollen.

»Ich hab dich lieb«, sagt Geo laut. In einiger Entfernung ist ein Gärtner dabei, die Hecke zu beschneiden, die diesen Teil des Friedhofs umschließt. Er kann sie

436

nicht hören, und selbst wenn, der Mann hat so etwas garantiert schon öfter gehört. »Ich hab dir eine Limo mitgebracht – Traube, natürlich –, aber dann hab ich sie unterwegs selber getrunken. Ich hab acht Kilo zugenommen. Ich wünschte, du wärst hier und könntest mir sagen, dass meine Oberschenkel zu dick sind.«

Sie lächelt. Zum ersten Mal seit Angelas Tod kann sie an ihre beste Freundin denken und Freude statt Trauer empfinden, auch wenn diese Gefühle beide da sind, sie existieren nebeneinander wie alte Freundinnen. Der Unterschied ist, dass sie einander nicht mehr in die Quere kommen.

»Du fehlst mir, Ang.«

Sie bleibt noch einen Moment stehen. Der Gärtner schaut zu ihr herüber und hebt kurz die Hand zum Gruß. Sie kennen einander mittlerweile, auch wenn sie noch nie miteinander gesprochen haben. Sie winkt zurück und geht zu dem gewundenen Pfad, der über den Hügel auf die andere Seite des Friedhofs führt.

Das Grab ihrer Mutter liegt im Schatten einer gigantischen Eiche. Erst kürzlich hat Geo von der Existenz eines Familiengrabs erfahren, das ihre Großeltern vor Jahrzehnten gekauft haben, kurz nachdem sie in die Gegend gezogen sind. Darin ist auch Platz für sie, falls sie hier beerdigt werden möchte, aber sie hofft, dass sie über diese Entscheidung noch lange nicht nachdenken muss. Es ist kühl unter dem Baum, sie nimmt ihre Jacke aus der Tasche und zieht sie über. Der Grabstein ihrer Mutter ist schlichter und kleiner als Angelas, und er ist aus weißem Marmor. Grace Maria Gallardo Shaw hat dreiunddreißig Jahre, sieben Monate und fünf Tage gelebt. Es fällt Geo schwer zu begreifen, dass sie jetzt älter ist, als ihre Mutter es bei ihrem Tod war. Nicht viel, aber es fühlt sich komisch an. Für sie war ihre Mutter die klügste und schönste Frau der Welt.

Ihr Handy klingelt. Sie nimmt es aus der Tasche, um nachzusehen, wer anruft. Sie lächelt und meldet sich.

»Hallo«, sagt sie.

»Hallo«, sagt Kaiser. Aus den Hintergrundgeräuschen schließt sie, dass er am Steuer sitzt und die Freisprechanlage eingeschaltet hat. »Wie geht's?«

»Ganz gut. Ich bin auf dem Friedhof. Der Grabstein ist endlich fertig. Ich wollte mir mal ansehen, wie er aussieht.«

Kaiser antwortet nicht gleich, vermutlich sucht er nach den richtigen Worten. Schließlich fällt ihm nichts Besseres ein als: »Und?«

Auch sie lässt sich Zeit mit der Antwort. Im Hintergrund hört sie ein Hupen.

»Es geht mir gut«, sagt sie schließlich, obwohl er nicht danach gefragt hat.

»Ich weiß.« Sie hört, dass Kaiser lächelt. »Ich bin auf dem Heimweg. Ich könnte unterwegs ein Brathähnchen holen. Seit du mir gesagt hast, dass du darauf stehst, steh ich auch darauf. Kommt dein Vater rüber? Falls ja, besorg ich ihm sein Lieblingsbier.«

Geo lacht. »Schleimer.«

Sie beenden das Gespräch, und Geo setzt sich ins Gras. Eine Weile betrachtet sie den Grabstein, der jetzt neben dem ihrer Mutter steht. Dominic Kent hat achtzehn Jahre, sechs Monate und zwei Tage gelebt, bis er von seiner leiblichen Mutter im Haus seines leiblichen Großvaters getötet wurde. Mark Kent wurde von der Polizei vom Tod seines Adoptivsohns unterrichtet, und man hat ihm angeboten, über die Leiche zu verfügen, sobald die Autopsie beendet war. Mark hat abgelehnt und nicht protestiert, als Geo gesagt hat, sie würde die Leiche haben wollen. Es war gar nicht so einfach für Geo, die Genehmigung für die Beisetzung zu bekommen, aber am Ende konnte sie Dominic hier im Familiengrab neben ihrer Mutter begraben.

Das hat für einige Verwunderung gesorgt, vor allem unter den Nachbarn ihres Vaters. Aber die Schmierereien am Garagentor haben schließlich aufgehört. Man hat nie herausgefunden, wer dahintersteckte, die Leute führen einfach ihr Leben weiter wie bisher. Jedenfalls erwartet Geo kein Verständnis dafür, dass sie Dominic im Familiengrab hat beisetzen lassen. Sich selbst erklärt sie es damit, dass sie ihrem Sohn im Tod den Frieden geben möchte, den sie ihm im Leben nicht hat geben können.

Sie hat Kaiser nie gefragt, was die Behörden mit Calvins Leiche gemacht haben.

Walter hat nicht protestiert. Er hat sogar angeboten, für die Beerdigungskosten aufzukommen, und später hat er Dominics Grabstein bezahlt. Weil er seine Tochter liebt. Und wenn alles anders gelaufen wäre, hätte er sicherlich auch seinen Enkel geliebt. Aber er wird eine zweite Chance bekommen. Geo legt sich eine Hand auf den Bauch, als sie spürt, wie das Kind in ihr strampelt.

Sie steht auf, nimmt das Tütchen Zimtherzen aus der Tasche, das sie im 7-Eleven gekauft hat, und legt es auf Dominics Grabstein. Wahrscheinlich wird der Gärtner sie essen, aber das ist in Ordnung. Bei dem Gedanken muss sie lächeln.

Sie tritt aus dem Schatten in die Sonne und macht sich auf den Heimweg.

Anmerkung der Autorin

Alle meine Romane sind in sich geschlossene Geschichten, aber sie sind in derselben halb-fiktionalen, nordwestpazifischen »Welt« angesiedelt, über die ich von Anfang an schreibe. Deshalb tauchen in jedem neuen Roman auch Figuren aus älteren Geschichten auf, um »Hallo« zu sagen (Kim Kellog und Mike Torrence, erinnert sich noch jemand?). Wer einen meiner früheren Romane gelesen hat, wird Orte wie das Sweetbay-Viertel, die Puget Sound State University und das Green-Bean-Kaffeegeschäft wiedererkennen, die alle erfunden sind (zum Glück, weil dort immerhin Morde geschehen).

Das Hazelwood Correctional Institute, in dem der erste Teil dieses Romans spielt, ist ein erfundenes Frauengefängnis. Es gibt viele Gründe, aus denen Schriftsteller Orte erfinden, aber der Hauptgrund ist der, dass es der Geschichte nutzt. In diesem Fall macht Geo in »Hellwood« Erfahrungen, wie sie mir in real existierenden Gefängnissen beschrieben wurden, in denen ich recherchiert habe (darunter auch das Frauengefängnis Washington Corrections Center for Women im Staat Washington), und solche, die ich mir ausgedacht habe. Aber ich kann gut verstehen, dass manche Leser in einem zeitgenössischen Roman etwas über wirkliche Orte lesen wollen, und ich bitte wie immer um Nachsicht.

Danksagung

Wir Schriftsteller schreiben zwar allein, aber für die Bearbeitung und Veröffentlichung sind wir auf die Hilfe vieler Leute angewiesen, die in der Regel erheblich klüger sind als wir. Ich habe das unfassbare Glück, sowohl in meinem Berufsleben als auch in meinem Privatleben großartige Menschen an der Seite zu haben, die mich bei jedem Schritt auf meinem Weg unterstützen.

Ich danke meinem Lektor Keith Kahla, der von Anfang an an dieses Buch geglaubt und meine Vision verstanden hat. Sie haben mich angestachelt, das Beste aus der Geschichte zu machen, und es war ein Vergnügen, mit Ihnen und dem Rest des Teams bei St. Martin's Press and Minotaur Books zusammenzuarbeiten. Alice Pfeifer, Sie lösen all meine merkwürdigen Probleme schnell und gelassen. Andrew Martin, Sally Richardson, Jennifer Enderlin und Kelley Ragland, ich bin Ihnen unendlich dankbar für Ihre Unterstützung. Ich hoffe, wir werden noch bei vielen Büchern zusammenarbeiten.

Meinem Mann Darren Blohowiak danke ich von ganzem Herzen. Du lässt mich nie daran zweifeln, dass diese verrückte kreative Arbeit das Richtige für mich ist. Du bleibst gelassen, wenn ich kein anderes Gesprächsthema mehr habe als die Geschichte, an der ich gerade arbeite, und du hast kein Problem damit, dass ich mein Geld mit erfundenen Mordgeschichten verdiene (was viel »Forschung« erfordert – sollte ich je verhaftet werden, versprich mir, dass du meinen Computer verbrennst). Mich so zu lieben, wie ich bin, ist nicht einfach, aber du tust es. Ich liebe dich.

Ich danke meinem Sohn Maddox John Blohowiak. Du warst noch keine zwei Jahre alt, als ich dieses Buch geschrieben habe, und es war schön, dich im Nebenzimmer singen und lachen zu hören. Eltern sein kann ziemlich anstrengend sein, aber seit du da bist, bin ich eine bessere Schriftstellerin. Ich weiß, was mir fehlt, wenn ich mich stundenlang in meinem Arbeitszimmer vergrabe, und ich weiß, je eher ich fertig bin, umso eher kann ich herauskommen und mit dir spielen. Ich danke dir dafür, dass du mich dazu bringst, konzentriert zu arbeiten. Du bist das Licht meines Lebens. Mommy liebt dich, Mox.

Mein Dank gilt meinen Freunden Dawn Robertson, Annabella Wong, Lori Cossetto, Shellon Baptiste, Ed Aymar, Micheleen Beaudreau, Teri Orrell, Jennifer Baum, Jennifer Bailey, Scott Kubacki und Maki Breen; Ich könnte mich schon glücklich schätzen, auch nur einen von euch in meinem Leben zu haben. Euch alle als Freunde zu haben sagt mir, dass ich offenbar irgendetwas richtig mache. Ich danke euch für die tausend Gespräche, und ich freue mich schon auf die zehntausend, die noch kommen werden. Ich liebe euch alle.

Tausend Dank an meinen großen Bruder, John Perez. Ohne dich wäre unsere Rückkehr nach Kanada vielleicht nicht möglich gewesen. Danke, dass du uns bei dir aufgenommen hast, sodass ich meine kleine Familie nach Hause bringen konnte. Besonderer Dank gilt Nida

Allan und Roberto Pestaño (also meinen Eltern). Euch verdanke ich meine Liebe zu Geschichten und zum Geschichtenerzählen. Erika Perez, du bist für mich eher eine kleine Schwester als eine Cousine, und du inspirierst mich jeden Tag aufs Neue mit deinem Fleiß und deiner Entschlossenheit.

An alle Pestaños und Perezes auf der Welt: Ihr seid die besten Cheerleader, die eine Schriftstellerin sich nur wünschen kann. Und all ihr Blohowiaks in Green Bay, Wisconsin: Ich fühle mich gesegnet, eine solche Schwiegerfamilie zu haben. Tut mir leid, dass ich ein Seahawks-Fan bin (na ja, nicht wirklich). Ich liebe euch alle.

Danke an Minty LongEarth. Wir haben uns auf dem Flughafen von New Orleans in der Schlange vor der Sicherheitskontrolle kennengelernt und uns anschließend zwei Stunden lang bei einem Cocktail unterhalten. Was Sie mir über Gefängnisse, Pflegefamilien, Serienmörder und Psychopathen erzählt haben, war faszinierend, und Sie haben mich darin bestätigt, dass das wirkliche Leben viel schlimmer ist als alles, was ich mir jemals ausdenken könnte. Danke, dass Sie mich an Ihren Erfahrungen haben teilhaben lassen.

Tausend Dank an Sie, meine Leser, für Ihre Treue. Ihre E-Mails, Facebook-Beiträge, Tweets und Posts auf Instagram erfreuen mich jeden Tag aufs Neue. Wie schön, dass Sie meine Geschichten mögen und diese Reise mit mir machen.

Die Schriftsteller-Gemeinde ist ein Netzwerk, das seine Mitglieder stets unterstützt, und ich schätze mich glücklich dazuzugehören. Schreibende Freunde sind unbezahlbar, und ich bin vor allem Mark Edwards unendlich dankbar dafür, dass er mich immer wieder beruhigt hat, wenn ich dachte, ich würde durchdrehen. Außerdem danke ich den Leuten von Thrill Begins, die mir mit ihren albernen Witzen durch den Tag helfen. Ich habe mich über die Jahre mit vielen Schriftstellerkollegen und Verlagsprofis angefreundet. Euch allen danke ich für eure Freundlichkeit, euren Humor und eure Unterstützung. Wir sehen uns auf der nächsten Konferenz! Haltet mir einen Platz an der Bar frei!

Irgendwo da draußen gibt es einen Mann namens Mr. Rogers, der in der zehnten Klasse mein Englischlehrer war. Er war der Erste, der eine meiner Kurzgeschichten gelesen, sie benotet und mir gezeigt hat, wie man sie stringenter macht. Als ich ihm meine verbesserte Fassung zeigte, gab er mir eine bessere Note und veröffentlichte die Geschichte in einer Highschoolanthologie. Das war das erste Mal, dass jemand einen Text von mir lektoriert hat, und das erste Mal, dass ich meinen Namen gedruckt gesehen habe. Wo auch immer Sie sein mögen, Mr. Rogers, ich habe Ihre Ratschläge bis heute nicht vergessen. Ich danke Ihnen dafür.

Nicht zuletzt möchte ich mich bei meiner Agentin bedanken. Mit Ihnen zusammenzuarbeiten, ist nach wie vor die beste und klügste Entscheidung, die ich je getroffen habe. Danke, dass Sie an mich glauben und sich für mich einsetzen, dass Sie immer optimistisch bleiben und mir beigestanden haben, wenn ich eine wichtige Entscheidung treffen musste. Mir fehlen die Worte, um auszudrücken, was Sie mir bedeuten. Victoria Skurnick, Sie sind meine Glücksfee.

Lesen Sie weiter >>

LESEPROBE

Auf immer und ewig.
Ob du willst oder nicht.

Du schlägst die Augen auf und etwas stimmt nicht.
Du weißt nicht, was dir passiert ist. Du liegst in einem
fremden Bett. In einem Krankenhaus. Neben dir steht
dein Mann Tim, ein erfolgreicher Unternehmer. Er
hat Tränen in den Augen, weil du – seine geliebte,
perfekte Frau – am Leben bist. Du denkst, du hättest
einen schweren Unfall gehabt. Doch dann sagt Tim:
Wir haben jahrelang daran gearbeitet, dass ich dich
wiederbekommen konnte ...

Du entdeckst dein Leben wie mit fremden Augen. Du
ahnst Gefahr, aber du weißt nicht, wo genau sie lauert.
Du weißt nur: Du musst wachsam sein. Denn irgendwo
in deinem schönen Haus, bei deinen Liebsten liegt
der Grund dafür – der Grund, warum du vor Jahren
gestorben bist.

1

Du hast wieder diesen Traum, in dem du am Lichterfest mit Tim in Jaipur bist. Rundum strahlt und funkelt alles, erleuchtet von Laternen, Feuerwerk, flackernden Kerzen. Innenhöfe schimmern wie Teiche aus Licht, Hauseingänge sind mit Mustern aus bunter Reispaste geschmückt. Die Luft ist erfüllt vom dunklen Dröhnen der Trommelschläge und dem hellen Klirren von Zimbeln. Von der wogenden Menschenmenge lässt du dich mitziehen zu einem Markt, wo Händler dir Platten voller Süßspeisen anbieten. Spontan bleibst du an einer Bude stehen, an der eine Frau wunderschöne hinduistische Muster auf Gesichter malt. Der Sandelholzduft der Pinsel vermischt sich mit dem beißenden Geruch von Feuerwerkskörpern und dem Aroma von Caju, gerösteten Cashewnüssen. Während die Frau mit raschen, versierten Bewegungen deine Haut bemalt, tanzt eine Gruppe junger Männer mit blauen Gesichtern vorbei, die muskulösen Oberkörper nackt. Kurz darauf kommen die Männer zurück, tanzen nur für dich, ernsthaft und konzentriert. Mit dem letzten Strich malt dir die Frau ein Bindi zwischen die Augen. Sie sagt, der rote Punkt zeige an, dass du eine Ehefrau bist, eine Frau, die über alles Wissen der Welt verfügt. »Aber ich bin gar nicht verheiratet!«, protestierst du erschrocken, weil du fürchtest, gegen irgendwelche einheimischen Regeln zu verstoßen. Doch dann hörst du Tims Lachen, siehst die kleine Schachtel, die er aus der Tasche zieht, und noch bevor er inmitten des Getümmels auf ein Knie sinkt, weißt du, dass es jetzt so weit ist, dass er es wirklich tun wird, und das Herz fließt dir über.

»Abbie Cullen«, beginnt Tim, »seit du in mein Leben gestürmt bist, weiß ich, dass wir zusammengehören.«

Dann wachst du auf.

Alles tut weh, am schlimmsten die Augen. Grelles Licht verursacht pochende Kopfschmerzen, dein Nacken ist steif, die Wirbelsäule fühlt sich wund an.

Maschinen surren und piepen. Ein Krankenhaus? Hattest du einen Unfall? Du versuchst die Arme zu bewegen, doch sie fühlen sich starr an, du kannst die Ellbogen kaum beugen. Mit Mühe gelingt es dir, dein Gesicht zu berühren.

Dein Hals ist komplett bandagiert. Du musst wirklich irgendeinen Unfall gehabt haben, erinnerst dich aber nicht daran. So was kommt mitunter vor, denkst du. Nach Autounfällen verlieren Menschen manchmal das Gedächtnis. Hauptsache, du lebst.

Hatte Tim am Steuer gesessen? Und war Danny bei euch?

Bei der Vorstellung, dass Danny oder Tim tot sein könnten, erschrickst du so sehr, dass du keine Luft mehr kriegst. Irgendetwas an der piependen Maschine hat eine Schwester herbeigerufen. Du siehst die Taille einer Frau in blauem Krankenhauskittel. Etwas wird reguliert, aber der Schmerz ist zu schlimm, um den Kopf zu bewegen.

»Sie ist aufgewacht«, murmelt die Frau.

»Gott sei Dank.« Tims Stimme. Er lebt also. Und ist sogar bei dir. Du bist unendlich erleichtert.

Dann beugt er sich über dich. Er trägt sein übliches Outfit – schwarze Jeans, graues T-Shirt, weiße Basecap –, sieht aber hager aus, und die Falten in seinem Gesicht wirken tiefer.

452

»Abbie«, sagt er. »*Abbie.*« Tränen glitzern in seinen Augen, was dich in helle Panik versetzt. Tim weint sonst nie.

»Wo bin ich?« Deine Stimme klingt rau.

»In Sicherheit.«

»Hat es einen Unfall gegeben? Ist Danny am Leben?«

»Danny geht es gut. Sei ganz ruhig. Ich erklär dir alles später.«

»Hatte ich Operationen?«

»Später. Ich versprech's dir. Wenn du dich kräftiger fühlst.«

»Ich fühl mich aber schon kräftiger.« Das stimmt wirklich: Die Schmerzen lassen nach, Benommenheit und Erschöpfung lösen sich auf.

»Es ist unglaublich«, sagt Tim, nicht zu dir, sondern zu der Schwester. »Absolut verblüffend. Sie ist es wahrhaftig.«

»Ich habe geträumt«, sagst du. »Von deinem Heiratsantrag. Es war so schön.« Bestimmt wegen der Narkose, sagst du dir. Da wird alles farbiger. Da gab es doch so eine treffende Wendung in irgendeinem Theaterstück. Wie lautete die noch gleich? Einen Moment lang kannst du dich nicht erinnern, aber dann, mit einem seltsamen, fast schmerzhaften *Klack*, fällt es dir ein.

Dass ich, wenn ich erwache, schrei und weine, weil ich wieder träumen möchte.

Tim stehen immer noch Tränen in den Augen.

»Sei nicht traurig«, sagst du zu ihm. »Ich lebe. Das ist doch das Wichtigste, oder? Wir sind alle drei am Leben.«

»Ich bin nicht traurig«, erwidert Tim und lächelt unter Tränen. »Ich bin glücklich. Menschen weinen auch, wenn sie glücklich sind.«

Das wusstest du eigentlich. Aber trotz der restlichen Benommenheit spürst du, dass diese Tränen nicht so sind, als würde alles wieder gut werden. Hast du deine Beine verloren? Du versuchst die Beine zu bewegen und spürst sie – schwerfällig und steif – unter der Decke. Gott sei Dank.

Tim scheint eine Entscheidung zu treffen.

»Ich muss dir etwas erklären, Liebste«, sagt er und ergreift deine Hand. »Das fällt mir nicht leicht, aber du musst es wissen. Was du da erlebt hast, war kein Traum. Es war ein Upload.«

2

Dein erster Gedanke ist, dass du halluzinierst, dass diese Situation hier der Traum ist, nicht die Szene mit dem Heiratsantrag. Was Tim da über technisches Zeug wie Mind Files und neuronale Netze redet, ist dir vollkommen unverständlich.

»Ich verstehe nicht, was du meinst. Willst du mir sagen, dass irgendwas mit meinem Gehirn nicht stimmt?«

Tim schüttelt den Kopf. »Nein. Ich sage dir, dass du *künstlich* bist. Eine künstliche Intelligenz mit Bewusstsein ... geschaffen von Menschen.«

»Aber mir geht es gut«, erwiderst du verwirrt. »Schau, ich kann dir drei beliebige Sachen über mich erzählen. Mein Lieblingsgericht ist Salade Niçoise. Letztes Jahr war ich wochenlang sauer, weil meine Lieblingskaschmirjacke von Motten zerfressen wurde. Ich gehe fast jeden Tag schwimmen ...« Du hältst inne. Deine Stimme kann deine zunehmende Angst nicht zum Ausdruck bringen, sondern klingt monoton und krächzend. Ähnlich wie die Stimme von Stephen Hawking.

»Die Sache mit der Jacke ist vor sechs Jahren passiert«, sagt Tim. »Ich habe sie aber behalten. Deine ganzen anderen Kleider auch.«

Du starrst ihn an und versuchst zu begreifen.

»Ich krieg das hier wohl gerade nicht gut hin.« Tim zieht einen Zettel aus der Tasche. »Schau mal – das hab ich für unsere Investoren geschrieben. Vielleicht ist das eine Hilfe.«

Häufige Fragen

1. Was ist ein Cobot?

Cobot ist eine Abkürzung für »Companion-Robots«, es handelt sich also gewissermaßen um einen künstlichen Gefährten. Forschungen mit Prototypen haben ergeben, dass die Anwesenheit eines Cobots die Trauer über den Verlust eines geliebten Menschen lindern kann, indem der Cobot Trost spendet, Gesellschaft leistet und emotional unterstützend wirkt.

2. Inwiefern unterscheiden sich Cobots von anderen Formen künstlicher Intelligenz?

Cobots werden mit der Fähigkeit zur Empathie ausgestattet.

3. Ist jeder Cobot ein Unikat?

Ein Cobot gleicht äußerlich dem verlorenen Menschen. Dessen Äußerungen in den Social Media, Texte und andere Dokumente werden zu einer »neuronalen Datei« zusammengestellt, in der die Eigenarten und Charakterzüge der Persönlichkeit enthalten sind.

Da steht noch viel mehr, aber du kannst dich nicht länger konzentrieren und lässt das Papier sinken. Nur jemand wie Tim kann auf die Idee kommen, dass eine Frage-Antwort-Liste in so einer Lage hilfreich sein könnte.

»Ja, das ist dein Beruf.« Deine Erinnerung kehrt zurück. »Du entwickelst künstliche Intelligenz. Aber das hat doch mit Kundenservice zu tun … Chatbots …«

»Das stimmt«, fällt Tim dir ins Wort. »An so was habe ich

tatsächlich gearbeitet, aber vor fünf Jahren. Deine Erinnerung reicht nur so weit zurück. Nachdem ich *dich* verloren hatte, musste ich mich vor allem mit meiner Trauer befassen. Es hat all die Jahre gedauert, dich so weit zu entwickeln.«

Es dauert eine Weile, bis du diese Worte verarbeiten kannst. *Verloren. Trauer.* Dir wird bewusst, was Tim dir da sagen will.

»Du willst mir sagen, dass ich gestorben bin.« Ich starre ihn an. »Also, ich als realer Mensch bin gestorben. Vor fünf Jahren. Und du hast mich irgendwie in dieser Form wieder zum Leben erweckt?«

Tim antwortet nicht.

Deine Gefühle sind verworren. Da ist Fassungslosigkeit, aber auch Entsetzen, bei der Vorstellung, was Tim durchgemacht haben muss. Zumindest musstest du das nicht miterleben.

Cobots werden mit der Fähigkeit zur Empathie ausgestattet.

Und Danny. Du hast fünf Jahre seines Lebens versäumt.

Beim Gedanken an Danny erfasst dich eine vertraute Wehmut. Eine Wehmut, die du dir sofort verbietest. Und beides – die Wehmut wie auch das Verbieten – fühlt sich so normal und *vertraut* an, dass es sich nur um deine eigenen Gefühle handeln kann.

Oder?

»Kann ich mich bewegen?«, fragst du und versuchst dich aufzusetzen.

»Ja. Zu Anfang wirst du dich ein bisschen steif fühlen. Vorsicht!«

Du stellst die Füße auf den Boden und versuchst, dich aufzurichten, aber deine Beine sind schwach. Tim hält dich gerade noch rechtzeitig fest.

»Erst einen Fuß, dann den anderen«, sagt er. »Langsam Gewicht draufgeben. So ist es besser.«

Er stützt dich am Ellbogen, als du vorsichtig zum Spiegel gehst.

Jeder Cobot gleicht äußerlich dem verlorenen Menschen.

Das Gesicht, das dir über dem blauen Kittel entgegenblickt, ist *dein* Gesicht. Aufgequollen, mit Blutergüssen und einem Abdruck unter dem Kinn, wie von der Kordel eines Huts, den Soldaten bei einer Parade tragen. Aber du bist es. Nichts Künstliches.

»Ich glaube dir nicht«, sagst du recht gelassen und bist plötzlich sicher, dass Tim Unsinn redet. Dass dein Mann – dein hyperintelligenter, dich liebender, aber zweifellos ziemlich obsessiver Mann – wahnsinnig geworden ist. Er hat schon immer zu viel gearbeitet, bis an seine Grenzen. Jetzt ist er offenbar komplett durchgedreht.

»Das ist erst mal schwer zu begreifen, ich weiß«, sagt er leise. »Aber ich werde es dir beweisen. Schau.«

Er greift in deinen Nacken, ertastet etwas unter deinen Haaren. Ein schmatzendes Geräusch, ein seltsames kaltes Gefühl. Dann wird deine Haut – *dein Gesicht* – abgestreift wie ein Taucheranzug, und darunter kommt ein harter, weißer Plastikschädel zum Vorschein.

3

Du kannst nicht weinen, merkst du. So entsetzt du auch bist,
du hast keine Tränen. Daran wird noch gearbeitet, sagt Tim ruhig. Sprachlos starrst du dieses grauenhafte Ding an, das aus
dir geworden ist. Ein Crashtest-Dummy, eine Schaufenster-
puppe. Hinter deinem Kopf ein Bündel Kabel wie ein grotes-
ker Pferdeschwanz. Tim zieht dir die Gummihaut wieder übers
Gesicht, und du bist wieder du. Aber die Erinnerung an dieses scheußliche glatte Plastikwesen hat sich dir ins Gedächtnis
gebrannt.

Falls du so was überhaupt hast. Und nicht nur ein neuronales
Netz, oder wie man das nennt.

Du siehst im Spiegel, dass dein Mund offen steht, Ausdruck
von Verblüffung. Und du spürst, wie winzige Mechanismen unter deiner Haut surren und deinen Mund in diese Position ziehen. Als du genauer hinschaust, merkst du auch, dass dein Gesicht nicht ganz echt wirkt, etwa so als habe man deinen Kopf
nach einem Foto gestaltet.

»Lass uns nach Hause gehen«, sagt Tim. »Dort wirst du dich
wohler fühlen.«

Nach Hause. Wo ist das? Du weißt es nicht mehr. Dann –
klack – stellt sich eine Erinnerung ein. Dolores Street im Zen-
trum von San Francisco.

»Ich bin dortgeblieben«, fügt Tim hinzu. »Weil ich dort sein
wollte, wo wir zusammen gelebt haben. Wo wir so glücklich
waren.«

Du nickst benommen. Hast irgendwie das Gefühl, dass du Tim danken solltest, aber es geht nicht. Du bist wie gelähmt, starr vor Grauen.

Tim nimmt deinen Arm, führt dich aus dem Zimmer. Die Krankenschwester – falls sie überhaupt eine war – ist nirgendwo zu sehen. Quälend langsam bewegst du dich den Flur entlang und schaust dabei in andere Zimmer, in denen auch Patienten in blauen Hemden liegen. Eine alte Dame sieht dich mit trübem Blick an. Ein kleines Mädchen mit braunen Locken schaut zu dir herüber und beobachtet dich. Dir fällt auf, dass die Kopfbewegung seltsam ruckartig wirkt, wie bei einer Eule. Und im nächsten Raum ist kein Mensch untergebracht, sondern ein Hund, ein Boxer, der den Kopf auch so merkwürdig bewegt …

»Die sind alle wie ich«, sagst du, als du plötzlich begreifst. »Alle sind …« Wie war das Wort noch gleich? »*Cobots*.«

»Ja, aber sie sind ganz anders als du. Du bist einzigartig, sogar hier.« Tim schaut sich verstohlen um, hält deinen Ellbogen fester, drängt dich, schneller zu gehen. Du spürst, dass er noch immer etwas vor dir verbirgt; dass er dich nicht einfach so mitnehmen dürfte.

»Ist das hier ein Krankenhaus?«

»Nein. Mein Arbeitsplatz. Meine Firma.« Er legt dir die andere Hand auf den Rücken und schiebt dich vorwärts. »Komm. Draußen wartet ein Wagen auf uns.«

Du kannst nicht schneller gehen, deine Knie lassen sich kaum beugen, es kommt dir vor, als seist du auf Stelzen unterwegs. Doch als du an deine Knie *denkst*, wird es plötzlich ein wenig einfacher.

»Tim!«, ruft jemand aufgeregt. »Tim, warte!«

Erleichtert wegen der Pause, bleibst du stehen und siehst dich um. Ein stämmiger Mann, etwa so alt wie Tim, mit langen strähnigen Haaren eilt auf euch zu.

»Nicht jetzt, Mike«, sagt Tim in warnendem Tonfall.

Der Mann bleibt stehen. »Du nimmst sie mit? Jetzt schon? Hältst du das für eine gute Idee?«

»Sie wird sich zu Hause wohler fühlen.«

Der Mann beäugt dich besorgt. Auf seinem Sicherheitsausweis, den er an einem Band um den Hals trägt, steht DR. MIKE AUSTIN. »Sie sollte zumindest noch von meinem Psychoteam durchgecheckt werden.«

»Sie ist in Ordnung«, erwidert Tim entschieden und öffnet eine Tür zu einem großen Raum, in dem an langen Tischen circa vierzig Leute vor Bildschirmen sitzen. Jetzt hören alle auf zu arbeiten und starren dich an. Eine junge Asiatin hebt die Hände und beginnt langsam zu klatschen. Tim wirft ihr einen genervten Blick zu, und sie schaut wieder auf ihren Monitor.

Tim führt dich durch das Büro, in einen kleinen Empfangsbereich. Hinter dem Tresen prangt an der Wand leuchtend bunt der Spruch: IDEALISMUS IST NUR LANGFRISTIGER REALISMUS. Irgendetwas daran kommt dir vertraut vor. Du möchtest stehen bleiben und dir das genauer anschauen, aber Tim drängt dich weiter.

Draußen ist es gleißend hell. Du keuchst erschrocken und überschattest die Augen, während ihr an einem glänzenden Stahlschild mit der Aufschrift SCOTT ROBOTICS vorbeigeht. Die Initialen S und R haben die Form aufrecht gestellter Unendlichzeichen. Ihr steigt in den wartenden Toyota Prius. »In die City«, sagt Tim zu dem Fahrer, während du versuchst, deine sperrigen Glieder auf den Rücksitz zu manövrieren. »Dolores Street.«

Nachdem ihr beide eingestiegen seid, ergreift Tim deine Hand. »So lange habe ich auf diesen Tag gewartet, Abbie«, sagt er. »Ich bin so glücklich, dass du endlich da bist. Dass wir endlich wieder zusammen sind.«

Du merkst, dass der Fahrer dich im Rückspiegel neugierig betrachtet. Als der Mann losfährt, wirft er einen Blick auf das Firmenschild, dann wieder auf dich. Er scheint zu begreifen.

Und dann siehst du den Abscheu in seinen Augen.

Was für eine Entdeckung:
Der international gefeierte
neue Thrillerstar!

Als die Tattookünstlerin Marni Mullins in Brighton
eine blutige Leiche entdeckt, ist ihr erster Impuls,
den schrecklichen Anblick so schnell wie möglich zu
vergessen. Doch das ist unmöglich, denn nach einem
zweiten grausamen Mord bittet Detective Francis
Sullivan sie dringend um Hilfe: Der Serienkiller schneidet
seinen Opfern Tattoos vom Leib, und Marnis Kenntnis
der Szene ist Francis' beste Chance, den brutalen
Mörder zu identifizieren. Doch Marni möchte seit
einem schlimmen Vorfall in ihrer Vergangenheit nie
wieder mit der Polizei zu tun haben – und beschließt,
den Tattoosammler selbst zu jagen, bevor ein weiterer
Unschuldiger Opfer seiner scharfen Messer wird …

 **PENGUIN** VERLAG

Jetzt reinlesen auf www.penguin-verlag.de